DONGSUH MYSTERY BOOKS 125

THE BIG SLEEP

거대한 잠

레이몬드 챈들러/문영호 옮김

동서문화사

옮긴이 문영호(文永浩)

서울대학교 공과대학 졸업. 육군사관학교 교수·파스칼세계대백과사전 편찬위원 역임. 옮긴책 아처 《한푼도 용서없다》 퀸 《꼬리 아홉 고양이》 등.

DONGSUH MYSTERY BOOKS 125

거대한 잠

레이몬드 챈들러 지음/문영호 옮김
초판 발행/1977년 12월 1일
중판 발행/2003년 11월 1일
발행인 고정일/발행처 동서문화사
창업 1956. 12. 12. 등록 16-345(윤)
서울강남구신사동 540-22 ☎ 546-0331~6 (FAX) 545-0331
www.epascal.co.kr

*

편찬·필름·제작 일체 「동판」 자본으로 이루어짐에 따라
출판권 소유권자 「동판」에서 제조출판판매 세무일체를 전담합니다.
사업자등록번호 211-90-02201
ISBN 89-497-0221-5 04840
ISBN 89-497-0081-6 (세트)

거대한 잠

차례

거대한 잠—레이몬드 챈들러

거대한 잠······11

탐정놀이—렉스 스타우트

탐정놀이······238

상류층 부패와 타락에 들이댄 메스······304

등장인물

필립 말로   사립탐정

가이 스턴우드   백만장자

비비안 리건   가이 스턴우드의 장녀

카멘 스턴우드   가이 스턴우드의 차녀

러스티 리건   비비안의 남편

노리스   집사

오웬 테일러   운전기사

버니 올스   지방검찰국 수사과장

태가트 와일드   지방검사

크론자거   형사부장

조 브로디   갈취자

아서 귄 가이거   외설본 가게주인

아그네스 로젤   아서 귄 가이거의 여비서

애디 마스   사이프러스 클럽 주인

모나   에디 마스의 처

거대한 잠

1

10월 중순. 오전 11시 즈음. 햇살은 구름에 가려지고 저 멀리 선명하게 떠오르는 언덕은 억센 소나기를 예고하고 있었다.

나는 연한 하늘색 양복에 짙은 감색 와이셔츠, 넥타이, 장식용 손수건, 검은 골프화, 그리고 감색 무늬로 수 놓은 검은 털양말을 신고 있었다. 그리고 말쑥하게 면도를 해서 의젓했다.

누가 보아도 흠잡을 데가 없으리라. 나는 4백만 달러짜리를 만나러 가는 길이었다.

스턴우드 저택 현관은 2층 높이였다. 인도 코끼리를 한 떼 몰고 들어가도 남아돌 만큼 큰 입구 문 너머로 스테인드글라스가 보였다. 몸에 걸친 거라곤 아무것도 없지만 편리하게 긴 머리채를 가진 귀부인이 나무에 묶여 있고 검은 갑옷 차림의 기사가 구조작업을 벌이고 있는 그림이다. 기사는 예의바르게 투구의 면갑(面甲)을 가로밀어 붙이고 귀부인을 묶은 밧줄을 만지고 있지만 아무래도 구조가 쉽지 않아하는 눈치다. 나는 그 자리에 서서 내가 이 집 주인이라면 조만간

11

거기 기어 올라가서 기사를 도와주리라 생각했다. 도무지 구조작업에 열을 올리고 있는 것 같지가 않았으니까.

현관 홀 뒤쪽에 프랑스 식 문이 있고 에메랄드 색 잔디밭과 차고가 창 너머로 보였다. 얼굴이 가무잡잡한 운전기사가 매끈하게 윤을 낸 검은 장화를 신고, 차고 앞에서 패커드 승용차를 닦고 있었다. 차고 뒤쪽엔 푸들처럼 손질이 잘된 나무가 늘어서 있고, 쑥 들어간 곳에 둥근 지붕의 온실이 보였다. 그리고 맨 뒤쪽에는 육중한 언덕이 기분 좋게 자리잡고 있었다.

현관 홀 동쪽에 타일을 깐 계단이 연철 난간의 회랑까지 뻗쳐 있고 거기엔 또 하나의 로맨틱한 스테인드글라스가 걸려 있었다. 벽쪽으로 는 붉은 프라시 천으로 만든 방석을 깐, 크고 딱딱한 의자들이 늘어 서 있었으나 아무도 앉은 일이 없는 것 같았다. 서쪽 벽 중앙엔 돌쩌 귀가 넷 달린 붙박이문으로 가린 벽난로가 텅 빈 모습을 드러내고 있고, 위쪽은 큐피드가 양쪽에 서 있는 대리석 선반이었다. 유화로 된 큰 초상화가 걸려 있고, 총탄을 맞은 건지 좀이 슨 건지는 몰라도 아무튼 다 찢어진 두 폭의 기병대 깃발이 서로 엇갈린 채 유리틀 속에 쑤셔박혀 있었다. 초상은 멕시코 전쟁 때의 군복을 입고 뻣뻣한 자세로 포즈를 잡은 장교의 모습이었다. 까만 콧수염과 턱수염은 깔끔하게 손질이 되어 있고 타오르는 석탄처럼 뜨거운 눈초리는 매섭게 번뜩이고 있었다. 스턴우드 장군의 조부님이시겠지. 장군 자신일 리가 없어. 하긴 그는 최근, 20대의 위험한 고비에 접어든 두 딸을 슬하에 둔 사람치고 너무 노쇠해버렸다는 소문이다.

한참 넋을 잃고 바라보고 있는데 계단 아래쪽 문이 열렸다. 집사가 돌아온 것이 아니었다. 젊은 여자였다. 스물을 막 넘겼을까, 작은 몸매가 가냘프게 보였지만 줏대는 있어 보인다. 연한 하늘색 바지가 잘 어울렸다. 걸음걸이는 물 위를 흐르듯 가뿐하다. 아름다운 머리는 끝을 말아붙인, 요즘 유행하는 헤어스타일보다 조금 짧았다. 그녀의 진회색 눈은 나를 보고도 거의 무표정이었다. 그녀는 내 곁으로 다가와서 입가에 미소를 띠었다. 싱싱한 오렌지 속처럼 희고 도자기처럼 반짝이는 자그마하고 날카로운 이가 얇고 팽팽한 입술 사이에서 반짝인다. 핏기가 없고 별로 건강해 보이지도 않았다.

"키가 크군요." 여자가 말했다.

"내 잘못은 아니지."

그 여자의 눈이 휘둥그레졌다. 난처한 눈빛이다. 생각하고 있구나. 얼굴을 맞댄 지 얼마 되지 않았지만 나는 알 수 있었다. 생각하는 일이 이 여자에겐 언제나 성가신 일일 거라고.

"미남이셔." 그 여자가 말했다. "당신도 알고 계시죠?"

나는 입속으로 우물거렸다.

"성함은 어떻게 되죠?"

"레일리." 나는 말했다. "도그하우스 레일리."

"무슨 이름이 그래요?" 그녀는 입술을 깨물고 고개를 갸우뚱하더니 나를 쭉 훑어보았다. 그리고 긴 속눈썹을 뺨에 닿을 만큼 내리깔고 나서 나무막대처럼 서서히 들어 올렸다. 그 속셈쯤 나도 다 알고 있지. 그 자리에 덜렁 나자빠져서 팔다리를 허공에 휘저으면서 죽는 시늉을 하라는 수작이겠지.

"아저씬 권투선수?" 내가 뒹굴지 않으니까 여자가 물었다.

"약간 빗나갔어. 탐정이야."

"탐……." 그녀는 화난 듯이 고개를 내저었다. 그녀의 반지르르한 머리카락이 어둠 속에서 빛났다.

"저를 놀릴 작정이에요?"

"으흥."

"뭐라고 하셨지요?"

"저리 가라고 했지." 내가 말했다. "내 말 들었잖아?"

"아무 말씀도 안 했잖아요? 선생님 정말 엉터리셔." 그녀는 엄지 손가락을 깨물었다. 기묘하게 생긴 손가락이었다. 우선 관절에 곡선이 없는데다 납작하고 가느다란 것이 마치 덤으로 달려 있는 것 같았다. 그녀는 장난감을 갖고 노는 어린애처럼 그 손가락을 입에 넣고 빙빙 돌리면서 천천히 깨물고 빨았다.

"정말 키가 크군요." 그녀는 이렇게 말하고 킬킬 웃었다.

그리곤 발을 들지 않고 유연하게 몸을 돌려 양팔을 축 늘어뜨린 채 이쪽으로 몸을 기댔다. 그녀의 곧은 육체가 내 품 속으로 넘어져 왔다. 그냥 놓아두면 바둑판무늬의 마룻바닥에 넘어져 머리가 박살이 날 판이었다. 나는 여자 겨드랑이 밑에 손을 넣고 그녀를 붙잡았다. 그 순간 그녀는 두 다리의 힘을 싹 빼 버렸다. 세워두자니 여자를 꼭 껴안고 있을 수밖에 없었다. 머리가 내 가슴에 닿자 그녀는 고개를 억지로 뒤틀고 킬킬 웃어댔다.

"아저씬 정말 멋쟁이야. 나도 귀엽지만."

이렇게 말하곤 또 킬킬댔다. 나는 입을 다물고 있었다.

바로 이때 프랑스 식 문을 열고 집사가 돌아와서 이 광경을 목격했다. 그는 눈 하나 까딱하지 않았다. 깡마르고 큰 키에 백발이 성성한 남자였다. 나이는 예순 가까이 돼 보였고 푸른 눈은 아무런 감정도 나타내지 않았다. 살결은 부드럽게 윤이 나고 매우 강인한 근육의 소유자처럼 몸을 움직였다. 그가 홀을 건너 이쪽으로 다가오자 여자는 잽싸게 내 품에서 빠져나갔다. 그리고 번개처럼 홀을 가로질러 계단을 뛰어 올라갔다. 내가 긴 한숨을 내쉬기도 전에 여자의 모습은 보이지 않았다. 집사가 무뚝뚝하게 입을 열었다.

"각하께서 기다리고 계십니다, 말로 씨."

나는 여자가 사라진 쪽을 턱으로 가리키며 물었다.

"저 여자 누구요?"

"카멘 스턴우드 양입니다."

"젖은 그만 빨리는 게 좋겠군. 그만하면 다 자란 것 같은데."

그는 정중하게 나를 바라보고 나서 아까 한 말을 되풀이했다.

2

우리는 프랑스 식 문을 지나 붉은 포석이 깔린 좁은 길을 따라 차고 옆을 빠져나왔다. 아직 소년 티가 가시지 않은 아까 본 운전기사가 이번에는 까만 대형 세단을 세워놓고 먼지를 닦고 있었다. 길은 온실 옆쪽으로 나 있다. 집사는 문을 열고 한쪽으로 비켜섰다. 안으로 들어서자 후끈 더운 공기가 몸을 감쌌다. 집사는 뒤따라 들어와서 바깥문을 닫고 안쪽 문을 열었다. 거긴 정말 더웠다. 축축하게 습기찬 열기. 코를 찌르는 난초꽃 향기. 유리벽과 지붕에는 온통 김이 서려 있고 굵은 물방울이 뚝뚝 떨어졌다. 실내는 조명이 눈부신 수족관의 물탱크처럼 환한 초록빛으로 가득 차 있었다. 숨막히게 들어찬 화초는 막 씻어낸 시체의 손가락처럼 사방으로 뻗어 나왔다. 집사는 축축한 나뭇잎을 헤치며 길을 내주느라 진땀을 뺐다.

얼마 후 우리는 정글 한가운데 자리잡은 빈터로 나왔다. 둥근 지붕 밑이었다.

육각형의 포석 위에 붉은 색의 낡은 터키산 카펫이 깔려 있고, 그 위에 휠체어가 하나 놓여 있었다. 거의 죽어가는 한 노인이 그 의자에 몸을 기대고 내가 들어오는 것을 물끄러미 바라보고 있었다. 그의 눈은 모든 정열이 사라진 지 이미 오래돼 보였지만, 홀 벽에 걸려 있는 초상화에서 본 검고 솔직한 눈빛은 아직 남아 있었다. 이 눈만 빼놓고는 그의 얼굴은 납으로 만든 가면 같았다. 핏기 없는 입술, 뾰족한 코, 움푹 들어간 관자놀이, 밖으로 굽은 귓불은 기능이 마비될 징

조였다. 장대같이 마른 육체는 이 더위에도 아랑곳없이 여행용 모포와 색이 바랜 붉은 목욕복에 덮여 있었다. 뼈만 앙상한 손은 모포 위에 맥없이 늘어져 있고 손톱은 자줏빛이었다. 얼마 남지 않은 흰 머리카락은 벌거벗은 바위에 매달려서 살겠다고 발버둥치는 한 떨기 야생화 같았다.

"이분이 말로 씨입니다, 각하." 집사가 그 앞에 다가서서 말했다.

노인은 몸을 움직이거나 말하는 건 고사하고 고개를 끄덕이지도 않았다. 그저 멍청하니 나를 보았을 뿐이다.

집사는 내 다리 뒤로 축축한 고리버들 의자를 밀어 붙였다. 나는 의자에 앉았다. 그는 익숙한 솜씨로 내 모자를 싹 걷어갔다.

노인은 그제야 깊은 우물에서 퍼올린 듯한 목소리로 말했다.

"브랜디를 갖다 줘, 노리스. 한데 선생은 뭘 타 마시겠소?"

"뭐든 좋습니다." 나는 말했다.

집사는 그 지긋지긋한 화초를 헤치고 나아갔다. 장군은 실직 상태의 쇼걸이 마지막 남은 한 켤레 양말을 신을 때처럼 조심스럽게 입을 열었다.

"나는 늘 샴페인을 타 마셨지. 포지 골짜기처럼 차게 해서 말이오, 그 밑에다 브랜디를 좀 섞거든. 상의를 벗는 게 좋겠군. 핏기가 도는 사람에게 여긴 너무 더우니까."

나는 일어서서 상의를 벗고 손수건을 꺼내서 얼굴과 손등을 닦았다. 한여름의 세인트루이스도 이렇게 덥지는 않을 거다. 다시 자리에 앉자 나는 본능적으로 담배를 더듬다가 멈칫했다. 이 동작을 보고 노인은 희미한 미소를 지었다.

"피워도 상관없소. 난 담배 연기를 좋아하니까."

나는 불을 붙이고 힘껏 빨아들인 연기를 노인을 향해 내뿜었다. 그는 쥐구멍 앞에 선 테리어종 개처럼 연기 냄새를 맡았다. 그의 그늘진 입가에 희미한 미소가 떠올랐다.

"간접 흡연을 즐기게 돼서는 끝장이지." 그는 멋없이 말했다. "선생 눈앞에 있는 이 사람은 화려한 인생을 살다 남은 껍데기에 지나지 않소. 두 다리와 아랫배는 불구라오. 음식도 먹는 둥 마는 둥 하는데다 잠잔다는 게 어디 잠이라고 할 수 있어야지. 깨어 있는 거나 마찬가지지. 살고 있는 건 열기 덕분이라오, 막 태어난 거미처럼. 난초는 열기를 유지하기 위한 구실에 지나지 않고. 헌데 선생은 난초를 좋아하오?"

"아니 별로요." 나는 대답했다.

노인은 눈을 반쯤 감았다.

"추한 거라오, 난초란. 살결은 꼭 사람을 닮았거든. 게다가 달콤하게 썩은 매춘부 냄새까지 풍긴단 말이야."

나는 입을 벌린 채 그를 바라보았다. 진득하게 달라붙는 열기는 관 덮개처럼 우리를 덮어쌌다. 노인은 고개를 끄덕였다. 그의 목은 머리 무게를 두려워하고 있는 것 같았다. 그때 집사가 난초 사이로 운반대를 밀고 돌아왔다. 그는 나에게 브랜디 소다를 타주고 나서 얼음이 든 통을 냅킨으로 싸고는 조용히 난초 속으로 사라졌다. 정글 저쪽에서 문이 열렸다 닫히는 소리가 들렸다.

나는 술을 마셨다. 그런 나를 보고 몇 번이고 입맛을 다시던 노인은 장의사가 공기 건조기로 손을 말릴 때처럼 한쪽 입술로 다른 입술을 천천히 끌어당겼다.

"선생 이야기를 듣고 싶군. 난 물어볼 권리가 있다고 생각하는데."

"물론이죠. 하지만 말씀드릴 게 없군요. 올해 서른세 살. 대학에 다닌 적이 있고, 필요할 때 영어로 말할 수 있지요. 이 직업은 대단한 것이 못되죠. 저는 한때 지방검사 와일드 씨 밑에서 수사과 근무를 한 적이 있습니다. 그 당시 과장이었던 버니 올스 씨가 전화로 장군이 저를 만나고 싶어한다고 연락해 주었어요. 저는 미혼입니다. 이유는 제가 경찰관 마누라를 싫어하기 때문입니다."

"게다가 약간 비꼬는 버릇이 있군." 노인이 웃음 지으며 말했다. "와일드 씨 밑에서 일하는 게 싫었던 게로군."

"저는 해고당했어요, 명령 불복종으로, 저는 남의 말 듣지 않기로 유명하니까요."

"나도 그랬었지. 반가운 소리로군. 헌데 우리 집안 일에 관해 뭣 좀 아는 게 있소?"

"장군께서는 부인이 안 계시고, 따님이 두 분 계신데 두 분 다 미인이고 좀 거칠다는 소문이 나 있던데요. 한 분은 세 번 결혼했는데 세 번째 남편은 한때 주류 밀매업자였고 업계에서 러스티 리건이란 이름으로 알려진 사람. 아는 건 이 정돕니다."

"방금 한 이야기 가운데 이상하게 느낀 점이 없소?"

"있다면 러스티 리건 건이겠죠. 하지만 저는 주류 밀매업자들하고 사이가 좋답니다."

노인은 빙그레 웃었다.

"나도 그랬었지. 러스티가 무척 내 마음에 든단 말이야. 덩치가 큰 고수머리의 아일랜드 사람으로, 클론멜 출신이었소. 쓸쓸한 눈초리에 웃을 땐 입이 대문짝만큼 벌어지곤 했지. 처음 만났을 때의 인상은 아마 당신이 마음속으로 짐작하고 있을 그런 남자였소. 우연히 비단옷을 얻어 걸친 모험가라고나 할까."

"장군께선 그자를 정말 좋아하셨나 보군요. 그 패거리가 쓰는 속어를 알고 계시니 말입니다."

노인은 핏기 없는 손을 모포 속에 넣었다. 나는 담배꽁초를 버리고 술을 쭉 들이켰다.

"그는 내 생명의 입김이었소. 여기 머물렀던 동안의 얘기지만. 나하고 오랜 시간을 보내면서 땀을 돼지처럼 흘려가며 술을 마구 퍼마셨지. 아일랜드 혁명 이야기도 많이 들려주었고, 아일랜드 공화국 장교였거든. 여기 왔을 땐 시민권조차 없었어. 딸하고 결혼한 건 정말 바보 같은 짓이었지. 결혼하고 한 달을 넘기지 못했거든. 나는 우리집 비밀 이야기를 하고 있소, 말로 씨."

"그건 아직도 비밀입니다. 그 남잔 어떻게 됐나요?"

노인은 나를 물끄러미 쳐다보았다.

"한 달 전에 집을 나가버렸소. 인사도 없이 갑자기 사라져버렸어. 나는 기분이 상했지만 하는 수 없었지. 거친 물을 먹고 자란 놈이니 도리 있나. 불원간 소식이 있겠지. 헌데 난 또 협박을 받고 있소."

"'또'라니요?"

노인은 모포에서 손을 뺐다. 그의 손에 갈색 봉투가 쥐어져 있었다.

"러스티가 있을 때 나를 등쳐 먹겠단 놈이 나왔다면 나는 그를 불쌍하게 여겼을 텐데. 그가 오기 2, 3개월 전, 그러니까 9, 10개월 전이 되겠지. 나는 조 브로디란 자에게 5천 달러를 지불해 주었소. 내 딸 카멘에게서 손을 떼는 조건으로."

"아아." 나는 낮게 부르짖었다.

"그게 무슨 뜻이오?"

"아니에요, 아무것도 아닙니다." 나는 대답했다.

노인은 이맛살을 찌푸리고 한참 동안 나를 노려보더니 다시 입을 열었다.

"이 봉투를 좀 봐요, 술도 마음대로 드시고."

나는 그의 무릎에서 봉투를 집어들고 다시 의자에 앉았다. 그리고 손바닥의 땀을 닦고 봉투를 훑어보았다. 겉봉엔 '캘리포니아 주, 서

(西) 할리우드, 앨타 브리 크레센트 3765번지, 가이 스턴우드 장군'
이라고 적혀 있는데, 글씨는 잉크로 비스듬한 필체로 씌어 있었다.
봉투는 개봉되어 있었다. 나는 갈색 명함 한 장과 빳빳한 종이 석 장
을 끄집어냈다. 담갈색 명함에는 금박으로 '아서 귄 가이거'라고 새겨
져 있었다. 주소는 없고 왼쪽 하단에 희귀본 및 호화 장정본이라고
깨알만하게 박혀 있었다. 명함 뒷면에 비스듬한 글씨체로 다음과 같
이 적혀 있었다.

'안녕하십니까? 동봉한 서류는 도박장의 차용증서입니다. 법률상
으로는 청구 불가능이오나 귀하의 명예를 위해서 돌려주시면 고맙
겠습니다. A.G. 가이거'

나는 차용증서를 훑어보았다. 지난 달, 그러니까 9월 초순 날짜로
된 계약서였다.

'청구하는 즉시 일금 1천 달러를 아서 귄 가이거에게 지불함. 단 이
자는 붙이지 아니함. 카멘 스턴우드'

글씨는 어린애처럼 서투른 필체였고 점을 찍을 곳에 소용돌이 꼴
아니면 동그라미로 채워 놓았다. 나는 술을 한 모금 들이켜고 증거서
류를 옆으로 치웠다.

"결론이 나왔소?" 장군이 물었다.

"아뇨, 아직. 이 가이거란 도대체 누굽니까?"

"전연 모르는 사람이오."

"따님은 뭐라고 하던가요?"

"직접 물어보구려. 난 물어보고 싶은 생각이 없소. 내가 물어봤자
엄지손가락만 빨고 서서 몸을 비비 꼬는 게 고작일 테니까."

"아까 홀에서 만났는데 저도 당했습니다. 내 무릎 위에 앉겠다고
법석을 떨던데요."

노인의 표정엔 아무 변화가 없었다. 깍지 낀 손을 무릎 위에 조용

히 올려놓고 있는 노인은 찌는 듯한 이 더위가 미지근하게도 느껴지지 않는 모양이었다.

"넌지시 돌려서 말할까요? 아니면 단도직입적으로 물어볼까요?"

"그런 문제를 놓고 고민할 사람 같진 않은데."

"따님들은 늘 같이 다닙니까?"

"그렇진 않을걸. 그 아이들은 각각 딴 길을 걷고 있지만 내가 보기엔 둘 다 망조가 들었어. 비비안은 고집이 세고 강압적이고 영리한 데다 남의 사정을 봐줄 줄 모르는 아이고, 카멘은 파리 날개를 뜯는 게 취미인 것 같은 아이란 말이오. 도덕관념이라곤 티끌만큼도 없고——그 점은 나도 마찬가지지만——이건 우리 가문의 전통이지. 또 물어보구려."

"교육은 충분히 받았을 터이고, 스스로 알아서 행동할 거고."

"비비안은 귀족 취미의 좋은 학교에 다녔지. 카멘은 자유 방임주의의 표본 같은 학교에 여기저기 다니다가 결국 제자리에 돌아오고 말았소. 둘 다 오래 전부터 온갖 악습에 젖어버렸어. 아버지로서 이런 소리를 하는 건 좀 뭣하지만 이 꼴을 하고서 빅토리아 왕조 시대의 위선을 부릴 처지도 못 되지 않겠소?"

노인은 머리를 뒤로 젖히고 눈을 감았다. 그러고는 갑자기 눈을 다시 뜨고 말했다.

"나이 쉰 넷에 난생 처음으로 애비 노릇을 하자니 이런 꼴을 당하는 것 아니겠소?"

나는 술을 빨면서 고개를 끄덕였다. 그의 가는 목 언저리의 혈관이 맥박치고 있는 것이 보였다. 맥박이라고 하기엔 너무 느린 움직임이었다. 몸의 반 이상이 죽어 있으면서 앞으로 다가올 운명을 태연하게 감수하겠다고 결의를 굳힌 한 노인의 모습이었다.

"결론을 듣고 싶은데." 갑자기 그가 말했다.

"저 같으면 지불하겠습니다."

"왜?"

"구질구질하게 성가신 일에 말려드느냐, 돈 몇 푼으로 때우느냐 하는 문제입니다. 이 사건의 배후엔 뭔가 얽혀 있을 겁니다. 하지만 이 문제 때문에 장군께서 속상해하실 이유가 없을 것 같은데요. 누군가 이미 그렇게 만들어버렸다면 별문제겠지만요. 그리고 장군께서 실감하실 정도로 돈을 갈취하자면 패거리도 많아야 하겠지만 시간도 이만저만 들지 않을 테니까요."

"나에겐 자존심이 있소." 장군은 냉정하게 말했다.

"누군가 그걸 노리고 있습니다. 돈을 주면 문제는 간단하죠. 그렇지 않으면 경찰에 신고하시든지. 사기문서가 아닌 한 가이거는 돈을 받아낼 수 있겠지요. 그리고 그것이 도박장의 차용증이라는 사실이 판명되면 설사 그자가 문서를 갖고 있더라도 장군이 유리해지지요. 놈이 사기꾼이라면 그 정도는 알고 있겠지만, 만약 부업으로 돈 몇 푼 돌려먹고 사는 정직한 사람이라면 빌린 돈은 돌려주고 싶군요. 요전에 5천 달러 받아간 조 브로디는 누구입니까?"

"일종의 도박꾼이지. 난 기억이 잘 안 나지만 노리스는 알고 있을 거요."

"따님들에게는 개인 재산이 있나요?"

"비비안은 갖고 있지만 많진 않소. 카멘은 제 어머니 유언장에 따르면 아직 미성년자로 돼 있지. 하지만 나는 아이들 용돈에 인색해본 적은 없소."

"원하신다면 이 가이거란 자가 얼씬 못하게 해드리지요. 그가 누구든, 뭘 갖고 있든 상관없습니다. 제가 받는 보수 외에 돈이 조금 더 들 겁니다. 물론 그래도 큰 효과는 없을 겁니다. 사탕발림은 그들에게 통하지 않으니까요. 장군 이름은 이미 그들의 갈취 대상 명단에 올라 있습니다."

"그래." 노인은 빛바랜 목욕복에 덮인 넓은 어깨를 으쓱했다. "조금 전에는 돈을 주라더니 이제 와선 그래도 소용없다고……"

"그건 몇 푼 사취당하는 편이 싸게 먹히고 속 편하다는 뜻입니다."

"나는 성미가 급한 사람이요, 말로 씨. 보수는 얼마 받겠소?"

"경비를 빼고 일당 25달러입니다. 희망이 보일 때 이야기입니다만."

"그래요? 선량한 시민을 괴롭히는 독초를 제거해 주는 값 치곤 비싸지 않군. 되도록 환자를 자극하지는 말고 신중하게 수술해 줘야겠소."

나는 두 잔째 술을 비우고 입과 얼굴을 닦았다. 브랜디를 마셨는데도 더위는 여전했다. 장군은 눈을 깜박이며 모포 끝을 잡아당겼다.

"상대가 정직하게 나오면 일을 적당히 마무리지어도 좋을까요?"

"알아서 해 줘요. 난 한번 맡긴 일엔 간섭하는 성미가 아니오."

"제가 내쫓아 버리지요. 그자는 아마 혼비백산할 겁니다."

"당신 같으면 능히 그럴 수 있을 거요. 그럼 이만 실례해야겠소. 몸이 몹시 피곤하니."

노인은 손을 내밀어 의자 팔걸이에 있는 초인종을 눌렀다. 전선은 난초 사이로 꿈틀거리며 뻗어나가 있었다. 장군은 눈을 감았다 다시 떴다. 일순 그의 눈이 번개처럼 빛났다. 그리곤 쿠션에 몸을 기대고 눈을 감았다. 그는 두 번 다시 나를 쳐다보지 않았다.

나는 자리에서 일어나 축축한 의자 등에 걸쳐 둔 상의를 집어 들고 난초 숲을 빠져나와 문을 두 번 열고 밖으로 나왔다. 그리고 시원한 공기를 마음껏 들이마셨다. 차고 옆에 있던 운전기사의 모습은 보이지 않았다. 집사가 좁은 길을 따라 가벼운 발걸음으로 다가오고 있었다. 나는 상의를 입고 그를 기다렸다. 그는 가까이 오더니 정중하게 말했다.

"가시기 전에 리건 부인이 좀 만났으면 하는데요, 돈은 필요한 액수만큼 수표로 끊어드리라는 각하의 분부십니다."

"그건 또 어떻게?"

집사는 어리둥절한 표정을 짓다가 곧 빙그레 웃으며 말했다.

"의아하게 생각하셨겠지요, 선생은 탐정이시니까. 초인종 소리를 듣고 알게 돼 있지요."

"자네가 수표를 끊나?"

"그 일은 제가 맡고 있습지요."

"그렇다면 궁색하게 죽을 필요는 없겠군. 돈은 당장에는 필요 없소, 리건 부인이 왜 나를 만나겠다는 거요?"

집사의 푸른 눈이 나를 빤히 응시했다.

"부인은 선생의 방문 목적을 오해하고 있는 것 같습니다."

"내가 왔다는 말은 누가 했지?"

"부인 방에서 온실이 내려다보입니다. 부인은 우리가 들어가는 걸 보았습니다. 그래서 선생 신분을 제가 말씀드렸지요."

"그건 곤란한데." 나는 말했다. 집사의 푸른 눈이 흐려졌다.

"절더러 이래라저래라 하실 작정인가요?"

"그럴 생각은 없지만 자네 임무가 뭘까 하고 이리저리 궁리해보니 꽤 재미있는걸."

우리는 시선을 맞대고 서 있었다. 이윽고 집사는 나를 쏘아보고 나서 발길을 돌렸다.

3

방은 크고 천장은 매우 높았다. 문도 너무 높았다. 온 방에 깔린 하얀 카펫은 마치 애로헤드 호수에 내린 눈과 같았다. 기다란 거울이 여기저기 걸려 있고 상아빛 가구에는 크롬이 덮여 있었다. 널따란 커튼이 바닥까지 축 늘어져 있고 창문은 어둠이 깔리기 시작한 언덕을 향하고 있었다. 곧 비가 쏟아질 것 같다. 나는 폭신한 소파 끝에 앉아서 리건 부인을 바라보았다. 눈요깃감으론 푸짐한 여자였다. 부인은 슬리퍼를 벗어 던지고 최신식 디자인의 긴 의자에 누워 있었다. 얄팍한 스타킹을 신은 다리는 미리 계산한 장소에 놓여 있었다. 한쪽은 무릎까지 보였고 또 한쪽은 허벅지까지 드러나 있었다. 귀엽고 아름다운 양 무릎, 예쁜 장딴지, 길고 가는 발목은 장단 맞춘 가락처럼 깨끗한 선을 드러냈다. 늘씬하게 키가 크고 건강해 보인다. 상아빛 쿠션에 기댄 까만 머리는 가운데 가르마를 탔고, 눈꼬리는 초상화의 그것과 비슷했다. 입과 턱이 잘생겼다. 입은 약간 뾰로통하게 처져 있고, 아랫입술은 도톰했다.

그녀는 들고 있던 술잔을 한 모금 마시더니 잔 너머로 차디찬 시선을 나에게 보냈다.

"그래, 선생이 사립탐정이란 말이죠?" 그녀가 말했다. "소설에나 나왔지, 실제로 있는 줄 몰랐어요. 있어도 호텔 냄새나 맡고 다니는 초라한 남자인 줄로만 알고 있었죠."

나하고는 아무 관계없는 이야기였다. 나는 못들은 척하고 있었다. 그녀는 술잔을 내려놓고 에메랄드가 번쩍이는 손으로 머리를 매만졌다.

"아버진 마음에 드셨어요?"

"마음에 들었어요." 나는 대답했다.

"아버지는 러스티를 좋아했어요. 러스티가 누군지 아시지요?"

"그럼요."

"그이는 가끔 속된 냄새를 피웠지만 남자로선 그만이었어요. 아버지를 무척 즐겁게 해주었고요. 저렇게 떠나버린 건 잘못한 짓이에요, 아버지는 말은 안 하시지만 매우 언짢게 생각하고 계세요, 혹시 그 말 들었나요?"

"무슨 소리를 들은 것도 같은데."

"선생은 정말 말이 없는 분이시군요, 하지만 아버지가 그 사람을 찾아달라고 부탁하지 않던가요?"

"부탁한 것도 같고 안 한 것도 같고."

"무슨 대답이 그래요, 찾을 수 있을 것 같아요?"

"나는 찾겠단 말을 안 했는데. 경찰에 실종 신고를 하는 것이 어떻소? 경찰은 조직적으로 일을 하니까 혼자서 하는 것과는 비교가 안 되지요."

"아버지는 이 문제에 경찰을 끌어들일 생각이 없거든요."

그녀는 술잔 너머로 나를 똑바로 쳐다보더니 잔을 비우고 초인종을 눌렀다. 옆문으로 하녀가 들어왔다. 누른빛의 긴 얼굴을 한 점잖은 중년 여자였다. 긴 코에 턱이 없고 커다란 눈은 젖어 있었다. 오랫동안 혹사를 당한 끝에 목장에 도로 쫓겨 온 늙은 말 같았다. 리건 부인이 빈 잔을 흔들어 보이자 그녀는 술을 한 잔 타서 건네주고 밖으로 나갔다. 그 사이에 말 한마디 없었고 나를 거들떠보지도 않았다. 하녀가 나가자 리건 부인이 입을 열었다.

"어떻게 할 작정이에요?"

"언제 어떻게 이 집을 나갔소?"

"아버지한테 못 들었나요?"

나는 고개를 한쪽으로 기울이고 픽 웃었다. 여자 얼굴이 빨개졌다. 새까만 눈에 광기가 서렸다.

"숨길 것 없잖아요." 그녀는 목청을 높였다. "뭐예요? 그 태도, 기분 나쁘게."

"그건 피장파장이 아니오." 나는 말했다. "첫째, 나를 만나자고 한

게 누구였지요? 부인이 거드름을 피우거나 점심 대신에 위스키 한 병을 비우거나 내가 알 바 아니지. 부인 다리를 구경한 것도 나쁠 건 없고. 부인 다리는 매우 매력적이군요. 나는 그 다리와 인사를 나누게 된 것을 무한한 영광으로 생각합니다. 내 태도가 부인 마음에 들지 않았다면 나로선 어쩔 수 없는 일이오. 내 버릇은 원래 이 모양이어서 나도 긴 겨울밤을 새워가며 골머리를 앓고 있는 중이라오. 하지만 반대 신문 따위로 시간 낭비는 안 하는 게 좋겠군요."

그녀는 술잔을 탁 내려놓았다. 그러고는 다리를 홱 돌려 마루를 딛고 일어섰다. 눈은 불같이 타오르고 코는 분노에 떨렸다. 벌어진 입 사이에서 하얀 이가 나를 노려보았다. 꽉 쥔 주먹의 관절이 하얗게 변했다.

"그런 고약한 말버릇이 어딨어요!"

그녀는 숨을 죽이고 나직이 말했다. 나는 자리에 앉은 채 씩 웃었다. 그녀는 천천히 입을 다물고 엎질러진 술을 내려다보았다. 그러고는 소파 끝에 앉아서 손으로 턱을 괴었다.

"후리후리하게 큰 키에 가무잡잡하게 잘생긴 야수 같은 양반! 차라도 한 대 팽개쳐 주고 싶어."

나는 엄지손가락 손톱에 대고 성냥을 그었다. 기적적으로 점화됐다. 나는 담배 연기를 내뿜고 기다렸다.

"나는 잘난 척하는 사람이 제일 싫어요. 이유 없이 싫단 말이에요."

"뭣을 그렇게 두려워하고 있소, 리건 부인?"

순간 여자의 눈이 희어졌다가 금방 새까맣게 변했다. 콧구멍은 꼬집힌 것처럼 실룩거렸다.

"아버지가 만나자고 한 거 러스티 때문이 아니었죠?"

"아버지한테 물어보시지."

그녀는 다시 화가 치미는 모양이었다.

"나가주세요, 썩 나가줘요."

나는 일어섰다.

"앉아요!" 그녀는 꽥 소리 질렀다.

나는 다시 앉았다. 그리고 손가락 끝으로 손바닥을 툭툭 치기 시작했다.

"그러지 마세요, 제발." 그녀가 말했다. "아버지가 부탁했으면 댁은 러스티를 찾아낼 수 있을 거예요."

나는 그 수에 넘어가지 않았다. 나는 고개를 끄덕이며 물었다.

"언제 이 집을 나갔소?"

"한 달쯤 됐어요. 말 한마디 없이 차를 몰고 나가버렸어요. 차는 나중에 누군가의 개인 차고에서 발견됐구요."

"누가 발견했소?"

그녀는 점점 교활해졌다. 온몸에서 긴장이 싹 풀리는 듯했다. 그녀는 나를 보고 웃더니 의기양양하게 말했다.

"그럼 아버지는 이야기를 하지 않으셨군요."

여자의 목소리는 승리의 기쁨에 넘쳐흘렀다. 아마 내가 당한 건지도 모르겠다.

"리건 이야기는 들었소. 하지만 장군께서 나를 만나자고 한 건 그 때문이 아니었소. 나에게서 듣고 싶었던 게 바로 이 말이었지요?"

"무슨 소리를 하건 나하곤 상관없어요."

나는 다시 일어섰다.

"그럼 이만 가봐야겠군."

여자는 아무 말도 하지 않았다. 나는 방문을 열고 뒤돌아보았다. 여자는 입술을 깨물고 난처한 표정을 짓고 있었다.

나는 홀까지 내려왔다. 집사가 모자를 들고 불쑥 나타났다. 그가 문을 여는 동안 나는 모자를 썼다.

"자네 잘못이었어." 내가 말했다. "부인은 날 만날 생각이 없었네."

집사는 하얀 머리를 숙이고 정중하게 말했다. "죄송합니다. 워낙 실수가 많은 사람이 돼서." 이렇게 말하고 그는 문을 살짝 닫았다.

나는 현관 앞 계단에 서서 담배를 피워 물고 손질이 잘된 나무와 화원을 끼고 늘어선 테라스를 바라보았다. 꼭대기에 금빛 창으로 장식한 철책이 집 주위를 둘러싸고 있었다. 차도가 낮은 벽 사이를 뚫고 곡선을 그리며 철문까지 뻗쳐 있고 울타리 너머 경사진 언덕이 5, 6마일이나 계속되고 있었다.

저 멀리 나무 유전탑이 두세 개 우뚝 서 있었다. 스턴우드는 이 유전에서 거금을 모았다. 이젠 이곳 대부분이 공원으로 변해 있었다. 일터를 깨끗이 정리해서 스턴우드 명의로 시에 기증한 것이었다. 그러나 일부는 아직 그대로 남아 하루에 5, 6배럴씩 채유하고 있었다. 언덕 위로 이사 간 집안 식구들은 썩은 물이나 석유 냄새 때문에 고생할 필요는 없어졌지만, 창 너머로 그들을 부자로 만들어 준 땅을 바라볼 수 있었다. 물론 그것을 보고 싶을 때의 이야기이다. 그러나 나는 그들이 보고 싶어할 것 같지 않았다.

나는 붉은 포석을 깐 길을 걸어서 문 밖으로 나왔다. 내 차는 박하나무 밑에 서 있었다. 천둥소리가 사방에 요란했다. 하늘엔 비구름이 시커멓게 끼어 있었다. 비가 억수로 쏟아질 것 같았다. 나는 차 지붕을 걸어 올리고 시내로 향했다.

그녀의 다리는 예뻤다. 그것만은 사실이었다. 그들은 매우 세련된 사람들이었다. 장군은 아마 나를 시험해볼 생각이었겠지. 내가 맡은 일은 변호사가 할 일이었다. 아서 권 가이거란 자가 금품 갈취자란 사실이 판명되더라도 이 일은 변호사가 맡을 일이다. 하지만 이 사건에는 표면에 나타나지 않은 문제가 복잡하게 얽혀 있는지도 모른다. 실마리를 풀어 가면 재미있는 일이 벌어질 것도 같다. 나는 할리우드 도서관으로 차를 몰았다. 그리고 《초판연구》라는 곰팡이 냄새가 물씬 나는 책을 대강 훑어보았다. 30분쯤 지나 점심 생각이 났다.

4

A.G. 가이거 서점은 라스 팔마스 근처 대로변의 북쪽에 있었다. 가게 정면에서 쑥 들어간 곳에 앞문이 있고 창문은 구리쇠로 장식되어 있었다. 창 뒤에 세워둔 병풍 때문에 가게 안을 들여다볼 수 없었다. 창가에는 동양 골동품들이 너저분하게 진열되어 있었다. 나는 청산이 안 된 청구서라면 몰라도 골동품 같은 것을 수집해본 일이 없어서 그것들이 값진 물건인지 아닌지 도무지 알 수가 없었다. 입구 문은 판유리로 되어 있었지만 방안이 너무 컴컴해서 잘 보이지 않았다. 가게 한 옆에 건물 입구가 있었고 반대쪽은 보석 상점이었다. 상점 주인이 입구에서 무료하게 서성대고 있었다. 하얀 머리칼에 키가 쑥 뻗고 잘생긴 유대인이었다. 그는 검은 양복을 입고 오른손에 9캐럿짜리 다이아몬드 반지를 끼고 있었다. 내가 가이거 서점에 들어가는 것을 보고 그는 빙그레 웃었다. 다 알겠다는 눈치다.

나는 문을 살짝 닫고 들어서서 마루에 깐 카펫을 밟으며 사뿐히 걸었다. 푸른 가죽으로 만든 안락의자가 벽을 따라 늘어서 있고 그 옆에 재떨이 스탠드가 놓여 있었다. 책꽂이 사이의 좁다란 테이블 위에 가죽으로 장정한 책들이 쌓여 있었다. 벽에 있는 유리 케이스 안에도 같은 책이 가득 차 있었다. 겉보기에 번지르르한 상품이다. 돈이 주체스런 갑부가 고스란히 사서 서가를 장식하기 알맞은 책들이다. 가게 맨 구석에 나무 칸막이가 있었고 칸막이 문은 닫혀 있었다. 칸막이와 벽 사이의 구석진 곳에 책상이 놓여 있고 그 앞에 여자 점원이 앉아 있었다. 책상 위에는 조각한 목제 램프가 있었다.

여자 점원은 천천히 일어서서 몸을 좌우로 흔들면서 이쪽으로 걸어왔다. 몸에 딱 달라붙는 검은 드레스를 입고 있는 그녀는 허벅다리가 길었다. 그녀의 맵시 있는 걸음걸이는 이런 곳에서 흔히 볼 수 없는 교태를 풍겼다. 희끄무레한 금발머리, 초록빛 도는 눈, 구슬 같은 속눈썹, 미끈하게 뒤로 빗어 넘긴 머리칼. 그리고 귀에는 커다란 흑옥을 달고 있었다. 손톱은 은빛이었다. 그녀는 방금 먹은 점심이 제자리를 잡기 어려울 정도로 성적 매력을 풍기면서 다가서더니 고개를 갸우뚱하고 흩어질까 말까 한 머리칼을 매만졌다. 입가에 떠오른 미소는 인사치레에 불과했지만 잘 구슬리면 꽤 쓸 만한 미소가 될 것 같았다.

"뭘 찾으세요?" 그녀가 물었다.

나는 뿔테 안경을 쓰고 있었다. 나는 목청을 높여 물었다.

"1860년판 '벤허' 있소?"

그녀는 뭐라고요? 하고 묻지는 않았지만 그렇게 묻고 싶은 표정을 지었다. 그녀는 멋쩍게 웃으며 말했다.

"초판 말씀인가요?"

"아니, 3판이오. 116쪽에 오식이 있는 책인데."

"지금 없는데요."

"그럼 1840년판 '셰발리에 오듀봉'은 있나요? 한 세트 전부 말이오."

"저, 없어요, 지금." 그녀는 주춤거렸다. 이와 이마 사이에 매달려 있는 미소는 금방 떨어져 나갈 것 같았다.

"이 집은 책방이 틀림없지요?" 나는 점잖게 물었다. 그녀는 나를 아래위로 훑어보았다. 미소는 사라지고 눈초리가 딱딱해지고 전신이 긴장했다. 그녀는 은빛 손가락으로 책 선반을 가리키며 반문했다.

"저게 뭘로 보이나요, 자몽처럼 보이나요?"

"아, 저런 건 흥미가 없는데. 아마 시시한 복사 판화겠지. 난 필요 없소."

"네, 그러세요?" 잔뜩 화가 난 그녀는 미소를 되찾기 위해서 몹시 애를 쓰고 있었다. "주인이 계시면 혹시 모르겠지만…… 마침 출타 중이라서." 그녀는 나를 주의 깊게 관찰했다.

이 여자는 희귀본에 관해서는 전혀 백지로구나.

"곧 돌아올까요?"

"늦어질 것 같네요."

"거 참 야단났군! 정말 곤란한데. 하는 수 없지. 이 폭신한 의자에 앉아 담배나 한 대 피우며 기다려 볼까. 오후엔 한가하니까."

"좋도록 하세요."

나는 다리를 쭉 뻗고 편안한 자세로 의자에 몸을 기대고 재떨이 옆에 있는 라이터로 담배를 피워 물었다. 여자는 아랫입술을 깨물고 그 자리에 서 있었다. 난처한 눈치였다. 이윽고 그녀는 제자리에 돌아가서는 램프 너머로 나를 응시했다. 나는 다리를 포개고 하품을 했다. 그녀의 손이 전화기를 들어 올리려다 그만두고 그 손으로 책상을 가볍게 치기 시작했다.

5분 가량 침묵이 흘렀다. 이윽고 가게 문이 열렸다. 키가 크고 허기져 보이는 한 남자가 지팡이를 든 채 큰 코를 앞세우고 들어왔다. 그는 문을 눌러 닫고 여자 쪽으로 걸어가서 종이에 싼 꾸러미를 책상 위에 올려놓았다. 그리고 지갑 속에서 뭔가 꺼내더니 그것을 여자에게 보였다. 그녀는 책상 위의 단추를 눌렀다. 남자는 몸이 겨우 빠져 나갈 만큼 좁은 칸막이 문을 열고 안으로 사라졌다.

나는 다시 담배를 피워 물었다. 시간이 흘러갔다. 붉은 대형차가 덜커덩거리며 가게 앞길을 지나갔다. 사이렌이 울렸다. 여자는 팔을 괴고 앉아 손으로 얼굴을 가리더니 손가락 사이로 나의 거동을 살폈다. 칸막이 문이 열리고 아까 그 남자가 나왔다. 책 모양의 종이 꾸러미를 들고 있었다. 그는 여자에게 돈을 지불하고 내 앞을 지나가면서 날카롭게 나를 노려보았다.

나는 자리에서 일어서서 모자 끝으로 여자에게 인사하고 남자를 따라 나왔다. 그는 지팡이를 가볍게 흔들며 서쪽으로 걸었다. 그를 미행하기란 식은 죽 먹기였다. 그는 말 등에 씌우는 모포처럼 화려한 옷감으로 만든 상의를 입고 있었다. 널따란 어깨 위로 솟아오른 그의 목은 셀러리 줄기처럼 가늘게 보였고 걸음을 옮길 때마다 머리가 흔들렸다.

우리는 한 블록 반을 걸었다. 하일랜드 거리의 신호등 근처에서 나는 그를 따라잡고 나의 존재를 알려 주었다. 그는 나를 힐끔 쳐다보았다. 그의 눈초리가 갑자기 날카로워졌다. 황급히 시선을 피했다. 신호등 색이 바뀌자 우리는 길을 건너 한 블록을 더 걸었다. 그의 발걸음이 빨라졌다. 모퉁이를 돌고 보니 그는 20야드 앞서 있었다. 그는 오른쪽으로 길을 꺾었다. 그리고 1백 야드쯤 언덕길을 올라가서 지팡이를 팔에 걸고 호주머니에서 담배 케이스를 꺼냈다. 그는 불을 붙이려다가 성냥을 땅에 떨어뜨렸다. 성냥을 집어 올리다가 뒤를 쳐다보던 그의 눈이 모퉁이에서 감시하고 있던 내 시선과 마주쳤다. 순간 그는 엉덩이를 한 대 걷어차인 사람처럼 몸을 벌떡 일으켜 세우고 지팡이를 요란하게 흔들면서 도망치듯 걸어갔다. 길을 왼쪽으로 꺾은 그를 따라 모퉁이까지 왔을 때는 우리 사이의 거리는 반 블록쯤 벌어져 있었다.

나는 숨이 찼다. 거긴 양쪽으로 나무가 늘어선 좁은 길이었다. 한쪽에 축담이 쌓여 있고 반대쪽은 세 채의 방갈로가 있는 마당이었다. 그의 모습은 온데간데없었다. 나는 여기저기 기웃거리며 어슬렁거렸다. 두 번째 방갈로 마당에 '라바바'라고 주소가 적혀 있었다. 나무 그늘 아래 두 줄로 늘어선 방갈로가 보였다. 조용하고 어스름한 곳이었다. 도로 중앙에는 작달막하게 딱 바라진 산사나무가 줄을 잇고 있었다. '알리바바와 40인의 도적'에 나오는 기름 단지처럼 통통한 나무였다. 세 번째 단지 뒤에서 화려한 무늬의 소매 끝이 움직였다. 나는 길가의 박하나무에 몸을 기댄 채 기다렸다. 언덕 밑에서 우레 소리가 들렸다. 번갯불이 남쪽 하늘에 뭉게뭉게 쌓인 새까만 구름 사이를 비췄다. 빗방울이 떨어지기 시작했다. 바람은 스턴우드 장군의 온실처럼 잠잠했다.

나무 그늘에 가린 소매가 다시 움직였다. 이윽고 큰 코, 한쪽 눈, 그리고 고동색 머리가 나타났다. 그의 눈은 나를 응시하더니 숨어버렸다. 다른 눈이 딱따구리처럼 반대쪽에서 나타났다. 5분이 지났다. 그는 겁에 질려 있었다. 성냥 긋는 소리. 그리고 휘파람 소리가 났다. 어슴푸레한 그림자가 풀밭을 지나 옆 나무로 건너갔다. 그는 큰 길로 나와 지팡이를 흔들고 휘파람을 불면서 이쪽으로 곧장 걸어왔다. 입술이 약간 떨리고 있었다. 그는 바로 내 곁을 지나가면서 나를 거들떠보지도 않았다. 물건을 감추었으니 이젠 염려할 것이 없는 모양이다. 나는 그의 모습이 보이지 않을 때까지 기다렸다. 나는 라바바 중앙 통로를 지나 세 번째 산사나무까지 와서 나뭇가지를 헤치고 종이 꾸러미를 꺼냈다. 그러고는 책을 겨드랑이에 끼고 그 자리를 떠났다. 아무도 고함치는 사람이 없었다.

5

큰길로 다시 나온 나는 약국 전화 부스로 들어가서 아서 귄 가이거 씨의 저택을 올려다보았다. 그는 언덕 중턱 로렐 캐니언 큰길에서 떨어진 래번 테라스에서 살고 있다. 나는 재미삼아 5센트 코인을 넣고 그의 전화 번호를 돌렸다. 응답이 없다. 나는 같은 블록의 다른 구역으로 가서 두어 군데 책방을 살펴보았다.

가장 먼저 눈에 띈 것은 북쪽에 있는 책방이었다. 그 책방의 넓은 아래층은 문방구와 사무용품으로 가득 차 있고 아래층과 2층 사이에 있는 층에는 책이 산더미처럼 쌓여 있다. 잘못 찾아온 것 같다. 나는 길을 건너서 한참 걷다가 다른 서점에 들어갔다. 이 집은 쓸 만한 것 같았다. 비좁은 가게 안은 마룻바닥에서 천장까지 책이 꽉 차 있었고, 손님이 너덧 명 서서 새 책 표지에 손때를 묻혀가며 소일하고 있었다. 아무도 나를 눈여겨보지 않았다. 나는 손님 사이를 비집고 들어갔다.

칸막이 뒤에서 여점원이 책상 앞에 앉은 채 법률책을 읽고 있었다. 나는 여자에게 지갑을 살짝 펴보였다. 그녀는 그것을 보고 나서 안경을 벗고 의자에 등을 기댔다. 나는 지갑을 도로 집어넣었다. 그녀는 약간 찌푸린 얼굴로 나를 보았을 뿐 아무 말이 없었다.

"부탁이 좀 있는데 들어주겠소?"

"글쎄요, 뭔데요?" 부드러운 허스키 보이스였다.

"여기서 서쪽으로 두 블록 거리에 있는 가이거 서점을 아시나요?"

"그 앞을 지나간 적은 있어요."

"잘 아실 텐데." 내가 말했다. "이 집하곤 좀 성질이 다른 서점 말이오."

여자는 입술을 약간 실쭉 내밀고 아무 말도 하지 않았다.

"그 집 주인을 본 적이 있나요?" 내가 물었다.

"미안하지만 나는 그 사람을 몰라요."

"그렇다면 그 사람이 어떻게 생겼는지 이야기해 줄 수 없겠군요."

그녀는 입술을 쭉 내밀었다. "내가 왜 얘기를 해야 하죠?"

"이유야 없지. 싫다면 강요할 수도 없고."

그녀는 칸막이 사이로 가게 안을 살피고 나서 의자에 몸을 기댔다.

"아까 보여준 건 보안관의 별표였나요?"

"명예 보안관 대리 기장이었소. 한 푼의 가치도 의미도 없는 거라오."

"그래요?" 그녀는 담배를 입으로 뽑아 물었다. 나는 성냥불을 갖다 댔다. 그녀는 고맙다고 인사하고 연기 사이로 나를 바라보았다.

이윽고 그녀는 조심스럽게 입을 열었다.

"가게 주인이 어떻게 생겼는지 알면 그만이고 만나긴 싫단 말씀인가요?"

"그 사람 지금 자리에 없지 않소?" 내가 말했다.

"돌아오겠죠, 뭐. 주인이라면."

"나는 그 사람을 아직 만나고 싶은 것은 아니오." 내가 말했다.

그녀는 다시 책방 안 동정을 살폈다.

"희귀본에 대해서 잘 알고 있소?" 내가 물었다.

"물어보세요."

"1860년에 출간된 '벤허' 있지 않소. 3판으로, 116쪽에 중복된 곳이 있는 것 말이오."

그녀는 노란 법률책을 한옆으로 치우고 책상 위에 있던 두꺼운 참고 서적을 한참 뒤적거렸다.

"아무 데도 없는걸요." 그녀는 고개를 들지 않고 말했다. "그런 책은 없어요."

"그렇소?"

"무슨 말씀을 하겠다는 거예요?"

"가이거 서점의 점원은 이 사실을 모르던데."

그녀는 얼굴을 들었다.

"그랬군요. 그 애긴 좀 재미있네요."

"나는 모종의 사건을 조사하고 있는 사립 탐정이오. 아마 내가 너무 많은 질문을 하는가 보군. 하지만 이 정도는 물어봐도 괜찮다고 생각했을 뿐이오."

그녀는 담배 연기로 동그랗게 고리를 만들어 그 속에 손가락을 집어넣었다. 연기가 사방으로 흩어졌다. 그녀는 담담하게 입을 열었다.

"나이는 갓 마흔. 중키에 뚱뚱한 편이고요. 아마 160파운드쯤 될 거예요. 살찐 얼굴. 찰리 챈 콧수염. 굵다란 목. 옷차림이 단정하고 모자는 안 썼고요. 골동품을 아는 척하지만 전연 모르지요. 그리고 참 왼쪽 눈이 유리 의안이에요."

"그만하면 훌륭한 여순경이 되겠소."

그녀는 참고 서적을 책꽂이에 꽂고 법률책을 다시 펴들었다.

"천만에요." 그녀는 이렇게 말하고 안경을 꼈다.

나는 그녀에게 사례하고 가게를 나왔다. 비가 내리고 있었다. 나는 종이에 싼 책을 겨드랑이에 끼고 뛰었다. 내 차는 가이거 서점의 거의 맞은편 골목길에 서 있었다. 뛰는 도중에 온몸이 흠뻑 젖었다. 나는 차 속으로 뛰어 들어가서 손수건으로 꾸러미를 닦았다. 그리고 책 포장을 풀었다. 어떤 책인지는 이미 짐작하고 있었다. 멋지게 장정한 묵직한 책이었다. 최고급 아트지. 사진이 가득 찬 지면. 사진과 글은 입에 담지 못할 만큼 외설적이다. 새 책은 아니었다. 표지 뒷면에 대출 날짜가 적혀 있다. 나는 책을 다시 포장지에 싸서 좌석 뒤에 숨겼다. 대로변에서 거리낌 없이 이런 장사를 하자면 상당한 끄나풀 없이 될 일이 아니다. 나는 담배 연기 속에서 빗소리를 들으며 생각에 잠겼다.

6

빗방울이 도랑에 넘쳐흐르고 인도 가장자리에서 물이 무릎까지 튀어 올랐다. 덩치 큰 순경들이 총신처럼 번쩍이는 비옷을 입고 킥킥 웃어대는 여자들을 도와 길을 건네주면서 즐거운 시간을 보내고 있었다. 억센 빗방울이 차 지붕을 요란하게 때렸다. 빗물이 새기 시작했다. 바닥에 물이 괴어 발이 물 속에 잠겼다. 계절 치곤 좀 이른 호우였다. 나는 비옷을 껴입고 근처 가게로 뛰어들어가서 위스키 한 병을 샀다. 그리고 자리에 되돌아와서 몸이 녹을 만큼 들이켰다. 내 차는 너무 오래 주차하고 있었지만 순경들은 여자들과 더불어 호루라기 부는 데만 정신이 팔려 있었다.

비가 억수로 퍼붓는데도, 아니 비가 쏟아지기 때문인지는 몰라도 가이거 서점은 몹시 붐볐다. 번지르르한 차들이 쉴 새 없이 가게 앞에 와 닿았고 점잖은 옷차림의 사람들이 책 꾸러미를 들고 들락날락했다. 남자들뿐이 아니었다.

가게 주인은 4시쯤에 나타났다. 우윳빛 쿠페 승용차가 가게 앞에 서자 살찐 얼굴에 찰리 챈 콧수염을 단 남자가 차에서 내려 가게 안으로 들어갔다. 모자는 쓰지 않았고 허리띠가 달린 녹색 가죽 비옷을 입고 있었다. 거리가 멀어서 유리 눈은 식별할 수 없었다. 키가 크고 잘생긴 젊은 사나이가 점퍼 차림으로 가게를 나와 차를 한쪽 구석에 옮겨놓고 돌아왔다. 검은 머리가 비를 맞아 납작하게 붙어 있었다.

또 한 시간이 흘렀다. 어느새 날이 저물고 거리의 전등 빛이 빗속의 어둠에 잠겼다. 전차 벨 소리가 여기저기서 들려왔다.

5시 15분경. 점퍼 차림의 젊은이가 차를 입구에 대기시켰다. 주인이 가게에서 나왔다. 젊은이가 우산을 받쳐 주었다. 그는 우산을 접어서 빗물을 털고 차 속에 넣었다. 그러고는 가게로 뛰어 들어갔다.

나는 차의 시동을 걸었다.

쿠페는 서쪽으로 방향을 잡았다. 나는 부득이 차를 좌회전시켜야 했다. 반대편에서 달려오는 차들과 한바탕 소동이 벌어졌다. 겨우 큰

길로 빠져 나왔을 때 그 차는 두 블록 앞에 있었다. 그가 집에 돌아가는 길이면 좋겠는데. 그의 모습이 보였다 사라졌다 하는 사이 그는 북쪽으로 방향을 돌려 로렐 캐니언 거리로 접어들었다. 그는 언덕길을 반쯤 올라가다가 차를 왼쪽으로 꺾어 꾸불꾸불한 콘크리트 길을 따라갔다. 래번 테라스였다. 좁은 길 한쪽은 산언덕이고 또 한쪽에는 비탈진 곳에 작은 오막살이가 여기저기 흩어져 있었다. 지붕은 도로면보다 약간 높았다. 유리창은 산울타리와 잡목에 가려지고 젖은 나무에서 물방울이 쉴 새 없이 떨어지고 있었다.

가이거는 헤드라이트를 켜고 있었지만 나는 켜지 않았다. 나는 속력을 내고 커브를 돌면서 그를 추월했다. 나는 곁눈으로 집 번지를 보고 블록 끝까지 가서 차를 돌렸다. 그의 차는 이미 서 있었다. 차고 안에서 헤드라이트 불빛이 희미하게 비쳐나왔다. 네모꼴의 산울타리가 앞문을 완전히 가리고 있었다. 그는 차고에서 나와 우산을 받치고 울타리 사이로 사라졌다. 미행당하고 있는 줄 눈치채지 못하고 있었다. 집 안에 불이 켜졌다. 나는 위쪽 집 앞까지 차를 몰았다. 빈집 같았다. 나는 차를 세우고 술을 병째 한 모금 들이켜고 앉아 있었다. 무엇을 기다리고 있는지 나도 몰랐다. 그저 기다려야 하겠다는 생각뿐이었다. 지루한 시간이 흘렀다.

차 두 대가 올라와서 언덕 너머로 사라졌다. 무척 조용한 거리 같았다. 6시가 좀 지나고 있었다. 주위는 완전히 어둠에 잠겼다. 차 한 대가 가이거 집 앞에 섰다. 불이 꺼지고 한 여자가 문을 열고 나왔다. 투명한 레인코트를 입은 키가 작고 날씬한 몸매의 여자였다. 그 여자는 울타리를 헤치고 안으로 들어갔다. 초인종 소리가 희미하게 들렸다. 불빛이 잠깐 비쳤다. 문 닫는 소리가 나더니 잠잠해졌다.

나는 손전등을 꺼내 들고 걸어 내려갔다. 여자가 타고 온 차는 밤색 패커드 컨버터블이었다. 왼쪽 창이 열려 있었다. 나는 면허증을 꺼내서 손전등으로 비춰 보았다. '서(西) 할리우드, 앨타 브리 크레센트 3765번지 카멘 스턴우드'. 나는 내 차로 돌아와서 한없이 기다렸다. 물방울이 무릎 위에 떨어지고, 마신 술 때문에 가슴이 탔다. 차는 더 이상 지나가지 않았다. 앞집에서는 불이 켜질 줄 몰랐다. 나쁜 짓 하기에 꼭 알맞는 동네 같았다.

7시 30분, 강렬한 한 줄기의 흰 광선이 가이거 집 안을 번갯불처럼 스치고 지나갔다. 섬광이 어둠 속으로 사라지는 순간, 날카로운 비명소리가 메아리치며 비에 젖은 나무 사이로 빨려들어갔다. 메아리가 그치기도 전에 나는 차 밖으로 뛰어나가 집을 향해 질주하고 있었다. 그 소리는 겁에 질린 비명이 아니었다. 기쁨과 놀라움에 도취한 바보스런 목소리였다. 등골이 오싹했다. 그것은 흰 가운을 입은 남자, 철창, 손발 묶는 가죽 혁대가 붙은 좁은 침대를 연상시키는 비명 소리였다. 나는 산울타리를 뚫고 현관 앞으로 뛰어갔다. 집 안은 잠잠했다. 문에는 쇠고리 노커가 사자 입 속에 달려 있었다. 나는 그것을 움켜잡았다. 그 순간, 마치 그 때를 기다렸다는 듯이 세 방의 총성이 집 안에서 울려 퍼졌다. 길게 내쉬는 거친 신음 소리, 쿵 하고 육중한 물체 넘어지는 소리, 허둥지둥 물러가는 발소리.

좁은 널판이 집과 언덕 사이에 외나무다리처럼 놓여 있었다. 아랫길로 내려가는 계단 꼭대기에 뒷문이 있었다. 그 계단을 딛고 황급히 도망치는 발소리가 들렸다. 자동차 시동 거는 소리가 나더니 차는 순식간에 멀어져갔다. 뒤이어 또 한 대의 차 소리가 난 듯했지만 확실치는 않았다. 집 안은 쥐죽은 듯이 고요했다. 서둘 필요는 없다. 집 안에 누군가 있다면 거기 그대로 있을 것이므로.

나는 담 위에 기어 올라가서 몸을 쑥 내밀고 커튼 틈으로 방 안을 들여다보았다. 전등에 비친 벽과 책상 끝이 보였다. 나는 밑으로 내려왔다. 그리고 혼신의 힘을 기울여 어깨를 앞문에 부딪쳤다. 어리석은 짓이었다. 캘리포니아 지방에 있는 집들은 앞문을 부수고 들어가지 못하게 되어 있다. 어깨만 쑤시고 아팠다. 은근히 화가 치밀었다. 나는 다시 담을 올라가서 유리창을 발로 걷어찼다. 그러고 나서 모자로 손을 싸서 깨진 유리를 뽑아내고 안쪽 걸쇠를 비틀어 열었다. 나머지 일은 순조로웠다. 위쪽에는 걸쇠가 없었다. 창문이 열렸다. 나는 안으로 기어 들어가서 커튼을 젖혔다. 방 안의 두 사람은 나를 거들떠보지도 않았다. 그중 한 사람은 죽어 있었다.

7

집 너비를 독차지한 듯한 큰 방이었다. 대들보가 드러난 낮은 천장, 중국 자수와 일본 판화가 걸려 있는 서고 벽. 그곳에는 나지막한 책꽂이가 놓여 있고 바닥엔 불그스름한 중국 모피가 깔려 있었다. 뒤쥐가 코를 파묻고 일주일쯤 푹 잠이 들 만한 모피였다. 비단 커버를 씌운 방석이 여기저기 흩어져 있었다. 낮고 널찍한 장밋빛 소파 위에 옷 뭉치와 라일락 빛깔의 내의가 놓여 있었다. 받침대 위에 놓인 큰 전기스탠드도 하나 있었고, 술이 길게 늘어진 초록색 갓을 씌운 전기스탠드가 둘 있었다. 조각무늬로 장식한 까만 책상이 구석에 있고, 그 옆에 검게 윤나는 팔걸이의자가 있었으며, 의자 위에는 노란 비단 방석이 깔려 있었다. 방 안은 여러 가지 냄새로 뒤범벅이 되어 있었다. 그중에서도 특히 강하게 풍기는 것은 화약 냄새와 메스꺼운 에테르 냄새였다.

방 맨 안쪽에 있는 단상에 키 큰 나무 의자가 있고 술이 달린 오렌지 빛 숄을 깔고 카멘 스턴우드 양이 앉아 있었다. 곧은 자세. 양팔을 팔걸이에 올려놓고 무릎을 붙이고 빳빳하게 몸을 세운 채 앉아 있는 포즈는 마치 이집트의 여신상 같았다. 벌어진 입술 사이로 자그만 이빨이 하얗게 빛났다. 카멘 양은 눈을 크게 뜨고 있었다. 광기가

41

서린 눈이었다. 의식은 없는 것 같았다. 그러나 의식 없는 여자치곤 포즈가 이상하다. 카멘 양은 어떤 중요한 일을 멋지게 해냈다고 생각하고 있는 것 같았다. 킬킬 웃는 소리가 입 밖으로 새어 나오고 있었지만 표정은 변하지 않았고 입술도 움직이지 않았다.

카멘 양은 길쭉한 비취 귀걸이를 달고 있었다. 멋진 귀걸이였다. 200달러는 족히 될 것 같다. 몸에 단 거라고는 그것뿐, 카멘 양은 완전한 알몸이었다. 그녀의 육체는 예뻤다. 작고 유연한 몸매. 단단한 근육. 불빛을 받은 피부는 반짝이는 진주 같았다. 다리는 리건 부인만큼 정욕적이지는 않지만 꽤 매력적이다. 나는 아무런 감정 없이 카멘 양의 알몸을 훑어보았다. 카멘 양은 벌거벗은 여자로서 내 앞에 나타나 있는 존재가 아니었다. 그녀는 마약 중독자에 지나지 않았다. 처음 만났을 때부터 그랬다.

나는 가이거 쪽으로 시선을 돌렸다. 그는 중국 모포 언저리에 큰 대자로 누워 있었고, 그 옆에는 토템 기둥같이 생긴 물건이 서 있었다. 그것은 독수리의 옆모습이었고 크고 둥근 눈은 카메라 렌즈였다. 렌즈는 의자에 앉은 발가벗은 여자를 노려보고 있었다. 까맣게 탄 플래시가 목상 옆구리에 붙어 있었다. 가이거는 밑창이 두꺼운 중국 슬리퍼를 신었고 검은 잠옷 바지와 수놓은 중국 상의를 입고 있었다. 윗도리 앞부분은 온통 피에 젖어 있었다. 유리 눈만 살아서 번뜩였다. 가이거는 총을 세 방 맞고 죽어 있었다. 내가 본 섬광은 플래시가 터지는 빛이었다. 그리고 미친 비명 소리는 발가벗고 마약에 정신이 몽롱해진 여자 입에서 나온 소리였다. 세 발의 총성은 이 장면을 꾸며낸 제삼자의 아이디어였다. 뒷계단을 뛰어 내려가서 자동차에 올라타고 쏜살같이 달아난 그자의 연출작품이었다.

빨간 니스 칠을 한 쟁반 위에 금빛 줄무늬의 얄팍한 술잔 두 개가 놓여 있고, 목이 가늘고 배가 불룩한 병 속에 갈색 액체가 들어 있었다. 나는 병마개를 따고 냄새를 맡아보았다. 에테르, 그리고 또 한 가지 다른 냄새가 났다. 아마 아편이겠지. 나는 이 액체를 마셔본 적은 없었지만 이 방 분위기에 잘 어울리는 것 같았다.

빗방울이 지붕과 북쪽 유리창을 때렸다. 그밖에 다른 소리는 들리지 않았다. 차 소리도 사이렌 소리도 들리지 않고, 오직 빗소리뿐이었다. 나는 소파 곁으로 가서 비옷을 벗어던지고 여자 옷을 뒤적거렸다. 머리서부터 뒤집어쓰도록 되어 있는 짜임이 성긴 모직 드레스였다. 이런 옷이라면 그럭저럭 입힐 수 있겠지. 속옷까지야 입힐 순 없지만. 쑥스러워서가 아니라 팬티를 입혀주고 브래지어를 달아주고 하는 내 자신을 도저히 상상할 수 없기 때문이었다. 나는 여자 옷을 들고 단 위로 올라갔다. 가까이 가기도 전에 카멘의 몸에서 에테르 냄새가 코를 찔렀다. 카멘 양은 연신 킬킬 웃고 있었다. 침 거품이 턱 아래로 흘러내렸다. 나는 그녀의 뺨을 찰싹 때렸다. 카멘 양은 눈을 껌뻑이고 소리를 멈추었다. 나는 또 한 번 뺨을 때렸다.

"자, 고분고분 옷을 입어야지." 나는 밝은 목소리로 말했다.

카멘 양은 나를 쳐다보았다. 그녀의 회색 눈은 가면의 눈구멍처럼 멍했다.

"꺼져버려!" 여자가 혀 짧은 소리를 냈다.

나는 다시 뺨을 쳤다. 전연 반응이 없었다. 나는 옷을 입히기 시작했다. 카멘 양은 몸을 맡긴 채였다. 양팔을 들어올리자 카멘 양은 귀여운 어리광을 부리듯이 다섯 손가락을 활짝 폈다. 나는 여자의 양손을 소매 속에 집어넣고 옷을 밑으로 잡아당기고는 그녀의 몸을 일으켜 세웠다. 카멘 양은 킬킬 웃어대며 내 품 속에 파고들었다. 나는 그녀를 의자에 앉혀놓고 스타킹과 구두를 신겼다.

"그럼 슬슬 걸어 볼까." 나는 말했다. "멋지게 한번 걸어 보자고."

우리는 걷기 시작했다. 귀걸이가 내 가슴에 부딪쳤다. 우리는 몇 번이고 방바닥에 주저앉으면서 가이거 시체 쪽으로 갔다가 다시 돌아왔다. 나는 그녀에게 시체를 보여 주었다. 카멘 양은 시체가 귀여운 모양인지 킬킬대며 혀 짧은 소리를 냈다. 나는 여자를 소파에 눕혔다. 카멘 양은 딸꾹질을 두 번 하더니 잠이 들어버렸다. 나는 그녀의 소지품을 호주머니에 쑤셔 넣고 카메라 뒤쪽으로 돌아갔다. 카메라 속에는 감광판이 들어 있지 않았다. 나는 그가 총을 맞기 전에 그것을 꺼냈을 거라고 생각하고 주위를 두리번거렸다. 아무 데도 없었다. 나는 싸늘하게 축 늘어진 시체의 손을 잡고 반 바퀴쯤 돌렸다. 그 밑에도 없었다. 이것은 심상치 않은 사태의 진전이었다.

나는 방 뒤에 있는 홀에 들어가서 주위를 살폈다. 오른쪽에 침실과 잠긴 문이 하나 있고, 맨 끝은 부엌이었다. 부엌 창문이 열려 있었다. 방충망은 간 데 없고 갈고리가 떨어져 나간 자리가 앙상하게 보였다. 뒷문은 잠겨 있지 않았다. 나는 뒷문은 그대로 두고 왼편의 침실을 들여다보았다. 깔끔히 정돈된 방이었다. 주름잡힌 커버가 침대를 덮고 있었다. 삼면경이 붙은 화장대 위에 향수병이 놓여 있고 그 옆에 손수건, 잔돈 몇 푼, 남자 머리솔, 그리고 열쇠 뭉치가 있었다. 옷장에는 남자 옷이 있고 침대 밑에 남자용 슬리퍼가 한 켤레 있었다. 가이거의 침실이었다. 나는 열쇠 뭉치를 들고 거실로 돌아와서 책상 서랍을 샅샅이 뒤졌다. 서랍 속 깊숙한 곳에 자물쇠를 채운 쇠상자가 있었다. 나는 열쇠 뭉치에서 하나를 골라 이것을 열었다. 가죽 표지의 푸른 대장이 한 권 나왔고 그밖에는 아무 것도 없었다. 그 안에는 색인과 암호문자가 잔뜩 적혀 있고 필적은 스턴우드 장군에게 보낸 편지의 필적과 같은 비스듬한 글씨체였다.

나는 책을 호주머니에 넣고 쇠상자에 묻은 지문을 깨끗이 닦은 뒤 서랍을 잠그고 열쇠 뭉치를 호주머니에 넣었다. 그리고 난로의 가스 꼭지를 잠그고 상의를 입은 뒤 카멘 스턴우드 양을 깨웠다. 그것은 허사였다. 나는 억지로 모자를 씌우고 여자 몸을 코트에 싸서 차까지 안고 나왔다. 그런 뒤에 다시 집으로 돌아가서 불을 모조리 끈 다음 앞문을 닫았다. 그리고 여자 백 속에서 열쇠를 꺼내 차의 시동을 걸었다. 나는 전조등을 켜지 않고 언덕길을 내려왔다. 앨타 브리 크레센트까지 오는데 10분도 채 걸리지 않았다. 오는 도중 그녀는 줄곧 코를 골며 내 얼굴에 에테르 냄새를 뿜어댔다. 카멘 양의 머리가 자꾸만 내 어깨에 매달렸다.

8

스턴우드 저택 옆문 유리가 희미한 불빛을 반사하고 있었다. 나는 차를 한옆에 세우고 호주머니에 든 물건을 운전대에 쏟아 놓았다. 카멘 양은 구석에서 코를 골고 있었다. 모자는 코 위에 멋지게 매달려 있고 손은 비옷 주름 사이에 힘없이 늘어져 있었다. 나는 차에서 내려 초인종을 눌렀다. 멀리서 발자국 소리가 나더니 문이 열렸다. 백발의 집사가 곧은 자세로 밖을 내다보았다. 홀에서 흘러나온 불빛이 후광처럼 그의 머리를 비췄다.

"안녕하십니까?" 집사는 정중히 말하고 내 어깨 너머로 패커드 승용차를 보았다. 그는 다시 나에게 시선을 돌렸다.

"리건 부인 계신가?"

"안 계신데요."

"장군은 주무시겠지?"

"네, 장군께선 초저녁엔 잘 주무십니다."

"부인의 하녀는?"

"마틸다 말입니까? 방에 있지요."

"좀 내려와 줘야겠는데. 이건 여자가 할 일이니까. 차 안을 한 번 보면 알 거야."

집사는 차 속을 들여다보고 돌아왔다.

"그렇군요. 곧 데리고 오지요."

"그 여자라면 잘 처리하겠지?"

"우린 모두 노력하고 있지요."

"많은 훈련을 쌓은 것 같군."

집사는 그 말엔 대꾸하지 않았다.

"그럼 이만 가겠네." 나는 말했다. "자네 손에 맡겼으니까."

"알겠습니다. 차를 잡아 드릴까요?"

"그건 안 되지. 나는 여기 오지 않은 걸로 돼 있어. 자넨 누군가 딴 사람을 보고 있는 거야."

집사는 빙긋 웃고 고개를 숙였다. 나는 차도를 건너 밖으로 나왔다. 그리고 물방울이 떨어지는 가로수 길을 열 블록쯤 걸었다. 어마어마하게 넓은 대지에 지은 호화 주택들의 창문이 환하게 비쳤다. 언덕 위의 집은 지붕의 윤곽만 희미하게 보일 뿐 창가의 불빛은 별처럼 깜박이고 있었다. 나는 눈부시게 불이 켜진 주유소 앞으로 나왔다. 김 서린 유리창 너머로 하얀 모자에 짙은 하늘색 점퍼를 입고 나무 의자에 웅크리고 앉아 신문을 읽고 있는 점원의 모습이 보였다. 나는 들어가려다 멈칫했다. 몸은 이미 젖을 대로 젖어 있었고 더욱이 택시를 잡자면 밤을 새우기에 꼭 알맞다. 더구나 택시 운전기사에게 얼굴을 익히게 할 수도 없는 노릇이었다.

걸음을 재촉해서 가이거 집 앞까지 왔을 때는 30분 이상이 지나고 있었다. 거긴 아무도 없었다. 옆집 앞에 세워둔 내 차는 길 잃은 개처럼 쓸쓸하게 보였다. 나는 위스키 병을 꺼내 들고 나머지 반을 단숨에 들이켠 뒤 담배를 피워 물었다. 반쯤 피우다가 꽁초를 내던지고 차에서 나와 가이거 집으로 걸어갔다. 나는 문을 열고 안으로 들어섰다. 방 안은 캄캄하고 훈훈했다. 나는 그 자리에 우두커니 서서 물방울을 떨어뜨리면서 빗소리를 들었다. 그리고 손으로 더듬어서 전등을 켰다.

우선 내 눈에 띈 것은 벽에 걸려 있던 자수 두어 폭이 없어졌다는 사실이다. 헤아려 보지 않아서 정확한 수효는 알 길이 없었지만 빈 자리가 두드러지게 느껴졌다. 나는 안으로 더 들어가서 스탠드 불을 켜고 토템 기둥을 응시했다. 기둥 밑에 모포가 또 한 장 깔려 있었다. 가이거가 있어야 할 곳이다. 시체는 온데간데없었다.

나는 그 자리에 얼어붙었다. 입을 꽉 다물고 토템 기둥의 유리 눈을 응시했다. 나는 다시 한번 집을 수색했다. 모든 것이 전에 있던 그대로였다. 침대 아래 위, 옷장 속, 부엌, 욕실을 샅샅이 뒤졌지만 시체는 아무 데도 없었다. 남은 것은 홀 오른쪽 방 하나. 나는 열쇠로 문을 따고 들어갔다. 시체는 거기에도 없었지만 이 방은 나의 흥미를 끌었다. 가이거의 침실과 너무나 대조적이었기 때문이다. 소박하게 차린 남성적인 방이었다. 반지르르하게 닦은 마루, 인디언 무늬의 카펫 두어 장, 딱딱한 의자 둘, 큰 책상 하나, 남성용 화장 세트, 놋쇠 촛대에 꽂은 까만 양초 두 자루, 좁고 딱딱한 침대에는 밤색 커버가 덮여 있었다. 밤공기가 차다. 나는 문을 잠그고 손잡이에 묻은 지문을 손수건으로 지운 다음 토템 기둥으로 되돌아왔다. 나는 무릎을 꿇고 앉아 카펫 끝과 방문을 연결하는 직선을 노려보았다. 끌려간 구두 자국이 두 줄 희미하게 나타났다. 누구 짓인지는 몰라도 단단히 마음먹고 한 일이 분명했다. 시체를 운반하기란 보통 힘으로 되는 일이 아니다.

경찰이 다녀갔을 리가 만무했다. 경찰이라면 벌써 물러가지 않았을 것이다. 지금쯤 자, 분필, 카메라, 지문 채취 파우더를 들고 한참 법석을 떨고 있어야 한다. 범인의 소행도 아니다. 범인은 총을 쏘고 나서 달아나기에 바빴다. 그는 분명히 여자를 보았을 테지만 그녀가 제

정신인지 아닌지를 확인할 여유가 없었을 것이다. 지금쯤 멀리 달아나고 있겠지. 정확한 해답은 나오지 않았지만 가이거가 살해되었다기보다는 실종되었다고 여겨지기를 바라는 사람이 있는 것만은 분명했다. 카멘 양을 끌어들이지 않고 이 사건을 추적할 수 있을까.

나는 문을 닫고 밖으로 나왔다. 차를 몰고 집에 돌아와서 샤워를 하고 옷을 갈아입고 저녁을 먹었다. 그리고 따끈한 위스키 칵테일을 마시며 밤늦게까지 푸른 대장 속의 암호와 씨름했다. 확실한 것은 그것이 고객 이름과 주소일 거라는 것뿐이었다. 400명은 넘을 것 같다. 덤으로 공갈협박까지 할 수 있으니 돈벌이 치고는 최고다. 범인 후보에 오를 만한 사람은 이 중에서 수두룩했다. 이 명부를 놓고 일일이 수사를 펴야 하는 수사관의 처지는 부러워할 것이 못되었다.

나는 술에 만취된 채 기가 꺾여 잠자리에 들었다. 꿈 속에서 한 남자가 피투성이가 된 중국옷을 입고 긴 비취 귀걸이를 단 나부를 뒤쫓고 있었다. 나는 속이 빈 카메라를 들고 사진을 찍겠다고 두 사람을 쫓아다녔다.

9

다음 날 아침은 구름 한 점 없이 맑았다. 입속이 컬컬하다. 커피 두 잔을 연거푸 마시고 젖은 옷의 주름을 펴고 있는데 전화벨이 울렸다. 지방 검찰국 수사과장 버니 올스였다.

"요즘 어때?" 그는 물었다. 잠도 푹 잘 자고 걱정거리 하나 없는 사람의 목소리다.

"좀 마셨더니 아침까지 깨지 않는걸."

"저런, 저런."

그는 혀를 차고 웃었다. 그러다가 갑자기 그의 음성이 부드러워졌다. 수사관 특유의 사람 달래는 목소리다.

"스턴우드 장군 만났어?"

"만났지."

"뭘 좀 도와 드렸나?"

"비가 너무 와서 말야." 나는 대답 같지 않은 대답을 했다.

"그 집엔 꼭 사건이 붙어 다닌단 말야. 리도 부두에서 약간 떨어진 해변에서 검은 색 대형 승용차가 발견됐어. 그 집 차야."

나는 수화기를 귀에다 꽉 갖다 붙였다. 그리고 숨을 죽이고 기다렸다.

"깨끗한 새 차인데 모래랑 바닷물로 엉망이 돼버렸어. 참 그리고 남자 하나가 타고 있었어."

나는 천천히 숨을 내쉬었다.

"리건인가?" 나는 물었다.

"누구라고? 그 집 큰 딸하고 결혼한 밀주꾼 말인가? 나는 만나본 적이 없어. 그 사람이 거기서 무슨 볼일이 있을까?"

"둘러대긴. 그러지 말고 누구라고 딱 말해 줄 순 없어?"

"나는 모른다니까. 지금 그쪽으로 가는 길이야. 같이 가겠어?"

"그러지."

"빨리 와. 차에서 기다리고 있을 테니."

나는 면도를 하고 옷을 갈아입고 간단히 아침을 먹었다. 그리고 한 시간이 채 못돼서 법원에 도착했다. 나는 7층까지 엘리베이터를 타고 올라가서 검찰국 직원실을 지나 그의 사무실로 들어갔다. 책상 위에는 압지, 싸구려 잉크스탠드, 모자, 그리고 그의 한쪽 발이 놓여 있었다. 중키에 금발머리, 빳빳하고 흰 눈썹, 침착한 눈초리, 매끈한 이빨. 길거리 어디서나 흔히 볼 수 있는 타입이다. 하지만 그는 벌써 아홉 사람을 죽인 경력이 있다. 그중 세 사람은 그가 총 든 사나이들 에게 포위되어 있었을 때였다.

그는 납작한 시가 깡통을 호주머니에 넣고 자리에서 일어서서 입에 문 시가를 아래위로 움직였다. 그리고 고개를 뒤로 젖힌 채 코끝 너머로 나를 유심히 관찰했다.

"리건이 아니었어." 그가 말했다. "내가 알아봤지. 리건은 자네만 한 키에 체중은 더 무겁단 말야. 차 속의 시체는 젊은 남자였어."

나는 입을 다물고 있었다.

"리건은 왜 도망갔지?" 그가 물었다. "자넨 그걸 조사하고 있지?"

"아니야." 나는 대답했다.

"밀주꾼 노릇을 하던 자가 부잣집 딸과 결혼하기가 무섭게 미인과 200만 달러를 걷어차고 달아나다니 좀 이상하잖아. 혹시 말 못할 사정이라도 있나?"

"으흥."

"좋아. 말하기 싫으면 그냥 덮어두지." 그는 호주머니를 툭툭 치면서 책상을 빠져나와 모자를 집어 들었다.

"난 리건의 행방을 쫓고 있진 않아." 나는 말했다.

우리는 사무실의 문을 잠그고 주차장으로 내려와서 조그만 푸른 세단에 몸을 실었다. 그리고 가끔 사이렌 소리를 울려가며 선셋 대로로 들어섰다. 상쾌한 아침이었다. 걱정스런 일만 없으면 이 소박하고 달콤한 인생을 만끽하기에 알맞은 아침 공기였다. 하지만 나는 그럴 수 있는 처지가 아니었다.

해변 대로를 따라서 리도까지는 30마일의 거리였다. 처음 10마일은 차량이 붐볐다. 45분 후 우리는 현장에 도착했다. 우리는 색이 바랜 아치 문 앞에 미끄러지듯 차를 세우고 하차했다. 흰 목책이 늘어선 방파제가 바다를 향해 길게 코를 내밀고 있었다. 사람들이 방파제 끝에서 바다 속을 들여다보고 있었다. 모터사이클을 옆에 둔 한 경관이 입구에서 구경꾼들을 막고 서 있었다. 양쪽 도로변에는 구경꾼들의 차가 꽉 들어차 있었다. 우리는 경관에게 신분증을 보이고 안으로 걸어 들어갔다. 지난밤의 비 정도로는 씻어 버릴 수 없는 비린내가 코를 찔렀다. "저기 발동선 위에 있어." 올스가 시가로 가리키며 말했다.

검고 납작한 발동선이 방파제 끝에 매달려 있고 흑색의 대형 세단이 갑판 위에서 체인에 감긴 채 아침 햇살을 받아 번쩍이고 있었다. 사람들이 차 주변에서 서성대고 있다. 우리는 미끄러운 계단을 딛고 내려갔다. 올스는 카키색 옷을 입은 보안관 대리와 사복 형사와 인사를 나누었다. 발동선의 선원 세 사람이 조타실에 몸을 기대고 담배를 씹고 있었다. 한 선원은 더러운 수건으로 젖은 머리를 닦고 있었다. 체인을 차에 달기 위해서 바다 속에 들어갔던 사나이다.

우리는 차를 훑어보았다. 양쪽 범퍼가 휘어졌고 헤드라이트 하나는 산산조각이 나 있었다. 나머지 하나는 휘어져 있었지만 유리는 그대로 남아 있었다. 라디에이터 덮개는 크게 우그러졌고 차체는 긁힌 상처투성이었다. 차 속은 거무죽죽하게 젖어 있다. 바퀴는 손상을 입은 데가 없어 보였다. 시체는 운전석에 앉은 자세로 헝겊에 덮여 있었다. 머리는 부자연스런 각도로 어깨를 기대고 있다. 그는 얼마 전까지만 해도 키가 크고 잘생긴 검은 머리의 청년이었다. 창백한 얼굴, 멍청하게 내리깔린 눈, 그리고 입 안엔 모래가 들어 있었다. 왼쪽 앞이마의 검푸른 타박상은 하얀 피부를 한층 돋보이게 만들었다.

올스는 한 걸음 물러서서 헛기침을 하고 담뱃불을 붙였다.

"어떻게 된 거요?"

정복 경관이 방파제 끝에 몰려 있는 구경꾼들을 손으로 가리켰다. 그 중 한 사람이 넓게 구멍이 난 목책을 매만지고 있었다. 부러진 자리가 노랗게 앙상한 모습을 드러내고 있었다.

"저걸 뚫고 나갔지요. 아마 세게 들이받았을 겁니다. 여긴 오후 9시경에 비가 멎었어요. 부러진 나무속이 말라 있는 걸 보면 사고는 비가 멎은 뒤에 일어난 것이 분명합니다. 수심이 깊은 곳에 떨어졌기 때문에 차체는 심하게 파손되지 않았던 겁니다. 사고가 일어난 시간은 아마 썰물 중간쯤 됐을 겁니다. 그보다 빨랐다면 차체는 훨씬 멀리 떠내려갔을 거고 또 그 후였다면 방파제 가까이 떠밀려 왔을 거고요. 밤 10시쯤인 것 같습니다. 적어도 9시 반 이전은 아닙니다. 우리가 왔을 땐 차가 물속에 잠겨 있었어요. 그래서 발동선을 동원해서 꺼내 올렸더니 안에 사람이 타고 있던데요."

사복 형사는 발끝으로 갑판을 문질렀다. 올스는 곁눈으로 나를 보고 입에 문 담배를 가볍게 움직였다.

"음주 운전인가?" 그는 혼잣말처럼 물었다.

수건으로 머리를 말리고 있던 남자가 목책 옆에서 요란하게 기침을 했다. 사람들의 시선이 그쪽으로 쏠렸다.

"목에 모래가 들어갔어." 그는 말하고 침을 뱉었다. "운전석에 앉아 있는 저 친구만큼 심하진 않지만 말야."

정복 경관이 말했다.

"음주 운전일지도 모르지요. 빗속을 혼자 뽐내고 돌아다녔을 겁니다. 술 취한 사람이 무슨 짓을 못합니까?"

"그건 말이 안 됩니다." 사복 형사가 말했다. "사이드 브레이크가 반쯤 걸려 있고 게다가 머리에 얻어맞은 자국이 남아 있지 않습니까? 저는 타살로 단정합니다."

올스는 수건 든 사나이에게 물었다.

"당신은 어떻게 생각하오?"

사나이는 기쁜 표정을 짓고 빙그레 웃었다.

"이건 자살입니다. 제가 왈가왈부할 문제는 아닙니다만 물으시니까 대답하는 거죠. 저는 자살로 단정합니다. 우선 입구에서 여기까지 바퀴 자국이 뚜렷이 나 있는 걸 보면 사고는 보안관 말대로 비가 멎은 뒤에 일어난 겁니다. 차는 전속력으로 방파제를 통과했지요. 그렇지 않았다면 옆으로 몇 바퀴 굴렀을 겁니다. 전속력으로 달려와서 목책을 들이받았지요. 바다 속으로 굴러떨어질 때 우연히 손이 브레이크를 붙잡았을 겁니다. 머리의 타박상도 떨어질 때 생길 수도 있고요."

"꽤 날카로운 관찰인데." 올스는 말하고 옆에 서 있던 보안관 대리를 보고 물었다. "시체의 소지품을 조사해 봤소?"

보안관 대리는 이리저리 시선을 피했다.

"좋소, 그만 두시오." 올스가 말했다.

피곤한 얼굴에 안경을 낀 작은 체구의 사나이가 검은 가방을 들고 내려왔다. 그는 비교적 깨끗한 장소를 골라서 가방을 내려놓았다. 그리고 모자를 벗고 목덜미를 손으로 비비면서 바다를 응시했다. 여기가 어딘지, 무엇 때문에 여기 온 건지 모르겠다는 표정이다.

"시체는 저기 있소." 올스가 말했다. "어젯밤 방파제를 뛰어 넘었는데 밤 9시에서 10시 사이인 것 같소. 우리가 아는 건 그것뿐이오."

작은 체구의 남자는 시무룩한 표정으로 시체를 내려다보았다. 그는 시체 머리를 만지고 관자놀이의 상처를 살펴보고, 두 손으로 머리를 움직이고, 늑골을 만졌다. 그리고 축 늘어진 손을 들어올려 손톱을 본 뒤에 그 손을 놓고 뒤로 물러서더니 가방 속에서 검시 양식을 꺼내서 먹지를 끼우고 쓰기 시작했다.

"목의 골절이 직접 사인인 것 같소." 그는 쓰면서 말했다. "그러니 물은 얼마 안 마셨을 거고, 공기에 노출됐으니 몸은 곧 굳기 시작할 거요. 빳빳해지기 전에 차에서 끌어내는 게 좋을 겁니다. 그대로 오래두면 곤란할 테니."

올스는 고개를 끄덕이고 물었다.

"죽은 지 얼마나 되나요?"

"그건 모르겠소."

올스는 입에 문 시가를 손에 옮겨 잡고 날카로운 시선으로 의사를 노려보았다.

"선생을 만나게 돼서 기쁘군요. 5분 내에 판단을 못 내리는 검시 의사를 만나면 이 일 해먹기 정말 힘들지요."

의사는 쓴웃음을 지으면서 서류를 가방에 넣고 연필을 조끼에 꽂았다.

"그가 어젯밤 몇 시에 뭘 먹었다는 걸 알면 애기는 간단해지겠지만. 그래도 5분 갖고는 어림도 없소."

"타박상은 어떻게 생긴 건가요, 떨어질 때 생긴 건가요?"

의사는 다시 상처를 살폈다.

"그런 것 같지는 않소. 뭔가로 싼 흉기에 맞은 상처요. 죽기 전에 피하 출혈을 일으키고 있었어요."

"곤봉일까요?"

"그런 것 같소."

의사는 고개를 끄덕이고 나서 가방을 집어 들고 방파제로 올라갔다. 구급차가 입구 문 앞에 대기하고 있었다.

올스는 나를 보고 말했다.

"그만 가지. 별로 얻은 게 없는 것 같군."

우리는 방파제를 걸어나와 올스의 세단에 올랐다. 그는 차를 돌려서 간밤의 비로 깨끗해진 국도를 따라 시내로 향했다. 누르스름한 모래 언덕이 군데군데 흩어져 있었다. 바다 쪽에서는 서너 마리의 갈매기가 고기를 찾아 이리저리 날아다녔다. 저 멀리 하얀 요트가 마치 하늘에 둥실 떠 있는 것처럼 보였다. 올스는 턱을 삐쭉 세우고 물었다.

"죽은 자를 아나?"

"그럼. 스턴우드의 운전기사지. 차를 청소하고 있는 걸 어제 보았는걸."

"억지로 들을 생각은 없네만. 자네가 맡은 일이 운전기사와 무슨 관계가 있나?"

"없어, 나는 그의 이름도 모르는데."

"이름은 오웬 테일러. 어떻게 아느냐고? 묘한 사정이 있지. 1년쯤 전이었어. 그를 유괴죄로 체포한 적이 있거든. 둘째딸을 차에 싣고 유마로 줄행랑쳤단 말야. 언니가 뒤쫓아가서 그들을 잡아와서 남자를 유치장에 집어넣었지. 거기까진 좋았는데 그 다음날 언니가 다시 검찰국에 찾아와서 남자를 석방시켜 달라고 부탁하는 거야. 남자는 자기 동생하고 결혼할 목적으로 그런 일을 저질렀지만 여자는 그 사정을 모르고 있었다지 뭐야. 결국은 남자를 석방시켜 주었는데 그후 알고 보니 남자는 그 집에서 여전히 운전기사 노릇을 하고 있었거든. 사람 미치겠더군. 그후 워싱턴에 지문 조사를 의뢰했더니 전과가 있었어. 6년 전 인디애나에서 강도죄로 6개월간 복역하고 나왔어. 우리는 이 사실을 스턴우드 집 사람에게 알려 주었지. 그런데도 그자는 목이 붙어 있더란 말야. 자넨 이걸 어떻게 생각하나?"

"머리가 좀 돈 사람들 같은데. 그 집 식구들은 어젯밤 일을 알고 있나?"

"아니, 지금부터 출동할 참이야."

"노인은 되도록 괴롭히지 말게."

"왜?"

"골치 거리도 많고 병자니까."

"리건 때문에?"

나는 얼굴을 찌푸렸다.

"나는 리건에 관한 건 아무것도 몰라. 아까 얘기했잖아. 난 리건의 행방을 쫓고 있지 않다고. 그는 내가 아는 사람을 귀찮게 군 적이 없어."

올스는 "그런가?" 하더니 바다를 보며 생각에 잠겼다. 덕분에 차는 하마터면 길 밖으로 밀려날 뻔했다. 그는 돌아오면서 계속 침묵을 지켰다. 그는 나를 할리우드에 내려주고 앨타 브리 크레센트 쪽으로 사라졌다. 나는 간이식당에 들어가서 점심을 먹으면서 석간을 읽었다. 가이거에 대한 기사는 없었다. 나는 식당에서 나와 가이거 서점을 향해 서쪽으로 걸었다.

10

보석상 주인은 전날처럼 가게 입구에 서 있었다. 그리고 내가 서점에 들어가는 것을 보고 어제와 똑같은 표정을 지었다. 서점의 분위기도 어제와 같았다. 구석에 앉아 있던 금발머리의 여인이 입가에 같은 미소를 띠며 다가왔다.

"뭘 찾으……" 여자는 말하다 말고 그 자리에 얼어붙었다. 은빛 손톱이 허리 부분에서 꿈틀거렸다. 미소가 점점 굳어져 가더니 울상을 지었다. 제딴에는 그게 미소인 줄 아는 모양이었다.

"또 왔소." 나는 담배를 흔들며 능청스럽게 말했다. "주인 계신 가?"

"안, 안 계세요, 저 뭘……."

나는 까만 선글라스를 벗어들고 왼쪽 팔목을 가볍게 쳤다. 190파운드의 몸무게로 천사처럼 굴기는 쉬운 일이 아니었지만 나는 최선을 다했다.

"어제 한 말은 사실 그게 아니라," 나는 목소리를 낮추었다. "조심해야 하거든. 난 가이거 씨가 원하는 책을 갖고 있소. 주인이 오래 전부터 갖고 싶어하던 책 말이오."

금발머리 여인의 은빛 손톱이 흑옥 귀걸이 위쪽 머리칼을 만졌다.

"아, 네. 서적 판매원이군요. 저, 내일 들르세요. 내일이면 주인이 집에 계실 거예요."

"시치미를 뗄 건 없지 않소? 나도 이런 장사를 하고 있단 말요."

금발머리 여인의 눈이 점점 가느다랗게 변하더니 먼 숲속의 한 줄기 긴 물처럼 푸르게 빛났다. 그녀는 손톱이 손바닥에 파묻힐 듯 주먹을 쥐고 나를 노려보며 짧게 숨을 내쉬었다.

"몸이 불편한가요? 그렇다면 집으로 찾아갈 수도 있소." 나는 짜증스럽게 말했다. "영원히 기다리고 있을 순 없지 않소?"

"대, 댁은……"

금발머리 여인은 숨이 꽉 막혀 버렸다. 그 자리에 까무러칠 것만 같다. 전신이 떨리고 얼굴이 일그러졌다. 그녀는 가까스로 정신을 가다듬고 미소를 되찾았지만 아직도 제정신이 아니었다.

"안돼요. 주인은 여행 중이에요. 저, 내일 다시 올 순 없어요?"

내가 막 입을 여는 순간 칸막이 문이 살짝 열리면서 점퍼 차림의 얼굴이 거무스레한 키 큰 젊은이가 얼굴을 내밀었다. 안색이 창백하고 입을 꽉 다물고 있었다. 그는 나를 보더니 황급히 문을 닫았다. 책 상자가 여러 개 마룻바닥에 놓여 있는 것이 문틈으로 보였다. 신문지를 사이에 끼운 책들이 상자 속에 잔뜩 들어 있었다. 새 작업복을 입은 사나이가 부지런히 몸을 놀리고 있었다. 가이거의 장서를 다른 곳으로 옮기는 모양이었다.

칸막이 문이 닫히는 것을 보고 나는 선글라스를 끼고 모자 끝을 살짝 들어올리며 말했다.

"그럼 내일 다시 오겠소. 명함을 드리고 싶지만 이런 사정이 돼 놔서."

"알고 있어요."

그녀는 몸을 약간 떨고 움츠리면서 가벼운 소리를 냈다.

나는 가게를 나와서 서쪽으로 한참 걷다가 북쪽으로 방향을 돌려 가게가 늘어선 골목길로 들어갔다. 까만 소형 트럭 한 대가 가이거 서점 앞에 서 있었다. 새 작업복의 사나이가 책 상자를 차에 싣고 있었다. 나는 큰길로 되돌아갔다. 그리고 서점에서 한 블록쯤 떨어진 소화전 옆에 서 있던 택시를 잡았다. 혈색이 좋은 운전기사가 운전대에 앉아서 공포소설을 읽고 있었다. 나는 지폐 한 장을 내밀었다.

"미행을 해야 하는데."

운전기사는 나를 아래위로 훑어보았다.

"경찰인가요?"

"사립탐정이오."

기사는 빙긋 웃었다.

"그럽시다."

기사는 읽고 있던 잡지를 백미러 뒤에 꽂아 넣었다. 나는 차에 올랐다. 차는 두 블록을 돌아 가이거 서점 건너편 소화전 옆에 섰다.

작업복의 사나이가 트럭에 실은 책 상자는 열두 개쯤 돼 보였다. 그는 짐을 다 싣고 나서 운전대에 올랐다.

"저 차를 따라 갑시다." 나는 택시 운전기사에게 말했다.

작업복의 사나이는 차의 시동을 걸고 골목길을 좌우로 살펴보고 나서 반대쪽으로 차를 몰았다. 그는 골목을 빠져나오자 왼쪽으로 방향을 잡았다. 우리는 그 차를 뒤따랐다. 트럭은 프랭클린 거리에서 동쪽으로 돌았다. 나는 운전기사에게 더 가까이 접근하라고 주문했지만 그는 접근하지 못했다. 우리가 프랭클린 거리에 이르렀을 때 트럭은 두 블록 앞에 있었다. 우리는 봐인 거리에서 웨스턴까지 줄곧 앞차를 보며 미행하다가 거기를 지나면서부터 트럭을 두 번 보았을 뿐이다. 차량이 너무 붐볐고 게다가 우리 차는 너무 뒤처져 있었다. 내가 운전기사에게 불평을 늘어놓고 있는 사이에 멀리 앞서 가던 트럭이 또 한 번 북쪽으로 방향을 바꾸었다. 거기는 브리타니 플레이스였다. 우리가 그곳에 도착했을 때 트럭의 모습은 보이지 않았다.

운전기사는 유리 칸막이 너머로 걱정 말라는 동작을 했다. 우리는 시속 40마일의 속도로 언덕을 올라가면서 트럭을 찾았다. 두 블록쯤 올라간 지점, 브리타니 플레이스 거리 동쪽으로 꺾여 랜돌 플레이스와 마주치는 길목에 하얀 아파트가 한 채 서 있었다. 아파트의 정면은 랜돌 플레이스를 향하고 있고 지하 차고는 브리타니를 마주보고 있었다. 차가 그 집 앞을 스치고 지나갈 때 나는 어두컴컴한 차고 입구 속을 힐끔 쳐다보았다. 트럭은 뒷문을 연 채 서 있었다.

택시가 아파트 정면으로 빠져나오자 나는 차에서 내렸다. 로비에는 아무도 없었다. 교환대도 없었다. 나무 책상 하나가 벽에 붙어 있고 그 옆에 금박을 입힌 우편함이 늘어서 있었다. 나는 이름을 읽어 내렸다. 조셉 브로디. 405호. 카멘 양에게 손을 뗀다는 조건으로 스턴우드 장군한테서 5천 달러를 받아간 자의 이름이 조 브로디였지. 어쩌면 같은 사람일지도 모를 일이다. 점점 희망이 보이기 시작한다.

나는 벽을 끼고 돌아서 타일을 깐 계단 밑까지 내려왔다. 엘리베이터 꼭대기가 마룻바닥까지 내려가 있었다. 나는 차고로 내려가는 문을 열고 좁은 계단을 따라 지하실로 내려갔다. 엘리베이터 문이 열려 있고 새 작업복의 사나이가 끙끙거리며 무거운 상자를 싣고 있었다. 나는 옆에 서서 담배를 피워 물고 그를 보고 있었다. 그는 반갑지 않은 기색을 보였다.

한참 만에 나는 입을 열었다.

"이봐, 무게를 조심해. 반 톤밖에 싣지 못하게 돼 있어. 그 물건, 어디로 갖고 가는 거지?"

"405호실로 가요, 댁은 관리인인가요?"

"그래. 근사한 물건 같은데."

작업복 사나이는 눈을 하얗게 뜨고 나를 노려봤다.

"책입니다요, 상자 하나에 백 파운드는 쉽게 나가는데, 난 75파운드밖에 질 수가 없으니 원 힘이 들어서."

"좌우간 무게를 조심하게."

작업복 사나이는 여섯 상자를 싣고 엘리베이터 문을 닫았다. 나는 로비로 올라와서 거리로 나와 택시를 타고 내 사무실로 돌아왔다. 운전기사에게 두둑하게 팁을 주었더니 그는 낡아빠진 명함을 한 장 주었다. 여느 때와는 달리 나는 그 명함을 쓰레기통에 버리지 않았다.

나는 7층 구석에 방 하나 반을 가지고 있었다. 그 반을 다시 둘로 나누어서 응접실로 사용했다. 응접실 문에는 내 이름이 붙어 있었다. 나는 손님이 찾아올 경우를 생각해서 이 방만은 언제나 자물쇠를 채우지 않는다.

그 손님이 나를 기다리고 있었다.

11

그 여자는 갈색 물방울 무늬의 트위드 옷에 남성적인 셔츠와 타이를 매고 수제 산책화를 신고 있었다. 스타킹은 전날처럼 투명했지만 다리는 별로 드러내지 않았다. 검은 머리칼이 15달러짜리 로빈후드형 모자 밑에서 빛나고 있었다. 겉보기엔 압지 같은 재료로 쉽게 만들 수 있을 것 같은 모자였다.

"정말 잠자리에서 일어나는 일도 있군요."

그 여자는 코를 찌푸리고 흩어진 가구를 바라보았다. 빛바랜 붉은 의자가 하나, 반 안락의자 둘, 때묻은 레이스 커튼, 소형 테이블, 그 위에 올려놓은 고급 잡지는 제법 응접실다운 분위기를 풍긴다.

"침대에서 일을 하시는 줄만 알았어요, 마르셀 프루스트처럼."

"누구라고요?"

나는 담배를 입에 물고 그녀를 바라보았다. 약간 창백한 얼굴이 긴장하고 있었다. 그러나 긴장한 상황에서도 할 일은 척척 해낼 여자 같았다.

"프랑스 작가예요, 타락 전문가고요, 아마 모르실 거예요."

"쯧쯧, 내 사무실로 들어오시구려." 내가 말했다.

그녀는 일어서면서 말했다.

"어젠 실례했어요, 제가 좀 난폭했나봐요."

"피장파장이지요, 뭐." 내가 말했다.

나는 안쪽 문을 열고 옆으로 비켜섰다. 우리는 사무실로 들어섰다. 불그스레한 카펫, 녹색 서류함 다섯 개, 세 개는 비어 있다. 다섯 아이가 핑크빛 드레스를 입고 푸른 마루에서 롤러스케이트를 타고 있는 광고 캘린더. 머리는 갈색이고 눈은 크고 까맣다. 호두나무 의자 셋, 책상, 압지, 잉크스탠드, 재떨이와 전화, 끽끽거리는 회전의자. 언제나 그 얼굴이 그 얼굴이다.

"겉치레를 안 하시는군요." 그녀는 손님 의자에 앉으면서 말했다. 나는 우편함에서 봉투 여섯 통, 편지 두 통, 광고물 서너 가지를 집어 들었다. 그리고 모자를 전화 위에 걸쳐놓고 의자에 앉았다.

"핑커튼 탐정사도 마찬가지지요." 내가 말했다. "이 장사는 정직하게 굴면 돈 못 벌어요, 겉이 번지르르하면 돈 벌고 있다는 증거지요, 아니면 적어도 그렇게 할 작정일 거고요."

"어머, 댁은 정직한가요?" 그녀는 이렇게 묻고 백을 열었다. 그리고 에나멜 케이스에서 담배를 꺼내 물고 라이터로 불을 붙였다. 그녀는 담배 케이스와 라이터를 도로 넣고 백은 그냥 열어 두었다.

"지독하게 정직하죠."

"당신은 왜 이런 일을 시작했나요?"

"당신은 왜 밀주꾼하고 결혼했지요?"

"우리, 싸움은 이제 그만 해요. 아침에 여러 번 전화했어요. 여기 하고 선생님 아파트에."

"오웬 때문에?"

여자의 얼굴이 잔뜩 긴장했다. 그러나 목소리는 부드러웠다.

"불쌍한 오웬. 벌써 알고 있군요."

"검찰에서 사람이 와서 나를 리도로 데리고 갔지요. 혹시 내가 뭘 좀 아나 해서요. 저쪽에서 더 많이 알고 있던데요. 오웬이 한때 카멘 양과 결혼하고 싶어했다는 사실 말이오."

그녀는 말없이 나를 노려보며 담배만 빨았다.

"차라리 그렇게 됐으면 좋을 뻔했어요. 그 남자는 내 동생을 사랑했거든요." 그녀는 조용히 말했다. "우리 주변엔 사랑이라곤 별로 찾아볼 수 없단 말예요."

"남자는 전과가 있던데."

그녀는 어깨를 으쓱했다. 그리고 내던지듯 말했다. "그는 올바른 사람하고 사귀지 못했어요. 그러니 범죄가 우글거리는 이 나라에서 그 꼴이 된 것도 당연한 일이 아니겠어요?"

"그건 좀 지나친 말 같은데."

그녀는 오른쪽 장갑을 벗고 둘째손가락을 깨물면서 나를 응시했다.

"나는 오웬 때문에 여기 온 건 아니에요. 아버지는 무엇 때문에 선생을 만나셨나요? 아직도 얘기 못하시겠다는 거예요?"

"장군 허가 없인 못하죠."

"카멘 때문이었나요?"

“그것도 말할 수 없어요.” 나는 파이프에 담배를 채우고 성냥불을 갖다댔다. 그녀는 잠시 동안 연기를 바라보고 있더니 이윽고 백 속에서 불룩한 흰 봉투를 꺼내 책상 너머로 내던졌다.

“아무튼 보기나 해요.” 그녀는 말했다.

나는 봉투를 집어들었다.

‘서할리우드 앨타 브리 크레센트 3765번지, 비비안 리건.’

봉투는 속달로 온 거였고 발송시간은 오전 8시 35분으로 찍혀 있었다. 나는 봉투를 열고 가로 4인치 4분의 1, 세로 3인치 4분의 1짜리 사진을 꺼냈다. 카멘 양이 단상에 놓인 등이 높은 티크 의자에 앉아 있었다. 귀에는 귀걸이를 달고 있었다. 눈은 내가 기억하는 이상으로 광기가 서려 있다. 뒷면은 백지였다. 나는 사진을 도로 봉투에 넣고 물었다.

“얼마를 요구해 왔소?”

“원판과 복사판을 합쳐서 5천 달러. 오늘 밤까진 지불해야 해요. 어기면 신문에 싣겠다는 거예요. 스캔들 기사로.”

“어떻게 연락해 왔소?”

“여자가 전화를 걸어왔어요. 봉투가 배달된 뒤 반 시간쯤 지나서요.”

“스캔들 기사는 염려 안 해도 좋을 것 같소. 요즘 이런 문제가 생기면 배심원들은 자리를 뜨지도 않고 유죄 판결을 내리니까요. 또 그밖엔?”

“그밖에 또 있어야 하나요?”

“그렇소.”

그녀는 나를 바라보더니 약간 어리둥절한 표정이다.

“사실은 있어요. 그 여자 말로는 이 사건에 경찰 문제가 얽혀 있으니 빨리 지불하는 편이 좋겠대요. 잘못하면 동생을 유치장에서 면

회해야 될 거라고 협박했어요."

"그 얘긴 잘했소. 동생이 무슨 문제에 말려들었나요?"

"난 몰라요."

"동생, 지금 어디 있지요?"

"집에 있어요. 그 애가 어젯밤 까무러쳤어요. 아마 침대에 누워 있을 거예요."

"동생은 어젯밤 외출했나요?"

"아니에요. 외출한 건 나예요. 나는 라스 올린다스에 갔어요. 에디 마스의 사이프러스 클럽에서 룰렛 노름을 했어요. 홀랑 다 날려버렸죠."

"그래 룰렛을 좋아하시는군. 부인 같은 사람이면 좋아할 만도 하지요."

그녀는 다리를 포개고 담배를 다시 피워 물었다.

"그래요. 난 룰렛이 좋아요. 우리 가문에서는 모두들 지는 게임을 좋아하거든요. 룰렛, 결혼하고 도망치는 남자, 아니면 나이 쉰 여덟에 말을 타고 장애물을 뛰어넘다가 굴러 떨어져서 평생 불구가 된단 말예요. 우리 집엔 돈은 있지만 얻는 거라곤 공수표뿐인걸요."

"오웬이 어젯밤 부인 차를 타고 뭘 하고 있었지요?"

"아무도 몰라요. 허락도 없이 차를 몰고 나갔어요. 그가 비번일 때는 차를 사용하게 하지만 어젯밤에는 비번이 아니었거든요." 그녀는 어두운 표정을 지었다. "혹시 선생 생각으론……"

"누드 사진을 그가 알고 있었을까 하는 문제 말이오? 그건 단정할 수가 없지요. 그를 제외시킬 수도 없고. 현금 5천 달러를 당장 만들 수 있겠소?"

"아버지한테 얘기를 하지 않으면 나로서는 도저히……그렇잖음 누구에게서 빌리든지. 에디 마스라면 빌려 줄 거예요. 그럴 만한 이유가 있어요."

"그게 좋겠군요. 아무튼 서둘러야 하겠소."

그녀는 의자에 몸을 기대고 의자 등에 한 팔을 올렸다.

"경찰에 신고하면 어떨까요?"

"좋은 생각이지만 부인이 안 하겠지요."

"그럴까요?"

"물론이죠. 아버지와 동생을 보호해야 하니까요. 경찰에 신고하면 어떤 문제가 노출될지 누가 알아요. 경찰로서도 어떻게 할 수 없는 골칫거리가 나오면 어떻게 하겠소. 협박 사건의 경우엔 피해자를 보호하기 위해서 경찰이 최대한의 노력을 기울이고 있는 건 사실이지만."

"선생이 이 일을 맡을 순 없을까요?"

"있죠. 하지만 이유와 방법은 말하지 않겠소."

"나는 선생이 좋아요." 그녀는 갑자기 말했다. "선생은 기적을 믿으니까. 한잔 주시겠어요?"

나는 서랍을 열고 조그만 병과 술잔 두 개를 꺼냈다. 우리는 잔에다 술을 부어 마셨다. 그녀는 백을 닫고 자리에서 일어섰다.

"돈은 만들어 놓겠어요. 나는 에디 마스의 단골손님이에요. 그가 내 말을 들어줄 만한 이유가 또 하나 있어요. 선생은 모를 거예요." 그녀의 입술에 미소가 떠올랐다. 미소는 눈에 미치지 못한 채 사라졌다. "러스티가 데리고 도망간 여자가 바로 에디의 금발머리 마누라인걸요."

나는 아무 말도 하지 않았다. 그녀는 한참 동안 나를 응시하고 나서 입을 열었다.

"아무 흥미도 없는 얘기인가요?"

"그렇다면 러스티 찾기가 쉬워지겠지. 그를 찾는다면 말이오. 그가 이 사건과 관련이 있다고 생각해요?"

그녀는 빈 잔을 내밀었다.

"한 잔 더 줄래요? 선생은 말시키기가 정말 힘든 분이셔. 귀 하나 까딱 않으니."

나는 잔을 채웠다.

"부인은 듣고 싶은 소리를 이미 다 들었지 않소? 그만하면 내가 부인 남편을 찾고 있지 않다는 걸 아실 텐데."

그녀는 술을 너무 빨리 들이켰다. 그녀는 숨을 헐떡거렸다. 아마 숨을 헐떡일 기회를 갖기 위해서 술을 빨리 마셨는지도 모른다. 그녀는 천천히 숨을 몰아쉬었다.

"러스티는 사기꾼이 아니었어요. 적어도 푼돈 몇 푼 뜯어먹겠다는 쩨쩨한 위인은 아니었어요. 그이는 1만 5천 달러를 현금으로 갖고 다녔어요. 비상금이라고 하면서요. 나와 결혼할 때 갖고 있었고 나를 떠날 때도 갖고 있었어요. 그이는 남을 등쳐먹고 사는 싸구려 사기꾼이 아니에요."

그녀는 봉투를 집어 들고 일어섰다.

"다시 연락하겠소." 나는 말했다. "나한테 전할 말이 있으면 아파트 교환원에게 부탁해 두면 됩니다."

우리는 문 앞으로 걸어갔다. 그녀는 흰 봉투를 주먹으로 툭툭 치면서 말했다.

"아버지가 부탁한 일이 뭔지 아직도 얘기해 줄 수 없어요?"

"아버지하고 먼저 상의해봐야지요."

그녀는 문 앞에서 봉투에 든 사진을 꺼내서 바라보고 서 있었다.

"애 몸 깜찍하게 귀엽죠?"

"그렇군."

그녀는 내 몸에 살짝 기대왔다.

"내 몸도 볼 만한걸요." 그녀는 시치미를 떼고 속삭였다.

"볼 수 있을까요?"

갑자기 그녀는 깔깔 웃더니 반쯤 문을 빠져나갔다. 그리고 몸을 돌리고 쌀쌀하게 말했다.

"당신 같은 냉혈한이 또 있을까요, 말로 씨? 아니면 필이라고 불러도 좋을까요?"

"그럼."

"날 비비안이라고 부르세요."

"고마워요, 리건 부인."

"지옥에나 떨어져요! 말로 씨." 그녀는 뒤도 돌아보지 않고 나가버렸다.

나는 문을 닫고 손잡이를 쥔 손을 응시했다. 얼굴이 약간 화끈거렸다. 나는 책상으로 돌아가서 술병을 서랍에 넣고 술잔을 물에 씻었다. 그리고 검찰국의 버니 올스에게 전화를 걸었다. 그는 마침 사무실에 돌아와 있었다.

"그래, 노인은 괴롭히지 않았네." 그는 말했다. "집사가 자기 아니면 그 집 딸이 나중에 소식을 전해 드리겠다더군. 오웬 테일러의 숙소는 차고 건너편에 있었어. 내가 그의 소지품을 조사해봤네. 그의 부모는 아이오와주 듀바크에 살고 있어. 나는 그곳 경찰서장에게 그쪽 사정을 알아보도록 전보를 쳐 놓았네. 장군이 필요한 경비를 지출하겠다는 거야."

"자살이었나?" 나는 물었다.

"그건 모르지. 그는 유서를 남기지 않았거든. 허가도 없이 차를 몰고 나갔어. 어젯밤 그 집 식구들은 리건 부인만 빼고 모두 집에 있었어. 부인은 래리 코브라는 플레이보이와 둘이서 라스 올린다스에

가 있었어. 다 조사해 보았어. 그 집에 내가 아는 종업원이 있거든.”

“저런, 사기 도박장을 폐쇄시킬 순 없나?”

“그들에겐 전국적인 조직망이 있어. 단속해봤자 소용이 없다고. 자네 언제 철이 들려나. 그런데 오웬이 입은 머리 타박상이 마음에 걸린단 말야. 자네 의견을 좀 들려 줄 순 없나?”

묻는 태도가 마음에 들었다. 나는 정직하게 모른다고 대답했다. 나는 수화기를 놓고 거리에 나가서 석간을 모조리 산 뒤, 택시를 잡아타고 법정에 세워둔 내 차를 찾으러 가면서 신문을 쭉 훑어보았다. 가이거에 대한 기사는 아무 데도 없었다. 나는 푸른 대장을 다시 펴들었다. 그 속의 암호문은 아무래도 해독할 길이 없었다.

12

래번 테라스 언덕배기에 있는 나무들이 간밤에 비를 맞아 싱싱한 푸른 잎을 드러내고 있었다. 시원한 오후의 햇살을 받고 가파르게 경사진 언덕이 아래로 굽이쳐 내려갔다. 범인이 어둠 속에서 세 발의 총을 쏘고 달아난 계단이 보였다. 길가에는 조그만 집 두 채가 나란히 서 있었다. 거기서 총성이 들렸을까.

가이거 집 앞과 그 언저리에는 인기척이 없었다. 네모꼴 산울타리는 푸르고 평온해 보였고 지붕은 아직도 축축했다. 나는 생각을 되씹으며 그 집 앞을 천천히 지나갔다. 어젯밤 나는 차고 안을 들여다보지 않았다. 시체가 사라진 것을 안 순간부터 사실 나는 그것을 애써 찾을 마음이 없었던 것이다. 그랬더라면 억지로라도 무슨 수를 써야 했기 때문이다. 시체를 차고까지 끌고 가서 자기 차에 태워 로스앤젤레스 근교의 인적 드문 계곡 속에 깊숙이 처박아 두면 며칠 아니라 몇 주일 동안 발견될 염려는 없는 것이다. 우선 두 가지 일을 가상할 수 있었다. 첫째, 차의 열쇠가 있어야 하고 둘째, 배후 인물이 둘 있어야 한다. 일이 벌어졌을 때 나는 가이거의 열쇠 뭉치를 가지고 있었다. 이 점을 감안해 보면 수사 범위가 엄청나게 좁아질 것이다.

나는 결국 차고 안을 들여다볼 기회를 놓치고 말았다. 문이 잠겨 있었고, 내가 다가서자 산울타리 뒤에서 뭔가 움직이는 물체가 보였기 때문이다. 녹색과 흰색의 얼룩무늬 코트를 입고 부드러운 금발머리에 조그만 모자를 쓴 여자가 울타리 사이에서 빠져나와 놀란 눈초리로 내 차를 바라다보았다. 내가 언덕을 올라오는 소리를 못 들은 모양이다. 그녀는 잽싸게 몸을 피해 안으로 사라졌다. 카멘 스턴우드 양이었다.

나는 거리를 따라 올라가서 차를 세우고 걸어서 되돌아왔다. 대낮의 행동으로는 대담하고 위험한 짓이었다. 나는 산울타리 사이를 비집고 들어갔다. 카멘 스턴우드 양은 잠긴 문에 몸을 기대고 말없이 기묘하게 생긴 엄지손가락을 깨물었다. 눈 밑이 파랗게 얼룩져 있고 얼굴은 창백하고 초조한 빛이 역력하다.

카멘은 웃음을 띨까 망설이다가 가느다란 목소리로 말했다.

"안녕하세요? 무슨 일로……무슨 일로?"

카멘은 말을 잇지 못하고 손가락을 다시 깨물었다.

"나를 기억해? 도그하우스 레일리야. 키다리 아저씨, 생각나?"

카멘은 고개를 끄덕였다. 억지웃음이 그녀의 얼굴을 스치고 지나갔다.

"안으로 들어가지." 나는 말했다. "열쇠를 갖고 있어. 멋있지, 응?"

"무슨 일로……"

나는 카멘을 옆으로 비켜 세우고 문을 연 뒤 그녀를 밀어 넣었다. 나는 문을 닫고 서서 코를 씰룩거렸다. 환한 대낮에 보니 이 방은 정말 눈꼴사나웠다. 벽에 걸린 중국의 잡동사니, 바닥에 깔린 모포, 전기스탠드, 티크 제 가구, 야한 색채, 토템 기둥, 에테르와 아편병, 지저분한 창녀의 소굴 같았다.

카멘과 나는 얼굴을 마주보고 서 있었다. 카멘은 귀엽게 웃으려고 했지만 지칠 대로 지친 얼굴이 말을 듣지 않았다. 미소는 물결에 씻겨 내려간 모래처럼 공전만 거듭하고 있었고, 멍한 눈 언저리의 살결은 모래알처럼 까칠하고 창백했다. 카멘은 희끄무레한 혀끝으로 입가를 핥았다. 귀엽게 멋대로 자란 아이. 머리는 빨리 돌지 않는다. 완전히 타락의 길을 걷고 있는데도 누구 하나 거들떠보지도 않는다. 돈이 많아서 이 꼴이 됐나. 생각만 해도 구역질이 난다. 나는 손가락 끝으로 담배를 굴리면서 책을 한쪽으로 밀어붙이고 까만 책상 위에 앉았다. 나는 담배를 피워 물고 연기를 내뿜으면서 손가락을 깨물고 서 있는 그녀의 모습을 바라보았다. 카멘은 교장 선생님의 꾸중을 듣고 있는 여학생처럼 내 앞에 서 있었다.

"여기서 뭘 하고 있지?" 나는 물었다.

카멘은 옷자락을 잡아당기고 서서 대답을 하지 않았다.

"어젯밤의 일을 얼마나 기억할 수 있겠니?"

"뭘 기억하느냐고요?" 카멘의 눈이 교활하게 번뜩였다. "어젯밤에 병이 났어요. 그래서 집에서 누워 있었어요." 카멘은 겨우 들릴 정도로 나지막한 목소리로 조심스럽게 말했다.

"농담은 그만 둬."

카멘의 눈이 반짝 빛났다.

"집에 가기 전에 있었던 일 말이야. 저기 저 의자 좀 봐. 오렌지 빛 솔도 있잖아. 잘 기억할 텐데."

카멘은 목 언저리부터 발개지기 시작했다. 얼굴을 붉힐 수 있다니 가상한 일이었다. 그녀의 회색 눈동자 밑이 하얗게 드러났다. 카멘은 손가락을 꽉 깨물었다.

"아저씨였나요?" 카멘은 숨을 내쉬었다.

"그래. 얼마나 기억에 남아 있지?"

"아저씬 경찰?" 카멘은 막연히 물었다.

"아냐. 아버지 친구야."

"경찰이 아니에요?"

"아니라니까."

카멘은 가늘게 한숨지었다.

"뭘……뭘 원하세요?"

"누가 죽였지?"

카멘의 어깨가 삐걱 움직였다. 그러나 얼굴 표정은 바뀌지 않았다.

"아는 사람……또 있나요?"

"가이거에 관한 거 말인가? 글쎄. 경찰은 모르고 있어. 경찰이 알고 있다면 여기에 진을 치고 있을 게 아냐. 조 브로디는 알지도 모르지."

아무렇게나 내던진 말이 칼날처럼 카멘의 가슴을 찔렀다.

"조 브로디! 그가!"

잠깐 동안 침묵이 흘렀다. 나는 담배를 빨고 그녀는 손가락을 깨물었다.

"똑똑한 체 굴지 마, 제발. 정직하게 대답해줘야겠어. 브로디가 죽였니?"

"누굴 죽여요?"

"맙소사." 나는 말했다.

카멘은 기분이 상한 것 같았다. 고개가 약간 수그러졌다.

"그래요." 그녀는 점잔을 빼며 말했다. "조가 죽였어요."

"왜?"

"글쎄요." 카멘은 고개를 가로저었다. 자기는 모른다고 자신에게 타이르고 있는 것 같았다.

"최근에 그 사람 여러 번 만났어?"

카멘은 손을 내리고 주먹을 꼭 쥐었다.

"한두 번 만났죠. 난 그 사람 싫어요."

"그렇다면 주소는 알고 있겠군."

"그래요."

"이젠 그 사람을 좋아하지 않는다고?"

"꼴도 보기 싫어요."

"그렇담 그 사람 혼 좀 내주는 게 어때?"

카멘은 말이 없었다. 내가 너무 서둘렀나 보다. 하지만 어쩔 수 없었다.

"조 브로디가 죽었다고 경찰에 말할 수 있겠어?"

내가 캐묻자 카멘은 갑자기 겁에 질렸다.

"물론 누드 사진 문제가 밖으로 드러나지 않는다는 조건으로 말이야." 나는 달래듯이 말했다.

　카멘은 킬킬 웃기 시작했다. 나는 기분이 언짢아졌다. 차라리 비명을 지르거나 울거나 그렇잖으면 기절을 해버렸다면 좋았을 것이다. 카멘은 그저 킬킬댔다. 재미있는 일이 한꺼번에 쏟아져 나온 것처럼. 카멘은 알몸으로 사진을 찍혔고, 딴 사람이 그것을 훔쳐가면서 눈앞에서 가이거를 쏘아 죽였다. 그리고 자기는 몸을 가누지 못할 정도로 취해 있었던 것이다. 이게 어디 웃을 일인가. 제기랄. 웃음소리는 점점 높아지더니 천장에서 뛰노는 쥐들의 소리처럼 온 방에 퍼졌다. 나는 자리에서 일어나 여자에게 다가가서 그녀의 뺨을 찰싹 때렸다.

"어젯밤 꼴이 됐군. 우린 명콤비야. 레일리와 스턴우드, 우리를 써

줄 코미디언은 언제쯤 나타날까?"

웃음소리가 딱 그쳤다. 하지만 카멘은 뺨을 맞고도 전혀 개의치 않았다. 카멘은 어차피 얻어맞게 되어 있었다. 나는 때리는 사람의 기분을 알 수 있을 것 같았다. 나는 다시 책상 위에 앉았다.

"아저씨 이름은 레일리가 아니에요." 카멘은 진지하게 말했다. "필립 말로예요. 사립 탐정이고요. 언니가 얘기해 주었어요. 아저씨 명함도 보여주었고요."

카멘은 얻어맞은 뺨을 어루만지면서 나를 보고 웃었다. 마치 나하고 같이 있는 것이 즐겁다는 듯이.

"그래, 어젯밤 일을 기억하고 있군. 사진 찾으러 왔다가 문이 잠겨서 못 들어간 거야. 그렇지?"

카멘은 고개를 까닥였다. 그리고 교태어린 눈초리로 나를 바라보며 살짝 미소지었다. 애가 나를 유혹하겠다는 건가. 얏호. 우리 유마로 도망쳐버릴까. 제기랄.

"사진은 없어졌어. 어젯밤 여기를 떠나기 전에 찾아봤어. 아마 브로디가 가지고 가 버렸을지도 몰라. 브로디가 죽었다는 말 거짓말은 아닐 테지?"

카멘은 정색을 하고 머리를 흔들었다.

"그건 강제로 시킨 말이야." 나는 말했다. "그 문젠 잊어버려. 어제와 오늘 여기 왔다는 말을 아무에게도 얘기 말란 말야. 언니한테도 얘기해선 안돼. 모든 걸 싹 잊어버리고 레일리 아저씨한테 맡기는 거야."

"아저씬 레일리가 아니……." 카멘은 입을 열다 말고 멈칫했다. 그리고 머리를 힘차게 가로 저었다. 생각해 보니 내 말이 옳은 모양이었다. 가늘고 거의 검은 빛인 눈동자는 식당 쟁반의 에나멜처럼 반짝였다.

"그만 갈래요." 카멘이 말했다. 마치 차를 한잔 나누고 일어서는 사람처럼.

"그러지."

나는 움직이지 않았다. 카멘은 다시 한 번 귀엽게 방긋 웃더니 앞문으로 걸어갔다. 카멘이 손잡이를 잡는 순간 밖에서 차 소리가 났다. 카멘이 망설이는 눈초리로 나를 바라다보았다. 나는 어깨를 으쓱했다. 차는 바로 집 앞에 섰다. 카멘의 얼굴이 공포로 일그러졌다. 발자국 소리가 나더니 초인종이 울렸다. 카멘은 손잡이를 꽉 쥔 채 겁에 질려 있었다. 초인종은 계속 울렸다. 갑자기 벨 소리가 멎었다. 열쇠로 문 따는 소리가 났다. 카멘은 뒤로 물러서서 그 자리에 얼어붙었다. 문이 활짝 열렸다. 한 남자가 가벼운 발걸음으로 들어오더니 그 자리에 멈칫 섰다. 그는 말없이 우리를 노려보았다. 놀란 기색은 전혀 없었다.

13

반지르르하게 닦은 구두. 회색 바탕 넥타이에 꽂은 두 개의 진홍빛 다이아몬드, 이것만 빼면 그는 온통 회색으로 덮여 있었다. 회색 와이셔츠, 회색 양복, 게다가 카멘 양을 보자 그는 모자를 벗고 회색머리를 드러냈다. 굵직한 회색 눈썹은 어딘지 모르게 날렵한 인상을 주었다. 기다란 턱, 약간 굽은 코, 생각에 잠긴 회색 눈은 이중으로 주름잡힌 위쪽 눈까풀이 아래쪽 가장자리에 내리깔려 사팔뜨기의 인상을 주었다.

그는 한 손으로 등 뒤의 손잡이를 잡고 또 한 손에 쥔 모자로 허벅다리를 툭툭 치면서 점잔을 빼며 서 있었다. 다부지게 생긴 사나이였다. 하지만 거칠고 사나운 갱이라기보다 단련된 말 조련사 같은 느낌을 주었다. 그러나 그는 말 조련사가 아니라 에디 마스였다.

에디 마스는 문을 밀어 닫고 엄지손가락만 남긴 채 손을 호주머니에 넣었다. 밖으로 내민 손가락이 방 안의 어두운 빛을 받고 둔하게 빛났다. 에디 마스는 카멘을 보고 살짝 웃었다. 미소는 자연스럽고 상냥했다. 카멘은 입술을 빨면서 남자를 응시했다. 얼굴은 이제 겁에 질려 있지 않았다. 카멘은 미소를 머금고 남자를 바라다보았다.

"갑자기 밀어닥쳐서 미안하오." 그는 말했다. "초인종을 눌렀는데도 아무 응답이 없으니. 가이거 씨 계신가요?"

"없어요." 나는 대답했다. "어디 있는지 우리도 모르겠소. 문이 열려 있더군요. 그래서 들어왔지요."

그는 고개를 끄덕이고 모자 끝으로 긴 턱을 가볍게 만졌다.

"댁은 물론 가이거 씨와는 잘 아는 사이시겠지요?"

"사업 관계로 안면이 있을 뿐이지요. 우린 책 때문에 들렀소."

"허, 그래요?" 그는 마치 그쯤 다 알고 있다는 듯이 가볍게 말했다. 그는 카멘을 힐끔 쳐다보고 어깨를 으쓱했다. 나는 문 앞으로 다가섰다.

"그럼 우린 이만 가보겠소." 나는 카멘의 팔을 잡았다. 카멘은 에디 마스를 바라보고 있었다. 그가 마음에 드는 모양이었다.

"가이거 씨가 돌아오면 뭐라고 전해 드릴까요?"

에디 마스가 부드럽게 말했다.

"그러실 필요는 없습니다."

"그 참 안됐군요." 에디 마스는 의미심장하게 말했다. 내가 그 앞을 지나가자 그의 회색 눈이 매섭게 빛났다. 에디 마스는 태연하게 말했다. "여자는 나가도 좋아. 그러나 자네는 나하고 얘기를 좀 나누어야겠어."

카멘은 내 옆에서 소리를 꽥 지르더니 쏜살같이 달아났다. 언덕 아래로 뛰어 내려가는 그녀의 발소리가 들렸다. 나는 카멘의 차를 보지 못했다. 아마 훨씬 아래쪽에 주차시켜 두었던 모양이다.

"이게 무슨⋯⋯" 나는 말끝을 맺지 못했다.

"야, 그만 둬." 에디 마스가 한숨 섞인 어조로 내뱉었다. "여긴 뭔가 잘못돼 있어. 그걸 알아봐야 되겠단 말야. 배때기에 구멍이 나고 싶지 않거든 방해하지 마."

"저런, 저런. 사납게 구는군."

"필요할 때뿐이야." 에디 마스는 나를 거들떠보지도 않고 이맛살을 잔뜩 찌푸린 채 방 안을 이리저리 살폈다. 나는 깨진 유리창 너머로 밖을 내다보았다. 산울타리 너머로 차 꼭대기가 보였다. 차는 시동을 걸고 있었다.

에디 마스는 책상 위에 놓여 있던 목이 좁은 병과 금빛 줄무늬의 유리잔을 발견했다. 그는 병과 잔을 집어 들고 냄새를 맡았다. 그의 입술이 구역질나듯 일그러졌다.

"더러운 뚜쟁이 같으니." 에디 마스는 억양 없는 목소리로 말했다.

에디 마스는 책을 바라보더니 코를 킁킁거렸다. 그리고 토템 기둥 앞으로 가서 카메라 렌즈를 응시했다. 그는 방바닥으로 시선을 돌렸다. 그의 발끝이 밑에 깔린 모포를 걷어 올렸다. 에디 마스는 갑자기 허리를 굽히고 주춤했다. 그의 몸이 빳빳하게 긴장했다. 에디 마스는 한쪽 무릎을 구부리고 앉았다. 그의 몸은 반쯤 책상에 가려 있었다. 다음 순간 에디 마스는 악 소리를 지르고 일어서더니 품속에서 권총을 꺼내 들었다. 에디 마스는 총구를 나에게 들이대지 않았다.

"피가 묻어 있어." 에디 마스는 말했다. "저기 모포 밑이야. 엄청나게 흘렸는데."

"그래?" 나는 호기심을 나타냈다.

에디 마스는 의자에 앉아 전화를 끌어당기면서 권총을 왼손에 옮겨 잡았다. 에디 마스는 이맛살을 잔뜩 찌푸리고 전화를 노려보았다. 굵직한 회색 눈썹이 가운데로 모여 들었다. 약간 굽어진 코끝의 주름살이 깊이를 더해 갔다.

"경찰을 불러야겠어." 에디 마스는 말했다.

나는 기둥 쪽으로 다가가서 발끝으로 모포를 걷어찼다.

"오래된 피로군." 나는 말했다. "말라붙었잖아."

"그게 무슨 상관이야. 경찰을 불러야지."

"부르지 그래." 나는 말했다.

에디 마스의 눈이 가늘어졌다. 가식을 벗겨보니 옷 잘 입고 권총 든 사나이만 남았다. 에디 마스는 내가 맞장구를 친 것이 마음에 들지 않는 듯했다.

"넌 도대체 누구야?"

"내 이름은 말로, 사립탐정이지."

"금시초문이군. 여자는 누구지?"

"사건 의뢰인이야. 가이거가 그 여자에게 올가미를 씌워 돈을 갈취하려 덤볐어. 우리는 일을 타협짓기 위해서 온 거야. 가이거는 없고 마침 문이 열려 있기에 들어와서 기다리고 있었지. 아까 그 말을 했던가?"

"열쇠가 없을 때 편리하게도 문이 열려 있었단 말이지."

에디 마스가 말했다.

"그래, 자넨 어째서 열쇠를 갖고 있나?"

"그게 무슨 상관이야?"

"문제를 삼을 수도 있지."

에디 마스는 씩 웃더니 모자를 회색 머리 위에 올려놓았다.

"자네 문제를 내 일로 삼으면 어떡할 테야?"

"자네 마음에 안 들걸. 보수가 너무 적으니 말야."

"똑똑한 체 하지 마. 나는 이 집 주인이야. 가이거가 이 집에 전세

들고 있는 거야. 또 할 말 있나?"

"좋은 사람들하고 사귀는구먼."

"손님을 일일이 가릴 수야 없지. 찾아오는 사람도 여러 가지야."

에디 마스는 손에 쥔 권총을 바라보고 어깨를 으쓱하더니 그것을 겨드랑이 밑에 넣었다. "좋은 생각이라도 있나?"

"있지. 가이거가 누구에게 살해당했거나 그가 누굴 죽이고 도망쳤거나 아니면 다른 두 놈의 짓일 거야. 그렇잖으면 가이거가 제단을 차려놓고 토템 기둥 앞에 피의 제물을 바쳤거나 아니면 방에서 닭을 잡아먹었는지 모르잖아."

에디 마스는 나를 보고 이맛살을 찌푸렸다.

"나는 손 들었어." 나는 말했다. "아무래도 경찰을 부르는 게 좋겠는걸."

"모르겠단 말이야." 에디 마스는 말했다. "자네가 여기서 뭘 하고 있는지 도무지 알 수가 없어."

"사양 말고 어서 경찰을 부르게나. 일이 크게 벌어질걸."

에디 마스는 꼼짝 않고 생각에 잠겼다. 입술을 세차게 빨아당겼다. "그건 또 무슨 소리야?" 에디 마스는 내뱉듯 말했다.

"아마 자넨 오늘 일진이 나쁜가 봐. 나는 자네를 알고 있네. 라스 올린다스의 사이프러스 클럽 주인 마스 씨. 멍청이 상대로 사기도박을 벌이고 있지. 법망에 걸리지 않도록 미리 손을 써놓았기 때문에 버젓이 장사를 할 수 있지. 보호를 받으면서 말야. 가이거 역시 구린 일을 하고 있으니까 보호가 필요했겠지. 아마 자네가 가끔 도와줬을 거야. 자네 집에 전세 든 사람이니."

에디 마스의 입이 굳어지더니 하얗게 질렸다.

"가이거가 한 일이 뭐야?"

"외설본 대출업이지."

에디 마스는 한참 동안 나를 노려보았다. 이윽고 그는 조용히 입을 열었다. "누군가 그를 해쳤어. 자넨 내막을 좀 알고 있는 모양이군. 가이거는 오늘 가게에 들르지 않았어. 어딜 갔는지 알 수가 없어. 여기 전화를 걸었는데 받질 않더군. 그래서 내가 여기 온 거야. 모포 밑에 피가 묻어 있고 자네하고 그 여자가 방에 있었어."

"그 얘긴 좀 어설프지만" 나는 말했다. "듣고 싶은 사람이면 귀를 기울이겠지. 하지만 자넨 뭔가 빠뜨렸어. 가게에서 책을 빼돌린 사람이 있어. 그 값진 책 말야."

에디 마스는 손가락을 탁 튕기며 말했다. "그 생각을 미처 못했군. 자넨 정말 부지런한 사람인 것 같아. 이 사건을 어떻게 생각하나?"

"가이거가 책을 도둑맞은 게 분명해. 저건 가이거가 흘린 피야. 시체를 감춘 것은 책을 빼내기 위해서 한 짓이지. 시간을 벌기 위해서 말이야. 누군진 모르지만 가이거의 사업을 가로채려는 놈이 틀림없어."

"그렇게는 안 될걸." 에디 마스는 묵직히 말했다.

"안 되긴 왜 안 돼. 총잡이 졸개깨나 있다고 큰 소리 칠 시대는 이미 지났어. 세상이 얼마나 넓어졌는데 그래. 요즘 암흑가의 조직이 우후죽순처럼 솟아나고 있어. 덩치가 커지면 식구도 늘어나는 법이야."

"더럽게 말이 많군." 에디 마스가 말했다. 에디 마스는 이빨을 드러내고 휘파람을 날카롭게 두 번 불었다. 밖에서 쾅 하고 차 문 닫는 소리가 나더니 요란한 발소리가 들렸다. 마스는 권총을 다시 빼들고 내 가슴을 겨냥했다. "문 열어."

밖에서 사나이들이 문을 잡고 흔들면서 고함쳤다. 나를 겨냥한 총구는 터널 입구처럼 보였지만 나는 움직이지 않았다. 이런 꼴을 너무 많이 당하다 보니 이젠 넌더리가 났다.

"자네가 열게나, 에디. 도대체 자네가 누구길래 이래라저래라 하는 거야? 점잖게 굴면 자네를 도와줄 수도 있어."

에디 마스는 무겁게 몸을 일으켜서 책상 밖으로 빠져나와 문 앞으로 걸어갔다. 에디 마스는 나를 응시한 채 문을 열었다. 두 사나이가 겨드랑이 밑에 손을 집어넣으면서 방 안으로 뛰어들었다. 그중 한 사나이는 분명히 권투선수였다. 창백한 얼굴이 미남형인데 코가 망가졌고 귀는 대문짝만하다. 또 한 사나이는 날씬한 체구의 금발머리였다. 얼굴에는 표정이 없었고 바싹 붙은 두 눈에는 생기가 없었다.

"권총이 있나 몸을 뒤져 봐." 에디 마스가 말했다.

금발머리는 권총을 빼들고 내게 들이댔다. 권투선수는 가재걸음으로 다가와서 내 호주머니를 샅샅이 뒤졌다. 나는 야회복을 맞추는 미인처럼 지루한 표정을 짓고 이리저리 몸을 돌렸다.

"없어요." 그는 가시 돋친 소리를 내질렀다.

"누군지 알아 봐."

권투선수는 내 앞 가슴에 손을 넣고 지갑을 꺼냈다. 그는 그것을 펴들고 읽었다.

"이름은 필립 말로, 주소는 프랭클린 가호바트 암스, 사립탐정 면허증과 보안관보의 배지를 갖고 있어요."

권투선수는 지갑을 내 호주머니에 도로 넣고 내 얼굴을 가볍게 치더니 돌아섰다.

"나가 있어." 에디 마스가 말했다.

두 사나이는 밖으로 나가서 문을 닫았다. 그들이 차에 오르는 소리가 나더니 엔진 소리가 가늘게 들려왔다.

"됐어. 얘기를 계속 해." 에디 마스가 꽥 소리쳤다. 그의 눈썹 끝이 하늘로 치솟았다.

"아직은 터놓고 얘기할 순 없어. 가이거의 사업을 가로채기 위해서 그를 죽이는 것은 어리석은 짓이야. 그런 식으로 전개되지는 않았을 거야. 하지만 책을 훔쳐간 놈은 내막을 잘 알고 있을 것 같아. 그리고 가게 여점원이 뭔가 몹시 두려워하고 있어. 그건 확실해. 그리고 말이야, 나는 누가 책을 가져갔는지 대충 짐작하고 있어."

"누구야?"

"그건 아직 털어놓을 수 없어. 나에겐 사건 의뢰인이 있거든."

에디 마스는 잔뜩 미간을 찌푸렸다. "그건……" 에디 마스는 입을 열다 말고 주춤거렸다.

"나는 자네가 그 여자를 알 거라고 생각했지." 나는 말했다.

"책은 누가 갖고 있어?"

"말할 수 없는데. 왜 내가 말해야 하나?"

에디 마스는 권총을 책상 위에 놓고 손바닥으로 그것을 툭툭 쳤다.

"이걸로 입을 열게 해줄까?" 에디 마스가 말했다.

"거참 근사한데. 총은 빼고 하자고. 내 귀엔 언제나 돈 세는 소리가 들리거든. 얼마 집어주겠어?"

"무슨 일을 하는데?"

"뭘 해 달랬지?"

에디 마스는 쾅 하고 책상을 내리쳤다. "이봐, 내가 묻고 있잖아. 그런데 넌 또 왜 되물어? 이러다간 끝이 안 난단 말야. 나는 가이거의 거처를 알고 싶어. 이건 내 개인적인 문제야. 나는 그의 사업을 좋아한 적도 없고 그를 보호해준 적도 없어. 공교롭게도 내가 이 집 주인이지만, 이젠 그것도 상관없어. 자네가 알고 있는 것이 밖으로 새나가지 않은 것만은 확실한 것 같아. 그렇지 않으면 여긴 벌써 수사관들이 진을 치고 있어야 하니까 말이야. 자넨 팔아먹을 만한 걸 갖고 있질 않아. 내 생각으론 자네야말로 보호가 필요한 것 같군그래. 그러니 그만 불어버리는 게 어때?"

지당한 말이었다. 하지만 그렇다고 자인할 수는 없는 일이었다. 나는 담배를 피워 물고 성냥개비를 토템 기둥의 유리문을 겨냥해서 내던졌다.

"자네 말이 옳아. 만약에 가이거의 신변에 무슨 일이 생겼다면 나는 경찰에 출두해서 모든 걸 털어놓아야 하겠지. 그렇게 되면 세상 사람들이 내막을 다 알게 될 테니까 내가 팔아먹을 게 뭐가 남겠나? 그러니 난 이만 실례하겠네."

햇볕에 탄 그의 얼굴이 하얗게 질렸다. 살기 띤 얼굴이 금방 무슨 끔찍한 일을 저지를 것만 같았다. 에디 마스는 권총을 움켜쥐고 싶은 충동으로 몸부림치고 있었다. 나는 태연하게 말했다.

"헌데 마스 부인은 요즘 안녕하신가?"

나는 장난이 좀 지나쳤나 생각했다. 에디 마스의 손이 자기도 모르게 권총을 더듬었다. 손이 떨리고 있었다. 안면 근육이 빳빳하게 긴장했다.

에디 마스는 조용히 입을 열었다.

"꺼져버려. 어딜 가서 뭘 하든 내가 알 바 아니야. 하지만 이것만은 똑똑히 알아 둬. 내 일에 간섭하지 마. 그랬다간 자네는 머피라는 이름으로 리메리크에서 태어났더라면 좋았을걸 하고 후회하게 될 테니 말이야."

"그 고장이 클롬멜에 가깝지." 나는 말했다. "자네가 그곳 출신의 한 남자를 알고 있다는 소리를 들었는데."

에디 마스는 책상에 몸을 기댔다. 그의 눈은 얼어붙은 채 움직이지 않았다. 나는 문을 열고 뒤돌아보았다. 에디 마스는 눈으로 나를 뒤쫓았을 뿐 몸은 까딱도 안했다. 눈에는 증오의 빛이 서려 있었다. 나는 밖으로 나와 언덕을 올라가서 차에 올랐다. 그리고 차를 돌려서 언덕길을 넘었다. 아무도 총을 쏘지 않았다. 나는 몇 블록을 가다가 차를 세우고 잠깐 기다렸다. 나를 미행한 차는 없었다. 나는 할리우드로 되돌아 왔다.

14

5시 10분 전. 나는 랜돌 플레이스 아파트 로비 입구에 차를 세웠다. 여기저기 불빛이 창 밖으로 새나오고 라디오 소리가 흘러나왔다. 나는 자동 엘리베이터를 타고 4층까지 올라가서 녹색 카펫을 깐 넓은 복도를 따라 걸었다. 시원한 바람이 열린 문을 통해서 복도를 지나 비상구로 빠져나가고 있었다.

405호실 문에 조그만 상아빛 초인종이 붙어 있었다. 나는 초인종을 누르고 한없이 기다렸다. 이윽고 문이 1인치쯤 소리 없이 열렸다. 몹시 경계하는 눈치였다. 다리와 허리가 길고 어깨가 뾰족한 남자였다. 짙은 갈색 눈과 오랜 경험 끝에 터득한 무표정한 갈색 얼굴. 강철처럼 빳빳한 머리칼은 고개 너머 뒤쪽에 엉성하게 붙어 있고 넓은 이마는 둥근 지붕처럼 시원하게 번지르르하다. 그는 말라빠진 갈색 손가락으로 문 끝을 잡고 서서 음침한 눈초리로 나를 훑어보았다. 그는 아무 말도 하지 않았다.

"가이거 씬가요?" 나는 물었다.

사나이의 표정은 전혀 바뀌지 않았다. 사나이는 쥐고 있던 담배를 입에 물고 빨았다. 담배 연기가 마치 나를 조롱하듯 내 얼굴을 감쌌다. 사나이는 서둘지 않고 싸늘하게 말했다. 그의 목소리는 트럼프 패를 돌리는 딜러처럼 억양이 없었다.

"뭐라고 하셨소?"

"가이거 말이오, 아서 귄 가이거. 책을 갖고 있는 사람인데."

사나이는 서둘지 않고 천천히 생각하고 있었다. 시선을 담배 끝으로 돌린 채 문을 잡고 있던 손을 놓았다. 어깨 동작을 보니 그 손으

83

로 방 안에 있는 사람에게 무슨 손짓을 하고 있음이 분명했다.

"글쎄 누군지 잘 모르겠는데. 이 근처에 사는 사람이오?"

나는 씩 웃었다. 그는 내가 웃는 것이 마음에 들지 않는 것 같았다. 그의 눈이 음산하게 빛났다.

"당신은 조 브로디 아니오?" 나는 말했다.

사나이의 갈색 얼굴이 굳어졌다. "그래서 어쨌다는 거요? 돈이라도 갖고 왔나, 그렇잖음 그냥 장난을 치고 있는 건가?"

"역시 조 브로디로군. 그런데 가이거를 모르다니 좀 이상하잖아."

"그래? 누굴 좀 웃겨보겠다는 모양인데 웃고 싶은 사람한테나 가서 해보라고."

나는 몸을 문에 기댄 채 빙그레 웃었다.

"자넨 책을 갖고 있고, 나는 고객 명부를 가지고 있어. 우리 얘기 좀 해볼까?"

사나이는 내 얼굴에서 눈을 떼지 않았다. 방 안에서 커튼을 열고 닫는 소리가 희미하게 들렸다. 사나이는 곁눈으로 방 안을 힐끔 쳐다보고 나서 문을 활짝 열었다.

"쓸 만한 물건이라면 나쁠 건 없지."

사나이는 감정 없이 말하고 옆으로 비켜섰다. 나는 안으로 들어갔다.

고급 가구가 야단스럽지 않게 여기저기 놓여 있는 아늑한 방이었다. 안쪽 벽의 프랑스 식 창문이 포치를 향하고 있었고 창 너머로 황혼이 깃든 언덕이 보였다. 창문 옆 서쪽 벽에 닫힌 문이 하나 있고 입구 어귀에 문이 또 하나 있었다. 이 문은 프라시 천 커튼으로 가려져 있었다. 동쪽 벽에는 문이 없었고 대형 소파가 벽에 기대어 있었다.

나는 그 소파에 앉았다. 브로디는 문을 닫고 네모꼴의 징이 박힌

참나무 책상을 향해 가재걸음으로 걸어갔다. 금박을 입힌 경첩이 붙은 삼나무 상자가 책상 위에 놓여 있었다. 브로디는 그 상자를 집어들고 문 사이에 있는 안락의자로 가지고 갔다. 나는 모자를 소파 위에 벗어던지고 기다렸다.

"그럼 얘길 들어 볼까?" 브로디가 말했다.

브로디는 시가 상자를 열고 손에 쥐고 있던 담배꽁초를 재떨이에 버렸다. 그리고 가늘고 길쭉한 시가를 입에 물었다.

"담배 피우겠어?"

브로디는 시가 한 개를 집어 들더니 공중으로 내던졌다. 내가 시가를 잡는 순간 그는 상자에서 권총을 꺼내들고 내 코를 겨냥했다. 경찰용 38구경의 검은 권총이었다. 저런 걸 들이대면 나로서도 할 말이 없다.

"내 솜씨가 어때, 응?" 브로디가 말했다. "잠깐 일어서서 이리 오게나. 걸으면서 숨을 돌리라고."

브로디의 목소리는 영화에 나오는 갱처럼 지나치게 태연했다. 영화 속의 갱들은 하나같이 이 모양이다.

"쯧쯧." 나는 움직이지 않고 혀를 찼다. "이 동네엔 총만 휘둘러댔지 머리를 쓸 줄 아는 사람이 없단 말야. 몇 시간이 채 못 돼서 총만 가지면 세상을 휘어잡을 걸로 생각하는 사람이 둘씩이나 나타나니 이거 어디 해먹겠나. 총을 내리고 바보 같은 짓 그만 해."

브로디는 미간을 좁히고 턱을 쑥 내밀었다. 그의 눈은 사납게 번뜩이고 있었다.

"또 한 사나이의 이름은 에디 마스야." 나는 말했다. "그 사람 아나?"

"몰라." 브로디는 총을 들이댄 채 꼼짝하지 않았다.

"어젯밤 빗속에서 자네가 어딜 쏘다녔는지 그가 알면 자넨 그걸로 끝장이야."

"나하고 에디 마스하고 무슨 관계가 있어?"

브로디가 싸늘하게 말했다. 그는 권총을 무릎에 내려놓았다.

"자네 문제를 놓고 골머리를 앓을 사람은 아닐걸." 나는 말했다.

우리는 서로 노려보았다. 나는 커튼 밑으로 뾰족하게 드러난 슬리퍼를 보고도 못 본 체했다.

브로디는 조용히 가라앉은 목소리로 말했다. "나를 오해하지 말라고, 난 갱이 아니야. 그저 조심하고 있을 뿐이지. 나는 자네가 누군지 모른단 말이야. 자네가 총잡인지 아닌지 어떻게 알아."

"자넨 아직 조심성이 모자라." 나는 말했다. "가이거의 책을 훔쳐 간 건 졸렬한 짓이야."

브로디는 천천히 숨을 들이마시고 나서 소리 없이 내뿜었다. 그리고 의자에 등을 기댄 채 다리를 포개고 권총을 무릎에 올려놓았다.

"내가 이 총을 사용하지 않을 줄로 생각하면 큰 잘못이야." 브로디가 말했다. "얘기를 계속해."

"뾰족한 슬리퍼를 신은 여자더러 그만 나오라고 하지. 숨을 죽이고 섰느라고 고생이 많을 테니."

브로디는 내 가슴에서 시선을 떼지 않고 소리를 질렀다.

"그만 나와, 아그네스."

푸른 눈에 허벅지를 흔들며 걷는 가이거 서점의 점원이 커튼을 젖히고 나왔다. 그녀는 증오 어린 눈초리로 나를 노려보았다. 코는 꼬집힌 것처럼 씰룩거렸고 눈빛은 점점 까맣게 변했다. 아그네스는 울상을 하고 있었다.

"당신 때문에 문제가 더 복잡해질 줄 알았죠!" 아그네스는 꽥 소리쳤다. "그래서 조에게 발밑을 조심하라고 일러 주었는데."

"조심할 건 발밑이 아니라 손버릇인 것 같군." 나는 말했다.

"그 주제에 누굴 웃기겠다는 거예요?"

아그네스가 금속성의 소리를 내질렀다.

"그건 옛날 얘기야. 웃을 땐 이미 지났어." 나는 말했다.

"입 그만 놀려." 브로디가 말했다. "나는 조심할 만큼 조심하고 있어. 불을 켜봐. 쏠 때 쏘더라도 얼굴이나 똑똑히 봐두게."

아그네스는 커다란 네모꼴 전기스탠드의 스위치를 눌렀다. 그리고 스탠드 옆에 있는 의자에 빳빳한 자세로 앉았다. 아마 허리띠가 꼭 죄는 모양이었다. 나는 시가를 입에 대고 끝을 물어뜯었다. 내가 성냥을 꺼내서 불을 붙이는 사이 브로디의 권총이 내 거동을 살폈다. 나는 연기를 빨아들이면서 말했다.

"내가 갖고 있는 고객 이름은 암호문으로 돼 있어. 해독할 순 없지만 500명쯤 될 거야. 내가 알기로는 자넨 책을 열두 상자 갖고 있어. 합쳐서 500권은 될 거야. 대출해 나간 책도 많겠지만 넉넉잡고 500권이라고 해두지. 500명 중에서 반만 상대해도 12만 5천 번 대출할 수 있단 말야. 자네 여자 친구는 다 알고 있어. 이건 내 짐작인데 말야. 대출요금은 아무리 낮게 잡아도 1달러 이하론 내려가지 않을 거야. 책의 원가도 계산해야 하니까. 이 계산대로라면 손에 들어오는 돈이 자그마치 12만 5천 달러. 게다가 상품은 그대로 남잖아. 사람 하나쯤 죽일 만한 가치는 충분하지."

"미친 소리 작작해! 이 망할 놈의……" 여자가 고함쳤다.

브로디는 여자를 보고 이빨을 드러내며 소리쳤다.

"입 닥치지 못해!"

아그네스는 억압된 고뇌와 분노에 몸을 떨면서 무릎을 쥐어뜯었다.

"이건 애송이가 할 사업이 아냐." 나는 부드럽게 타일렀다. "자네처럼 능숙한 사람 아니면 못해. 자신을 갖고 밀고 나가야 한단 말이야. 중고 외설본을 찾아 헤매는 사람들이란 화장실을 못 찾고 쩔쩔매는 노부인처럼 신경질이 나 있어. 공갈까지 겹쳐서 해먹겠다는 생각은 어리석기 짝이 없어. 그런 건 걷어치우고 대본업에만 열을 올리는 게 훨씬 낫지."

브로디의 갈색 눈이 내 얼굴을 아래위로 훑었다. 권총은 여전히 나의 급소를 노리고 있었다.

"자넨 정말 이상한 친구야." 브로디는 나지막하게 말했다. "누가 이 사업을 손아귀에 쥐고 있지?"

"자네지." 나는 말했다. "조금만 더 분발하면 돼."

여자는 숨을 헐떡이며 귀를 잡아뜯었다.

"뭐라고요?" 아그네스는 울부짖는 소리를 내질렀다. "가이거 씨가 큰길 가에서 그런 장사를 하고 있었다고요? 미친 소리 작작 해요!"

나는 곁눈으로 아그네스를 쳐다보며 점잖게 말했다.

"그건 사실인걸. 그걸 모르는 사람이 어디 있어. 이런 장사하긴 할리우드가 안성맞춤이라니까. 어차피 막지 못할 바엔 한길 가에 두는 편이 낫다는 게 경찰의 의견이란 말야. 홍등가를 만든 이치와 마찬가지지. 있는 장소를 알아야 쓸어버리기도 쉬운 거야."

"맙소사!" 여자가 소리를 질렀다. "당신은 이 멍청이가 나를 모욕해도 좋아요? 당신은 총을 갖고 있지만 상대는 시가를 들고 있을 뿐이잖아요!"

"좋았어." 브로디가 말했다. "이 친구 말이 마음에 들었어. 넌 입닥치고 있어. 그렇잖으면 이걸로 닥치게 만들어 줄 테야." 그는 권총을 아무렇게나 휘둘러대며 말했다.

아그네스는 숨을 들이키고 얼굴을 벽 쪽으로 돌렸다. 브로디는 나를 보고 교활하게 말했다.

"내가 이 사업을 인수받게 된 경위를 설명해 주게나."

"자네는 어젯밤 가이거를 쏘았어. 비가 내리고 있었으니 총쏘기 알맞은 날씨였지. 그런데 운수 사납게도 가이거 말고 또 한 사람이 방에 있었거든. 있을 수 없는 일이지만 자네가 그걸 몰랐거나 아니면 겁을 집어먹고 허둥지둥 도망쳤거나 둘 중 하나지. 자넨 말이야, 침착하게도 카메라에서 원판을 빼냈고 나중에 다시 돌아와서 시체를 딴 곳으로 옮겼어. 살인 사건이 드러나면 경찰이 수사를 벌이게 될 테니까 우선 시체를 감춰 두고 잠잠한 틈을 타서 책을 빼돌린 거야."

"그렇게 되나?" 브로디는 비웃으며 말했다.

권총이 무릎 위에서 꿈틀거렸다. 그의 얼굴은 목상처럼 굳어 있었다.

"간이 얼마나 부어올랐기에 그런 소리를 함부로 하나? 내가 가이거를 죽이지 않았다는 게 너에게는 얼마나 다행한 일인지 알아?"

"그런 소리 아무리 해봤자 소용없어." 나는 명랑하게 말했다. "자네는 어차피 붙들리게 돼 있어."

브로디의 목소리가 거칠어졌다.

"나를 함정에 몰아넣었단 말이야?"

"그럼."

"어떻게?"

"자네가 죽였다고 증언할 사람이 있어. 아까 내가 증인이 있다고 말했잖아? 나를 너무 얕잡아보지 마, 조."

브로디는 드디어 폭발하고 말았다.

"빌어먹을 계집년 같으니! 그 애송이 계집년 같으면 하고도 남지."

나는 소파에 몸을 기대고 빙긋 웃었다.

"좋았어. 난 자네가 그 여자의 누드 사진을 갖고 있을 줄 알았지."

브로디는 입을 열지 않았다. 여자도 입을 다물고 있었다. 나는 그들이 이 문제를 곰곰이 생각하도록 내버려 두었다. 브로디의 얼굴이 조금씩 밝아졌다. 약간 마음이 놓이는 모양이었다. 브로디는 권총을 의자 옆 테이블에 올려놓았지만 오른손은 먼 곳에 두지 않았다. 브로디는 담뱃재를 방바닥에 털고 미간이 좁아진 두 눈을 날카롭게 번뜩이며 나를 노려보았다.

"자넨 내가 멍청이라고 생각할 테지." 브로디가 말했다.

"사기꾼치곤 그저 그래. 사진이나 갖고 오지."

"무슨 사진?"

나는 고개를 살래살래 저었다. "그러지 마, 조, 모르는 척해도 아무 소용없어. 어젯밤 자네가 현장에 있었던지, 아니면 현장에 있었던 사람한테서 사진을 입수했어. 자넨 카멘 양을 현장에서 보았어. 그래서 이 여자를 시켜서 리건 부인을 협박한 거야. 현장을 목격했거나 아니면 사진을 입수해서 그것이 언제 어디서 찍은 건지 알아야만 공갈 협박을 할 수 있거든. 이래도 털어놓지 않겠나?"

"난 돈이 좀 필요해." 브로디가 말했다. 그는 고개를 약간 돌려서 푸른 눈의 금발머리를 쳐다보았다. 그녀는 금방 때려잡은 토끼처럼 기운 없이 축 늘어져 있었다.

"돈 얘긴 그만 둬." 나는 말했다.

브로디는 우거지상을 지었다. "난 어떻게 알았지?"

나는 지갑을 살짝 펴서 내 신분을 알려줬다. "나는 사건 의뢰인의 부탁을 받고 가이거 건을 조사하고 있었어. 나는 어젯밤 현장 근처에 있었어. 총소리를 듣고 집 안으로 뛰어든 거야. 범인은 못 보았지만 그 밖의 것은 다 보았어."

"보고서도 입을 다물고 있었단 말이지." 브로디는 비웃었다.

"그래. 아직은 입을 열지 않았지. 사진 안 내놓겠어?"

“내가 책을 가지고 있다는 건 어떻게 알았지?” 브로디가 물었다.

“가이거 가게에서 줄곧 미행했지. 나는 증인이 있단 말야.”

“그 애송이 녀석 말인가?”

“어떤 애송이 녀석인데?”

브로디의 얼굴이 다시 구겨졌다.

“가게에서 잡일하는 애 말야. 트럭이 떠나고 난 다음에 흔적도 없어졌어. 그놈이 어디로 도망쳤는지 아그네스도 몰라.”

“그것 참 잘 됐군.” 나는 능글맞게 웃으며 말했다. “그 문제 때문에 골머리를 앓고 있었단 말야. 가이거네 집에 가본 적이 있나? 어젯밤 말고.”

“어젯밤은 왜 끼어드나?” 브로디가 언성을 높였다. “그래 그 계집년이 내가 죽였다고 말했단 말이지?”

“사진만 내놓으면 그 애 마음을 돌릴 수도 있지. 좀 취해 있었으니까.”

브로디는 한숨을 지었다. “그 아이는 나를 증오하고 있어. 내쫓아 버렸거든. 난 돈을 받고 있었지만 어차피 내쫓아야 했어. 나같이 단순한 사람은 그 애만큼 복잡한 애를 다루기가 너무 벅차단 말야” 그는 목청을 가다듬었다. “돈 좀 내놓지 그래. 난 빈털터리가 됐단 말야. 우린 이사를 가야 해.”

“내 의뢰인은 한 푼도 낼 수 없어.”

“이것 봐, 부탁이야…….”

“사진을 내 놔, 브로디.”

“제기랄, 할 수 없군.” 브로디가 말했다.

브로디는 일어서서 권총을 바깥 호주머니에 넣고 왼손을 들어 올렸다. 그때 초인종이 울렸다. 브로디는 어이없는 표정을 짓고 그 자리에 멍청히 서 있었다.

15

브로디의 표정은 어두웠다. 그는 아랫입술을 깨물고 눈썹을 곤두세웠다. 얼굴 전체가 험상궂게 긴장했다.

초인종이 계속 울렸다. 내 마음도 평온할 리가 없었다. 만약에 에디 마스가 부하들을 거느리고 왔다면 나는 그 자리에서 싸늘하게 식어버릴 것이다. 경찰이 밀어닥치면 나는 바보 웃음을 지으며 마음이 내키지 않는 약속을 할 수밖에 없다. 브로디와 한패라면 아마 그보다 더 사납게 굴지도 모른다.

아그네스도 안절부절못했다. 그녀는 자리에서 벌떡 일어서더니 한 팔로 허공을 내저었다. 긴장한 얼굴이 늙고 추하게 보였다.

브로디는 나의 거동을 살피면서 책상 서랍을 열고 뿔손잡이 자동 권총을 꺼내서 아그네스에게 넘겨주었다. 그녀는 떨리는 손으로 권총을 잡았다.

"저 사람 옆에 가 앉아. 문에서 보이지 않게 총을 밑에서 겨누고 있어. 엉뚱한 짓을 하면 소신껏 하란 말이야. 우린 아직 죽지 않았어."

"오, 조!" 여자는 울먹이는 소리로 외쳤다.

아그네스는 옆자리에 앉아서 총구를 내 다리 동맥에 들이댔다. 여자의 불안한 눈초리를 보고 나는 겁이 왈칵 났다.

벨 소리가 뚝 그치더니 문을 두드리는 소리가 요란하게 들렸다. 브로디는 호주머니 속에서 권총을 쥔 채 다가서서 왼손으로 문을 열었다. 카멘이 조그만 권총을 입에 들이대고 밀어닥쳤다.

브로디는 뒷걸음치며 엉거주춤 물러섰다. 입이 떨리고 얼굴은 공포로 일그러져 있었다. 카멘은 문을 닫고, 나와 아그네스는 거들떠보지도 않았다. 카멘은 입 사이에 혀끝을 약간 내민 채 브로디에게서 눈을 떼지 않았다. 브로디는 두 손을 흔들어대며 애원하고 있었다. 그의 눈썹은 쉴새없이 이상한 모양으로 변했다. 아그네스는 갑자기 총구를 카멘 쪽으로 돌렸다. 나는 잽싸게 손을 내밀어 아그네스의 손을 잡고 안전장치를 눌렀다. 총은 이미 안전장치가 걸려 있었다. 이 조그만 소동이 벌어지는 동안 브로디와 카멘은 우리를 거들떠보지도 않았다.

나는 총을 빼앗아 들었다. 아그네스는 가쁜 숨을 내쉬고 온몸을 떨었다. 카멘의 얼굴은 거칠고 앙상했다. 그녀의 입가에서 씩씩대는 소리가 났다. 그녀는 억양 없는 목소리로 말했다.

"사진을 돌려 줘, 조."

브로디는 침을 꿀꺽 삼키고 어색하게 웃었다. "물론 돌려 줘야지." 브로디는 낮게 가라앉은 목소리로 말했다.

카멘이 말했다. "네가 아서 가이거를 쏘았어. 이 눈으로 봤어. 사진 내 놔."

브로디는 새파랗게 질렸다.

"이봐, 카멘. 잠깐만." 나는 소리쳤다.

숨을 죽이고 있던 아그네스가 갑자기 몸을 움직였다. 그녀는 허리를 굽히기가 무섭게 내 오른손을 물어뜯었다. 나는 비명 소리를 지르며 그녀를 뿌리쳤다.

"이봐, 카멘. 내 말 좀 들어봐." 브로디가 우는 소리를 냈다.

아그네스는 내 얼굴에 침을 내뱉고 비호같이 몸을 날려 내 다리를 붙들고 이빨을 들이댔다.

나는 그녀의 머리를 권총으로 가볍게 후려치며 일어섰다. 그녀는 굴러 떨어지면서 두 팔로 내 다리를 꽉 움켜잡았다. 나는 소파에 엉덩방아를 찧고 말았다. 그녀는 무척 힘이 센 여자였다. 사랑에 눈이 먼 탓인지 공포가 빚어낸 광란인지는 몰라도 아무튼 무섭게 억센 여자였다.

브로디는 얼굴 가까이 들이댄 권총을 잡아채려다가 헛손질을 하고 말았다. 총성이 날카롭게 울려퍼졌다. 생각한 것보다는 작은 소리였다. 프랑스 식 창문이 박살났다. 브로디는 야수처럼 신음 소리를 내지르면서 방바닥에 뒹굴었다. 브로디는 카멘의 발목을 잡아챘다. 카멘은 털썩 주저앉고 말았다. 권총은 방구석까지 굴러갔다. 브로디는 잽싸게 몸을 일으켜 세우고 호주머니를 더듬었다.

나는 아그네스의 머리를 아까보다 강하게 후려갈겼다. 여자가 떨어져 나가자 나는 벌떡 일어섰다. 브로디는 나를 힐끔 쳐다보았다. 총구멍이 브로디를 노려보고 있었다. 브로디는 그 자리에 우뚝 섰다.

"아이고, 맙소사! 날 죽게 할 참이야?" 브로디가 비명을 질렀다.

나는 웃기 시작했다. 바보 같은 웃음이 걷잡을 수 없이 터져 나왔다. 아그네스는 멍하게 입을 벌린 채 카펫에 손을 짚고 앉아 있었다. 한 줌의 머리칼이 아그네스의 오른쪽 눈을 가리고 있었다. 카멘은 씩씩거리며 엉금엉금 기어가고 있었다. 카멘의 작은 권총이 방구석에서 둔하게 번뜩이고 있었다. 카멘은 그쪽으로 서서히 접근해갔다.

나는 권총 든 손으로 브로디를 가리키며 말했다.

"거기 꼼짝 말고 서 있어. 아무 일 없을 테니까."

나는 엉금엉금 기어가는 여자 옆을 지나 방구석에 가서 권총을 집어 들었다. 카멘은 나를 올려다보더니 킬킬 웃기 시작했다. 나는 권총을 호주머니에 넣고 카멘의 등을 가볍게 쳤다.

"그만 일어나. 이게 무슨 꼴이야, 고양이처럼."

나는 브로디 쪽으로 다가가서 권총을 그의 옆구리에 들이대고 콜트 자동 권총을 꺼냈다. 결국 세 자루의 총을 모두 거두어들인 셈이다. 나는 총을 모조리 호주머니에 집어넣고 브로디에게 손을 내밀었다.

"내 놔."

브로디는 고개를 끄덕이고 입술을 빨았다. 눈은 여전히 공포에 떨고 있었다. 브로디는 안 호주머니에서 두둑한 봉투를 끄집어내더니 나에게 넘겨주었다. 원판과 사진 다섯 장이 들어 있었다.

"이게 전부지?"

브로디는 다시 고개를 끄덕였다. 나는 봉투를 호주머니에 넣고 돌아섰다. 아그네스는 소파에 앉아서 머리를 매만지고 있었다. 증오에 가득 찬 아그네스의 눈초리는 물어뜯을듯이 카멘을 노려보고 있었다. 카멘은 일어서서 이쪽으로 다가왔다. 카멘은 손을 앞으로 쑥 내밀고 킬킬대며 씩씩거렸다. 입가에 거품을 내뿜으면서 하얀 이가 반짝 빛났다.

"사진 줄래요?" 교태어린 미소가 카멘의 입가에 떠올랐다.

"나한테 맡겨두고 넌 집에 가."

"집에?"

나는 문을 열고 바깥을 살폈다. 신선한 밤바람이 조용히 불고 있었다. 문 앞에서 서성대는 구경꾼은 한 사람도 없었다. 총이 발사되었고 유리창이 깨졌지만 이 정도의 소리에 놀랄 사람이 어디 있겠는가. 나는 손으로 문을 받치고 서서 카멘을 보고 나오라고 손짓했다. 카멘은 묘하게 미소를 띠며 다가섰다.

"집에 가서 날 기다려." 나는 달래듯이 말했다.

카멘은 엄지손가락을 들어올렸다. 그리고 나서 고개를 끄덕이고 내 옆을 지나 복도로 나갔다. 카멘은 지나가면서 내 뺨을 살짝 만졌다.

"아저씨가 카멘을 보살펴 줄래요?" 카멘이 소곤거렸다.

"그럼."

"아저씬 참 멋있어."

"겉보기엔 매끈하지." 내가 말했다. "하지만 내 허벅지엔 말야, 발리의 무희가 새겨져 있어."

카멘의 눈이 휘둥그레졌다. "그럼 못써요." 카멘은 손가락을 흔들며 말했다.

"총 주실래요?" 그녀가 속삭였다.

"지금은 안돼. 나중에 갖다 줄게."

카멘은 갑자기 내 목을 껴안고 입에다 키스를 했다.

"난 아저씨가 좋아. 카멘은 아저씨가 너무 너무 좋아요."

카멘은 복도 끝까지 뛰어가서 뒤돌아보고 손을 흔들고 나서 계단을 뛰어 내려갔다.

나는 브로디의 아파트로 되돌아갔다.

16

나는 프랑스 식 창문으로 걸어가서 깨진 유리창을 바라보았다. 카멘의 권총에서 발사된 총알은 마치 주먹으로 후려갈긴 것처럼 유리창을 부수어 놓았다. 나는 깨진 창문에 커튼을 친 다음 카멘의 권총을 꺼냈다. 진주 손잡이의 22구경 권총이었다. 총신에는 '오웬이 카멘에게'라고 새겨진 조그만 은판이 붙어 있었다. 카멘은 닥치는 대로 남자들을 얽어매고 있었다.

나는 총을 도로 집어넣고 브로디 옆에 바싹 붙어 앉아서 그의 갈색 눈을 쳐다보았다. 1분이 지나갔다. 금발의 여자는 조그만 거울을 들고 화장을 고치고 있었다. 브로디는 담배를 주물럭거리며 말했다.

"만족했나?"

"아직 남았어. 자넨 왜 노인 말고 리건 부인을 물고 늘어졌나?"

"6, 7개월 전에 노인을 한 번 털어먹었어. 또 하면 화가 나서 경찰을 부를 것만 같았거든."

"리건 부인이 아버지한테 털어 놓았으면 어쩔 뻔했나?"

브로디는 담배를 빨며 내 얼굴을 빤히 들여다보면서 곰곰이 생각했다. 이윽고 브로디는 입을 열었다.

"자넨 부인을 잘 아나?"

"두 번 만났을 뿐이야. 사진을 가지고 협박하겠다고 덤빈 걸 보니 자네는 부인을 잘 알고 있는 모양인데."

"부인은 활동 범위가 이만저만 넓은 게 아냐. 아버지가 알면 곤란한 약점이 두어 개 있겠지 하고 생각했지. 5천 달러쯤 쉽게 마련할 줄 알았어."

"좀 허술한 얘기지만 그대로 덮어두지. 자넨 지금 돈 한 푼 없단 말이지?"

"호주머니 속엔 동전 두 닢이 숨바꼭질하고 있네."

"자넨 무슨 일로 먹고 사나?"

"보험이야. 웨스턴과 산타 모니카의 교차로에 있는 풀와이더 빌딩의 퍼스 월그린 사무실에 조그만 방을 갖고 있어."

"입을 열기가 무섭게 술술 나오는군. 책은 자네 아파트에 있나?"

브로디는 이 소리를 달칵 내며 갈색 손을 흔들었다. 점점 자신이 생기는 모양이었다.

"아, 아냐. 창고에 맡겨 두었어."

"일단 여기까지 운반한 다음에 인부를 시켜 창고로 옮겼단 말이지?"

"그럼. 가게에서 직접 그곳으로 가지고 갈 순 없잖아."

"빈틈이 없군." 나는 그를 칭찬해 주었다. "현재 이 집엔 위험한 물건은 없나?"

브로디는 또 한번 걱정스런 표정을 지었다. 그는 고개를 힘차게 가로 저었다.

"그렇담 좋지." 나는 말했다.

나는 아그네스를 쳐다보았다. 그 여자는 화장을 다 고치고 멍청하게 벽을 바라보고 있었다. 아그네스는 이야기 소리에 귀를 기울이고 있지 않았다. 아그네스의 얼굴은 긴장과 충격의 거센 물결이 휩쓸고 지나간 뒤에 찾아드는 나른한 기분으로 졸음이 오는 듯 고요했다.

브로디는 조심스럽게 눈을 깜빡이며 물었다. "어떡할 테야?"

"사진은 어떻게 입수했어?"

브로디는 이맛살을 찌푸렸다.

"이봐, 자넨 원하는 걸 다 얻었잖아. 아주 싸게 말야. 멋있게 일을 해치웠어, 자넨. 그거나 갖고 가서 자네 보스한테 팔아먹지 그래. 난 깨끗해. 사진이고 뭐고 난 몰라. 안 그래, 아그네스?"

아그네스는 눈을 뜨고 남자를 바라보았다. 희미한 눈초리가 그를 비웃고 있었다. 아그네스는 피곤에 지친 목소리로 말했다.

"나한테 얻어걸린 남자치고 단 한 명이라도 똑똑한 사람이 있었다면 나는 한이 없겠어. 모두가 하나같이 제 잘난 체하는 멍청이들뿐이었어."

나는 아그네스를 보고 빙그레 웃었다.

"내가 당신을 귀찮게 했나?"

"내가 만난 다른 모든 남자들처럼."

나는 브로디 쪽으로 시선을 돌렸다. 브로디는 담배를 손가락 사이에 끼워 비틀고 있었다. 손이 약간 떨리고 있는 것 같았다. 그의 갈색 얼굴은 여전히 시치미를 떼고 있었다.

"이건 명백히 해두자고," 나는 말했다. "우선 카멘은 여기 안 온 걸로 돼 있어. 이건 매우 중요한 문제야. 알겠나? 자넨 허깨비를 봤단 말이야."

"자네가 그렇게 말한다면 좋도록 하지. 그리고 말야."

브로디는 손바닥을 펴들고 집게손가락과 가운뎃손가락을 엄지손가락으로 가볍게 비볐다. 나는 고개를 끄덕이며 말했다.

"생각해보지. 경우에 따라서는 돈을 좀 내놓을 수도 있어. 하지만 크게 바라지는 말게. 사진은 어디서 입수했지?"

"어떤 사람한테서 얻었어."

"얼씨구. 길을 지나다 만난 사람 말이지. 다시는 얼굴을 기억 못할 테지. 난생 처음 만난 사람이니까."

"그 친구 호주머니에서 흘러나왔어."

"절씨구. 자네 어젯밤 알리바이는 있겠지?"

"있고말고, 나는 아그네스하고 여기 있었어. 그렇지, 아그네스?"

"자네 처지가 딱하기도 하이." 나는 말했다.

브로디의 눈이 휘둥그레지더니 입이 축 처졌다. 입에 문 담배는 아랫입술에 아슬아슬하게 매달려 있었다.

"자넨 약삭빠른 체 굴지만 정말 바보야. 형장에서의 죽임은 모면한다 쳐도 자네 앞길이 난감해." 나는 말했다.

입에 문 담배가 움직이더니 재가 조끼에 떨어졌다.

"자넨 계속 자신이 영리하다고 생각할 테니까 말이야." 나는 말했다.

"꺼져." 브로디는 갑자기 투덜거렸다. "자네하고 얘기하는 게 넌더리가 났어. 썩 물러가!"

"그러지."

나는 일어서서 참나무 책상 쪽으로 걸어갔다. 그리고 호주머니에서 브로디의 권총 두 자루를 꺼내서 책상 위에 나란히 올려놓았다. 나는 방바닥에 떨어진 모자를 집어 들고 문 앞으로 다가섰다.

"잠깐만!" 브로디가 소리쳤다.

나는 돌아서서 기다렸다. 브로디의 입에 매달린 담배는 용수철이 달린 인형처럼 흔들거렸다.

"나하고 얘기는 끝난 거지?" 브로디가 물었다.

"아무렴, 끝났지. 여긴 자유로운 나라야. 감옥에서 나오기 싫거든 얼마든지 처박혀 있으란 말야. 자넨 시민권이 있잖아."

브로디는 입에 문 담배를 까닥거리며 나를 응시했다. 아그네스는 천천히 고개를 돌려 같은 표정으로 나를 바라보았다. 그들의 눈초리는 교활과 의심, 그리고 억압된 분노로 뒤범벅이 되어 있었다. 아그네스는 별안간 손을 들어 올리더니 머리칼을 뽑아들고 손가락으로 툭 끊어버렸다.

브로디는 굳은 어조로 말했다.

"자넨 경찰을 찾아가지 않을 거야. 자네 의뢰인이 스턴우드라면 못 가지. 나는 그 집안 일을 속속들이 알고 있단 말야. 자넨 사진을 얻었고 또 그뿐인가, 난 입을 열지 않겠다고 약속까지 했잖아. 그러니 그 사진이나 갖고 가서 팔아먹지 그래."

"도무지 영문을 알 수 없군." 나는 말했다. "나가는 사람을 붙든 건 누구지? 난 무슨 할 말이 있는 줄 알았더니 그냥 나가라는 거야? 무슨 놈의 변덕이 그리 심한가?"

"자네한테 내가 약점 잡힌 건 없어." 브로디가 말했다.

"살인 사건이 겨우 두 건이지. 자넨 그까짓 것 대수롭지 않게 생각할 테지만."

브로디는 태연한 체했지만 놀란 기색이 너무나 뚜렷했다. 갈색 눈동자의 언저리가 하얗게 드러났고 전등불에 비친 갈색 얼굴이 새파랗게 질렸다.

아그네스는 야수 같은 신음 소리를 내더니 소파 끝에 있는 쿠션에 얼굴을 파묻었다. 나는 그 자리에 서서 그녀의 긴 허벅다리를 바라보았다. 브로디는 천천히 입술을 빨면서 말했다.

"좀 앉게나, 아무래도 내가 얘기를 더 해야 할 모양이야. 두 건의 살인 사건이라니 그게 무슨 뚱딴지 같은 소리야?"

나는 문에 몸을 기댔다. "어젯밤 7시 반경 자넨 어디 있었지?"

브로디는 씁쓸하게 입을 삐죽거리고 눈을 내리깔았다.

"나는 어떤 사내를 감시하고 있었어. 멋진 사업을 하고 있기에 한 몫 끼어볼까 하고 말이야. 그게 바로 가이거였지. 나는 그가 굵직한 연줄이 있나 없나 살피고 있었던 거야. 혼자서야 그런 일을 버젓하게 할 수 없잖아. 그런데 어럽쇼, 그 집에 드나드는 건 여자뿐이지 않겠어?"

"자넨 감시가 허술했어. 그래서?"

"나는 어젯밤 그 집 아래쪽 길에 있었어. 비가 억수로 쏟아지더군. 그래서 나는 차 속에서 아무것도 못 봤단 말이야. 가이거 집 앞에 차 한 대가 있었고 언덕을 약간 올라간 곳에 차가 또 한 대 있었어. 그래서 나는 아랫길로 내려간 거야. 앞을 보니 큰 차가 한 대 서 있더군. 나는 한숨 돌리고 나서 그 차의 면허증을 꺼내보았더니 비비안 리건 명의로 돼 있더군. 한참 기다렸는데 아무 일도 일어나지 않았어. 그래서 돌아간 거야."

브로디는 담배를 흔들어대며 내 얼굴을 아래위로 훑어보았다.

"근사한 얘기군." 나는 말했다. "그 차가 지금 어디 있는지 아나?"

"내가 어떻게 알아?"

"보안관 차고에 있어. 오늘 아침 리도 선창가에서 끌어올렸지. 차 속엔 남자 시체가 있었는데 머리에 타박상이 있었고, 차는 목책을 뚫고 나갔고 사이드 브레이크가 걸려 있었어."

브로디의 숨소리가 거칠어졌다. 그의 한 쪽 발은 초조하게 방바닥을 두드리고 있었다.

"제기랄. 그걸 나한테 뒤집어씌울 순 없잖아."

"왜 못해? 자네 말대로라면 그 차는 가이거네 집 뒷길에 정차해 있었어. 차를 몰고 간 건 리건 부인이 아니라 그 집 운전기사 오웬 테일러였단 말이야. 그는 카멘에게 홀랑 빠져 있었고 가이거가 그녀를 데리고 노는 꼴이 마음에 들지 않았단 말야. 그래서 그는 따지러 간 거라고. 그는 쇠지렛대로 창문을 열고 들어가서 가이거가 그녀의 나체 사진을 찍고 있는 광경을 목격했어. 그는 가이거를 쏘아 죽이고 난 다음 도망쳤어. 하지만 달아나기 전에 가이거가 금방 찍은 원판을 갖고 갔거든. 그래서 자네는 뒤따라가서 그걸 빼앗은 거야. 그렇잖으면 자네가 그걸 갖고 있을 이유가 없잖아."

브로디는 입술을 핥았다.

"그래. 그렇다고 내가 그를 죽일 이유가 어딨어? 분명히 나는 총소리를 들었지. 그리고 범인이 뒤 계단을 뛰어 내려가서 차를 타고 도망치는 것을 보았지. 그래서 내가 뒤쫓아 간 거야. 그는 언덕 밑까지 내려가서 선셋 대로를 서쪽으로 향했어. 비벌리힐스를 막 넘어서자 그의 차는 길 밖으로 미끄러져 나가버렸어. 그는 차를 세우지 않을 수 없었거든. 나는 그를 따라잡고 순경 흉내를 냈지. 그는 총을 갖고 있었지만 제정신이 아니었어. 나는 그를 때려눕히고 소지품을 조사한 결과 그의 신분을 알게 된 거야. 원판이 있기에 호기심이 나서 한참 들여다보고 있는데 갑자기 그가 정신을 차리고는 나를 차 밖으로 걷어차 버렸어. 내가 일어난 것은 그가 멀리 사라지고 난 뒤였어. 그게 내가 그를 마지막 본 순간이었다네."

"그가 쏜 사람이 가이거란 건 어떻게 알았지?"

내가 무뚝뚝하게 물었다.

"그건 내 짐작일 뿐이야." 브로디는 어깨를 으쓱했다. "내가 잘못 생각한 건지도 모르지. 하지만 원판을 현상해보니 확신이 생기던데. 더욱이 가이거가 오늘 아침 가게에 나오지 않았고 또 전화도 안 받는 걸 보고 틀림없다고 생각했어. 그래서 나는 이 기회를 이용해서 책을 딴 데다 옮겨놓고 스턴우드한테서 여비를 긁어낸 뒤 잠시 피신할까 생각한 거야."

나는 고개를 끄덕였다. "그 말은 그럴 듯해. 아마 자네는 아무도 죽이지 않았는지 몰라. 헌데 시체는 어디다 감추었지?"

브로디는 눈썹을 올려 세우고 빙긋 웃었다. "말도 안 되는 소리 작작해. 경찰이 언제 밀어닥칠지 모르는 판에 내가 그 집에 되돌아가서 시체를 만지작거리고 있게 됐어? 그런 소리 집어치워."

"누군가 시체를 감추었어." 나는 말했다.

브로디는 어깨를 으쓱했다. 그는 내 말을 믿지 않고 빙긋 웃었다. 이때 초인종이 울렸다. 브로디의 표정이 굳어졌다. 그는 벌떡 일어서더니 책상 위에 놓인 권총을 힐끔 쳐다보았다.

"다시 나타났군." 브로디는 신음 소리를 냈다.

"총은 안 가졌을 테니 염려 마." 나는 그를 위로해 주었다. "자넨 친구도 없어?"

"하나 정도가 고작이야." 그는 거칠게 투덜거렸다. "난 술래잡기 놀이에 진저리가 났단 말야."

브로디는 책상 앞으로 다가가서 콜트 권총을 집어 들고 문 쪽으로 걸어갔다. 브로디는 총을 한쪽 옆으로 비켜든 채 왼손으로 문을 조금 열고 틈 사이로 몸을 내밀었다.

"브로딘가요?" 밖에서 묻는 소리가 났다.

브로디는 뭔가 중얼거렸지만 내 귀에는 들리지 않았다. 총소리가 두 번 연거푸 울렸다. 무엇에 싸인 것처럼 둔한 소리였다. 총을 브로디의 몸에 바싹 들이대고 쏜 것 같았다. 그의 몸이 앞으로 기울더니 몸무게로 문이 쾅 닫혔다. 그의 발이 카펫을 밀어 젖히면서 브로디는 그 자리에서 허물어졌다. 손잡이를 잡고 있던 왼손은 쿵 소리를 내며 방바닥을 때렸다. 브로디는 머리를 문에 처박고 움직이지 않았다. 오른손은 권총을 꽉 움켜쥐고 있었다.

나는 단숨에 방을 가로질러 브로디를 한쪽으로 밀어붙이고 문을 열고 밖으로 나갔다. 맞은편 문이 열리더니 한 여자가 얼굴을 내밀었다. 그 여자는 겁에 질린 얼굴로 복도 아래쪽을 손으로 가리켰다.

나는 복도를 따라 뛰었다. 타일 계단을 밟고 뛰어 내려가는 소리가 들렸다. 나는 그 뒤를 쫓았다. 계단을 막 내려서자 입구 문이 소리 없이 닫히는 것이 보였다. 도망가는 발자국 소리가 인도를 요란하게 때렸다. 나는 문이 닫히기 전에 비틀어 열고 밖으로 뛰어나갔다. 가죽점퍼를 입은 키 큰 사나이가 차 사이를 헤치며 길을 건너 도망치고 있었다. 사나이가 몸을 돌리는 순간 그의 손에서 권총이 불을 뿜었다. 총탄 두 알이 근처 벽에 내리꽂혔다. 사나이는 계속 뛰었다. 그가 두 대의 차 사이로 빨려들어가는가 싶더니 그의 모습은 영영 보이지 않았다.

한 남자가 내 옆에 다가서서 물었다.

"어떻게 된 거요?"

"총질이 시작됐소." 나는 말했다.

"제기랄." 그 남자는 허둥지둥 집 안으로 피신했다.

나는 빠른 걸음으로 인도를 걸어서 차에 오르기가 무섭게 시동을 걸었다. 나는 속력을 줄이고 언덕을 내려갔다. 맞은편에서 언덕 위로 올라간 차는 없었다. 발소리가 난 것 같았지만 확실치는 않았다. 나는 차를 몰고 한 블록 반쯤 내려가서 교차로에 이르자 다시 차를 돌렸다. 나지막한 휘파람 소리가 인도 쪽에서 희미하게 들려왔다. 뒤이어 발소리. 눈앞에 차 한 대가 서 있었다. 나는 그 차 옆에 내 차를 나란히 세우고 차 사이로 몸을 수그렸다. 그리고 호주머니에 든 카멘의 작은 권총을 꺼내 들었다. 휘파람 소리가 점점 가까워 오더니 가죽점퍼가 나타났다. 나는 차 사이로 몸을 불쑥 내밀고 말했다.

"담뱃불 좀 빌립시다."

사나이는 몸을 홱 돌렸다. 그의 오른손이 엉겁결에 점퍼 호주머니를 더듬거렸다. 아몬드 모양의 까만 눈이 색전등처럼 빛났다. 창백한 얼굴. 이마에서 까만 머리칼이 두 줄 흘러내리고 있었다. 정말 미남이다. 가이거의 가게에 있던 사나이였다. 사나이는 선 채로 말없이 나를 바라보았다. 그의 오른손은 점퍼 끝에서 주춤거리고 있었다. 나는 권총을 허리 부분에 늘어뜨리고 있었다.

"자넨 가이거를 무척 존경했나 보군."

"염병할……."

사나이는 숨을 죽이고 말했다. 그는 인도 가장자리의 높은 축대와 늘어선 차 사이에 꼼짝 않고 서 있었다.

멀리 언덕 아래서 사이렌 소리가 들렸다. 사나이는 고개를 홱 돌려 아래쪽을 노려보았다. 나는 바싹 다가서서 총을 그의 옆구리에 갖다 댔다.

"나야, 아니면 경찰이야. 어떡할래?" 나는 물었다.

사나이는 마치 빰을 얻어맞은 사람처럼 얼굴을 홱 돌렸다.

"넌 누구냐?" 사나이는 이를 드러내며 으르렁거렸다.

"가이거의 친구야."

"가까이 오지 마. 이 망할 자식."

"이것 봐. 이 총은 말야, 보기엔 보잘것없지만 배때기에 한 방 맞으면 다시 걸음마를 시작할 때까지 3개월은 걸린단 말야. 그러나 자네를 기다리고 있는 건 가스 처형실뿐이라는 걸 알아야 해."

"염병할……." 사나이는 말했다.

사나이의 오른손이 움직이는 순간 나는 총구를 그의 아랫배에 들이 댔다. 그는 긴 한숨을 내쉬고 손을 밑으로 떨어뜨렸다. 그의 어깨가 맥없이 처졌다.

"어쩌자는 거야?" 사나이는 기운 없이 말했다.

나는 그의 점퍼 호주머니에 손을 밀어 넣어 권총을 빼냈다.

"내 차에 타지."

나는 그를 앞세우고 걸었다. 사나이는 차에 올랐다.

"운전석에 타. 자네가 운전하는 거야."

사나이가 운전대에 오르자 나는 옆자리에 앉았다.

"순찰차가 고개를 넘거든 차를 돌려. 우린 집으로 가는 거야."

나는 카멘의 권총을 집어넣고 자동 권총을 그의 옆구리에 들이댔다. 순찰차가 점점 다가오더니 사이렌 소리를 요란하게 울리면서 지나갔다.

"자 가자." 나는 말했다.

사나이는 차를 회전시켜 언덕길을 내려갔다.

"집으로 가자." 나는 말했다. "래번 테라스 말이야."

사나이의 입술이 삐죽했다. 그는 프랭클린 거리에서 서쪽으로 방향을 잡았다.

"자넨 어리석기 짝이 없군. 이름이 뭐지?"

"캐롤 런드그렌." 사나이는 맥없이 대답했다.

"자넨 엉뚱한 사람을 쏘았어. 조 브로디는 가이거를 죽이지 않았네."

사나이는 욕을 퍼붓고 계속 차를 몰았다.

17

래번 테라스의 유칼리나무 가지 사이에 반달이 얼굴을 내밀고 있었다. 언덕 밑에서 라디오 소리가 크게 들려왔다. 캐롤 런드그렌은 가이거의 집 앞 산울타리 옆에 차를 세우고 엔진을 껐다. 그리고 두 손으로 핸들을 움켜쥔 채 멍하니 앞을 바라보았다. 집 안에서는 불빛이 새어나오지 않았다.

"집에 아무도 없나?" 나는 물었다.

"알면서 그래."

"알긴 어떻게 알아."

"염병할……."

"그러다간 자네 이빨이 성할 날이 없겠어."

캐롤 런드그렌은 이빨을 드러내며 씩 웃었다. 그는 문을 걷어차고 차에서 내렸다. 나도 얼른 따라 내렸다. 캐롤 런드그렌은 주먹을 허리에 대고 서서 묵묵히 집을 바라보았다.

"자, 안으로 들어가지." 나는 말했다. "자넨 열쇠를 갖고 있을 테니 말야."

"누가 그래?"

"이러지 말라고, 다 알고 있단 말야. 이 집에 자네 방이 하나 있잖아. 깨끗하게 꾸민 자그마한 방 말야. 가이거는 여자 손님이 찾아오면 자네를 내쫓고 문을 걸어 잠그지. 그는 시저를 닮았거든. 여자에게는 남편 노릇을 하고 남자에게는 마누라 노릇을 한단 말야. 내가 그걸 모를 줄 알았나?"

나는 총을 들고 있었지만 캐롤 런드그렌은 아랑곳없이 주먹을 휘둘렀다. 그의 주먹은 내 턱을 정통으로 갈겼다. 나는 엉거주춤 뒷걸음질쳤다. 힘껏 내지른 주먹이었지만 보기와는 달리 힘이 없었다. 나는 권총을 그의 발밑에 내던졌다.

"자네가 필요한 게 바로 그거겠지?"

캐롤 런드그렌은 비호처럼 몸을 날렸다. 그의 동작은 매우 민첩했다. 내 주먹이 그의 목덜미를 후려갈겼다. 그는 옆으로 고꾸라지면서 총을 움켜쥐려 했지만 손이 미치지 않았다. 나는 권총을 집어 들고 차 속으로 내던졌다. 캐롤 런드그렌은 엉금엉금 기어서 일어나더니 눈을 부릅뜨고 기침을 하면서 고개를 흔들었다.

"자넨 싸우지 않는 게 좋아." 나는 말했다. "그렇게 힘이 들어서야 원."

캐롤 런드그렌은 굴하지 않고 다시 덤벼들었다. 마치 카타팔트에서 발사한 비행기처럼 그는 무서운 속력으로 내 무릎에 태클을 걸었다. 나는 살짝 비켜서서 그의 목을 겨드랑이 밑에 끼었다. 그는 발버둥치며 버티다가 혼신의 힘을 기울여 두 손으로 나의 급소를 공격했다. 나는 그의 몸을 비틀어 돌린 채 약간 들어올렸다. 그리고 오른손 팔목을 왼손으로 꽉 붙잡고 좌골을 그에게 바싹 밀어붙였다. 두 사람의 체중이 아슬아슬하게 균형을 이루는 짧은 순간 우리는 허공에 매달린 두 마리의 야수처럼 희미한 달빛 아래 꼼짝 않고 서 있었다. 숨이 가쁘고 다리가 휘청거렸다.

나는 오른팔로 그의 숨통을 잡고 힘껏 죄었다. 그는 미친 듯이 발을 휘저었지만 헐떡이는 숨소리는 이미 들리지 않았다. 그의 왼발이 옆으로 미끄러지더니 무릎이 축 늘어졌다. 그래도 나는 힘을 빼지 않았다. 마침내 그의 전신에서 모든 기운이 빠져나갔다. 내가 손을 놓자 그는 그대로 무너졌다. 나는 차에서 수갑을 꺼내다가 그의 팔을 등 뒤로 돌리고 그것을 채웠다. 나는 그의 겨드랑이 밑에 손을 넣고 끌고 가서 거리에서 보이지 않게 산울타리 속에 숨겨둔 다음 차를 언덕 위 100피트 거리에 옮겨 놓았다.

돌아와 보니 캐롤 런드그렌은 여전히 정신을 잃고 있었다. 나는 그를 끌고 집 안으로 들어가서 문을 잠갔다. 그가 숨을 헐떡이기 시작했다. 나는 전기스탠드의 스위치를 눌렀다. 캐롤 런드그렌은 눈을 뜨고 천천히 나에게 초점을 맞추었다.

나는 그의 무릎이 미치지 않는 자리에서 허리를 구부리고 있었다.

"꼼짝 말고 있어. 덤비면 또 한번 혼날 테니까. 가만히 누워서 숨을 죽이고 있는 게 좋아. 더 이상 못 참겠으면 자신에게 이렇게 타일러 보라고. 난 호흡을 해야 해. 얼굴은 새까맣게 타고 눈알이 튀어나오고 있어. 아무래도 안 되겠어. 난 숨을 들이마실 테야. 하지만 난 가스 처형실에서 의자에 묶인 채 앉아 있단 말이야. 숨을 쉬어서는 안돼. 내가 들이마시는 건 공기가 아니야. 독가스란 말이야. 이게 소위 인도적인 처형방식이란 거야."

"망할 자식……." 캐롤 런드그렌은 한숨 섞인 소리로 내뱉었다.

"자넨 어차피 자복하게 돼 있다고. 딴 생각일랑 아예 안 하는 게 좋아. 자넨 시키는 대로 술술 불 거고 우리가 싫어하는 말은 한마디도 못할 거란 말이야."

"망할 자식……."

"다시 한번 입을 놀려 봐. 베개를 머리 밑에 받쳐 줄 테니."

캐롤 런드그렌의 입술이 가냘프게 떨렸다. 등 뒤로 수갑을 찬 채 뺨을 카펫에 처박고 사나운 야수처럼 눈을 번뜩이고 있는 그를 내버려 두고 나는 나머지 전기스탠드를 켠 다음 거실 뒤쪽 복도로 나왔다. 가이거의 침실은 아무도 들어간 흔적이 없었다. 나는 맞은편 침실의 문을 열었다. 문은 잠겨 있지 않았다. 희미한 불빛이 깜박이고 있었고 백단 냄새가 났다. 재만 남은 향이 둘, 책상 위의 놋쇠 향로에 나란히 놓여 있었다. 침대 양쪽에 등이 반듯한 의자가 하나씩 놓여 있고 그 위에 세워둔 기다란 촛대에 꽂힌 두 자루의 검은 양초가 희미한 빛을 발하고 있었다.

가이거는 침대에 누워 있었다. 두 폭의 중국 자수가 십자가 모양으로 그의 앞가슴을 덮고 있었다. 십자가 아래쪽에 검은 잠옷 밑으로 두 다리가 빳빳하게 뻗어 나왔다. 가이거는 흰색의 두꺼운 털 슬리퍼를 신고 있었다. 손목을 포갠 손이 어깨 위에 반반하게 놓여 있고 서로 붙은 손가락은 고르게 뻗쳐 있었다. 꼭 다문 입, 반쯤 열린 눈, 유리 눈이 불빛을 받고 희미하게 번뜩이며 나를 보고 윙크했다.

나는 그를 만지지 않았다. 가까이 접근하지도 않았다. 가이거의 몸은 얼음처럼 싸늘하고 목판처럼 굳어져 있겠지. 열린 문틈으로 들어온 바람을 맞고 촛불이 느릿하게 흔들거렸다. 검은 촛농이 흘러내렸다. 독기 서린 방 공기가 가슴을 죄어왔다. 나는 밖으로 나와 문을 닫고 거실로 되돌아왔다.

사나이는 꼼짝 않고 있었다. 나는 그 자리에 우뚝 서서 사이렌 소리가 들려오나 귀를 기울였다. 아그네스가 금방 입을 열었을까? 무슨 말을 했을까? 그것이 문제였다. 만약 그녀가 가이거와의 관계를 털어놓았다면 경찰이 곧 달려 올 것이다. 하지만 입을 열기까지 오랜 시간이 걸릴지 모른다. 아니 어쩌면 벌써 달아나버렸을지도 모른다.

나는 캐롤 런드그렌을 내려다보고 말했다.

"일어나 앉고 싶나?"

사나이는 눈을 감고 잠든 척했다. 나는 책상 쪽으로 걸어가서 버니 올스 사무실로 전화를 걸었다. 그는 6시에 퇴근하고 없었다. 집으로 전화했더니 그가 받았다.

"말로일세." 나는 말했다. "오늘 아침 오웬 테일러의 몸에서 권총을 발견했나?"

버니 올스는 목청을 가다듬더니 애써 놀란 기색을 나타내지 않았다.

"그건 경찰 소관이야." 그는 말했다.

"그 속엔 빈 탄피가 셋 들어 있을 거야."

"그걸 어떻게 알았지?" 올스가 물었다.

"로렐 캐니언 대로에서 약간 벗어난 곳에 위치한 래번 테라스 7244번지로 와. 총알이 어디 박혀 있는지 보여 줄게."

"간단하군그래."

"간단하지."

"창 밖을 내다보고 있으라고. 곧 갈 테니. 난 어쩐지 자네 태도가 이상하다고 생각했더니만."

"그럴 리가 있나?"

18

올스는 우뚝 서서 사나이를 내려다보았다. 사나이는 몸을 옆으로 비틀고 소파에 앉아 있었다. 올스는 빳빳한 눈썹을 곤두세운 채 묵묵히 사나이를 노려보았다.

"자네가 브로디를 쏘았지?" 올스가 물었다.

사나이는 숨죽인 목소리로 욕을 퍼부었다. 올스는 한숨짓고 나를 바라보았다.

"그가 자백하건 말건 상관없어. 내가 그의 총을 갖고 있으니까."

"하필이면 자네가 요술을 부릴 때마다 난 돈 한 푼 없단 말야. 이건 또 무슨 수작이야?" 올스가 말했다.

"이건 농담이 아니야." 나는 말했다.

"그래. 그렇다면 문제는 다르지." 올스가 말했다. "나는 와일드에게 연락해 두었어. 이 자를 데리고 가겠다고 말야. 내 차에 태우고 갈 테니까 자넨 뒤따라와. 난폭하게 굴지도 모르니 잘 감시하라고."

"침실 경치가 어때? 볼 만했나?"

"가관이더군." 올스가 말했다. "테일러가 목책을 뚫고 나가버린 게 차라리 잘된 일인지도 몰라. 아무리 치사하고 더러운 놈이지만 사람을 죽인 건 살인이니 처단을 하지 않을 수도 없는 노릇이고, 또 그렇게 되면 내 마음인들 편할 리가 있나."

나는 조그만 침실에 들어가서 촛불을 끄고 나왔다. 올스는 사나이를 일으켜 세웠다. 사나이는 무서운 눈초리로 올스를 노려보았다. 그의 얼굴은 싸늘한 양고기 비계처럼 희고 딱딱했다.

"자, 가볼까?"

올스는 사나이의 팔을 잡아끌었다. 나는 불을 끄고 나와 올스의 차를 따라 언덕길을 내려갔다. 이것으로 이 집을 방문하는 일은 다시 없겠지. 나는 마음속으로 그렇게 되기를 바랐다.

지방검사 태가트 와일드는 라파예트 공원 어귀에 자리잡은 하얀 통나무집에 살고 있었다. 집 한쪽으로 사암 찻길이 나 있고 전면에는 두 에이커쯤 돼 보이는 잔디밭이 굽이치고 있었다. 도시가 서쪽으로 발전함에 따라 점점 밀려나고 있는 견고한 구식 건물이었다. 와일드는 로스앤젤레스의 옛 가문 출신이고 아마 이 집이 웨스트 애덤스나 피거로어 아니면 세인트 제임스 공원 부근에 있을 때 여기서 태어났을지 모른다.

차도에는 두 대의 차가 주차되어 있었다. 한 대는 큰 세단이었고 또 한 대는 경찰차였다. 정복 차림의 운전기사가 뒤쪽 범퍼에 몸을 기댄 채 담배를 피우면서 달구경을 하고 있었다. 올스가 다가가서 무슨 말을 하자 그는 차 속을 들여다보았다.

우리는 현관 앞 계단을 올라가서 벨을 눌렀다. 번지르르한 금발머리 사나이가 문을 열었다. 우리는 홀을 지나 묵직하게 생긴 검은 가구가 잔뜩 놓여 있는 거실을 건너서 안쪽에 있는 또 하나의 홀을 걸어갔다. 사나이는 방문을 노크하고 들어가더니 문을 활짝 열어주었다. 우리는 널판으로 장식한 서재로 들어갔다. 맞은편에 있는 프랑스식 문은 열려 있었고, 그 너머로 어둠이 깔린 정원과 정체를 알 수 없는 나무들이 보였다. 축축한 흙냄새와 꽃향기가 창 너머로 새어 들어오고 있었다. 벽에 걸린 커다란 유화 두어 점, 안락의자, 책, 축축한 흙냄새와 꽃향기에 섞인 고급 시가 냄새.

태가트 와일드는 책상 뒤에 앉아 있었다. 그는 뚱뚱한 중년 신사였다. 그의 맑고 푸른 눈은 별다른 표정을 띠지 않는데도 어딘지 모르게 친근감을 주었다. 그는 블랙커피 한 잔을 앞에 놓고 가느다란 시가를 왼손 손가락 사이에 끼고 있었다. 싸늘한 눈초리에 여위고 모난 얼굴을 한 남자가 책상 옆에 있는 푸른 가죽 의자에 앉아 있었다. 몸은 갈퀴처럼 마르고 표정은 전당포 주인처럼 딱딱했다. 잘 다듬어진 얼굴은 면도한 지 한 시간이 채 지나지 않은 것 같았다. 그는 곱게 다린 갈색 양복을 입고 넥타이에 검은 진주를 꽂고 있었다. 머리는 잘 돌아가는 사람 같았지만 긴 손가락을 보니 성질이 꽤 까다로운 사람이 분명했다. 싸움이라면 사양하지 않겠다는 기색이다.

올스는 의자를 끌어당겨 앉으면서 말했다.

"잘 왔네. 크론자거, 이 사람이 필립 말로야. 곤경에 빠진 사립탐정이라네." 올스는 빙글거렸다.

크론자거는 고개도 까딱하지 않았다. 그는 사진이라도 바라보듯 나를 쭉 훑어보고 나서 그제야 고개를 약간 끄덕였다. 와일드가 말했다.

"자리에 앉지, 말로 군. 크론자거 부장은 내가 힘껏 다루어 보겠지만 자네도 알잖아. 이 도시도 무척 커졌거든."

나는 의자에 앉아서 담배를 피워 물었다. 올스는 크론자거를 보고 물었다.

"랜돌 플레이스 살인사건 말인데. 무슨 단서라도 잡았나?"

여윈 얼굴의 사나이는 손가락 하나를 잡아당겨 툭 소릴 냈다. 그는 얼굴을 들지 않고 말했다.

"두 발의 총을 맞은 시체 하나, 발사되지 않은 권총 두 자루. 그리고 거리에서 한 금발 여자가 남의 차를 타고 막 시동을 걸고 있잖아. 자기 차는 바로 옆에 있는데도 말야. 어찌나 허둥대는지 붙들어 와서 캐물었더니 다 불더군. 브로디가 총에 맞았을 때 방에 있었는데 범인은 못 봤다지 뭐야."

"그것뿐인가?" 올스가 물었다.

크론자거의 눈썹이 살짝 치켜올라갔다.

"사건이 일어난 지 한 시간밖에 안 된단 말야. 자넨 뭘 기대했지? 살인 장면을 찍은 필름이라도 갖고 올 줄 알았나?"

"범인의 인상착의쯤 알 줄 알았지."

"가죽점퍼 차림의 키 큰 사나이. 이것도 인상착의 부류에 든다면 다행일세."

"범인은 지금 내 차 속에 있다네." 올스가 말했다. "수갑을 채워 두었어. 말로가 붙잡아온 거야. 권총은 여기 있네."

올스는 호주머니 속에서 권총을 꺼내어 책상 위에 올려놓았다. 크론자거는 권총을 힐끔 쳐다보았지만 손은 대지 않았다.

와일드는 껄껄 웃었다. 그는 의자에 몸을 기대고 시가에서 손을 떼지 않고 연기를 뿜고 있었다. 그는 커피잔을 들고 한 모금 마시고 나서 입고 있던 디너 재킷 앞 호주머니에서 손수건을 꺼내서 입을 닦았다.

"이번 일에는 두 건의 다른 살인 사건이 관련돼 있어."

올스가 말했다.

크론자거는 아연 긴장했다. 그의 눈이 심술궂게 빛났다. 올스는 말을 계속했다.

"오늘 아침 리도에서 좀 떨어진 선창가에서 차 한 대를 끌어 올렸는데 차 속에 시체가 하나 있었어. 자네, 이 얘긴 들었겠지?"

"못 들었어." 그의 표정이 점점 험악해졌다.

"죽은 사람은 어떤 부잣집 운전기사였어. 그 집주인이 딸 문제 때문에 협박을 받고 있었지. 와일드 씨가 나를 통해서 말로를 그 집에 소개한 거야. 말로는 개인 플레이를 좀 했을 뿐이야."

"살인 사건에 끼어들어 개인 플레이를 하겠다는 사립탐정이 있으니 참 한심한 노릇이지." 크론자거가 으르렁댔다. "자네가 꼬리를 흔들며 두둔할 것까진 없잖아."

"그래." 올스가 말했다. "내가 뭣 때문에 꼬리를 흔들겠나? 난 경찰에 대해서도 오금을 펴지 못하고 쩔쩔 매본 적이 없단 말야. 그들이 월권 행위를 못하도록 주의시켜 주는 일 때문에 바쁜 나날을 보내고 있는 나 아닌가?"

크론자거의 뾰족한 코 언저리가 희어졌다. 씩씩거리는 숨소리가 거칠게 들렸다. 그는 조용히 입을 열었다.

"자네 내 부하에게는 아직 큰소리쳐보지 못했을걸."

"그건 두고 볼 문제지." 올스가 말했다. "목책을 뚫고 나간 이 운전기사가 어젯밤 자네 관할 구역에서 사람을 쏘았어. 총에 맞은 사람은 할리우드 대로변에서 외설본 대출업을 하고 있던 가이거란 친구지. 가이거는 내가 데리고 온 사내하고 같이 살고 있었다네. 내 말의 뜻이 뭔지 알겠나?"

크론자거는 눈을 크게 뜨고 올스를 바라보았다.

"지저분한 얘기가 될 것 같군그래."

"경찰 얘기란 다 그런 거지." 올스는 신음하듯 말했다. 그는 눈썹을 곤두세우고 나를 보며 말했다 "자네 차례야, 말로, 얘기해 주게나."

나는 자초지종을 얘기했다. 그러나 나는 두 가지 사실을 제외시켰다. 그중 하나는 왜 빼버렸는지 나도 모른다. 나는 카멘이 브로디의 아파트를 방문한 사실과 에디 마스가 가이거의 집에 찾아온 사실은 털어놓지 않았다. 그밖의 것은 있는 대로 얘기했다.

크론자거는 시선을 내 얼굴에 고정한 채 아무런 표정도 나타내지 않았다. 얘기가 끝나자 그는 한참 동안 묵묵히 앉아 있었다. 와일드는 커피를 마시며 조용히 담배를 피우고 있었다. 올스는 엄지손가락을 물끄러미 보고 있었다.

크론자거는 의자에 몸을 기댄 채 한쪽 발을 무릎 위에 올려놓고 초조한 기색으로 발목을 비벼댔다. 그는 이맛살을 잔뜩 찌푸리고 무겁게 입을 열었다.

"그래 자넨 어젯밤에 일어난 살인 사건을 보고하지도 않고 날이 밝자 종일토록 쏘다니다 보니 두 번째 살인 사건이 발생했단 말이지?"

"내 얘긴 그것뿐이야." 나는 말했다. "난 어젯밤 좀 난처한 입장에 빠졌어. 내가 일처리를 서툴게 한 것도 인정해. 하지만 나는 사건 의뢰인을 보호해야 했거든. 그리고 가이거의 애송이가 브로디를 쏘리라곤 짐작 못했어."

"짐작하는 일은 경찰에 맡겨주었으면 좋겠어. 자네가 어젯밤에 보고만 했더라면 책을 브로디의 아파트로 옮길 기회도 없었을 거고 브로디가 총에 맞지도 않았을 게 아닌가? 브로디처럼 위험한 짓만 하고 돌아다니면 언젠가는 그 꼴이 될 건 뻔한 일이지만 인명은 인명 아냐?"

"그 말 잘했네. 지금 그 말, 자네 부하들에게 들려주었으면 좋겠군 그래. 시시한 물건 몇 점 훔쳐가지고 골목길을 달아나는 하찮은 좀도둑을 보고 총을 마구 쏴대지 말라고 말야."

와일드가 책상 위에 손을 쾅 내리쳤다.

"그만 해둬. 이봐 말로군. 자넨 테일러가 진범이라고 확신하는 모양인데 이유가 뭔가? 설사 그의 몸에서 살인 무기가 나왔다 해도 그것만으론 그를 진범으로 몰 수 없지 않을까? 혹시 브로디가 범행을 저지른 다음 권총을 테일러의 호주머니에 넣어두었다면 어떡하겠나?"

"이론상으로는 가능할지 모르죠. 하지만 심리적으로 볼 때는 불가능해요. 우선 우연이 너무 겹치는데다 브로디나 그의 애인은 이런 일을 저지를 만한 위인이 못되니까요. 브로디하고 오랫동안 얘기해 봤어요. 그는 틀림없는 사기꾼이지만 사람을 죽일 타입은 아닙니다. 브로디는 권총 두 자루를 소유하고 있었지만 몸에 지니고 있지는 않았습니다. 그는 가이거의 사업에 끼어들 생각이었어요. 상세한 내막은 그의 애인한테서 충분히 듣고 있었을 테고, 브로디는 배후에 굵직한 후원자가 있나 하고 감시하고 있었대요. 난 그 말을 믿어요. 브로디가 책을 빼돌리기 위해서 가이거를 죽이고 방금 찍은 카멘의 누드 사진을 들고 나온 다음 테일러의 옷 속에 권총을 넣고 그를 바다 속으로 밀어 넣었다고 생각하는 건 좀 지나친 억측이 아닐까요? 테일러는 질투와 분노 때문에 앞뒤를 가릴 겨를이 없었던 겁니다. 그는 허가도 없이 차를 몰고 나왔어요. 그러고는 여자가 보는 앞에서 가이거를 쏘아 죽인 겁니다. 브로디 같으면 감히 못할 짓이지요. 가이거를 이용해서 한 밑천 벌겠다는 사람이 어떻게 그를 죽입니까? 하지만 테일러는 현장을 목격한 순간 그만 이성을 잃고 만 거지요."

와일드는 씩 웃으며 크론자거를 힐끗 쳐다보았다. 크론자거는 헛기침을 하고 목청을 가다듬었다.

와일드가 말했다.

"그런데 시체는 왜 감추었지? 난 모르겠는데."

"본인은 입을 열지 않았지만 가이거의 애인이 한 짓이 분명합니다. 브로디 같으면 총을 쏘고 나서 다시 그 집으로 돌아가지 못했을 겁니다. 그는 내가 카멘을 데리고 나간 사이 되돌아왔어요. 그는 경찰이 알게 되면 곤란한 입장에 놓이기 때문에 우선 소지품을 꺼낼 때까지 시체를 숨겨 둘 결심을 한 거지요. 카펫에 나 있는 자국으로 판단해 보면 그는 시체를 끌고 나가서 아마 차고에 숨겨둔 것 같습니다. 그러고는 소지품을 낱낱이 챙겨서 갖고 나갔겠지요. 일이 끝난 뒤 한참 만에 그는 양심의 가책을 받았음이 분명합니다. 죽은 친구의 시체를 그렇게 취급할 수가 있나 하는 자책감이죠. 그래서 그는 시체가 경직을 일으키기 전에 돌아와서 시체를 침대에 옮겨놓은 겁니다. 물론 이건 모두가 나의 추측입니다만."

와일드는 고개를 끄덕였다.

"그러고 나서 그는 오늘 아침 아무 일도 없었다는 듯이 가게에 나타나서 동정을 살피고 있었겠지. 브로디가 와서 책을 운반해 가자 그는 행선지를 알고 난 다음 책을 훔쳐낸 놈이 가이거를 죽인 장본인일 거라고 결론을 내린 거지. 그는 아마 브로디와 그의 애인에 관해서 더 많이 알고 있었는지 몰라. 자넨 어떻게 생각하나 올스?"

"조사를 해보면 사실이 드러나겠지. 하지만 크론자거의 입장은 여전히 난처한데. 사건은 어젯밤에 일어났는데 이제야 보고를 받았으니 말이야."

크론자거는 쓴 입맛을 다셨다.

"그 문제도 차차 조사해볼 방도가 있겠지."

크론자거는 나를 매섭게 노려보고 나서 급히 시선을 돌렸다.

와일드가 시가를 흔들며 말했다.

"증거품을 구경해볼까, 말로 군."

나는 호주머니에 든 증거품을 책상 위에 올려놓았다. 석 장의 계약서. 스턴우드 장군에게 보낸 가이거의 명함. 카멘의 사진. 주소와 이름이 암호문으로 적힌 푸른 대장. 가이거의 열쇠 뭉치는 이미 올스의 손에 들어가 있었다.

와일드는 천천히 담배를 빨며 책상 위의 물건을 보고 있었다. 올스도 담배를 피워 물고 태평스럽게 연기를 내뿜었다. 크론자거는 책상 위로 몸을 쑥 내밀고 물건을 보았다. 와일드는 카멘이 서명한 문서를 가볍게 치며 말했다.

"이건 상대방의 마음을 떠보기 위해서 띄운 걸 거야. 만약에 장군이 요구대로 돈을 지불한다면 그건 더 큰 문제가 터질까 봐서 겁을 먹은 거라고 생각하고 가이거는 점점 대담하게 나올 거란 말일세. 장군은 뭘 두려워하고 있었나?"

나는 고개를 가로저었다.

"자네는 할 얘기를 다 한 거야?"

"사적인 문제가 두어 개 빠졌지요. 앞으로도 계속 뺄 작정입니다, 와일드 씨."

크론자거는 흥 하고 콧방귀를 뀌었다.

"어째서?" 와일드가 은근히 물었다.

"내 의뢰인은 그만한 보호를 받을 권리가 있으니까요. 나는 사립탐정 면허증을 갖고 있어요. 이 '사립'이란 말에 의미가 있지 않을까요? 할리우드 관할구역에서 두 건의 살인 사건이 일어났는데 둘 다 해결됐잖아요? 범인도 검거됐고 동기도 밝혀졌고 흉기도 나왔어요. 협박 사건은 덮어 두어야 합니다. 적어도 의뢰인의 이름이 걸려 있는 한."

"어째서?" 와일드가 다시 물었다.

"그건 아무래도 좋아." 크론자거가 무뚝뚝하게 말했다. "우린 자네 들러리를 섰다고 생각할 테니까."

"보여 드리지요." 나는 일어서서 밖으로 나가 차에서 가이거의 외설본을 꺼냈다. 정복 순경은 올스의 차 옆에 있었다. 사나이는 구석 좌석에 몸을 옆으로 기대고 앉아 있었다.

"무슨 말을 하던가?" 나는 물었다.

"협상을 하자고 했지만 못 들은 척했지요." 순경이 대답했다.

나는 집 안으로 다시 들어가서 책을 책상 위에 놓고 꾸러미를 풀었다. 크론자거는 책상 끝에서 전화를 걸고 있다가 내가 들어가자 다시 자리에 앉았다.

와일드는 무표정하게 책장을 넘기다가 책을 닫고 크론자거에게 건네주었다. 그는 몇 장 펼쳐 보더니 얼른 덮어버렸다. 광대뼈 언저리가 빨갛게 달아올랐다.

"표지 안쪽에 있는 대출 날짜를 보게." 나는 말했다.

크론자거는 책을 다시 펴들고 날짜를 들여다보았다. "그래서?"

"필요하다면" 내가 말했다. "난 그 책이 가이거의 가게에서 나온 거라고 증언할 수 있어. 아그네스도 가게에서 벌어졌던 일을 털어놓겠지. 겉으로 내건 간판이 이름뿐이라는 건 누가 봐도 알 수 있단 말이야. 그런데 할리우드 경찰은 무슨 이유에서인지는 몰라도 보고서도 못 본 체하고 있거든. 배심원들은 아마 그 이유를 알고 싶어할 거야."

와일드는 빙그레 웃고 말았다.

"배심원들은 가끔 이런 난처한 질문을 하거든. 도시행정이 왜 지금처럼 돼가고 있느냐고 말이야."

크론자거는 갑자기 자리에서 일어서서 모자를 썼다. "한 사람이 세 사람을 당할 재간이 있나, 난 살인 사건을 취급하는 사람이야. 가이거가 외설본 장사를 했건 말건 내 알 바 아니지. 하지만 이 문제가 신문에 대서특필되면 우리 과에도 이로울 게 없지. 또 무슨 주문이 있나?"

와일드는 올스를 쳐다보았다.

올스는 조용히 입을 열었다.

"죄수 한 사람을 자네한테 넘겨주겠어. 자, 가세."

올스는 자리에서 일어섰다. 크론자거는 무섭게 올스를 노려보고 나서 밖으로 걸어 나갔다. 올스는 크론자거를 따라 나갔다. 다시 문이 닫혔다. 와일드는 손으로 책상을 가볍게 두드리며 맑고 푸른 눈으로 나를 바라다보았다.

"사건을 그렇게 은폐하고 돌아다니면 사건 담당 수사관이 어떤 기분이 될 거라는 것쯤 자네는 알 거야." 와일드가 말했다. "그건 그렇고 아까 한 말을 다시 한번 얘기하도록 해. 기록에 남겨야 하니까. 두 건의 살인 사건은 별개의 사건으로 취급하도록 하고 스턴우드 장군의 이름이 표면에 드러나지 않도록 해주지. 자넨 왜 내가 자네를 호되게 꾸짖지 않았는지 아나?"

"글쎄요. 단단히 각오는 하고 있었습니다만."

"이번 일로 자네가 받는 보수는 얼마나 되나?"

"일당 25달러에 경비를 합친 거죠."

"그렇담 50달러하고 휘발유 값이 붙겠구먼."

"그 정도죠."

와일드는 고개를 한쪽으로 기울이고 왼손 새끼손가락으로 아래 턱을 비볐다.

"겨우 그 정도의 보수를 받고 이 나라 경찰의 반수 이상을 적으로 돌리겠다는 건가?"

"나도 싫어요. 하지만 어떡합니까. 먹고 살자니 팔 수 있는 건 팔 수밖에 없거든요. 보잘것없는 지혜와 용기, 그리고 온갖 천대를 받아가며 의뢰인을 보호하겠다는 일념, 이것뿐입니다. 오늘밤 나는 장군과 상의도 하지 않고 너무 많은 말을 했어요. 이건 내 주의에 어긋나는 일입니다. 사건을 은폐한 일에 관해서는 나도 할 말이 있어요. 아시다시피 나도 과거엔 수사관을 지낸 사람입니다. 사실을 깔아뭉개는 일쯤 대도시에선 흔한 일입니다. 경찰은 외부 인사가 어떤 사실을 숨기려 들면 강압적으로 나오지만 그들 자신은 친구나 그밖의 권력 있는 사람을 위해선 얼마든지 눈을 감아 주거든요. 난 아직 일을 끝맺지 못했어요. 그리고 부득이 덮어 두어야 할 일이 생기면 그렇게 할 수밖에 없을 겁니다."

"크론자거에게 면허증을 빼앗기면 끝장이지." 와일드는 빙긋 웃으며 말했다. "아까 자네가 말했지. 사사로운 문제를 두어 개 뺐다고, 중요한 문제가?"

"아직 이 사건은 해결되지 않았어요."

나는 이렇게 말하고 와일드의 눈을 똑바로 쳐다보았다.

와일드는 빙긋 웃었다. 아일랜드 사람다운 솔직한 웃음이다.

"자네한테 한마디 하겠는데 말야. 나의 선친께선 스턴우드 장군과 절친한 사이였다네. 나는 장군의 괴로움을 덜어주기 위해서 내 직분이 미치는 데까지, 아니, 그 이상 노력했다고 생각해. 하지만 결국은 헛수고가 되고 말 거야. 그 집 딸들은 조만간 덮어 둘래야 덮어둘 수 없는 일을 저지르고 말 것 같단 말야. 특히 막내딸은 위험하다고, 저렇게 함부로 쏘다니니 말이야. 이건 장군 책임이야. 그는 요즘 세상이 어떻게 돌아가는지 모르고 있는 것 같아. 이왕에 말이 나왔으니 솔직히 얘기하겠네만 장군은 주류밀매업자였던 자기 사위가 이 사건에 연루되어 있지나 않나 하고 걱정하고 있음이 분명해. 그래서 자네가 그렇지 않다는 사실을 캐내 주기를 바라고 있는 거야. 자네 생각은 어떤가?"

"내가 알기로 리건은 남을 협박할 사람이 아닌 것 같아요. 그는 그 집에 눌러 붙어 있기가 거북해서 나가버린 겁니다."

"그럴까? 하지만 무엇이 그렇게 거북했을까. 그가 굽힐 것 없이 떳떳한 남자였다면 거북할 게 뭐가 있겠나. 장군은 리건을 찾고 싶다고 말하던가?"

"장군은 그가 어디 있는지 그리고 편안하게 잘 지내고 있는지를 알고 싶어했어요. 장군은 리건을 무척 좋아했어요. 그래서 그가 한

마디 인사도 없이 떠나버린 것이 가슴 아픈 거지요."

와일드는 의자에 깊숙이 몸을 기대고 이맛살을 찌푸렸다.

"알았네." 와일드는 정색하고 말했다.

그는 가이거의 푸른 대장을 제외한 나머지 물건을 내 앞으로 내밀었다.

"이건 자네가 처분하도록 해. 나에겐 필요 없는 물건이니까."

19

밤 11시경 나는 차에서 내려 호바트 암스 정문 앞으로 걸어갔다. 판유리로 된 정문은 10시면 닫힌다. 나는 열쇠를 꺼냈다. 텅 빈 로비에 앉아 있던 한 사나이가 읽고 있던 신문을 내려놓고 종려나무 화분 속에 담배꽁초를 버리고 일어섰다. 사나이는 모자를 흔들며 말했다.

"보스가 자네를 만나겠대. 자네 기다리기도 무척 힘이 드는구먼."

나는 그 자리에 우뚝 서서 납작한 코와 대문짝만한 귀를 바라보았다.

"무슨 일로?"

"무슨 일이면 어때? 켕기는 일만 없으면 염려할 건 없어."

사나이의 손이 앞이 열린 윗옷 단춧구멍 주변을 만지작거렸다.

"경찰관 말버릇이군." 나는 말했다. "나는 너무 피곤해서 말하기도, 먹기도, 생각하기도 싫단 말야. 그래도 에디 마스의 분부시니 엄살을 피우지 못할 거라고 생각한다면 말야, 귀퉁이가 날아가기 전에 권총이나 꺼내 흔들라고."

"엉터리 수작 떨지 마. 총도 없는 주제에." 사나이는 까만 눈썹을 빳빳하게 곤두세우고 입을 꽉 다문 채 나를 노려보았다.

"그건 옛날 얘기야." 나는 말했다. "언제나 맨 몸으로 다닐 순 없잖아."

사나이는 왼손을 흔들었다. "알았네. 자네가 이겼어. 나는 사람을 쏘라는 명령은 안 받았으니까. 또 연락하지."

"그만두지 그래." 나는 말했다.

나는 천천히 몸을 돌렸다. 그는 내 옆을 지나 문 쪽으로 걸어가서 뒤도 돌아보지 않고 나가버렸다. 나는 고소를 머금고 엘리베이터를 타고 내 아파트로 올라갔다. 나는 카멘의 작은 권총을 꺼내들고 웃음을 터뜨렸다. 그리고 총을 깨끗이 닦고 기름을 쳐서 플란넬 보자기에 싼 다음 서랍에 넣고 자물쇠를 채웠다. 그러고는 술을 한 잔 타 마시고 있는데 전화벨이 울렸다. 나는 전화가 놓인 테이블 옆에 앉았다.

"오늘 밤은 꽤 무섭게 구는구먼." 에디 마스의 목소리였다.

"사납고 빠르고 가시가 돋쳤지. 뭘 해드릴까?"

"경찰이 그곳에 가 있어. 어딘지 알겠지? 내 얘긴 뺐나?"

"빼긴 왜 빼?"

"나는 고분고분한 사람에게는 정답게 대해주지만 되지 못하게 까부는 놈은 좀 거칠게 다루는 사람이야."

"잘 들어봐. 내 이가 떨리고 있잖아."

그는 멋없이 웃었다. "내 얘길 했어, 안 했어?"

"안 했어. 왜 안 했는지 나도 몰라. 그렇잖아도 복잡한 문제에 자네까지 끼어들면 문제가 점점 더 복잡해질 게 아닌가?"

"고마워. 누가 죽였지?"

"내일 조간을 보지 그래."

"지금 알고 싶은데."

"자넨 갖고 싶은 거라면 모조리 손에 넣을 수 있어?"

"아니야. 그게 대답인가?"

"자네가 전혀 모르는 사람이 쏘았어. 그 정도로 해두지 그래."

"그게 틀림없다면 언젠가는 내가 자네에게 도움이 될 날이 올 거야."

"전화 끊고 잠이나 자게 해줘."

그는 또 웃었다.

"자네 혹 러스티 리건을 찾고 있는 게 아니야?"

"그렇게 생각하는 사람이 너무 많아. 하지만 아니야."

"만약에 그렇다면 나한테 좋은 생각이 있는데. 언제고 좋으니 해변 가로 와. 환영할 테니."

"혹시 모르지."

"그때 만나세."

전화가 끊어진 뒤에도 나는 수화기를 놓지 않고 한참 동안 앉아 있었다. 나는 스턴우드 저택에 다이얼을 돌렸다. 전화벨이 너덧 번 울린 다음 집사의 부드러운 목소리가 들렸다.

"스턴우드 장군 댁입니다."

"나 말로야, 날 기억하나? 백년쯤 전에 만난 사람이야. 혹시 어제 였던가?"

"아, 네. 말로 씨군요. 물론 알지요."

"리건 부인 계신가?"

"네, 계실 겁니다. 바꿔 드릴까요?"

나는 갑자기 생각이 달라졌다. "아니야. 말만 전해 줘. 사진도 다 찾았고, 모든 문제가 잘 해결됐다고 말이야."

"네, 그렇게 하죠." 집사의 목소리는 약간 떨렸다. "사진은 다 입수했고 모든 게 순조롭게 됐다고요? 정말 감사합니다."

5분이 지나자 다시 전화벨이 울렸다. 술은 이미 다 마시고 난 뒤였다. 술을 마시고 나니 시장기가 돌았다. 나는 전화벨이 울리는 대로 내버려두고 밖으로 나갔다. 돌아와 보니 전화는 여전히 울리고 있었다. 12시 반까지 전화는 계속 왔다. 나는 불을 끄고 창문을 연 다음 종이조각을 이용해 벨 소리를 줄이고 나서 잠자리에 들었다. 스턴우드 가족이라면 이젠 지긋지긋했다.

　다음 날 아침 나는 베이컨과 계란을 먹으면서 세 가지 조간을 모조리 읽었다. 그 사건의 기사는 신문에서 흔히 볼 수 있듯이 사실과는 거리가 먼 것이었다. 리도 선창가에서 자동차로 자살한 오웬 테일러와 로렐 캐니언 방갈로에서 발생한 살인 사건을 결부시켜서 보도한 신문은 하나도 없었다. 스턴우드 가족, 버니 올스, 그리고 내 이름은 아무 데도 나와 있지 않았다. 오웬 테일러는 어느 부잣집 운전기사로 돼 있었다. 할리우드 지구 경찰의 크론자거 부장이 두 사건을 해결한 공로를 독차지하고 있었다. 할리우드 대로변의 한 서점 뒷방에서 가이거란 사람이 통신 서비스업으로 벌어들인 이익금의 분배 문제를 놓고 시비가 벌어진 결과 브로디가 가이거를 죽였으며 캐롤 런드그렌이 그의 원수를 갚기 위해서 브로디를 쏜 걸로 돼 있었다. 경찰은 캐롤 런드그렌을 검거했고 그는 자백했다. 그에게는 전과가 있었다. 경찰은 가이거의 여비서 아그네스 로젤을 증인으로 불러들여 현재 신문 중이라고 한다.

　멋지게 둘러댄 기사였다. 기사대로라면 가이거가 살해된 뒤 한 시간 만에 브로디가 총에 맞았고 크론자거는 담배 한 대 피울 사이에 이 사건을 해결해버린 인상을 주었다. 테일러의 자살 기사는 두 번째 섹션의 제1면에 실려 있었다. 발동선 갑판에 끌어올린 세단의 사진이 나와 있었지만 차변호는 지워지고 없었다. 차 옆에 헝겊으로 싸인 물체가 보였다. 오웬 테일러는 오랜 신병으로 고민 중이었다. 가족은 듀바크에 살고 있으며 시체는 그곳으로 옮겨질 예정이다. 심리 배심은 열리지 않을 것이다.

20

　실종자 조사국의 그레고리 부장은 내 명함을 널따란 책상 끝과 맞붙게 올려놓았다. 그는 고개를 갸우뚱하고 입속말로 뭔가 중얼거리면서 명함을 한참 들여다보고 있다가 회전의자를 창문 쪽으로 돌려 반 블록 떨어진 법원 위층의 철창문을 바라보았다. 몸은 건강해 보였지만 눈은 피곤에 지쳐 있었고 그의 동작은 야경꾼처럼 신중했다. 그의 목소리는 억양이 없고 냉담했다.

"사립탐정이라." 그레고리 부장은 나를 거들떠보지도 않고 창 밖으로 시선을 돌린 채 말했다. 입에 문 브라이어 뿌리 파이프에서 연기가 흐르고 있었다. "용건이 뭐지요?"

"나는 서 할리우드 앨타 브리 크레센트 3765번지의 스턴우드 장군의 의뢰로 어떤 사건을 조사 중입니다."

그레고리 부장은 파이프를 문 채 입가에서 연기를 뿜어냈다.

"어떤 사건인데?"

"엄밀히 말해서 당신이 하는 일과는 무관한 일이겠지만 혹시 내가 조사하고 있는 일에 도움이 될까 해서."

"뭘 도와달라는 거요?"

"스턴우드 장군은 거부지요. 그는 지방검사의 선친과 절친한 사이였어요. 그가 경찰관 한 사람을 통째로 사서 일을 시킨대도 경찰의 불명예가 되지는 않을 겁니다. 그는 그만한 사치쯤 할 여유가 있는 사람이니까요."

"내가 그렇게 할 거라고 생각한 이유가 뭐요?"

나는 그 말에 대꾸하지 않았다. 그레고리 부장은 회전의자를 천천히 돌리고 커다란 발을 리놀륨 바닥에 무겁게 내려놓았다. 그의 집무실은 다년간 같은 일만 되풀이해 온 침체된 공기가 구석구석에 배어 있었다. 그는 말없이 물끄러미 나를 바라보았다.

"바쁜 시간을 내달라고 할 순 없을 것 같군요."

나는 말하고 나서 의자를 4인치쯤 뒤로 밀었다.

부장은 움직이지 않고 피로한 눈으로 나를 쳐다보았다.

"지방검사를 안다고 했던가요?"

"전에 만났지요. 저는 한때 그분 밑에서 일한 적이 있어요. 그리고 수사과장 버니 올스도 잘 압니다."

그레고리 부장은 전화를 들고 중얼거렸다.

"검사실의 올스를 불러줘."

부장은 수화기에서 손을 떼지 않고 기다렸다. 시간이 흘렀다. 그는 파이프를 문 채 눈도 움직이지 않았다. 이윽고 전화벨이 울렸다. 부장은 왼손으로 내 명함을 끌어당겼다.

"올스인가? 본청의 앨 그레고리야. 필립 말로란 사람이 내 방에 와 있는데 사립탐정이래. 뭘 좀 알고 싶은 게 있는 모양이야...... 그래? 어떻게 생겼어? 알았어. 고마워."

그레고리 부장은 수화기를 놓고 입에 문 파이프를 손에 들더니 연필 끝으로 꾹꾹 다졌다. 하루 일과 중에서 그것이 가장 중요한 일이나 되는 것처럼 조심스럽게 다지고 있었다. 그러고는 의자에 등을 기대고 나를 응시했다.

"뭘 알고 싶소?"

"일이 얼만큼 진척되고 있소?"

그는 잠깐 생각하고 나서 말했다.

"리건 건 말이오?"

"그렇소."

"잘 아는 사람이오?"

"한 번도 만난 적이 없소. 마흔 가까운 아일랜드 출신의 호남자이고 스턴우드 장군의 맏딸과 결혼했지만 그녀와 잘 맞지 않았다는 것밖에 모릅니다. 그는 한 달 전에 집을 나갔다더군요."

"차라리 잘 됐지. 그런 걸 괜히 사립탐정을 시켜서 찾겠다니 알 수 없는 일이군."

"장군은 그를 무척 좋아했지요. 이건 있을 수 있는 일이 아니겠소? 노인은 몸이 불구인데다 고독했어요. 리건은 늘 옆에 붙어 앉아서 그의 말 상대를 해주었으니."

"우리도 손을 못 대고 있는 판에 혼자서 무슨 일을 할 수 있을 것 같소?"

"혼자서 찾을 수야 없겠죠. 하지만 여기엔 묘한 협박 사건이 얽혀 있소. 난 리건이 이 사건과 무관하다는 사실을 캐내고 싶을 뿐이라오. 그가 가 있는 곳, 혹은 그가 가 있지 않은 곳을 알면 크게 도움이 될 것 같은데."

"이봐요, 정말 도와드리고 싶지만 모르는 일이니 난들 어떡하겠소. 그가 자취를 감추자 막이 내리고 말았소."

"하지만 경찰 조직이 골머리를 앓을 정도로 감쪽같이 없어져버리긴 쉬운 일이 아닐 텐데요."

"그렇긴 하지만 없어져버릴 수도 있소. 적어도 잠깐 동안은 말이오."

그는 책상 옆에 붙어 있는 벨을 눌렀다. 한 중년 여자가 옆문을 열고 얼굴을 내밀었다.

"테렌스 리건의 서류철을 갖다 줘, 에바."

문이 닫혔다. 그레고리 부장과 나는 입을 꼭 다문 채 마주보고 있었다. 여자가 다시 문을 열고 들어와서 녹색 서류철을 책상 위에 놓았다. 부장은 고개를 끄덕이고 여자를 내보냈다. 그리고는 묵직한 뿔테 안경을 쓰고 서류철을 천천히 뒤적거렸다. 나는 담배를 손가락 사이에 끼고 굴리면서 기다렸다.

"그는 9월 6일에 집을 나갔소. 여기서 문제가 될 만한 점이 하나 있다면 그날은 운전기사가 비번이었고 리건이 차를 몰고 나가는 것을 본 사람이 아무도 없었다는 점이오. 그는 오후 늦게 집을 나간 것 같소. 차는 나흘 후에 선셋 타워스 부근에 있는 어느 호화 별장의 차고에서 발견됐소. 차고에서 일하던 사람이 자동차 실종계에 신고한 거요. 카사 데 오로라는 별장이었소. 누가 차를 거기다 두고 갔는지 알 길이 없거든. 차에 묻어 있는 지문을 조사해 보았지만 우리 대장에는 없었소. 그 차는 어떤 범죄에 사용된 흔적은 없었지만 또 하나의 다른 사건과 관련이 있는 것 같소. 차차 얘기해 드릴 테지만."

"에디 마스 부인의 실종 사건과 관련이 있단 말씀이죠?"

나는 말했다.

그레고리 부장의 표정이 어두워졌다.

"그렇소. 조사를 해보았더니 부인이 거기 살고 있더군요. 부인은 리건이 자취를 감춘 것과 거의 동시에 집을 나갔소. 이틀 사이를 두고 말이오. 리건 비슷한 사람과 함께 있는 걸 본 사람이 있지만 물론 확실한 건 알 길이 없거든. 경찰이 하는 일이란 가끔 엉뚱한 데가 있소. 예를 들어 한 노부인이 창 밖을 내다보다가 어떤 사나이가 허둥지둥 달아나고 있는 것을 봤다고 합시다. 6개월쯤 지난 후 용의자를 한 줄로 세워놓고 그 노부인을 데리고 와서 물어보면 서슴없이 하나를 골라낸단 말이오. 호텔 종업원들에게 깨끗한 사진을 내보이면 그들은 한결같이 모른다고 잡아떼질 않나."

"호텔 종업원들이란 대개 그 모양이죠."

"그렇소, 에디 마스는 부인과 별거 중이었지만 그의 말에 따르면 그들은 나쁜 사이가 아니었다지 뭐요. 가능성부터 따져볼까요? 첫째 리건은 1만 5천 달러를 현금으로 갖고 있었다더군요. 겉만 번지르르했지 속은 푼돈으로 들어 차 있는 게 아니라 진짜 현금 뭉치였다지 뭐요. 그는 아마 남들이 보는 앞에서 거금을 꺼내 보이는 것이 취미였나보지요, 그렇잖으면 그까짓 돈쯤 문제시하지 않았는지도 모를 일이고, 부인 얘기를 들어보면 그는 스턴우드 노인으로부터 동전 한 푼 얻어낸 일이 없고 그가 받은 거라곤 방과 식사, 그리고 마누라가 준 패커드 승용차밖에 없었다더군요, 과거에 밀주꾼 노릇을 하던 사람이 보물단지를 버리다니 말이 안 되지 않소?"

"모르겠는데요," 나는 말했다.

"그건 그렇고 현금 1만 5천 달러를 호주머니에 넣고 나간 사나이가 실종됐어. 그가 돈을 갖고 있는 사실을 사람들이 알고 있고, 웬만한 돈이면 또 모를까 이건 거금이 아니겠소? 나도 그만한 돈이 있으면 학교에 다니는 아이들이 있건 말건 한번쯤 도망치고 싶은 마음이 생겨남직도 하지. 우선 생각할 수 있는 건 누군가 그 돈을 빼앗기 위해서 그를 때려눕힌 거라는 가정이지. 살짝 친다는 게 그만 힘이 들어가 버려서 할 수 없이 그를 사막으로 끌고 가서 선인장 속에 숨겨 놓았지. 하지만 이 얘긴 신빙성이 희박해. 그는 권총을 갖고 있었고 또 총 다루는 솜씨가 보통이 아니었거든. 1922년경 그가 아일랜드에서 일개 여단을 지휘한 적이 있었다지 않소? 권총 강도 따위에 호락호락 넘어갈 리가 없지. 그리고 그의 차가 그 집 차고에 들어 있는 걸 보고 그가 에디 마스 부인과 뜨거운 사이란 것쯤 짐작할 수 있을 게 아니겠소? 그러나 그들의 사이는 당구장 주변을 떠돌아다니는 건달패들 사이에까지 알려질 정도는 아니었소."

"사진은 있나요?"

"묘하게도 남자 사진은 있지만 부인 건 없소, 이 사건에는 묘한 일들이 많소, 이걸 보시지."

그레고리 부장은 매끈한 사진 한 장을 이쪽으로 내밀었다. 흥겹다기보다는 오히려 쓸쓸한, 그리고 성급하다기보다는 차분히 가라앉은 표정을 띤 남자였다. 그의 얼굴은 갱처럼 우락부락한 느낌은 주지 않았지만 남이 시키는 대로 이리저리 끌려 다닐 사람 같지는 않았다. 야무진 뼈대 위에 반듯하게 늘어선 검은 눈썹, 시원스럽게 옆으로 퍼진 이마, 빽빽하게 자란 검은 머리, 엷고 짧은 코, 큰 입, 또렷하게 윤곽이 드러난 자그마한 턱, 군살없이 팽팽한 얼굴. 동작이 민첩하고 무슨 일이든 끝까지 물고 늘어질 남자 같았다. 나는 사진을 돌려주었다. 어디서 만나도 금방 알아볼 만한 얼굴이었다.

그레고리 부장은 파이프에서 재를 털어내고 담배를 다시 채운 다음 엄지손가락으로 다졌다. 그리고 불을 댕기고 연기를 뿜어대며 말을 이었다.

"그런데 그가 에디 마스의 부인과 뜨거운 사이란 걸 아는 사람이 더러 있을 거요. 에디 마스 말고도 말이오. 이상한 건 에디 마스가 알고 있었다는 사실이오. 그는 알고도 전연 개의치 않았거든. 우리는 그에 대한 조사를 철저히 해봤소. 물론 에디는 질투심으로 그를 죽이지는 않았을 거요. 당장 의심받을 짓을 왜 하겠소?"

"그가 영리하다면 그 사실을 역이용할 수 있지 않을까요?"

그레고리 부장은 고개를 가로저었다.

"그가 자기 사업체를 운영할 만큼 영리한 사람이라면 그런 짓은 안할 테지. 당신 얘기는 충분히 이해가 가오. 우리가 설마 그런 짓이야 못하겠지 하고 생각할 걸로 미리 예측하고 일부러 바보 같은 짓을 할 수도 있지 않겠느냐 그거지요? 경찰 입장에서 보면 그건 틀린 생각이오. 그런 서툰 짓을 하고서 경찰에 끌려다니다간 당장 사업에 지장이 생길 테니까. 당신 같으면 서툰 짓이 오히려 영리하다고 생각할지 몰라. 나도 그렇게 생각할 거요. 하지만 일선에서 근무하는 하급 경관은 그렇지 않을걸. 그들은 끝까지 귀찮게 굴 테니 말이오. 그래서 나는 그가 한 짓으로 보지 않소. 내 생각이 틀렸다는 걸 증명해 보시구려. 나는 이 의자의 쿠션을 뜯어먹을 테니까. 나는 에디 마스가 결백하다고 생각해요. 질투 따위는 그에게 어울리지 않소. 그는 떳떳치 못한 일을 하고 있을지 모르나 일류 사업가다운 두뇌는 가지고 있소. 사업체의 원활한 운영을 위해서 개인적인 감정 따윈 얼마든지 억누를 줄 아는 사람이거든. 그는 이번 사건과 관련이 없소."

"그럼 누가 관련이 되어 있다고 생각하나요?"

"부인과 리건 자신이지. 그밖엔 없소. 부인은 금발머리였지만 이젠 그렇지 않을걸. 부인 차가 없어진 걸 보면 두 사람은 그 차를 타고 간 거요. 떠난 지 벌써 14일이나 되니 원. 리건의 차만 관련되지 않았다면 이번 일은 경찰이 나설 사건도 아니란 말이오. 이런 일은 특히 상류 사회에서는 흔한 일이니까. 물론 나는 비밀리에 사건을 조사하고 있소."

그는 의자에 등을 기대고 묵직한 손바닥으로 의자를 툭툭 두드렸다.

"나로서는 수사의 진전을 기다리고 있을 수밖에 없소." 그는 말했다. "사방으로 알아보고 있소. 우리가 알기론 리건은 현금 1만 5천 달러를 갖고 있고 부인도 좀 있을 거요. 그녀는 아마 많은 보석류를 갖고 있을지도 몰라. 하지만 언젠가는 돈이 떨어지겠지. 그렇게 되면 리건은 수표를 떼던지 차용증을 쓰던지 아니면 편지라도 띄울 것 아니겠소. 그들은 낯선 곳에 가서 이름을 바꿀지는 몰라도 취미는 못 바꿀 거요. 결국은 우리가 알아내고 말걸."

"부인은 에디 마스와 결혼하기 전에 뭘 하고 있었소?"

"가수였소."

"무대 사진 같은 건 없나요?"

"없소. 에디는 가지고 있을지 모르지만 안 내놓겠다니. 그는 우리더러 손을 떼라고만 말하고 있소. 강제로 내놓으라고 할 수도 없고, 이 고장에는 그를 밀어주는 사람이 많거든. 그가 성공한 것도 그 덕분이지. 어때요? 좀 도움이 됐소?"

"그들을 찾기는 좀 힘들 겁니다. 태평양이 바로 옆에 있으니."

"아까 의자를 뜯어먹겠다고 한 건 진담이오. 우린 그들을 찾고야 말 거요. 시간이 좀 걸릴 테지만. 1년이 될지 2년이 될지 두고 봐야지요."

"스턴우드 장군은 그때까지 살지 못할 거요." 나는 말했다.

"우리는 최선을 다하고 있소. 만약 장군이 상금을 건다든지 해서 돈을 좀 내놓으면 해결은 빨리 날 텐데. 우리 예산은 한정돼 있으니까." 그는 눈썹을 움직이며 큰 눈으로 나를 바라보았다. "당신은 정말 에디가 죽었다고 생각하오?"

나는 웃었다.

"아니 농담이었소. 나도 부장이 옳다고 생각해요. 리건은 성격에 맞지 않는 부잣집 딸을 버리고 마음 맞는 여자하고 날라버린 거죠, 뭐. 하긴 그녀는 아직 부자가 아니니까."

"여자를 만난 적이 있겠죠?"

"있지요. 그 여자하곤 떠들썩하게 한판 벌이긴 좋지만 꾸준히 밀고 나가기는 좀……."

그는 입속에서 뭔가 툴툴거렸다. 나는 시간을 내주어서 고맙다고 인사하고 밖으로 나왔다. 회색의 프리마우스 세단이 시청 앞에서 내 차를 뒤따르기 시작했다. 나는 어느 으슥한 길목에서 세단이 따라오기를 기다렸지만 그 차는 접근하지 않았다. 나는 다음 행선지로 차를 몰았다.

21

나는 스턴우드 장군 댁으로 가지 않았다. 그 대신 내 사무실로 돌아와 회전의자에 앉아서 그동안 혹사한 발의 피곤을 풀고 있었다. 강한 바람이 창문을 통해 들어오고 있었다. 길 건너 호텔 굴뚝에서 날아온 그을음이 책상 위에서 뒹굴고 있었다. 나는 생각했다. 점심이나 먹으러 나갈까. 인생이란 어째서 이다지도 따분할까. 한잔 들이켜 보았댔자 따분한 건 마찬가질 테지. 이 시간에 혼자서 술을 마신들 또 무슨 재미가 있겠는가. 이렇게 생각하고 있는데 노리스한테서 전화가 왔다. 그는 여느 때처럼 신중한 말씨로 장군의 건강 상태가 썩 좋지 않으며, 신문기사를 추려서 읽어드렸더니 장군께서 내가 맡은 일이 끝난 걸로 생각하더라고 말했다.

"그래. 가이거에 관한 건 끝났어. 내가 쏜 건 아니야."

나는 말했다.

"장군께서도 다 알고 계십니다. 말로 씨."

"장군은 리건 부인이 사진 문제 때문에 골치를 앓고 있었다는 사실을 알고 계신가?"

"아뇨, 절대로 모르십니다."

"장군이 나한테 준 물건이 뭔지 아나?"

"네, 세 통의 계약서와 명함 한 장인 걸로 알고 있습니다."

"맞았어. 물건은 돌려 드리도록 하지. 사진은 내가 찢어버리는 게 좋을 것 같은데 어떻겠나?"

"좋을 대로 하시지요. 리건 부인이 어젯밤 여러 번 전화를 했는데
……."

"나는 술 마시러 나갔었지."

"네, 그야 물론. 장군께선 500달러를 수표로 끊어드리라는 분부십니다. 그만하면 될까요?"

"과분한 대우시군."

"그리고 이 사건은 종결된 걸로 간주하겠습니다만."

"그야 물론이지. 완전히 끝났다고."

"정말 감사합니다. 수고가 많으셨어요. 아마 내일쯤 장군께서 몸이 불편하시지 않으면 직접 만나 인사를 드리겠다고 합니다."

"좋지. 찾아뵙고 브랜디나 얻어 마실까. 샴페인도 좋지."

"적당히 차게 해놓고 기다리겠습니다." 그는 웃으며 말했다.

그것으로 끝났다. 우리는 인사말을 나누고 전화를 끊었다. 옆집 가게에서 흘러나온 커피 냄새가 그을음과 함께 창문을 통해 들어왔다. 하지만 나는 공복감을 느끼지 않았다. 나는 책상 서랍에서 술병을 꺼내서 한잔 들이켰다. 자존심이고 뭐고 다 귀찮아졌다.

나는 손가락을 꼽으며 사건의 전말을 하나하나 따져보았다. 러스티 리건은 엄청난 돈과 미인 마누라를 버리고 에디 마스의 부인인 금발 여자를 데리고 줄행랑을 쳐버렸다. 그는 작별인사 한 마디 없이 갑자기 떠나버렸다. 여기엔 상당한 이유가 있을 것이다. 장군은 너무나 자존심이 강한 때문인지 혹은 처음 만난 사람이기에 지나치게 신중을 기한 탓인지는 몰라도 그가 경찰의 실종계에 연락한 사실을 입 밖에 내지 않았다. 경찰은 이 사건에 대해 별로 신경을 쓰는 것 같지 않았다. 리건은 하고 싶은 일을 했을 뿐 그게 우리하고 무슨 상관이냐 하는 태도다. 그레고리 부장은 에디 마스를 이번 사건에서 제외시켜 버렸다. 현재 별거 중인 자기 마누라가 어떤 놈팡이와 줄행랑을 쳤다고 해서 이중 살인이란 엄청난 일을 저지를 만큼 바보가 아니라는 것이다. 나도 동감이다. 처음에는 화도 났을 것이다. 하지만 사업을 생각하면 도리가 없지. 할리우드 주변에는 길 잃고 헤매는 금발미인쯤 얼마든지 있거든. 만약에 큰 돈 문제가 얽혀 있었다면 사정은 달라졌을 것이다. 그러나 1만 5천 달러쯤이야 그에게 새 발의 피다. 그는 브로디처럼 쩨쩨한 사기꾼이 아니므로.

가이거가 죽었으니 카멘은 수상쩍은 액체를 같이 마셔줄 수상쩍은 사나이를 물색해야 하겠지. 그처럼 쉬운 일이 어디 또 있을까. 한길 가에 5분 동안만 서서 수줍은 듯 몸을 비비 꼬고 있으면 될 것이다. 다음 번에 그녀를 낚아채는 놈은 한꺼번에 목돈을 빼내겠다고 서두는 대신 교활하게 슬슬 구슬러대며 서서히 단물을 빨아들일 것이다.

리건 부인은 에디 마스로부터 돈을 빌릴 정도로 그를 잘 알고 있었다. 그녀가 룰렛놀이에 퍼붓는 돈을 생각하면 당연한 일이다. 도박장 주인은 돈 떨어진 단골손님에게 돈을 빌려주게 돼 있다. 더욱이 이들은 리건 문제 때문에 묘한 관계에 놓여 있다. 그녀의 남편인 리건은 에디 마스의 부인과 눈이 맞아 사랑의 도피행을 해버렸으니.

외마디 소리밖에 외칠 줄 모르는 애송이 살인자 캐롤 런드그렌은 비록 가스 처형실에서 죽지 않더라도 오랫동안 세상 구경하기는 다 틀렸다. 아그네스 로젤은 증인으로 구류 중이지만 란그렌이 유죄 판결되면 곧 석방될 것이다. 경찰은 가이거 문제를 더 이상 캐지 않을 것이고 그렇게 되면 아그네스를 붙잡아 둘 이유가 없게 된다.

나머지는 나다. 나는 한 건의 살인 사건을 보고하지 않았고 증거물을 스물네 시간 동안 내놓지 않았다. 그런데도 나는 여전히 자유의 몸이다. 덤으로 500달러짜리 수표까지 날아들어 올 판이다. 한잔 들이켜고 모든 것을 잊어버리는 게 상책이 아니겠는가. 그런데 무슨 변덕인지 나는 에디 마스에게 전화를 걸어 라스 올린다스로 내려가겠다고 말했다. 내가 왜 이 모양인지 도대체 알 수가 없다.

내가 거기에 도착한 것은 9시쯤이었다. 밝게 빛나고 있어야 할 10월의 달은 해변의 안개 속에 가려 있었다. 사이프러스 클럽은 교외에 자리잡고 있었다. 한때는 더 케이젠스라는 부호의 별장이었지만 나중에 호텔로 개조한 목조 건물이다. 겉보기에 초라한 이 건물이 몬트리사이프러스 나무가 우거진 숲 속에 커다란 모습을 희미하게 드러내고 있었다. 소용돌이 모양으로 장식한 넓은 포치, 사방에 흩어져 있는 조그마한 탑, 스테인드글라스로 가장자리를 예쁘게 꾸민 커다란 창문, 이 모든 것이 화려했던 과거를 되새기며 깊은 향수에 젖어 있는 것 같았다.

에디 마스는 건물의 외관을 MGM 촬영 세트처럼 어마어마하게 꾸미지 않고 옛날 모습 그대로 남겨 두었다. 나는 아크등이 드문드문 켜진 거리에 차를 세워두고 축축한 자갈길을 따라 현관 쪽으로 걸어갔다. 더블 코트의 제복을 입은 수위가 조용하고 어두컴컴한 큰 로비로 나를 안내했다. 하얀 참나무 계단이 장엄하게 원을 그리며 2층으로 향하고 있었다. 나는 모자와 코트를 맡기고 육중한 이중문에서 새어나오는 음악 소리와 잡다하게 뒤섞인 목소리를 들으면서 기다렸다. 그 소음은 마치 현실 세계와 동떨어진 먼 나라에서 들려오는 소리 같았다. 이윽고 에디 마스와, 우락부락한 권투 선수처럼 생긴 사나이와 함께 가이거 집에 나타났던 가는 몸매의 금발머리 남자가 계단 밑에 있는 문을 열고 나와서 나를 보고 씩 웃더니 카펫이 깔린 복도를 지나서 보스의 사무실까지 나를 안내했다.

네모반듯한 방이었다. 창문은 밖으로 배를 내밀고 있었고, 벽난로에 피워둔 불이 천천히 타오르고 있다. 호두나무 널빤지로 벽을 장식했고 그 위에 달린 프리즈는 색이 바랜 장밋빛을 띠고 있었다. 천장은 시원하게 높다. 찬 바다 냄새가 났다.

에디 마스의 검고 광택 없는 책상은 자리를 못 찾아든 것 같았다. 하긴 무슨 물건이든 1900년 이후에 만들어진 것이라면 이 방 분위기에 어울리지 않을 것이다. 거무스레한 카펫. 바 한구석에 라디오가 있고 사모바르 옆에 놓인 고동색 쟁반 위에 중국의 차 세트가 얹혀 있었다. 누구 때문에 놓아둔 걸까. 한쪽 옆으로 시계 자물쇠가 달린 금고 문이 있었다.

에디 마스는 정답게 웃으며 내 손을 잡았다. 그는 금고 문을 턱으로 가리키며 말했다.

"저게 있기에 망정이지 그렇잖으면 이 동네 강도 등쌀에 하루도 편할 날이 없을 거야. 지방 경찰에서 매일 아침 순경이 와서 내가 금고 문을 여는 것을 지켜보거든. 이건 계약이 돼 있어."

"자넨 좋은 생각이 있다고 그랬지? 듣고 싶은데." 나는 말했다.

"서둘 건 없잖아. 우선 앉아서 한잔 하지."

"서두르는 건 아니지만 사업 빼곤 자네하고 할 얘기가 있어야지."

"한잔 들기나 해. 마음에 들 테니 말야."

그는 술을 두 잔 타서 내 잔을 붉은 가죽의자 옆에 놓아주고 책상에 몸을 기댔다. 그는 한 손을 짚은 푸른색 디너 재킷 호주머니에 넣고 엄지손가락만 내놓았다. 손톱이 반짝거렸다. 디너 재킷을 입은 그를 보니 회색 플란넬 옷을 입었을 때보다 더 거칠게 보였지만 여전히 말 조련사 같은 인상을 지우지 못했다. 우리는 술을 들이켜고 서로 고개를 끄덕였다.

"여기 와본 적이 있나?" 그가 물었다.

"금주령이 내렸을 때 왔지. 난 도박 따윈 질색이야."

"돈을 걸지 않는 것뿐이겠지." 그는 씩 웃었다. "구경이나 하지 그래. 자네 친구가 룰렛에 열을 올리고 있어. 꽤 재미를 보고 있는 모양이야. 비비안 리건 말일세."

나는 술을 마시고 그의 머리 문자가 새겨져 있는 담배를 집어 들었다.

"어제 자네가 일을 처리한 솜씨는 매우 훌륭했어." 그가 말했다. "처음엔 좀 욱 했지만 나중에 생각해 보니 자네가 옳았어. 우리 사이 좋게 지내보자고. 내가 진 빚이 얼마나 되지?"

"무슨 빚 말인가?"

"이렇게 신중한 사람 봤나. 난 경찰에 소식통이 있단 말야. 그 덕분에 내가 이 자리에 앉아 있는 게 아니겠어? 이번 일에 관해서도 많이 듣고 있어. 신문기사 내용과는 엄청나게 다르지."

그는 하얀 이빨을 크게 드러냈다.

"자넨 얼마나 갖고 있어?"

"돈 얘기가 아니겠지?"

"내 얘긴 정보야."

"무슨 정보?"

"기억력이 나쁘군. 리건 말이야."

"아, 그거." 그는 천장에 매달린 청동 램프 불을 받고 반짝이는 손톱을 흔들었다. "그 정보라면 자네가 벌써 입수했다고 들었는데. 난 빚진 돈을 갚아야 하겠다고 생각했지. 멋진 서비스를 해주었는데 그냥 있을 수야 있나?"

"나는 돈받기 위해서 여기 온 건 아니야. 노력의 대가는 이미 지불받았어. 자네 수준에 비할 수야 없겠지만, 그래도 이럭저럭 해나가고 있거든. 손님은 한 번에 하나씩 받는 게 상책이야. 자네 혹시 리건을 죽이진 않았겠지?"

"아니야. 자넨 내가 했다고 생각했나?"

"자네 같으면 능히 할 만하지."

"농담 말게." 그는 웃었다.

"그야 농담이지." 나도 웃었다. "나는 리건을 만난 적은 없지만 사진은 보았어. 자네 부하 실력으론 그를 당할 수 없겠더군. 이왕 말이 나왔으니 말이네만 권총잡이 따위를 나한테 보내서 이래라저래라 안했으면 좋겠어. 어쩌다 수틀리면 쏴버릴지 모르니까 말야."

그는 술잔에 비친 난로 불빛을 바라보았다 그리고는 잔을 책상 끝에 내려놓고 엷은 녹색 손수건으로 입술을 닦았다.

"자넨 괜히 겉으로만 허풍을 떨고 있어. 리건 문제 따위는 흥미가 없는 게 아니야?" 그는 말했다.

"정식으로 의뢰받은 건 아니야. 하지만 그의 행방을 알고 싶어하는 사람이 있거든."

"비비안은 별로 관심이 없을걸."

"그녀의 아버지는 다르지."

그는 다시 입술을 닦고 피라도 묻어 나왔나 하는 표정으로 손수건을 바라보았다. 그는 양미간을 찌푸리며 세파에 시달린 코끝을 만졌다.

"가이거는 장군을 협박했어." 나는 말했다. "장군은 말은 안 했지만 리건이 혹시 여기에 관련돼 있지나 않나 하고 걱정하는 눈치였어."

에디 마스는 껄껄 웃었다.

"그래. 가이거는 누구나 붙잡고 그 짓을 했거든. 그건 그 혼자서 한 거라고. 그는 외관상 합법적인 문서를 손에 넣지. 그걸 가지고 감히 소송을 제기할 순 없겠지만 말야. 그러고는 격식을 갖추어서 그 문서를 내놓지. 만약에 상대방이 겁을 집어먹고 주춤거리면 그땐 본격적으로 덤벼들거든. 그러다가 희망이 안 보이면 모든 걸 포기하고 말지."

"똑똑한 놈이군. 그는 모든 걸 포기하고 말았어. 덤으로 자기 목숨까지 포기했지 뭔가. 자넨 어떻게 이 사건의 전말을 그리 잘 알지?"

에디 마스는 짜증스럽게 어깨를 으쓱했다.

"나도 알고 싶진 않았어. 하지만 소식이 저절로 굴러들어오는 걸. 이 장사 해먹으려면 남의 일에 간섭하지 않는 게 상책이라고. 아무튼 가이거 일을 추적하는 게 자네 목적이었다면 일은 다 끝난 게 아닌가."

"끝났지. 돈도 받았고."

"그것 참 유감인걸. 스턴우드 노인이 자네같이 든든한 친구를 고정 월급으로 고용해 줬으면 얼마나 좋겠나. 적어도 1주일에 두어 번쯤 그 집 딸들이 밖에 못 나가도록 붙들어 두게 말이야."

"왜?"

에디 마스는 시무룩하게 입을 비틀었다.

"그들은 사고뭉치야. 큰 딸을 보라고. 그녀 때문에 여기서 얼마나 골치를 썩이는 줄 아나? 돈을 잃으면 물불을 가리지 않는다고. 결과는 뻔하지. 아무도 거들떠보지도 않는 계약서를 남발하니 내가 맡을 수밖에 없단 말야. 용돈 외엔 자기 재산이라곤 없고 게다가 노인의 유서가 어떻게 돼 있는지 아무도 모르지. 만약에 돈을 따면 몽땅 다 가지고 가거든."

"다음 날 다시 찾을 게 아닌가?"

"조금은 찾지. 하지만 시간이 갈수록 손해야."

에디 마스는 정색을 하고 나를 바라보았다. 마치 이것이 나에게 큰 문제나 되는 것처럼 그가 왜 이런 얘기를 하는지 나로서는 도무지 이해할 수 없었다. 나는 하품을 하고 술을 쭉 들이켰다.

"가게 구경이나 좀 할까?" 나는 말했다.

"그러지." 에디 마스는 금고 옆에 있는 문을 가리켰다. "저 문을 열고 들어가면 도박대 뒤쪽으로 나갈 수 있어."

"바보들이 드나드는 문으로 들어가고 싶은데."

"좋아. 마음대로 해. 우린 친구야. 그렇지?"

"그럼."

나는 일어서서 에디 마스와 악수했다.

"언젠가는 내가 도움이 될 때가 있을 거야. 이번에는 그레고리한테서 다 얻어버렸으니."

"그래, 그를 종종 이용하는 모양이군."

"이용한다기보다 우린 친구야."

나는 잠시 에디 마스를 노려보고 나서 내가 들어왔던 문으로 걸어갔다. 나는 문을 열고 에디 마스를 바라보았다.

"혹시 자네 프리마우스 세단으로 나를 미행시킨 일 없나?"

에디 마스는 눈을 크게 뜨고 나를 노려보았다. 그는 충격을 받은 것 같았다.

"농담 마. 그럴 필요가 어딨어?"

22

황색의 어깨띠를 두른 조그만 멕시코 밴드가 아무도 춤추지 않는 나지막한 룸바곡을 연주하다 지쳐버린 것은 10시 반경이었다. 작은 북을 치고 있던 사나이가 손끝이 아픈 듯 손가락을 서로 맞대고 비비다가 거의 같은 동작으로 담배를 입에 물었다. 나머지 네 사람은 약속이나 한 것처럼 동시에 허리를 굽혀서 의자 밑에서 글라스를 집어들고 입맛을 다셔가며 마셨다. 그들의 눈이 빛났다. 그들은 마치 데킬라를 마시는 시늉을 했지만 아마 탄산수인 것 같았다. 그 시늉은 그들이 연주한 음악처럼 부질없는 짓이었고 아무도 거들떠보는 사람이 없었다.

이 방은 원래 무도장이었던 것을 에디 마스가 도박장으로 탈바꿈하기 위해서 약간 개조한 방이었다. 번지르르한 크롬, 간접 조명, 그리고 야한 가죽과 금속으로 만든 의자는 볼 수 없었다. 할리우드 나이트클럽 특유의 사이비 현대식 실내장치와는 거리가 멀었다. 묵직한 수정 샹들리에, 담홍색의 장식벽은 옛날 그대로의 모습이었지만 시간이 흐름에 따라 색이 바래고 먼지가 끼어서 거무스레하게 변해 있었다. 애당초에는 이 벽은 마루의 나무 조각 세공과 어울리게 만들어졌지만, 지금 이 마루는 멕시코 밴드가 자리잡은 앞쪽에 약간 노출돼 있을 뿐, 나머지는 값비싼 장밋빛 카펫이 덮고 있었다. 나무 조각 세공은 여러 종류의 딱딱한 목재로 만든 것이었다. 버마 티크 제, 참나무, 마호가니인 듯한 불그스레한 목재, 캘리포니아 언덕에 있는 연한 색깔의 딱딱한 라일락, 이것들이 한데 얽혀 정교한 모양을 만들고 있었다.

방은 여전히 아름다웠지만 지금은 옛날의 구식 춤 대신에 룰렛이 인기를 끌고 있었다. 세 대의 룰렛대가 안쪽 벽에 붙어 있고 청동 난간이 둘러싸고 있었다. 세 대가 모두 돌아가고 있었지만 손님들은 가운데에 몰려 있었다. 비비안 리건의 검은 머리가 보였다. 나는 바에 몸을 기댄 채 조그만 버카디 술잔을 바 위에 올려놓고 슬슬 돌리면서 비비안 리건의 모습을 바라보았다.

바텐더는 내 옆으로 몸을 쑥 내밀고 중앙의 룰렛대에 몰려든 사람들을 쳐다보았다.

"저 여자는 오늘 밤 돈을 마구 쓸어 모으고 있어요." 바텐더가 말했다. "저기 검은 머리의 키 큰 여자 말예요."

"누군데?"

"이름은 모르지만 이 집에 자주 들르죠."

"시침 떼지 말라고, 다 알면서."

"난 그저 이 집에서 일할 뿐이죠." 바텐더는 맥없이 말했다. "저 여자는 혼자라고요. 함께 온 남자는 술 마시다 뻗어버렸소. 그래서 밖으로 데리고 나가 자기 차 속에 처박아 두었지요."

"내가 모셔다 드리지." 나는 말했다.

"그렇게는 안 될걸요. 아무튼 행운을 빕니다. 술을 약하게 해드릴까요? 아니면 그대로가 좋은가요?"

"이게 마음에 든다면 그대로가 좋겠지."

"나 같으면 차라리 목감기 약이나 마시겠소." 바텐더는 말했다.

도박대에 몰려 있던 구경꾼들이 양쪽으로 비켜섰다. 그 사이로 야회복 차림의 두 남자가 걸어 나왔다. 비비안 리건의 목덜미와 노출된 어깨가 보였다. 그녀는 깊숙이 커트한 짙은 녹색 벨벳 드레스를 입고 있었다. 여기서 입기에는 지나치게 화려한 드레스였다. 구경꾼들이 다시 자리를 메우고 나니 그녀의 검은 머리밖에 보이지 않았다. 두 남자가 바 쪽으로 다가와서 몸을 기대고 스카치 소다를 주문했다. 한 사나이는 흥분한 탓인지 얼굴이 벌겋게 달아올랐다. 그는 검은 테두리를 두른 손수건으로 얼굴을 문질러댔다. 바짓가랑이를 장식한 두 줄기 줄무늬는 트럭이 지나간 자국처럼 넓어 보였다.

"젠장, 저런 승부 처음 봤어." 그는 얼떨떨한 목소리로 말했다. "레드에만 걸어놓고 여덟 번을 연거푸 이기고 두 번을 비기다니. 룰렛은 저렇게 해야 한다고."

"나는 아슬아슬해서 못 보겠더라니까. 한꺼번에 천 달러를 거니 말야. 저런 식으로 나가면 잃진 않을 거야."

그들은 술잔에 입을 대고 꿀꺽꿀꺽 마시고 나서 제자리로 돌아갔다.

"소인은 할 수 없군." 바텐더가 콧방귀를 뀌었다. "천 달러쯤 한꺼번에 거는 게 뭐가 그리 대단해. 내가 하바나에서 직접 본 건데 말이오. 얼굴이 말처럼 기다랗게 생긴 어떤 사나이가……"

중앙 도박대 부근에서 소란이 일었다. 또렷한 외국 악센트의 목소리가 귓전을 스쳤다.

"잠깐만 기다려 주십시오, 부인. 지금 판돈이 부족합니다. 마스 씨가 곧 내려올 겁니다."

나는 버카디 잔을 내려놓고 룰렛대 쪽으로 사뿐히 걸어갔다. 밴드에서 탱고가 요란하게 흐르기 시작했다. 아무도 춤추겠다는 사람이 없었다. 나는 야회복, 평복, 스포츠복 사이를 뚫고 왼쪽 끝 테이블까지 걸어갔다. 게임은 중단되고 있었다. 두 종업원이 테이블 뒤에서 머리를 맞붙이고 눈치를 살피고 있었다. 그중 한 사나이는 하릴없이 고무래를 이리저리 움직이고 있었다. 두 사람은 비비안 리건에게서 시선을 떼지 않았다. 그녀의 긴 속눈썹이 가늘게 떨렸다. 얼굴이 매우 창백했다. 그녀는 회전판을 정면으로 마주보는 자리에 앉아 있었다. 비비안 리건의 눈앞에는 지폐와 칩 조각들이 어지럽게 쌓여 있었다. 상당한 액수다. 그녀는 거만하고 싸늘한 말씨로 종업원에게 쏘아붙였다. 몹시 화가 난 모양이다.

"무슨 노름판이 이래요, 쩨쩨하게. 우물쭈물 말고 빨리 돌려요, 꺽다리 씨. 한 번만 더 하고 딴 데로 옮길 테니. 남의 돈 거둬들일 때는 감쪽같더니만 내놓을 판이 되니까 우는 소리를 하겠다는 거예요?"

종업원은 수많은 촌뜨기와 바보들을 보아온 백전노장답게 입가에 싸늘한 미소를 띠었다. 하지만 공손한 태도는 잊지 않았다. 그는 어느 모로 보나 흠잡을 데가 없었다. 그는 정중하게 입을 열었다.

"우리는 부인이 건 돈에 대한 지불 능력이 없어요. 1만 6천 달러가 넘지 않았습니까?"

"이건 당신네 돈이에요. 도로 찾고 싶지 않아요?"

비비안 리건은 비꼬아댔다.

옆에 서 있던 남자가 그녀의 귓전에 뭔가 속삭였다. 비비안 리건은 몸을 홱 돌려 그 남자에게 따끔하게 한마디 쏘아붙였다. 남자는 얼굴이 벌개지더니 슬그머니 물러서고 말았다. 청동 난간이 둘러싼 끝 부분에 있는 문이 열리더니 에디 마스가 잔잔한 미소를 머금고 나타났다. 양손을 호주머니 속에 집어넣고 엄지손가락만 밖으로 나와 있었다. 아마 이 포즈가 마음에 드는 모양이었다. 그는 종업원 뒤를 지나서 테이블 한쪽 가에 자리를 잡고 섰다. 에디 마스는 가라앉은 목소리로 조용히 말했다.

"무슨 일입니까, 리건 부인?"

비비안 리건은 고개를 홱 돌렸다. 잔뜩 긴장한 얼굴이 발개졌다. 광대뼈가 하얗게 드러났다. 비비안 리건은 느닷없이 깔깔 웃기 시작했다.

"한 번만 더 하겠어요, 에디. 여기 있는 돈을 한꺼번에 레드에 걸겠어요. 난 붉은 색이 좋아. 핏빛이니까."

에디 마스의 입가에 미소의 그림자가 떠올랐다. 에디 마스는 고개를 끄덕이고 안주머니에서 금테가 둘린 큰 지갑을 꺼내더니 도박대 위에 아무렇게나 내던졌다.

"이 돈으로 판을 메우도록 해. 천 달러 단위로 잘라서 말이야. 여러분, 이의가 없다면 이번 판은 부인을 위해서 돌리도록 하겠소."

아무도 반대하는 사람이 없었다. 비비안 리건은 허리를 구부려 딴 돈 전부를 두 손으로 움켜잡고 붉은 다이아몬드 위에 난폭하게 밀어붙였다.

테이블 담당 종업원은 서두르지 않았다. 그는 몸을 서서히 앞으로 내밀고 돈과 칩 조각을 천 달러 단위로 차곡차곡 쌓아 올린 뒤 고무래로 나머지 지폐와 칩 조각을 밖으로 밀어냈다. 그는 에디 마스의 지갑을 열고 얄팍한 천 달러짜리 지폐 뭉치 두 개를 꺼내더니 하나를 풀고 여섯 장을 세어서 풀지 않은 돈 뭉치에 합친 다음 나머지 넉 장을 도로 지갑에 넣고 마치 성냥갑이라도 다루듯이 아무렇게나 옆에 놓았다. 에디 마스는 지갑을 만지지 않았다. 종업원을 제외하고 몸을 움직이는 사람이 없었다. 그는 왼손으로 회전판을 돌린 다음 조그만 상아공을 회전판 가장자리에 살짝 던져 넣었다. 그는 손을 빼고 물러서서 팔짱을 끼었다

비비안의 입이 점점 벌어졌다. 하얀 이가 불빛을 받고 칼날처럼 빛났다. 공은 회전판의 경사를 따라 아래로 느릿하게 흘러내리다가 크롬으로 만든 번호 칸막이에 부딪혀서 튀어 올랐다. 오랜 시간이 흘렀다. 이윽고 딸깍 소리를 내면서 공이 운동을 멈추었다. 회전판은 공을 한 자리에 묶어둔 채 천천히 속도를 줄였다. 종업원은 회전판이 완전히 정지할 때까지 팔짱을 풀지 않았다.

"손님이 이겼습니다." 종업원은 무심한 태도로 담담하게 말했다.

조그만 상아공은 00 넘버에서 세 번째, 레드 25번에 멈추어 있었다. 비비안 리건은 고개를 뒤로 젖히고 의기양양하게 웃어댔다.

종업원은 고무래를 들고 천 달러짜리 지폐 뭉치를 서서히 밀고 가서 부인이 건 돈과 합쳐서 도박대 밖으로 밀어냈다.

에디 마스는 빙긋 웃고 지갑을 호주머니에 넣고는 아까 들어온 문을 열고 나갔다.

주변에 몰려 있던 여남은 명 가량의 구경꾼들은 동시에 한숨을 내쉬며 바 쪽으로 흩어져 갔다. 나도 그들 사이에 끼어 그 자리를 빠져나와 비비안이 딴 돈을 챙겨 넣고 자리를 뜨기 전에 반대쪽 문을 열고 조용한 로비로 나왔다. 나는 안내원이 갖다준 모자와 코트를 받아들었다. 그리고 쟁반에 동전을 올려놓고 현관으로 나왔다. 수위가 다가서서 물었다.

"차를 돌려 놓을까요?"

"아냐, 바람이나 좀 쐬겠어."

포치 언저리의 소용돌이 무늬가 안개에 젖어 있었다. 바닷가의 낭떠러지까지 안개에 감싸인 채 뻗쳐 있는 사이프러스 나뭇가지에서 물방울이 떨어지고 있었다. 안개에 가려 사방의 시야가 매우 좁았다. 나는 포치 계단을 내려와서 나무 사이를 헤치며 천천히 걸었다. 어두컴컴한 길을 따라 얼마나 걸었을까. 멀리 벼랑 밑에서 파도치는 소리가 들려왔다. 등불은 아무 데도 보이지 않았다. 주변의 나무들이 잠깐 동안 뚜렷하게 모습을 드러내다가 안개 속에 사라졌다. 나는 왼쪽으로 방향을 바꾸어 자갈길로 빠져 나왔다. 길은 차들이 서 있는 마구간으로 통하고 있었다. 집의 윤곽이 드러나기 시작했을 때 나는 그 자리에 멈칫 섰다. 바로 전방에서 남자의 기침소리가 났기 때문이다.

축축한 잔디길이 나의 발소리를 죽였다. 기침소리가 또 들렸다. 남자는 손수건인지 소매 끝인지 알 수 없었지만 무언가를 입에 대고 기침 소리를 막았다. 나는 한 걸음 다가섰다. 길가에 서 있는 그의 모습이 희미하게 비쳤다. 나는 본능적으로 나무 그늘에 숨어서 몸을 웅크렸다. 그는 고개를 돌려 이쪽을 쳐다보았다. 부옇게 얼굴 모습이 드러나야 할 자리가 보이지 않았다. 그는 복면을 하고 있었다.

나는 나무 뒤에 숨어서 기다렸다.

23

가뿐한 발걸음. 여자의 발소리가 안개 낀 오솔길을 따라 들려왔다. 남자는 앞으로 걸어 나갔다. 마치 안개에 몸을 기대고 있는 자세였다. 여자의 모습이 희미하게 나타났다. 거만하게 머리를 뒤로 젖힌 포즈는 낯익은 모습이다. 남자가 잽싸게 길을 가로막았다. 두 사람의 모습이 한데 얽혀 안개 속에 잠겼다. 얼마동안 침묵이 흘렀다. 이윽고 남자가 입을 열었다.

"이건 총이오, 부인. 떠들지 않는 게 좋아. 안개 때문에 소리가 멀리 퍼지니까. 가만히 핸드백을 넘겨주시지."

여자는 소리를 내지 않았다. 나는 한 발짝 앞으로 나갔다. 남자의 모자 테두리가 갑자기 나타났다. 여자는 꼼짝하지 않았다. 그녀의 숨결이 점점 거칠어졌다. 부드러운 나무를 줄로 쓰는 소리 같았다.

"비명을 질러 봐. 두 조각을 내버릴 테니." 남자가 말했다.

그녀는 소리를 지르지 않았다. 움직이지도 않았다. 남자가 먼저 움직였다. 그의 입에서 까칠한 웃음소리가 나왔다.

"여기 들어 있어야 한단 말야." 그는 말했다.

백을 열고 안을 뒤적거리는 소리가 났다.

남자는 몸을 돌려 이쪽으로 걸어왔다. 몇 발짝 걷다가 그는 또 웃었다. 어디선가 듣던 웃음 소리였다. 나는 호주머니에서 파이프를 꺼내들고 그의 옆구리를 쿡 찔렀다.

"이봐, 래니." 나는 부드럽게 말을 걸었다.

남자는 주춤하더니 오른손을 들먹거렸다.

"그만 두어. 그러지 말라고 했잖아. 이 총이 안 보여?"

나는 말했다.

아무도 움직이지 않았다. 길가에 있는 여자도 꼼짝 않고 서 있었다. 나도 움직이지 않았다. 남자도 움직이지 않았다.

"백을 다리 사이에 내려 놔. 서두르지 말고 천천히 말야."

나는 말했다.

그는 허리를 굽혔다. 나는 잽싸게 뛰어나와 허리를 굽히고 있는 남자 옆으로 바싹 다가섰다. 그는 허리를 펴고 일어섰다. 호흡이 매우 거칠다. 그는 아무것도 쥐고 있지 않았다.

"이러다간 무사하지 못할 거라고 얘기해 봐." 나는 말했다.

나는 그의 코트 호주머니에서 권총을 꺼냈다.

"나한테 총 주겠다는 사람이 이렇게 많아서야 원. 이대로 나간다면 총 무게 때문에 허리를 펴고 다닐 수도 없게 될 것 같군그래. 그만 가 봐."

두 사람의 숨결이 한데 엉켰다. 눈초리는 마치 담벼락을 걷다가 서로 만난 두 마리의 수고양이처럼 번뜩였다. 나는 뒤로 물러섰다.

"그럼 가봐. 언짢게 생각 말고. 자네가 입 다물고 있으면 나도 그렇게 할게, 알았지 ? ”

“알았어. ” 그는 무뚝뚝하게 말했다.

그는 안개 속으로 사라졌다. 그의 발소리도 안개 속에 빨려 들었다. 나는 백을 집어 들고 속을 더듬어 보고 나서 여자 쪽으로 다가갔다. 그녀는 얼어붙은 듯이 꼼짝 않고 서 있었다. 회색의 털 코트를 목 언저리에 꽉 누르고 있는 장갑 끼지 않은 손. 손가락에 낀 반지가 둔하게 빛났다. 그녀는 모자를 쓰지 않았다. 그녀의 검은 머리와 눈은 어둠 속에 잠겼다.

“솜씨가 좋군요, 말로 씨. 이제부턴 날 호위하겠다는 건가요 ? ”

그녀의 말씨가 굳어 있었다.

“그렇게 됐군요. 백 여기 있소. ”

그녀는 백을 받아들었다.

“차는 어디 있소 ? ” 나는 물었다.

“어떤 남자하고 같이 왔어요. ” 그녀는 웃으면서 말했다. “여긴 어떻게 오셨죠 ? ”

“에디 마스가 만나자고 하더군요. ”

“에디를 알고 계신 줄 몰랐군요. 왜 만나자고 하던가요 ? ”

“말씀드리지요. 그는 내가 그의 마누라와 도망친 남자를 찾고 있다고 생각했거든요. ”

“그 남자를 찾고 있었나요 ? ”

“아니. ”

“그렇다면 뭣 때문에 오셨나요 ? ”

“그가 왜 그렇게 생각하고 있는지 그 이유를 알아보기 위해서였소. ”

“이유를 아셨나요 ? ”

“아니. ”

"정말 답답하군요. 그 남자가 비록 내 남편이라 해도 나하곤 상관 없는 일예요. 그 문제는 흥미가 없는 줄 알았는데."

"만나는 사람마다 같은 소리군."

그녀는 짜증스럽게 잇소리를 딸깍 냈다. 그녀는 권총을 든 복면의 사나이와 만난 일을 까맣게 잊고 있었다.

"차고까지 데려다 줘요. 함께 온 남자가 어떻게 됐나 궁금해요."

우리는 길을 따라 내려가서 건물 모퉁이를 돌았다. 눈앞에 불빛이 보였다. 모퉁이를 또 한번 돌고 나온 것이 마구간 앞의 빈터였다. 주변이 담으로 둘러싸여 있고 두 개의 조명등이 환하게 빛을 비추고 있었다. 세워둔 차들이 조명을 받고 반짝였다. 갈색 작업복 차림의 사나이가 걸상에서 일어나 이쪽으로 걸어왔다.

"그 사람 아직도 깨어나지 않았나요?" 비비안이 물었다.

"아뇨, 아직. 모포를 덮어주고 창문을 올려 놓았지요. 좀 쉬고 나면 괜찮겠지요, 뭐."

우리는 큰 캐딜락 차 쪽으로 걸음을 옮겼다. 작업복의 사나이가 뒷문을 열었다. 널따란 좌석에 모포를 턱까지 뒤집어 쓴 사나이가 볼품없이 가로 누워서 입을 벌린 채 코를 골고 있었다. 큰 체구의 금발 남자였다. 술이라면 얼마든지 퍼마실 사람 같았다.

"래리 코브 씨예요. 코브 씨, 말로 씨와 인사해요."

비비안이 말했다.

"이 사람이 함께 온 사람이에요. 기막히게 멋진 에스코트죠? 얼마나 친절하게 나를 보살펴 주는지 몰라요. 이 양반이 술에 취하지 않고 제정신을 차리고 있을 때의 모습을 보여주고 싶어요. 아니 보고 싶은 건 나예요. 역사적인 사건이 될 테니까요. 시간의 흐름에 휩싸여 사람의 기억에서 영원히 사라지고 말 짧은 순간이라도 좋으니 한 번만이라도 보고 싶단 말예요."

"옳거니." 나는 말했다.

"나는 말예요, 한때는 이 남자하고 결혼할까 하고 생각한 적도 있어요." 그녀는 높은 언성을 쥐어짜듯 내뱉었다. 권총 든 복면의 남자가 남기고 간 쇼크가 뒤늦게 고개를 드는 듯했다. "즐거운 일이라곤 하나도 없고 지루한 나날을 보내고 있을 때였어요. 누구나 이런 경험 다 해보았을 거예요. 돈은 있겠다, 롱아일랜드에 요트를 띄우고, 어디 그뿐인가요, 뉴포트, 버뮤다, 아니 지구를 한 바퀴 돌며 가는 곳마다 별장을 지어놓고 떵떵거리고 살 수 있단 말이에요. 하지만 코브 씨가 가는 곳마다 술병이 따라다니는 걸요."

"옳거니. 헌데 이 양반 운전기사는 어딜 갔소?"

"그 옳거니란 말 그만 둘 수 없어요? 천박하게 들리잖아요."

그녀는 눈썹을 동그랗게 곤두세우고 나를 노려보았다. 작업복의 사나이는 아랫입술을 꽉 깨물었다.

"운전기사라면 일개 중대쯤 있을 거예요. 아침이면 차고 앞에 정렬하겠죠. 단추랑 구두를 번지르르하게 닦고 흰 장갑을 끼고 사관생도처럼 우쭐한 자세로 서 있을 거예요."

"아니 여기 있어야 할 운전기사는 어딜 갔소?" 나는 물었다.

"오늘밤은 손님이 직접 차를 몰고 오셨는걸요." 작업복의 사나이가 변명하듯 말했다. "제가 집으로 연락해 드릴까요?"

비비안은 마치 다이아몬드 왕관을 선물 받은 사람처럼 활짝 웃으며 사나이를 쳐다보았다.

"좋아요, 그렇게 해줄래요? 코브 씨가 저렇게 입을 벌리고 죽어버리는 건 난 바라지 않아요. 저 꼴을 보면 목이 타서 죽은 줄로 오해하겠어요."

"냄새를 맡아보면 금방 알걸요." 그가 말했다.

그녀는 백에서 지폐 한 줌을 꺼내 그에게 내밀었다.

"이걸로 수고 좀 해 줄래요?"

"아니, 이건." 그의 눈이 휘둥그레졌다. "물론입죠, 해 드리고말고 요."

"내 이름은 리건. 리건 부인이라고 불러줘요. 우린 또 만나게 될 거예요. 여기서 근무한 지 오래 됐나요?"

"아뇨, 부인."

그는 지폐 뭉치를 움켜쥐고 몸둘 바를 몰라 쩔쩔맸다.

"여기서 일하는 게 좋아질 거예요." 그녀는 내 팔을 끼었다.

"차 태워 줄래요, 말로 씨?"

"저쪽 길가에 세워 두었는데요."

"그래도 좋아요. 안개 속을 걷는 것도 멋있지 않아요? 걷다보면 재미있는 사람과 마주치기도 하고."

"이거야, 원."

우리는 팔을 끼고 걸었다. 그녀의 몸이 떨리기 시작했다. 그녀는 내 팔을 꽉 움켜잡고 있었다. 우리가 차 있는 쪽으로 걸어오는 사이 그녀는 침착을 되찾았다. 나는 차를 몰고 건물 뒤쪽에 가려 있는 가로수가 우거진 커브를 돌아 라스 올린다스의 주요 도로인 더 캐이즌스 거리로 빠져나갔다. 낡은 아크등이 깜박거리는 거리를 지나 한참만에 마을이 나타났다. 쥐죽은 듯 건물과 서점들이 늘어섰고 야간용 초인종 위에 전등을 단 주유소가 보였다. 우리는 마침내 아직도 영업 중인 드러그스토어를 발견했다.

"한잔 하고 가는 게 좋겠소." 나는 말했다. 그녀는 좌석 구석에 몸을 기댄 채 창백한 턱 끝을 약간 움직였다. 나는 차를 길 가장자리에 대각선으로 몰고 들어가서 정차했다.

"블랙 커피에다 위스키를 약간 곁들여 마시면 마음이 가라앉을 거요." 나는 말했다.

"나 오늘 밤 실컷 마시고 취하고 싶어요." 그녀가 말했다.

나는 문을 받치고 서서 그녀가 내릴 때까지 기다렸다. 그녀의 머리칼이 내 뺨을 스쳤다. 우리는 가게에 들어갔다. 나는 라이주를 한 병 사들고 와서 금 간 대리석 카운터에 올려놓았다.

"커피 두 잔 블랙으로 진하게 해줘요."

"여기선 술을 마실 수 없는데요." 점원이 말했다. 그는 색이 바랜 푸른 작업복을 입고 있었다. 머리가 홀렁 벗어졌고 눈망울을 보니 정직한 사람 같았다.

비비안은 백을 열고 담뱃갑을 꺼내더니 갑을 흔들어 두어 개비 뽑아내고는 이쪽으로 내밀었다. 마치 사내 같은 동작이었다.

"여기선 술을 못 마시게 돼 있는데요." 점원이 말했다.

나는 담뱃불을 붙이고 그 말에는 귀를 기울이지 않았다. 그는 우중충한 니켈 용기에서 커피 두 잔을 따라 우리 앞에 갖다 놓았다. 그는 술병을 힐끗 쳐다보고는 입속으로 뭔가 투덜거리더니 할 수 없다는 듯 기운 없이 말했다.

"좋소. 손님이 술을 따르는 동안 바깥 동정을 살펴 드리지요."

그는 쇼윈도 쪽으로 걸어가서 귀를 쫑긋 세우고 거리를 내다보았다.

"가슴이 두근거리는걸." 나는 이렇게 중얼거리며 커피 잔에 술을 부었다. "이 동네 경찰은 참 멋있어. 금주령이 시행되던 당시 에디 마스의 도박장은 나이트클럽이었지. 매일밤 클럽의 로비에 경찰관 두 명이 버티고 있었거든. 손님들이 가게 술을 사 마시지 않고 자기네들이 멋대로 술을 갖고 와서 마시는 걸 감시하기 위해서였지."

점원은 갑자기 되돌아와서 카운터 뒤를 지나 유리 칸막이 문을 열고 조제실 안으로 사라졌다.

우리는 술을 탄 커피를 천천히 마셨다. 커피 용기 뒤쪽에 있는 거울 속에 비비안의 얼굴이 비쳤다. 하얗게 긴장한 얼굴이 아름답고 사나웠다. 빨간 입술이 잔인하게 보인다.

"눈이 심술궂군요." 나는 말했다. "에디 마스가 무슨 약점을 잡고 있소?"

그녀는 거울 속에 비친 내 얼굴을 바라보았다.

"오늘 밤 룰렛 판에서 많은 돈을 빼앗아버렸어요. 어제 에디한테서 빌린 5천 달러를 밑천 삼아서 말예요."

"그렇담 화도 나겠는데요. 아까 만난 흉한은 혹시 에디가 보낸 것이 아닐까요?"

"흉한이라니요?"

"권총을 들이댄 사나이 말이오."

"댁도 흉한인가요?"

"그럼요." 나는 웃었다. "하지만 엄격하게 말하면 흉한이란 나쁜 짓 하는 사람이죠."

"난 가끔 뭐가 뭔지 모를 때가 있어요."

"얘기가 빗나갔는데요. 에디가 무슨 약점을 잡고 있죠?"

"내 약점 말인가요?"

"그렇소."

그녀는 입을 비죽거렸다.

"재치 있는 말 좀 할 수 없어요? 말로 씨."

"장군께선 건강이 좀 어떻소? 나는 재치를 피울 생각은 없는데."

"별로 좋지 않아요. 오늘 아침엔 못 일어나셨어요. 이렇게 자꾸만 질문하긴가요?"

"요전번엔 부인이 많은 질문을 한 걸로 아는데. 장군은 얼마나 알고 계신가요?"

"아마 다 알고 계실 거예요."

"노리스가 얘기했을까요?"

"아뇨, 지방 검사 와일드 씨가 다녀갔어요. 사진은 태워버렸나요?"

"물론이죠. 동생 일이 걱정이 되나 보죠?"

"그애 때문에 늘 골머리를 썩이고 있죠. 이런 얘기가 아버지 귀에 못 들어가게 하는 것도 큰일이고요."

"그분은 헛된 꿈은 안 가졌을지 모르나 자존심은 대단한 것 같은데요."

"내 몸에도 같은 피가 흐르고 있어요. 그러니 어떡해요." 그녀는 거울 속의 내 얼굴을 빤히 들여다보았다. "난 아버지가 자신의 핏줄을 미워하며 돌아가시는 게 싫단 말예요. 우린 사나운 혈통을 이어받았을는지는 모르지만 부패한 적은 없어요."

"이젠 썩어버렸단 말인가요?"

"그렇게 생각할 수 있겠죠 뭐."

"부인은 그렇지 않소. 다만 연기를 하고 있을 뿐이지."

그녀는 시선을 내리깔았다. 나는 커피를 한 모금 들이마시고 담배를 피워 물었다. 그녀는 부드럽게 입을 열었다.

"그래, 사람을 마구 쏘는군요. 살인자인가 봐."

"내가? 어째서요?"

"경찰이나 신문은 사건을 적당히 얼버무렸지만 나는 신문기사를 그대로 믿을 수가 없어요."

"그렇다면 내가 가이거나 브로디를 쏘았다고 생각할 작정인가 보군요."

그녀는 말이 없었다.

"내 손을 거칠 필요가 없었소." 나는 말했다. "하긴 쏠 기회가 없었던 것도 아니었소. 저쪽에서 먼저 쏘겠다고 덤벼들었으니 내가 쏘

157

앉더라도 정당방위가 될 테니깐. "

"그것 보세요, 결국은 살인자가 아니고 뭐예요. "

"무슨 소릴 그렇게 해요 ? "

"푸주간 주인이 쇠고기를 보고 느끼는 정도의 감정도 없는 엉큼하고 냉혹한 사람. 난 처음 만났을 때부터 벌써 알았어요. "

"하지만 부인은 나보다 더 엉큼한 친구들과 사귀고 있지 않소 ? "

"그들이야 댁에 비하면 약과죠. "

"고맙소, 부인. 하긴 따지고 보면 부인도 보통이 넘거든. "

"여긴 정말 따분해. 우리 그만 가요. "

나는 계산을 치른 다음 라이 술병을 호주머니에 넣고 밖으로 나왔다. 점원은 여전히 기분 나쁜 표정을 짓고 있었다. 우리는 라스 올린다스를 빠져 나왔다. 바닷가 곳곳에 오막살이 같은 작은 집이 모여 있었고 언덕 위에는 큰 집들이 늘어서 있었다. 대부분이 잠들어 있었지만 군데군데 노란 불빛이 환하게 창문을 비추고 있었다. 바다 쪽에서 흘러온 해초 냄새가 안개 속에 스며들었다. 차바퀴는 젖은 콘크리트 길을 구르며 쌕쌕거렸다. 사방이 습기에 젖은 빈터였다.

우리가 델 레이에 접어들 때까지 그녀는 한 마디도 하지 않았다. 이윽고 그녀는 무거운 침묵을 깨뜨렸다. 그녀의 목소리는 마치 보자기에 싸인 것처럼 가냘프게 잠겨 있었다.

"델 레이 클럽 옆길을 따라 가요, 바다 구경 좀 하게. 다음 골목길을 왼쪽으로 꺾으면 돼요. "

교차로에 노란 신호등이 깜박이고 있었다.

나는 방향을 돌려 한쪽에 높은 벼랑을 낀 언덕길을 내려갔다. 오른쪽에 교외선이 보였다. 교외선 너머 저 멀리 등불이 여기저기 흩어져 있고 밤안개가 부옇게 낀 부둣가의 불빛이 명멸하고 있었다. 이쪽은 안개가 거의 개어 있었다. 길은 언덕 밑으로 빠져나간 선로를 가로질러 부둣가의 포장도로로 나왔다. 차머리를 바다 쪽으로 돌린 차들이 연도에 늘어서 있고 주변이 캄캄했다. 2, 3백 야드 전방에 해변 클럽의 불빛이 깜박이고 있었다.

나는 차를 연도에 세우고 라이트를 끄고 손을 핸들 위에 올려둔 채 앉아 있었다. 엷은 안개 속에서 큰 물결이 거의 소리도 없이 소용돌이치며 거품을 내뿜고 있었다. 마치 의식의 한 구석에서 하나의 생각이 윤곽을 잡으려는 듯이.

"옆으로 가까이 와요." 그녀가 나직이 말했다.

나는 운전석에서 좌석 가운데로 자리를 옮겼다. 그녀는 창 밖을 내다보는 척하며 몸을 돌리더니 그대로 내 품속에 소리 없이 기대왔다. 머리가 핸들에 거의 닿을 만큼 그녀의 몸이 기울어졌다. 그녀는 눈을 감았다. 얼굴은 어둠 속에서 희미한 윤곽만 드러내고 있었다. 이윽고 그녀는 눈을 뜨고 두어 번 깜박였다. 눈이 어둠 속에서 반짝 빛났다.

"꼭 껴안아 줘요, 목석 아저씨." 그녀가 말했다.

나는 그녀의 몸을 부드럽게 안았다. 까칠한 머리칼이 내 뺨을 스쳤다. 나는 팔에 힘을 주고 그녀를 들어 올리고는 그녀의 얼굴에 내 얼굴을 서서히 갖다 댔다. 그녀의 눈은 나방이 활개치듯 쉴 새 없이 깜박거렸다.

나는 짧은 키스를 강하게 퍼붓고는 그녀의 입술을 천천히 빨았다. 그녀는 입을 활짝 열고 몸을 떨기 시작했다.

"살인자." 그녀의 부드러운 입김이 내 입속으로 파고들었다.

나는 그녀의 떨리는 몸을 힘껏 껴안고 계속 입술을 빨았다. 오랜 시간이 흘렀다. 이윽고 그녀는 고개를 들고 물었다.

"어디 살죠?"

"프랭클린 가의 호바트 암스 아파트, 켄모어 근처지요."

"나는 가 보지 못한 곳이군요."

"가보고 싶소?"

"그래요."

"에디 마스가 무슨 약점을 잡고 있소?"

그녀의 몸이 내 품 속에서 빳빳하게 긴장하더니 숨결마저 거칠게 씩씩거렸다. 그녀는 고개를 뒤로 젖힌 채 눈을 크게 뜨고 나를 응시했다.

"그래, 목적은 딴 데 있었군요."

그녀는 가라앉은 목소리로 부드럽게 말했다.

"그렇소. 키스는 좋은 거예요. 하지만 부친께선 내가 부인과 잠자리를 같이 하라고 나를 고용한 건 아니잖소."

"더러운 자식." 그녀는 꼼짝도 않고 조용히 내뱉었다.

나는 그녀의 얼굴에 웃음을 터뜨렸다.

"나는 목석이 아니오, 부인. 장님도 귀머거리도 아니란 말이오. 내 몸에도 다른 사람처럼 뜨거운 피가 흐르고 있소. 부인은 너무 쉽게 내 품속에 굴러들어왔소. 에디한테 무슨 약점을 잡혔소?"

"다시 한번 얘기하면 소리 지를 테예요."

"어디 한번 질러 보시지."

그녀는 몸을 홱 빼내고 구석 자리에 굳은 자세로 앉았다.

"이런 시시한 일 때문에 맞아 죽는 사람이 있다는 걸 알아야 해요. 말로 씨."

"아무 허물 없이 맞아 죽는 사람도 있는걸요. 우리가 처음 만났을 때 나는 내 신분이 탐정이라고 분명히 얘기했소. 부인의 그 귀여운 머리 속에 똑똑히 못박아 두도록 해요. 나는 일을 하고 있소. 장난 치고 있는 게 아니란 말이오."

그녀는 백에서 손수건을 꺼내더니 입에 대고 깨물었다. 그녀는 나를 외면하고 있었다. 손수건이 찢어지는 소리가 들렸다. 그녀는 손수건을 깨물어 천천히 찢고 있었다.

"에디가 내 약점을 잡고 있다고 생각한 이유는 뭐죠?"

그녀는 손수건을 입에 문 채 속삭였다.

"돈을 실컷 잃어주고 나서 나중에 총잡이를 시켜 도로 찾아 가거든. 그런데도 부인은 놀란 기색을 전연 보이지 않았소. 내가 돈을 찾아 줘도 고맙다는 인사말 하나 없었고. 이건 모두가 부인의 연극이지 뭐요. 어떻게 생각하면 나를 위한 연극인지도 모르지."

"에디가 이겼다 졌다 마음대로 할 것 같아요?"

"물론. 아마 다섯 번에 네 번은 그럴 테죠, 뭐."

"내 입에서 미워한다는 소리가 나와야 되겠어요? 탐정 씨."

"나한테 빚진 건 없으니까 마음대로 하시구려. 난 계산이 다 끝났소."

그녀는 찢어진 손수건을 차 밖으로 내던졌다.

"여자 다루는 솜씨 한번 좋았어요."

"키스한 건 나쁘지 않았소?"

"어쩜 그렇게도 침착할 수 있을까. 정말 기가 막혀. 탐정 씨를 칭찬해 드릴까요? 아니면 아버지를 칭찬할까요?"

"키스는 정말 좋았소."

그녀의 목소리가 싸늘하게 굴렀다.

"여길 떠나고 싶어요. 집에 데려다 줄래요?"

"내 누이동생 하지 않겠소?"

"면도칼이 있으면 목줄을 끊어놓고 싶어. 뭣이 흘러나오나 보게."

"벌레 피겠지, 뭐."

나는 차의 시동을 걸고 선로를 건너서 큰길로 빠져나와 서 할리우드로 돌아왔다. 그녀는 입을 꼭 다문 채 꼼짝도 하지 않았다. 나는 문을 지나 차도를 따라 차를 몰고 들어가서 집 앞에 차를 세웠다. 그녀는 차가 완전히 정차하기도 전에 문을 걷어차고 밖으로 뛰어나갔다. 여전히 입을 다문 채였다. 나는 초인종을 누르고 서 있는 그녀의 뒷모습을 바라보았다. 문이 열리더니 노리스가 얼굴을 내밀었다. 그녀는 그를 제치고 안으로 사라졌다. 문이 쾅 닫혔다. 나는 차를 돌려 집으로 향했다.

24

아파트 로비는 이번에는 비어 있었다. 종려나무 화분 옆에서 나를 기다리고 있는 총잡이는 없었다. 나는 엘리베이터를 타고 올라가서 복도를 따라 내 방까지 걸어갔다. 복도에는 라디오 소리가 조용히 흐르고 있었다. 나는 술 생각이 났다. 빨리 한잔 들이켜고 싶었다. 나는 불을 켜지도 않고 부엌 쪽으로 돌진해 가다가 그 자리에 멈칫 섰다. 뭔가 이상하다. 방에서 이상한 냄새가 났다. 내려진 차양 사이로 스며든 햇빛이 방을 희미하게 밝히고 있었다. 나는 그 자리에 서서 귀를 기울였다. 방에서 나는 냄새는 진한 향수 냄새였다.

방 안은 너무나 고요했다. 눈이 어둠에 차차 익숙해지자 바로 눈앞에 이상한 물체가 보였다. 이 방에 없어야 할 물체다. 나는 뒷걸음질 쳐서 벽을 더듬어 스위치를 찾아내고 불을 켰다.

침대에서 킬킬 웃는 소리가 들려왔다. 금발의 여인이 내 베개를 베고 누워 있었다. 위로 치솟은 두 개의 팔 끝에서 깍지 낀 두 손이 머리를 덮고 있었다. 카멘 스턴우드 양이 침대에 누워서 나를 보고 웃고 있는 게 아닌가. 그녀의 머리칼은 화가의 조심스런 손질을 거친 듯이 물결치며 베개를 덮고 있었다. 그녀는 짙은 회색 눈을 가늘게 뜨고 마치 총으로 겨냥하듯 나를 노려보았다. 그녀는 날카로운 이를 하얗게 드러내며 방긋 웃고 있었다.

"나 귀엽죠?" 그녀가 말했다.

"토요일 밤에 외출 나온 필리핀 사람 같군그래."

나는 거칠게 쏘아 붙였다.

나는 방 가운데 서 있는 전기스탠드의 불을 켜고 천장의 전등을 끈 뒤 방을 가로질러 카드 테이블 위에 놓아둔 장기판 쪽으로 걸어갔다. 장기판에는 묘수풀이 문제가 짜여 있었다. 여섯 수만에 풀 수 있는 문제였다. 나에게 밀어닥치는 다른 여러 가지 문제처럼 나는 이 문제를 풀 수 없었다. 나는 허리를 굽혀 나이트를 한 번 움직이고 나서 모자와 코트를 아무 데나 벗어던졌다. 그녀는 계속 킥킥거리고 있었다. 그녀의 웃음은 낡고 오래된 집의 벽판을 갉아먹는 쥐소리같이 들렸다.

"내가 어떻게 들어왔는지 짐작도 못할 거예요."

나는 담배를 뽑아들고 싸늘한 눈초리로 그녀를 노려보았다.

"왜 못해. 열쇠 구멍으로 들어왔겠지. 피터팬처럼 말야."

"그가 누군데요?"

"당구장에서 늘 만나는 친구야."

"아저씬 정말 멋있어." 그녀는 또 킥킥거렸다.

"그 엄지손가락 말이야."

나는 입을 열기 시작했다. 그러나 이미 때가 늦었다. 그녀는 장난기 섞인 둥근 눈을 크게 뜨고 나를 쳐다보면서 엄지손가락을 빨기 시작했다. 나는 담배 한 대를 다 피우고 잠시 그녀를 물끄러미 바라보고 있었다.

"나 알몸뚱이에요." 그녀가 말했다.

"이거야, 원. 어쩐지 이상하더라니. 그렇잖아도 그 말이 입 밖으로 막 나오는 참이었어. 너 발가벗었지 하고 말이야. 나는 그 침대에서 잘 때는 언제나 고무신을 신고 자지. 괴이한 생각으로 잠이 깨면 금방 뛰어 나올 수 있게 말이야."

"아저씬 멋쟁이셔."

그녀는 고양이 새끼처럼 고개를 약간 돌리고 왼손으로 이불 끝을 잡고 잠깐 뜸을 들이고 나서 이불을 홱 걷어 치워버렸다. 어김없는 알몸이었다. 발가벗은 육체가 전등 불빛을 받고 진주처럼 빛났다. 하룻밤 사이에 자매가 힘을 합쳐 한꺼번에 덤벼든 것이다. 나는 아랫입술에 붙은 담뱃가루를 집어냈다.

"귀여운 몸매이긴 하지만 말야, 난 벌써 보았거든. 생각 안 나? 내가 나타날 때마다 넌 알몸이었잖아."

그녀는 한참 킬킬거리고 나서 다시 이불을 덮었다.

"그래 어떻게 들어왔지?" 나는 물었다.

"지배인이 문을 열어 주었어요. 아저씨 명함을 보였죠. 언니한테서 훔친 거예요. 내가 여기 아저씨를 기다릴 약속이 돼 있다고 말해 주었지요. 근사하게 둘러댔거든요."

"빈틈없이 잘했군그래. 지배인이란 모두가 그 모양이지. 그래 좋아. 어떻게 들어왔다는 건 알겠는데 어떻게 나가겠다는 말 좀 해주어야겠어."

"나가긴요. 오래오래 안 나갈 건데. 난 여기가 좋아. 아저씬 멋쟁이셔."

"이것 봐." 나는 담배로 그녀를 가리켰다. "내 손으로 또 옷을 입혀야 하겠어? 난 피곤해. 호의는 고맙지만 이것만은 받아들일 수 없어. 도그하우스 레일리는 이런 식으로 친구를 배신하지 않거든. 우리는 친구 사이지. 그러니 난 너를 배신할 수 없단 말이야. 너와 나는 계속 친구로 남아 있어야 해. 그러니 이런 짓 그만두지 못하겠니? 자, 고분고분 옷을 입어야지."

그녀는 고개를 가로저었다.

"내 말 잘 들어봐. 넌 나를 좋아하고 있질 않아. 얼마나 짓궂게 굴

수 있나를 시험해 보고 있을 뿐이야. 나한테 시험해 보일 필요가 없잖아. 난 다 알고 있거든. 난 너를 만날 때마다……. "

"불을 꺼요." 그녀는 킬킬댔다.

나는 담배를 발로 문질러 끄고 손수건으로 손의 땀을 닦았다. 나는 말을 계속했다.

"이건 이웃이 두렵기 때문이 아니야. 이웃사람들이야 보고도 못 본 척하지. 아파트마다 그런 여자는 수두룩하다고. 하나쯤 붙어났다고 건물이 무너질 것도 아니고. 하지만 나에겐 직업적인 긍지란 게 있어. 알겠지? 나는 너의 아버지를 위해서 일하고 있는 거야. 그는 거동이 부자유스런 약한 병자란 말야. 그는 내가 더러운 수작을 부리지 않을 거라고 믿고 있어. 옷 입지 그래, 카멘. 제발 부탁이야."

"아저씨 이름은 도그하우스 레일리가 아니에요. 필립 말로란 말이에요. 난 다 알고 있어요."

나는 묘수풀이 문제를 내려다보았다. 나이트를 움직여서는 안 되지. 나는 나이트를 먼저 있던 자리에 도로 옮겨놓았다. 이 승부에서 나이트는 의미 없는 존재였다.

나는 여자 쪽으로 시선을 돌렸다. 그녀는 얼굴을 베개에 파묻고 조용히 누워 있었다. 크고 검은 그녀의 눈은 건조기의 물통처럼 텅 비어 있었다. 그녀의 작은 손가락이 이불자락을 뜯고 있었다. 의혹의 그림자가 그녀의 마음 한 구석에 움트기 시작했지만 그녀는 그 사실을 아직 모르고 있었다. 여체의 매력을 뿌리칠 수 있는 남자가 있다는 걸 여자가 깨닫기란 퍽 힘든 일이다.

"부엌에 가서 술을 타올게. 한잔 마실 테야?"

나는 말했다.

"응."

당황한 듯한 그녀의 검은 눈동자가 나를 노려보고 있었다. 의혹이 점점 크게 모습을 드러내며 그녀의 눈 속에 스며들었다. 무성하게 자란 풀밭에서 검은 새를 노리는 고양이처럼 소리없이 번져 나갔다.

"내가 돌아올 때까지 옷을 입도록 해. 그러면 한잔 줄 테니. 알겠지?"

여자의 입이 벌어지더니 씩씩거리는 소리가 가늘게 새어나왔다. 그녀는 내 말에 대꾸하지 않았다. 나는 부엌에 가서 스카치와 탄산수로 하이볼 두 잔을 만들었다. 내가 술을 들고 돌아와 보니 그녀는 꼼짝않고 그대로 누워 있었다. 거친 숨소리는 사라지고 눈은 멍청하게 생기를 잃고 있었다. 그녀의 입가에 미소가 떠오르기 시작했다. 그러자 그녀는 느닷없이 벌떡 일어나 앉더니 이불을 싹 걷어치우고 몸을 앞으로 내밀었다.

"술 줘요."

"옷을 입어야지. 그럼 줄게."

나는 술잔을 테이블 위에 내려놓고 의자에 걸터앉아서 담배를 피워 물었다.

"빨리 입으라니까. 그쪽은 안 볼 테니."

나는 시선을 돌렸다. 갑자기 그녀의 입에서 거친 숨소리가 새어나왔다. 나는 깜짝 놀라 그녀를 바라보았다. 그녀는 벌거벗은 몸으로 입을 약간 벌린 채 손을 짚고 앉아 있었다. 얼굴은 씻어낸 해골처럼 창백했다. 씩씩거리는 숨소리는 걷잡을 수 없이 입가에 흘러나오고 있었다. 멍청한 눈초리, 눈 속 깊이 뭔가 도사리고 있었다. 나는 어떤 여자의 눈에서도 이런 표정을 일찍이 본 일이 없었다.

그녀의 입이 조심스럽게 서서히 움직이기 시작했다. 그것은 태엽장치가 달린 인형의 입 같았다.

그녀는 입에 담지 못할 욕을 나에게 퍼부었다.

그까짓 욕쯤 상관할 것 없다. 그녀가 무슨 욕을 하건, 아니 누가 무어라고 지껄이건 나는 개의치 않는다. 하지만 이 방은 내가 기거하는 방. 나의 유일한 보금자리다. 나의 모든 것, 과거의 모든 연상이 들어 있는 곳이다. 몇 권의 책, 그림, 라디오, 장기판, 묵은 편지, 보잘것없는 물건이지만 나에게는 잊을 수 없는 과거의 추억이 담겨 있는 귀중한 물건이다.

그녀가 이 방에 있다니, 나는 더 이상 참을 수가 없었다. 그녀의 욕을 듣다보니 문득 생각이 되살아난 것이다. 나는 조용히 타일렀다.

"3분만 여유를 줄 테니 옷을 입고 나가줘. 만약에 그 때까지 나가지 않으면 밖으로 내팽개쳐버릴 테니. 발가벗은 채로 말야. 옷은 복도에 내던져 주지. 자, 빨리 해."

그녀는 입을 부르르 떨며 야수 같은 신음 소리를 씩씩 내뿜었다. 그러고는 마룻바닥에 발을 홱 내려놓더니 의자에 걸린 옷을 집어 들고 입기 시작했다. 나는 그녀를 바라보고 있었다. 옷 입는 솜씨가 여자치고는 어색했지만 속도는 빨랐다. 시간을 재보니 2분이 좀 지났을 뿐이다.

카멘 스턴우트는 녹색 백을 모피 코트에 꽉 갖다대고 침대 옆에 서 있었다. 머리에는 멋진 모자가 구겨진 채 얹혀 있었다. 입에서는 거친 숨소리가 쉴 새 없이 새어 나왔다. 씻어낸 해골처럼 창백한 얼굴. 텅 빈 눈에는 짐승 같은 감정이 가득 차 있었다. 카멘 스턴우트는 아무 말 없이 문에 다가서더니 뒤돌아보지도 않고 문을 열고 나가버렸다. 엘리베이터가 내려가는 소리가 희미하게 들렸다.

나는 창문 쪽으로 걸어가서 차양을 올리고 유리창을 활짝 열었다. 자동차 배기가스와 거리냄새가 뒤범벅이 된 텁텁한 밤 공기가 방 안으로 들어왔다. 아파트 문이 저절로 닫히는 소리. 빠른 발소리가 조용한 인도에 메아리쳤다. 가까운 곳에서 차의 시동소리가 나더니 기어 소리도 요란하게 밤공기 속으로 빨려들었다. 나는 침대로 되돌아와 빈 자리를 물끄러미 내려다보았다. 베개에 남기고 간 여자의 머리 자국. 침대 시트에는 그녀의 썩은 육체 자국이 생생하게 찍혀 있었다.

나는 술잔을 내려놓고 난폭하게 침대를 쥐어뜯었다.

25

이튿날 아침 또 비가 내렸다. 비는 흔들리는 수정 발처럼 비스듬히 땅에 내려깔렸다. 나는 피곤한 몸을 일으켜 창가에 서서 밖을 내다보았다. 어젯밤 스턴우드 자매들에게 당한 씁쓸한 느낌이 아직도 가시지 않았다. 나는 부엌에 가서 블랙커피를 연거푸 두 잔 마셨다. 술 말고도 숙취를 일으키는 것이 있다. 나는 여자 때문에 골치가 지끈거렸다. 여자라면 아주 지긋지긋했다.

나는 면도와 샤워를 끝내고 옷을 챙겨 입은 다음 우비를 찾아들고 아래층으로 내려가 문 밖을 내다보았다. 길 건너 백 피트쯤 올라간 곳에 회색의 플리마우스 세단이 서 있었다. 어제 나를 미행하던 차였다. 시간이 주체스러운 경찰이 소일삼아 나를 따라다니는 걸까. 아니면 돈 냄새를 맡고 남의 사생활을 들추며 돌아다니는 몰염치한 사립 탐정일까. 설마하니 나의 타락한 밤생활을 못마땅하게 여겨 충고하겠다고 달려온 버뮤더의 주교는 아닐 테지.

나는 뒷문으로 나가서 차를 꺼내 타고 집 앞을 돌아 플리마우스 차 앞을 지나갔다. 세단 안에는 체구가 작은 남자가 혼자 앉아 있었다. 그는 나를 뒤따르기 시작했다. 그의 운전 솜씨는 빗속을 달릴 때가 한결 좋은 것 같았다. 그는 내가 짧은 블록에 들어가서 도망치지 못하도록 바싹 접근하고 있었지만 우리 사이는 몇 대의 차가 끼어들 만큼의 거리는 항상 유지하고 있었다.

나는 큰길로 차를 몰고 가서 내 사무실이 있는 건물 앞 주차장에 차를 세워놓은 다음, 비옷의 칼라를 세우고 모자를 깊숙이 눌러쓴 채 걸어나왔다. 찬 빗방울이 얼굴을 때렸다. 플리마우스는 길 건너 소화전 앞에 서 있었다. 나는 교차로 있는 데까지 걸어 올라가서 길을 건너 플리마우스 쪽으로 되돌아갔다. 차는 그대로 서 있었고 아무도 내리는 사람이 없었다. 나는 접근하기가 무섭게 차문을 홱 열어젖혔다.

밝은 눈빛의 조그만 사나이가 운전석 한구석에 웅크리고 앉아 있었다. 나는 등에 비를 맞으며 그 자리에 서서 사나이를 노려보았다. 자욱한 담배 연기 속에서 그의 눈이 깜박였다. 두 손은 불안하게 핸들을 툭툭 치고 있었다.

"우물쭈물 말고 빨리 결심하지 그래?" 나는 말했다.

그는 침을 꿀꺽 삼켰다. 입에 문 담배가 꿈틀거렸다.

"나는 댁이 누군지 모르겠는데."

숨죽인 목소리가 잔뜩 긴장되어 있었다.

"내 이름은 말로, 자네가 요 며칠 사이 꽁무니를 따라다녔지?"

"나는 남의 꽁무니를 밟은 적 없소."

"이 고물차가 따라다녔지. 아마 이 차는 자네 의사를 무시하고 멋대로 굴러다녔을 거야. 좋을 대로 생각하라고. 난 이제부터 길 건너 커피숍에 가서 아침을 먹을 참이야. 오렌지 주스, 베이컨, 계란, 토스트, 꿀, 커피 서너 잔, 그리고 이쑤시개. 식사가 끝나면 사무실에 들르게 돼 있어. 자네 눈앞에 보이는 저 건물의 7층이야. 자네 혹시 무슨 걱정거리 때문에 마음이 불안해서 도저히 더 이상 참을 수 없거든 내 사무실에 들러서 모든 걸 깨끗이 털어놓는 게 좋아. 난 기관총 손질이나 하면서 자넬 기다리고 있을 테니까."

나는 눈만 꿈벅이고 있는 그를 남겨둔 채 거기서 물러나왔다. 20분 후. 나는 청소하는 여자가 남기고 간 향수 냄새가 빠져나가도록 창문을 활짝 열어놓고 네모난 구식 글씨체로 주소가 적힌 두꺼운 봉투를 뜯었다. 간단한 사연이 적힌 쪽지 한 장과 500달러짜리 수표가 들어 있었다. 수취인은 내 이름으로 되어 있었고 서명은 빈센트 노리스가 대필한 것이었다. 이건 괜찮다. 나는 은행의 입금 용지를 꺼내 액수를 기입하고 있는데 벨 소리가 났다. 누군가 응접실에 들어온 모양이었다. 아까 그 사나이였다.

"자네군. 들어와서 코트나 벗지." 나는 말했다.

그는 문을 막고 서 있는 내 앞을 조심스럽게 지나갔다. 내가 그의 얄팍한 엉덩이를 걷어차지나 않을까 몹시 걱정스런 표정이다. 우리는 책상을 마주보고 앉았다. 정말 작은 남자였다. 키는 5피트 3인치를 넘지 않을 것 같고 체중은 푸줏간 주인의 엄지손가락 정도나 될까. 그는 반짝이는 눈을 무섭게 뜨려 했지만 껍데기에 붙은 굴처럼 맥이 없었다. 그는 짙은 회색의 더블 양복을 입고 있었다. 어깨와 옷깃이 너무 넓다. 단추를 푼 채 양복 위에 걸쳐 입은 트위드 코트는 낡은 자리를 여러 군데 드러내고 있었다. 불쑥 튀어나온 넥타이는 비에 젖어 있었다.

"혹시 나를 아는지요?" 그가 말했다. "나는 해리 존스요."

나는 모른다고 대답하고 담배 깡통을 그 앞에 내밀었다. 그의 가늘고 민첩한 손이 마치 송어가 미끼를 물어뜯듯이 담배 한 개비를 낚아챘다. 그는 책상에 놓인 라이터로 불을 붙이고 손을 흔들어대며 말했다.

"나도 한때는 이름깨나 날리던 사람이었지. 위니미 곳에서 밀주를 실어 날랐거든. 손에는 권총, 바지 뒷주머니엔 돈 뭉치, 남이 보면 기절할 액수지. 비벌리힐스까지 달리면서 경찰의 감시망을 네 번이나 뚫어야 한단 말이야. 이건 보통 애송이가 할 일이 아니라고."

"거참, 굉장한데." 나는 말했다.

그는 의자 깊숙이 등을 기대고 가느다란 입가에서 담배 연기를 연신 뿜어댔다.

"아마 내 말이 믿어지지 않을걸." 그가 말했다.

"글쎄, 믿어지지 않는데." 나는 말했다. "아니, 믿어 줄 수도 있지. 하긴 따지고 보면 내가 믿고 자시고 할 것도 없을 것 같아. 그게 나하고 무슨 관계가 있나?"

"아무 관계도 없지." 그는 짤막하게 말했다.

"자넨 이틀 동안이나 내 뒤를 쫓아다녔어. 용기도 없는 주제에 여자 꽁무니를 따라다니는 것처럼 말야. 자네 혹시 보험쟁이가 아냐? 그렇다면 조 브로디란 사람을 알고 있을 법도 한데. 이건 어디까지나 추측이지만 이 장사 해먹다 보면 많은 소식을 얻어듣게 되지."

그는 눈을 휘둥그렇게 뜨고 입을 쩍 벌렸다. 아랫입술이 거의 무릎까지 처져 내렸다.

"젠장 그걸 어떻게 알았지?" 그는 툭 쏘아붙였다.

"내 눈은 천리안이지. 할 얘기가 있으면 한꺼번에 쏟아버려. 나는 바쁜 사람이야."

그의 눈초리가 가늘어지더니 밝은 눈빛이 거의 사라졌다. 침묵이 흘렀다. 창문 아래로 내려다보이는 맨션아파트 지붕 위에서 빗방울이 어지럽게 춤을 추고 있었다. 그는 눈을 약간 크게 뜨고 눈알을 번뜩였다. 그는 조심스럽게 입을 열기 시작했다.

"물론 당신하고 얘길 해볼까 생각했지. 돈이 될 만한 걸 갖고 있거든. 그렇다고 비싸게 팔 생각은 없어. 백짜리 두 장이면 족해. 나와 브로디와의 관계를 어떻게 알았지?"

나는 편지 한 통을 집어 들어 읽었다. 지문학(指紋學)의 통신강좌 광고물이었다. 기간은 6개월. 이 직업에 종사하는 사람에게는 특별

할인제를 적용함이라고 씌어 있었다. 나는 그것을 휴지통에 던져 넣고 사나이 쪽으로 시선을 돌렸다.

"그 문제는 신경쓸 것 없어. 난 그저 짐작해 본 것뿐이야. 자넨 경관도 아니고 에디 마스의 부하도 아니거든. 내가 어젯밤 에디한테 물어 보았어. 나한테 이만한 관심을 보이는 건 브로디의 친구를 빼곤 없지 않겠어?"

"제기랄." 그는 짧게 내뱉고 아랫입술을 핥았다. 그는 내 입에서 에디 마스란 말이 나오자 얼굴이 하얗게 질렸다. 그의 입이 바보처럼 벌어졌다. 담배는 입 한쪽 구석에 아슬아슬하게 매달려 있었다.

"여보슈, 농담 작작해."

그는 억지웃음을 지으며 쥐어짜듯이 말했다.

"그래. 농담이야."

나는 다른 편지를 펴들었다. 이번에는 워싱턴에서 매일 내막 기사를 보내주겠다는 제안이었다.

"아그네스는 석방됐겠지?" 나는 말했다.

"석방됐어. 그 여자가 날 보낸 거야. 재미있는 얘기지?"

"글쎄. 그녀가 금발이었나?"

"이거 왜 이래? 브로디가 죽던 날 밤 그 집에서 허풍 많이 떨었잖아. 브로디는 스턴우드 집 내막을 알고 있었던 게 분명해. 그렇잖으면 사진을 그 집에 보냈을 리가 만무하지."

"옳지. 그게 뭔데?"

"200짜리가 나와야 얘길 하지."

나는 편지 두어 통을 휴지통 속에 집어던지고 다시 담배를 피워물고 기다렸다.

"우린 여기를 빠져나가야 해. 아그네스는 좋은 여자라고. 그녀를 그렇게 다루면 곤란하단 말이야. 요즘 여자가 혼자 살기란 여간 힘겨운 일이 아니거든."

"그녀는 자네 체구에 맞질 않아. 잘못 뒹굴었다간 교통사고 나기 알맞지."

"말 조심해." 그는 정색을 하고 쏘아붙였다.

나는 새로운 감회를 품고 그를 바라보았다.

"그래야 할까봐. 난 요즘 이상한 사람들하고만 사귀고 다녔단 말야. 농담 그만두고 진지하게 애길 좀 나누어 볼까? 돈이 될 만한 애기란 도대체 뭔가?"

"지불하겠어?"

"물건 나름이지."

"러스티 리건의 행방이라면?"

"난 리건을 찾고 있지 않아."

"그만둘까 그럼?"

"애기를 해보지 그래. 쓸 만한 거라면 돈을 낼 테니까. 나는 200달러만 가지면 많은 정보를 살 수 있어."

"에디 마스가 리건을 죽이게 한 거야." 그는 조용히 말하고 의자에 등을 기댔다. 그는 부통령에 막 당선된 사람처럼 뽐내고 있었다.

나는 손으로 문을 가리켰다.

"그것도 애기라고 하는 거야? 대꾸하기도 싫은데 그래. 산소가 아깝잖아. 그만 돌아가 봐."

그는 몸을 앞으로 내밀었다. 입가에는 하얗게 줄이 가 있었다. 그는 몇 번이고 담배꽁초를 문질러댔다. 옆방에서 타자기의 단조로운 키 소리가 끊임없이 들려왔다.

"이건 농담이 아니야." 그는 말했다.

"가라고, 귀찮게 굴지 말고. 난 바쁜 사람이야."

"바쁘긴 뭐가 바빠." 그는 소리를 꽥 내질렀다. "그렇게 호락호락 물러갈 줄 알아? 나는 할 얘기가 있어서 왔단 말야. 나는 러스티를 알고 있어. 친한 사이는 아니지만 인사를 나눌 정도는 되지. 그도 마음이 내키면 인사를 받아 주거든. 참 좋은 사람이야. 난 언제나 그 사람이 좋았어. 그는 모나 그랜트란 여가수에게 홀딱 빠져 있었어. 하지만 그녀는 마스 부인이 돼버렸거든. 그는 화가 나서 어느 부잣집 딸하고 결혼해버렸지. 집에 가만히 있으면 좀이 쑤시는지 술집, 노름판을 헤매고 돌아다니는 여자였지. 왜, 있잖아, 키 크고 까만 머리 여자 말이야. 하지만 누가 이런 여자를 배겨내겠나? 늘 압력을 받고 살아야 할 판이니. 게다가 거만하기 짝이 없거든. 러스티하고 마음이 맞을 리가 없지. 하지만 그 집 돈하곤 마음이 안 맞을 리 없겠지 하고 생각할 테지? 그러나 그렇질 않아. 이 러스티란 사람은 정말 괴짜였어. 그는 항상 먼 곳을 바라보고 있었거든. 그 집 돈 따윈 안중에 없었을 거야. 내 입에서 이런 말이 나올 땐 말야, 이건 보통 큰 칭찬이 아니라고."

이 남자는 체구는 작지만 바보는 아닌 것 같았다. 애송이 사기꾼이라면 이런 말을 척척 해내는 건 고사하고 감히 이런 생각을 품지도 못할 것이다.

"그래서 도망친 건가?" 나는 말했다.

"도망칠 생각을 품었겠지. 모나하고 말이야. 모나는 에디 마스와 별거 중이었어. 그의 사업이 마음에 안 든 거야. 특히 공갈이니, 자동차 도둑질이니, 동부에서 쫓겨온 놈들의 뒤치다꺼리 같은 부업 말이야. 이건 들은 얘기인데 어느 날 밤 러스티가 여러 사람 앞에서 에디에게 따끔하게 한마디 해줬대. 만약에 모나를 범죄 사건에 말려들게 한다면 그땐 가만 있지 않겠다고 말이야."

"그 얘긴 다 알고 있는 사실 아냐? 그걸 가지고 돈 벌겠다는 거야?"

"다음 얘기를 들어보라고, 결국 그는 날라버렸어. 오후만 되면 바르디 술집에서 위스키를 들이켜며 벽만 물끄러미 쳐다보고 있는 그를 종종 봤지. 그는 말하기도 귀찮은 눈치였어. 내가 파스 월그린을 위해서 노름 돈을 거두러 가면 가끔 돈을 걸곤 했지."

"보험 일을 맡고 있는 줄 알았는데."

"간판을 그렇게 내걸고 있었지. 아무튼 9월 중순경인 걸로 기억하는데 러스티의 모습이 사라져버렸어. 처음에는 그 사실이 두드러지게 느껴지지 않았거든. 흔히 있을 수 있는 일이지. 같은 장소에서 늘 보던 사람이 없어져 버리잖아? 처음에는 대수롭지 않게 생각하지만 우연한 일로 그 사실을 깨닫게 되거든. 내가 그 사실을 알게 된 것은 누군가 이렇게 말했기 때문이야. 에디의 부인이 러스티와 도망갔는데도 에디는 화내기는커녕 들러리 노릇을 하고 있다고 말이야. 그래서 조 브로디한테 얘기해 주었더니 그가 영리하게 일을 꾸민 거지."

"영리하긴 뭐가 영리해." 나는 말했다.

"본디 영리한 편은 못됐지만 그래도 쓸 만했지. 그는 돈 냄새를 맡은 거야. 그는 도망친 남녀의 소식만 알면 이걸 두 번 이용해 먹을 수 있다고 생각한 거야. 에디 마스하고 리건 부인 상대로, 그는 그 집 사정을 좀 알고 있었지."

"5천 달러나 긁어냈어. 얼마 전의 일이야." 나는 말했다.

"정말인가?" 해리 존스는 놀란 빛을 감추지 못했다. "그런데도 아그네스는 나한테 한마디도 하지 않다니! 지독한 여자야. 뭣이든 감추려 드니. 아무튼 조와 나는 신문을 주의깊게 관찰했지만 아무 소리도 나오지 않거든. 그래서 스턴우드가 미리 선수를 썼구나 하고 짐작했지 뭔가. 그러자 어느 날 술집에서 캐니노를 우연히 만나게 된 거야. 그가 누군지 아나?"

175

나는 고개를 가로저었다.

"스스로 샤프한 체 거드름 피우는 친구지. 에디 마스가 필요할 때 가끔 써먹는 사람이라네. 술을 들이켜다가도 서슴없이 총질을 할 수 있는 위인이라고. 일이 없을 땐 에디 근처에 얼씬도 않거든. 로스앤젤레스에 살고 있지도 않고. 그가 일없이 나타났을까? 그럴지도 모르지. 그들은 리건의 행방을 알아내고 회심의 미소를 띠며 기회만 노리고 있었는지도 모를 일이고 또 그렇게 생각하는 게 억측일지도 모르지. 하여간 내가 이 사실을 브로디한테 얘기해주자 그가 캐니노 뒤를 밟은 거야. 조는 남을 미행하는데 천재적인 소질이 있거든. 나는 영 틀렸어. 이건 공짜로 얘기해주는 거야. 돈 낼 필요 없다고. 캐니노는 스턴우드 집 앞에 차를 세워놓고 기다리고 있었대. 이윽고 차 한 대가 나타났어. 어떤 여자가 몰고 온 차야. 캐니노는 그 여자와 무슨 말인가 주고받더니 여자가 돈 뭉치 같은 걸 건네주더라는 거야. 여자는 그대로 집으로 사라졌는데 다름아닌 리건 부인이었다는구먼. 그녀는 캐니노를 알고 있었고 캐니노는 마스를 아는 처지였거든. 캐니노가 리건의 내막을 알고선 그걸 미끼로 돈을 뜯어내고 있었지 뭔가. 그러는 사이 캐니노의 차가 움직이기 시작했고 조는 그 차를 놓치고 만 거야. 여기서 제1막의 막을 내리도록 하지."

"그 캐니노란 남자는 어떻게 생겼지?"

"키가 작고 뚱뚱한 편이지. 갈색 머리, 갈색 눈, 갈색 양복에 갈색 모자를 썼고. 그뿐인가, 비옷도 갈색, 몰고 다니는 쿠페 승용차도 갈색, 온통 갈색으로 덮인 사나이라고."

"2막 얘기를 들어볼까?" 나는 말했다.

"돈을 내지 않겠다면 이걸로 끝이야."

"200달러어치의 가치가 없잖아. 리건 부인은 전에 밀주꾼 노릇을 하던 남자와 결혼했어. 그러니 같은 패거리하곤 안면이 있을 거란 말야. 부인은 에디 마스를 잘 알아. 리건에게 무슨 일이 일어났다면 에디를 우선 찾아갔을 거야. 에디는 캐니노를 시켜 일을 처리하게 했을 거고, 자네가 아는 건 이것뿐이잖아."

"에디의 부인 행방을 얘기한다면 돈을 내놓을 텐가?"

해리 존스는 조용히 뇌까렸다.

나는 아연 긴장했다. 의자 팔걸이에 전 체중을 싣고 몸을 앞으로 쑥 내밀었다.

"부인이 혼자 있었다면 어떡하겠나?" 해리 존스는 나직하고 음산한 목소리로 말을 이었다. "부인은 말야, 러스티하고 도망치지 않았어. 세상 사람들의 눈을 속이기 위해서 로스앤젤레스에서 40마일쯤 떨어진 곳에 있는 어느 으슥한 집에 숨어 있단 말이야. 이만하면 돈을 내놓겠나, 탐정 선생?"

나는 입술을 핥았다. 까칠하고 짠 맛이 났다.

"내놓겠어. 어디 있지?"

"아그네스가 발견했지." 해리 존스는 무뚝뚝하게 말했다. "운이 좋았을 뿐이야. 부인이 차를 몰고 나가는 걸 뒤따라가서 장소를 확인해 두었거든, 아그네스가 자네한테 알려 줄 거야. 물론 돈을 받아 쥐고 난 다음이라야 입을 열 테지만."

나는 그를 무섭게 노려보았다. "자넨 경찰에 불려 가면 군소리 못하고 다 털어놓아야 한다는 걸 알아야 해. 요즘 경찰에선 사람을 무섭게 다룬다는 소문이야. 자네가 문초받다 죽으면 아그네스가 있잖아."

"해보라지." 해리 존스가 말했다. "내가 그리 쉽게 무너질 줄 아나?"

"나는 몰랐지만 아그네스가 뭔가 쥐고 있었나 봐."

"그녀는 피라미야. 나도 그래. 우린 모두가 다 그렇다고. 그래 푼돈 몇 푼 받고 상대를 팔아넘기지. 어디 내가 팔아넘기나 시험해 봐."

해리 존스는 담배 한 개비를 뽑아 입에 물고는 내가 하듯이 엄지손가락에 대고 성냥을 켜려다가 두 번 실패하고 구두창에 대고 불을 붙인 뒤 태연하게 연기를 내뿜으면서 나를 바라보았다. 홈에서 2루까지 쉽게 내던질 수 있을 만큼 가뿐한 체구인데도 어른들이 노는 세계에 뛰어들어 같이 겨루어 보겠다고 배짱 좋게 설치고 있으니 그 용기가 가상하다. 나는 그가 마음에 들었다.

"결국 나는 허탕만 치고 만 건가?" 해리 존스는 침착하게 말을 이었다. "나는 200짜리 상담을 들고 왔다고. 한 푼도 깎을 순 없지. 여기 오면 얘기가 통할 줄 알았어. 사내끼리 말이야. 그런데 자네가 경찰 얘기로 공갈을 때려? 부끄러운 줄 알라고."

"200달러 주지. 지금까지 얘기해준 값이야. 돈은 마련해 놓겠어."

해리 존스는 일어서서 고개를 끄덕이더니 낡아빠진 트위드 코트를 잡아당겨 앞가슴을 덮었다.

"좋아. 해질 무렵이 좋겠어. 에디 마스와 겨루기란 쉬운 일이 아니지만 나도 먹고 살아야 하잖아. 요즘 노름돈 모으기도 어려워졌어. 파스 윌그린도 쫓겨날 판이 돼버렸으니. 그럼 사무실로 찾아오게나. 웨스튼과 산타모니카 거리에 있는 풀와이더 빌딩 428호실이야. 돈을 갖고 오면 아그네스 있는 데로 안내하지."

"주소를 직접 가르쳐 줄 순 없나? 난 그녀를 만난 적이 있어."

"난 이미 약속했어." 해리 존스는 코트 단추를 잠그고 모자를 비껴 쓰고 다시 한번 고개를 끄덕이고 나서 문 쪽으로 걸어 나갔다. 그의 발소리가 복도에서 멀어져갔다.

나는 은행에 가서 수표를 입금하고 200달러를 현금으로 찾았다.

나는 내 방으로 돌아와 의자에 몸을 기댄 채 해리 존스의 이야기를 곰곰이 생각했다. 아무리 생각해도 꾸며낸 얘기처럼 너무나 간단했다. 모나 마스가 이 근처에 있다면 그레고리 부장은 이미 그녀를 찾아냈어야 한다. 찾을 생각만 있었다면 말이다.

나는 이런 생각을 하면서 거의 하루를 보냈다. 아무도 찾아오는 사람이 없었다. 전화를 걸어오는 사람도 없었다. 비는 꾸준히 내리고 있었다.

26

7시가 되자 비는 잠깐 그쳤지만 도랑은 여전히 넘쳐흐르고 있었다. 산타 모니카에서는 인도까지 불어 오른 빗물이 잔잔하게 물결치고 있었다. 머리끝에서 발끝까지 까만 우비를 뒤집어쓴 교통순경 한 사람이 축축한 처마 밑을 빠져나와 빗물을 튀기며 걸어갔다. 나는 미끄러운 인도를 건너 풀와이더 빌딩의 좁다란 로비로 들어갔다. 문이 활짝 열린 엘리베이터 너머 천장에 매달린 전등 하나가 외롭게 불빛을 내던지고 있었다. 지저분하게 얼룩진 타구가 고무 매트 위에 놓여 있고 의치의 진열 상자가 휴지통처럼 겨자빛 벽에 매달려 있었다. 나는 모자의 빗물을 털고 의치 상자 옆에 붙어 있는 안내판을 읽었다. 방 번호에는 주인 이름이 붙어 있는 것도 있고 붙어 있지 않은 것도 있었다. 빈방이 많은 걸까, 아니면 이름을 밝히기 싫은 사람이 많은 걸까. 무통치과, 사립탐정, 죽을 자리를 찾아 이 집에 들어온 수상쩍은 직업들. 철도원, 라디오 기사, 영화대본의 통신강좌 등등. 아무튼 지저분한 곳이다.

그런 대로 깨끗한 냄새를 골라잡는다면 퀴퀴한 시가 냄새 정도다.

엘리베이터 앞에서 한 노인이 속이 비쳐나온 쿠션을 깐 걸상에 앉아 꾸벅꾸벅 졸고 있었다. 입은 크게 벌어졌고 혈관이 드러난 관자놀이가 희미한 불빛을 받고 둔하게 번쩍였다. 푸른 유니폼을 입고 앉아 있는 꼴이 영락없이 마구간에 들어앉은 말이다. 회색 바짓가랑이 밑에 무명 양말과 검은 양가죽 구두가 보였다. 한쪽 구두는 엄지발가락 안쪽 부분이 찢겨 있었다. 걸상에 앉아서 졸며 손님을 기다리고 있는 모습이 처량하게 보였다. 나는 소리 없이 노인 앞을 지나 비상계단의 문을 살짝 밀었다. 지독하게 지저분한 계단이었다. 부랑자들이 먹고 자고 하는 곳일까? 빵 껍질, 기름때 묻은 신문지 조각, 성냥 통, 껍데기만 남은 인조가죽 지갑 등이 어지럽게 흩어져 있었다.

나는 4층까지 올라와서 숨을 돌렸다. 복도에는 아래층에서 본 것과 똑같은 타구와 더러운 매트가 깔려 있고 벽도 같은 겨자색이었다. 나는 복도를 따라 걸어가서 모퉁이를 돌았다. 첫 번째와 두 번째 그리고 세 번째 유리문에 'L.D. 월그린——보험업'이란 간판이 붙어 있었다. 맨 안쪽에 있는 유리문에서 불빛이 새나왔다.

불빛이 새나오는 유리문 위쪽에 붙어 있는 환기창이 열려 있었다. 새소리처럼 지저귀는 해리 존스의 목소리가 들려왔다.

"캐니노라고? 그래 난 자네를 어디선가 본 것 같군."

나는 그 자리에 얼어붙었다. 다른 목소리가 들렸다. 그 소리는 벽 돌담 너머로 흘러나온 작은 발전기 소리처럼 그르렁거렸다.

"그래 못 봤다고 말할 수야 없겠지."

그 소리를 들으니 등골이 오싹해졌다.

삐걱거리는 의자 소리와 발소리가 나더니 머리 위의 환기창이 닫혔다. 유리문에 비친 그림자가 안으로 빨려 들어갔다.

나는 월그린의 이름이 붙어 있는 첫 번째 문으로 돌아와서 조심스럽게 손잡이를 잡고 밀었다. 문은 잠겨 있었지만 약간 움직였다. 오래 전에 덜 말린 목재로 만든 문이어서인지 나무가 약간 오므라들었다. 나는 지갑을 꺼내 두껍고 딱딱한 셀룰로이드 운전 면허증을 뽑아

냈다. 그리고 장갑을 끼고 문에 몸을 살짝 기댄 채 손잡이를 힘껏 옆으로 잡아당겼다. 나는 벌어진 틈바구니 사이로 셀룰로이드를 집어넣고 자물쇠 스프링을 더듬었다. 고드름 부러지는 소리를 내며 자물쇠가 옆으로 젖혀졌다. 나는 게으른 물고기처럼 숨을 죽이고 있었다. 방 안에서는 아무 일도 일어나지 않았다. 나는 어둠 속으로 방문을 살짝 밀고 들어가서 조심스럽게 문을 닫았다.

방 안에 들어서자 커튼을 치지 않은 장방형의 창문이 책상 끝으로 한쪽이 가려진 채 희미한 빛을 내던지고 있었다. 책상 위에는 커버가 덮인 타자기가 놓여 있고 옆방으로 통하는 문의 손잡이가 보였다. 문은 잠겨 있지 않았다. 나는 두 번째 방으로 들어갔다. 비가 닫힌 창문을 요란하게 때렸다. 나는 그 소리가 그치기 전에 방을 가로질렀다. 불이 켜진 옆방으로 통하는 문틈으로 한 줄기 불빛이 새들고 있었다. 만사가 순조롭다. 나는 벽난로 선반 위를 걷는 고양이처럼 발소리를 죽여가며 문 옆에 다가서서 문틈 사이로 눈을 갖다댔다. 하지만 보이는 것은 문 언저리에 반사된 불빛밖에 없었다.

그르렁거리는 목소리가 매우 즐거운 듯이 지껄여댔다.

"그야 물론이지. 손가락 하나 까딱 않고 있다가 남이 다 만들어 놓은 걸 빨아먹고 싶은 게 인지상정 아니겠어? 그래서 자네가 그 탐정을 찾아갔지만 그건 자네 잘못이야. 에디가 그걸 좋아할 리가 있겠나? 그 탐정이 에디한테 얘기했어. 회색의 플리마우스가 자기 뒤를 따라다니더라고 말야. 누가 무엇 때문에 그랬을까? 에디가 알고 싶어한 건 당연하지."

해리 존스는 가볍게 웃으며 말했다.

"그게 에디하고 무슨 상관이야?"

"아니 자꾸만 시치밀 뗄 텐가?"

"내가 그를 찾아간 이유는 아까 얘기했잖아. 조 브로디의 애인 부탁을 받고 간 거야. 날라야 하겠는데 돈이 있어야지. 그 탐정이 몇 푼 집어주겠지 생각한 거라고, 나도 빈털터리니 말야."

"무슨 근거로? 건달패가 찾아가서 돈 달란다고 호락호락 내놓을 사람일 것 같아?"

"돈을 만들려면 얼마든지 만들 수 있지. 그는 부자들하고 친한 사이니깐."

해리 존스의 웃는 소리가 들렸다. 그 용기는 칭찬할 만했다.

"정말 이렇게 둘러댈 작정이야?"

그르렁거리는 목소리는 베어링 사이에 끼어든 모래처럼 날카롭게 들렸다.

"알았어, 알았다니까. 브로디 사건은 자네도 알고 있겠지. 어떤 미친놈이 한 건 틀림없어. 하지만 그날 밤 말로가 현장에 있었단 말야."

"그걸 누가 몰라, 경찰에 다 얘기한 건데."

"맞았어, 하지만 빠진 대목이 있거든. 브로디가 스턴우드의 어린 딸의 누드 사진을 미끼로 돈을 긁어내려 했지만 말로가 눈치채고 만 거야. 둘이서 한참 말다툼을 벌이고 있는데 카멘이 총을 들고 들이닥쳤지 뭔가. 브로디를 쏜다는 게 총탄이 빗나가서 창문을 깨고 만 거라고, 말로는 이 사건을 경찰에 알리지 않았고 아그네스도 입을 다물고 있었지. 나중에 여비라도 얻어낼까 하고 말야."

"그렇다면 이번 일이 에디하곤 아무 관계가 없단 말이지?"

"그렇다니까."

"아그네스는 지금 어디 있지?"

"그건 말 못해."

"입을 여는 게 좋아, 이 꼬마야. 여기서 말하기 싫으면 젊은 패들이 벽에다 돈치기하는 뒷방으로 끌고 갈 테니 알아서 해."

"아그네스는 이제 내 애인이야. 난 그를 고생시키기 싫단 말이야."

침묵이 흘렀다. 비가 창문을 때렸다. 담배 냄새가 문틈으로 새어나왔다. 나는 기침을 참기 위해 손수건을 꽉 깨물었다.

그르렁대는 목소리가 조용히 타이르듯 말했다. "내가 듣기로는 이 금발여자가 가이거의 미끼였다던데. 에디하고 상의해보기로 하지. 탐정한테서 얼마를 긁어낼 작정이었나?"

"200이야."

"그래 받아냈나?"

해리 존스의 웃음소리가 들렸다.

"내일 만나기로 했어. 어쩜 잘 될지도 몰라."

"아그네스는 어디 있어?"

"이봐……."

"말 못하겠어?"

침묵이 흘렀다.

"이걸 봐, 꼬마야."

나는 움직이지 않았다. 나는 총을 갖고 있지 않았다. 그는 아마 해리 존스에게 총을 들이대고 있겠지. 문틈 사이로 들여다보지 않아도 그쯤은 알 수 있었다. 나는 그가 총을 쏘리라고 생각하지 않았다. 나는 숨을 죽이고 기다렸다.

"보고 있어." 해리 존스의 목소리가 쥐어짜듯 이 사이로 스며 나왔다. "하지만 생소한 물건은 아니군그래. 쏘고 싶으면 쏘라고. 자네 꼴이 어떻게 되나 볼 만할걸."

"내 꼴 걱정 말고 자네 꼴이나 걱정하지 그래. 곧 송장이 될 테니."

다시금 침묵이 흘렀다.

"그래도 말 못하겠어?"

해리 존스는 한숨을 내쉬고는 체념한 듯 입을 열었다.

"할 수 없군. 벙커힐 위쪽 코트 거리 28번지 아파트에 있어. 301호야. 내가 왜 이렇게 비겁할까? 하긴 목숨을 내걸고까지 그녀를 두둔할 필요는 없지만."

"그야 물론이지. 자넨 머리가 좋아. 자네하고 나하고 그녀를 만나러 가는 거야. 얘기를 들어보고 자네 말이 틀림없다면 아무 염려할거 없단 말이야. 돈이나 받아내고 날라버려. 너무 언짢게 생각 말게나."

"그래, 언짢게 생각할 것까지야 없지."

"좋아. 그럼 가기 전에 술이나 한잔 하지. 술잔 꺼내와."

그 목소리는 극장 안내양의 속눈썹처럼 허위로 가득 차 있었고 수박씨처럼 매끄러웠다.

"이 술은 진짜야." 사나이가 그르렁거렸다.

이윽고 술 따르는 소리가 들렸다.

"자, 축배를 들자꾸나."

"성공을 위하여 건배!" 해리 존스가 나직이 말했다.

다음 순간. 심한 기침 소리와 토하는 소리가 나더니 무거운 물체가 쿵 하고 넘어졌다. 나는 코트 자락을 꽉 움켜잡았다.

"겨우 한 잔 마시고 나가떨어지긴가?"

해리 존스는 대답하지 않았다. 잠깐 동안 고통스런 숨소리가 들리더니 잠잠해졌다. 의자가 삐걱거렸다.

"잘 있어, 꼬마야." 캐니노가 말했다.

스위치 내리는 소리와 동시에 발밑이 캄캄해졌다. 문이 살짝 열렸다 닫혔다. 캐니노는 느린 발걸음으로 태연하게 사라졌다.

나는 문을 활짝 열고 어둠 속을 들여다보았다. 창문에서 희미한 광선이 비쳐들었다. 책상 끝이 어렴풋이 보였다. 책상 뒤 의자에 웅크리고 앉아 있는 사람의 모습이 윤곽을 드러내기 시작했다. 침체한 방 안 공기가 텁텁한 냄새를 풍겼다. 향수 냄새 비슷했다. 나는 복도로 통하는 문 쪽으로 귀를 기울였다. 멀리서 엘리베이터 소리가 들렸다.

나는 스위치를 찾아내서 불을 켰다. 동그란 전등이 천장에 매달려 있었다. 해리 존스가 책상 너머로 나를 응시했다. 눈을 크게 뜨고 얼굴은 경련으로 빳빳하게 굳어 있었다. 푸른빛을 띤 피부. 조그만 검은 머리를 한쪽으로 기울인 채 그는 곧은 자세로 의자에 앉아 있었다.

멀리서 전차 벨 소리가 들려왔다. 반 파인트짜리 위스키 병이 뚜껑이 열린 채 책상 위에 놓여 있었다. 해리 존스의 술잔이 전등불에 번쩍였다. 두 번째 잔은 보이지 않았다.

나는 숨을 천천히 들이마시고 술병 위에 허리를 구부렸다. 코를 찌르는 버번 위스키 냄새에 섞여 쓴 아몬드 냄새가 났다. 해리 존스는 마신 것을 토해놓고 죽어 있었다. 독극물은 청산가리임이 분명했다.

나는 조심스럽게 그의 옆을 지나 창틀 새에 걸려 있는 전화번호부를 집어 들었다. 나는 번호부를 도로 걸어놓고 시체에서 되도록 멀리 떨어진 곳까지 전화를 끌어당겨 안내계를 불렀다.

"코트가 28번지 301호 전화번호가 몇 번이죠?"

"잠깐만 기다려 주세요." 안내양의 목소리가 씁쓸한 아몬드 냄새에 실려 왔다. 침묵이 흘렀다. "웬트워스 2528번입니다. 글렌도워 아파트에 등록돼 있어요."

나는 고맙다고 인사하고 다시 다이얼을 돌렸다. 벨이 세 번 울리고 나서 상대방이 전화를 받았다. 라디오 소리가 가늘게 들려왔다. 이윽고 굵직한 음성이 귓전을 스쳤다.

"여보세요."

"아그네스 양 있나요?"

"그런 사람 없소. 몇 번에 거셨소?"

"웬트워스 2528번 아닙니까?"

"그렇소이다만 찾는 사람이 없으니 거참 안됐구려."

나는 수화기를 놓고 전화번호부에서 웬트워스 아파트를 찾아낸 다음 다시 다이얼을 돌려 관리인을 불렀다. 또 하나의 희생자를 만나기 위해 이 빗속을 전 속력으로 질주하고 있을 캐니노의 모습이 뇌리를 스쳤다.

"글렌도워 아파트, 쉬프 지배인입니다."

"경찰 조사국의 워리스요. 아그네스 로젤이란 여자가 그 집에 살고 있소?"

"누구라고 하셨지요?"

나는 다시 말해 주었다.

"번호를 알려 주시면 제가 다시……."

"시시한 소리 집어 쳐." 나는 툭 쏘아붙였다. "이건 급한 일이오. 그 여자 있소, 없소?"

"없어요."

"그럼 녹색 눈의 키 큰 금발여자가 그 싸구려 아파트에 살고 있소?"

"무슨 말씀을 그렇게……."

"군소리 그만두지 못해?" 나는 경찰관의 목소리로 물어뜯듯이 말했다. "풍기단속반을 보내서 한번 뒤집어엎어 버릴까? 이것 봐. 벙커힐 아파트라면 내가 샅샅이 다 알고 있단 말야."

"제발 이러지 맙시다. 협조할 테니까요. 물론 금발여자는 두어 명 있어요. 그 정도 없는 데가 어디 있나요? 눈빛이 어떤지는 눈여겨 보지 않아 잘 모르겠지만. 찾고 있는 여자는 혼자 살고 있나요?"

"혼자거나 아니면 5피트 3인치의 남자와 같이 살고 있을지도 몰라. 체중은 110파운드, 날카로운 눈초리에 짙은 회색 더블양복과 트위드 외투를 입고 회색 모자를 쓴 작은 남자야. 301호란 말을 듣고 전화를 걸었더니 대짜가 전화를 받던데."

"그런 여자는 거기 없어요. 301호에는 자동차 외판원이 둘 살고 있지요."

"고맙소. 나중에 들르겠소."

"제발 소문 안 나게 부탁해요. 우선 관리인실에 들르시지요."

"고맙소, 쉬프 씨." 나는 전화를 끊었다.

나는 얼굴의 땀을 닦고 방구석까지 걸어가서 벽을 마주보고 섰다. 그리고 천천히 몸을 돌려 찌푸린 얼굴로 의자에 앉아 있는 해리 존스를 바라보았다.

"자넨 멋있게 속여넘겼어, 해리." 나는 큰 소리로 말했다. 내 목소리 같지 않게 이상하게 들렸다. "자넨 거짓말을 하고 나서 신사답게 독배를 들었어. 그리고는 쥐약 먹은 쥐처럼 죽었지만 비겁하진 않았어."

나는 그의 호주머니를 뒤졌다. 싫지만 어쩔 수 없는 일이었다. 그의 몸에서는 아그네스의 단서를 잡을 만한 물건은 하나도 나오지 않았다. 내가 바라는 것도 없었다. 없으려니 짐작은 했지만 확실히 해둘 필요가 있었다. 캐니노가 돌아올지 모르는 일이었다. 그는 범죄현장에 돌아오는 것을 꺼리는 위인이 아니었다.

나는 불을 끄고 문 밖을 막 나서려는데 전화벨이 울렸다. 나는 그 자리에 서서 귀를 기울였다. 턱의 근육이 빳빳하게 긴장했다. 나는 방 안으로 도로 들어가서 불을 켜고 수화기를 들었다.

"네."

"해리 있어요?" 여자목소리였다.

"잠깐 나갔어, 아그네스."

그녀는 주춤하더니 천천히 입을 열었다. "댁은 누구세요?"

"말로야. 늘 폐만 끼치는 친구지."

"해리는 어디 갔어요?"

"난 그에게 200달러를 주려고 온 거야. 어떤 정보와 교환으로 말야. 정보만 얻으면 돈은 언제라도 내놓겠어. 거기가 어디지?"

"해리한테 얘기 못 들었어요?"

"아니."

"직접 물어봐요. 해리는 어디 갔죠?"

"물어볼 수가 없어. 캐니노란 사람 알아?"

그녀의 숨을 들이마시는 소리가 똑똑히 들렸다.

"어때, 200달러 필요하지?"

"저, 그래요, 꼭 필요해요."

"그럼 좋아. 어디서 만날까?"

"저어……." 목소리가 멀어져 가더니 다시 또렷해졌다. 겁에 질린 목소리였다.

"해리는 어디 있어요?"

"겁먹고 도망쳤어. 우리 어디서 만날까? 장소만 얘기해 줘, 돈은 내가 갖고 있어."

"그 말 어떻게 믿어요. 함정인지 누가 알아요?"

"이러지 마. 해리를 집어넣을 생각이 있었다면 옛날에 집어넣었다고. 캐니노가 해리의 냄새를 맡았거든. 그래서 해리가 도망간 거야. 우리는 시끄러운 게 싫잖아. 해리도 조용한 걸 좋아하고, 해리는 이미 조용해졌지. 아무한테도 방해를 받을 필요 없이. 설마 내가 에디 마스의 수족 노릇을 하고 있다곤 생각 않겠지?"

"아녜요, 그럴 수야 없겠지요. 30분 후에 만나요. 불록스 윌셔 동쪽 입구의 주차장에서 기다리겠어요."

"좋아."

나는 수화기를 놓았다. 아몬드 냄새가 다시 풍겼다. 해리 존스는 공포와 변화를 초월한 채 말없이 의자에 앉아 있었다.

나는 밖으로 나왔다. 컴컴한 복도에는 사람의 그림자도 비치지 않았다. 불이 켜진 방도 없었다. 나는 비상계단을 따라 2층까지 내려가서 엘리베이터 천장에 붙은 전등을 내려다보았다. 나는 단추를 눌렀다. 엘리베이터가 서서히 움직이기 시작했다. 나는 단숨에 아래층으로 뛰어 내려갔다. 내가 건물 밖으로 걸어 나올 때 엘리베이터는 위층으로 올라가 있었다.

비는 다시 억세게 퍼붓고 있었다. 거리로 나오자 비가 얼굴을 흠뻑 적셨다. 빗방울이 혓바닥을 때렸다. 나는 그제야 내가 입을 벌리고 있다는 사실을 알았다. 나는 턱의 근육이 굳어지는 것도 모르고 입을 벌리고 있었다. 마치 해리 존스의 얼굴에 나타난 죽음의 표정을 흉내내듯 크게 벌리고 있었다.

27

"돈을 줘요."

시동을 건 회색 플리마우스 차 지붕에 빗방울이 요란하게 떨어졌다. 불룩의 녹색 탑 꼭대기에 달린 보라색 전등이 어둡게 젖은 도시에 싸여 하늘 높이 조용히 빛나고 있었다. 그녀는 검은 장갑을 낀 손을 내밀었다. 나는 그 위에 지폐를 얹어주었다. 그녀는 운전석의 어두운 불빛 속에 허리를 굽히고 돈을 헤아렸다. 백이 열렸다 닫혔다. 그녀는 긴 한숨을 내쉬고 내 쪽으로 몸을 기댔다.

"난 떠나요. 지금 떠나는 길이에요. 하지만 돈이 필요했거든요. 이 돈이 얼마나 필요했는지 몰라요. 해리는 어떻게 됐어요?"

"도망쳤다고 아까 말했잖아. 캐니노가 모든 걸 눈치채버렸어. 해리 일은 잊어버려. 돈을 받았으면 얘기를 해야지."

"하겠어요. 지난 주 일요일이었나봐요. 나는 조하고 둘이서 차를 몰고 풋힐 대로를 지나가고 있었어요. 날이 저물고 등불이 켜지자 도로는 차량으로 붐비기 시작했어요. 우리가 갈색 쿠페를 추월할 때 난 차를 몰고 가던 여자를 힐끔 쳐다보았죠. 금발이었어요. 그 옆엔 키가 자그마하고 거무스레한 남자가 앉아 있더군요. 여자는 에디 마스의 부인이었고 남자는 캐니노였어요. 둘 다 한 번만 보면 좀처럼 잊혀지지 않는 얼굴예요. 조가 그 차를 뒤따르기 시작했어요. 조는 미행의 명수였거든요. 리앨리토에서 동쪽으로 1마일쯤 가면 작은 언덕 옆으로 꺾이는 길이 있어요. 남쪽은 오렌지 밭이지만 북쪽은 허허벌판이죠. 언덕 옆에 화학공장이 있고요. 하이웨이를 약간 벗어난 곳에 아트 허크란 사람이 경영하는 조그만 차고가 있어요. 아마 훔친 차를 처리하는 곳일 거예요. 차고 너머에 목조건물이 한 채 있고 화학공장은 거기서 2마일쯤 떨어진 곳에 있어요. 이 목조건물에 여자가 숨어 있었던 거예요. 그들은 이 지점에서 차를 꺾었어요. 우린 곧장 가다가 차를 돌려 그 지점에서 30분쯤 망을 보고 있었죠. 아무도 나오지 않았어요. 주위가 완전히 어두워지자 조는 집 앞까지 차를 몰고 갔어요. 불이 환히 켜진 집 안에서 라디오 소리가 들려왔고 집 앞엔 쿠페 차가 서 있더래요. 이걸 확인한 다음에 우리는 돌아왔죠."

그녀의 얘기가 끝났다. 나는 빗길을 달리는 차바퀴 소리를 듣고 있었다.

"그들은 그후 자리를 옮겼는지도 모르지. 얘기할 게 그것밖에 없단 말이지. 돈 될 만한 거 말이야. 그건 그렇고 여자 얼굴은 잘 봤겠지?"

"한번 보면 잊혀지지 않는 얼굴이라고 아까 말했잖아요. 그럼 난 이만 가겠어요. 나의 행운을 빌어주지 않겠어요? 나 지금까지 학

대만 받고 살아온걸요."

"그런 소리 하지 않는 게 좋겠어."

나는 한마디 던지고 길을 건너 내 차로 돌아왔다.

그녀의 차가 움직이기 시작했다. 차는 점점 속력을 내며 길모퉁이를 돌아 선셋 플레이스 쪽으로 사라졌다. 그녀는 영원히 내 눈앞에서 사라졌다. 가이거, 브로디, 해리 존스, 세 사람이 차례로 죽고 여자는 백 속에 내 돈 200달러를 넣고 사라지고 만 것이다. 나는 차의 시동을 걸고 시내로 향했다. 우선 배를 채워야 했기 때문이다. 빗속을 40마일로 달리기란 쉬운 일이 아니다. 더욱이 왕복여행까지 해야 할 판이니.

나는 강을 건너서 북쪽으로 차를 몰아 파사데나로 접어들었다. 거기를 지나자 곧 오렌지 숲이었다. 억수로 쏟아지는 비는 헤드라이트의 빛을 받고 하얀 물방울을 튀기고 있었다. 와이퍼는 쉴 새 없이 움직이고 있었지만 전방의 시야는 여전히 흐렸다. 그러나 축축하게 젖은 어둠 속에서 오렌지 숲이 또렷한 윤곽을 드러내며 굽이쳐 흘렀다.

차들이 사방으로 물을 뿌려대며 씩씩거리고 지나갔다. 하이웨이는 조그만 마을을 통과했다. 거기에는 오렌지를 포장하는 집들과 창고가 사방에 꽉 들어차 있었고 한쪽 가로 철도의 대피선이 보였다. 오렌지 숲이 어느덧 남쪽으로 사라지고 비탈길로 접어들자 추워졌다. 북쪽에 웅크리고 앉은 검은 언덕이 점점 다가오면서 찬바람을 세차게 몰아붙였다. 하늘 높이 떠오른 두 개의 노란 전등 사이에 '리앨리토'라는 네온사인이 걸려 있었다.

한길에서 멀리 떨어진 곳에 목조건물이 흩어져 있고 길가에 상점이 늘어서 있었다. 드러그스토어 창문에서 불빛이 희미하게 새나왔다. 영화관 앞에는 차량이 떼 지어 서 있고 길모퉁이에는 큰 시계가 인도 위로 얼굴을 내민 은행이 있고 사람들이 빗속에 몰려서서 쇼라도 구경하듯이 은행 창문을 바라보고 있었다. 나는 계속 차를 몰았다. 다시 들판이 나타났다.

운명의 장난일까. 리앨리토에서 1마일 벗어났을 때 눈앞에 갑자기 커브길이 나타났다. 비 때문에 앞이 잘 보이지 않았다. 차가 포장길을 막 벗어나려는 순간 나는 브레이크를 밟았다. 오른쪽 앞 타이어가 삐익 소리를 질렀다. 오른쪽 뒷 타이어에서 같은 소리가 나더니 차는 섰다. 나는 차에서 내려 회중전등을 비쳐보았다. 두 개의 타이어가 펑크 나 있었다. 스페어 타이어는 하나뿐이다.

나는 회중전등을 끄고 비를 맞고 서서 골목길 저쪽에서 비쳐 나오는 노란 전등 빛을 쳐다보았다. 채광창에서 비치는 불빛 같았다. 차고의 채광창일까, 혹시 아트 허크의 차고일지도 모르는 일이다. 그렇다면 그 근처에 목조건물이 한 채 있어야 한다. 나는 칼라에 턱을 파묻고 그쪽으로 한 걸음 내딛다 말고 차로 되돌아와서 운전석 칸막이에 넣어둔 면허증을 꺼내 호주머니에 넣었다. 나는 핸들 밑으로 몸을 구부렸다. 운전석에 앉는 위치에서 바로 오른쪽 다리 밑에 비밀 칸막이가 있었다. 그 속에 두 자루의 권총이 있다. 하나는 에디 마스의 부하 래니가 갖고 있던 것이고 또 한 자루는 내 것이다. 나는 써먹기 좋은 래니의 권총을 꺼냈다. 나는 총구를 밑으로 해서 그것을 호주머니에 넣고 골목길을 올라갔다.

차고는 한길에서 100야드 떨어져 있었다. 나는 회중전등을 벽에 비쳤다. '아트 허크—자동차수리 및 페인팅' 내 입에서 웃음이 터져 나왔다. 해리 존스의 얼굴이 눈앞에 떠올랐다. 웃음은 순식간에 사라졌다. 차고의 문은 닫혀 있었지만 아래위 틈 사이로 불빛이 새나오고 있었다. 그 앞을 지나자 목조건물이 나타났다. 불이 켜진 창문이 둘. 커튼이 내려져 있다. 집은 길가에서 멀리 떨어진 나무 사이에 서 있었다. 차 한 대가 집 앞 자갈길에 놓여 있었다. 어두워서 잘 보이지 않았지만 캐니노의 쿠페임이 분명했다. 차는 좁은 현관 앞에서 평화스럽게 웅크리고 있었다.

여자는 가끔 이 차를 몰고 바람 쐬러 나가겠지. 캐니노는 한 손에 권총을 들고 여자 옆에 앉아 있을 것이다. 러스티 리건과 결혼했어야 할 여자. 에디 마스가 감당할 수 없었던 여자. 리건하고 도망치지 않은 여자. 수고하게나, 캐니노 군.

나는 차고로 되돌아와서 플래시 끝으로 나무 문을 두드렸다. 차고의 불이 꺼졌다. 나는 빙긋 웃으며 그 자리에 서서 입가의 빗물을 훑았다. 나는 플래시를 켜고 둥글게 비친 문을 바라보았다. 안에서 무뚝뚝한 소리가 들렸다.

"무슨 일이오?"

"문 좀 열어 주시오. 타이어 두 개가 펑크났는데 스페어는 하나밖에 없소. 좀 도와줘야겠소."

"미안하지만 영업이 끝났소. 서쪽 1마일 지점에 리앨리토가 있으니 그쪽으로 가보시오."

나는 이 말이 영 마음에 들지 않았다. 나는 문을 계속 걷어찼다. 다른 목소리가 들렸다. 고양이가 그르렁거리는 소리다. 나는 이 소리가 마음에 들었다.

"잘난 친구가 찾아왔군그래. 문 열어주지, 아트."

빗장이 삐걱거리더니 문이 반쯤 열렸다. 플래시 불빛 속에 앙상한 얼굴이 비치는 순간 번쩍하는 물건이 내 손을 강하게 후려쳤다. 플래시가 땅에 뒹굴었다. 권총이 비스듬히 나를 겨냥하고 있었다. 나는 잽싸게 땅에 엎드려서 플래시를 집어 들었다. 무뚝뚝한 목소리가 말했다.

"불 끄라고. 그런 짓은 자네 건강에 해로워."

나는 불을 끄고 몸을 일으켜 세웠다. 차고의 불이 켜지더니 작업복을 입은 키 큰 남자가 눈앞에 서 있었다. 그는 권총을 들이댄 채 한 걸음 물러섰다.

"들어와서 문을 닫아. 용건이 뭔지 알아보도록 하지."

나는 안으로 들어서서 문을 밀어 닫고 앙상한 얼굴의 사나이를 바라보았다. 작업대 옆 그늘진 곳에 한 남자가 말없이 서 있었지만 나는 그를 거들떠보지도 않았다. 뜨거운 페인트 냄새로 방 안 공기가 텁텁하고 음산했다.

"이런 정신 나간 사람 봤나." 앙상한 얼굴이 나를 꾸짖었다. "리앨리토에서 대낮에 은행 강도 사건이 있었단 말야."

"미안해." 나는 말했다. 빗속에 은행 앞에 몰려 있던 사람들 생각이 났다. "하지만 내가 한 건 아니야. 나는 이 고장이 처음이라구."

"애송이 둘이서 은행을 털었대. 이 근처 산속으로 쫓겨 들어갔다잖아."

"숨기 좋은 고장인데그래." 나는 말했다. "길바닥에 못은 왜 버리지? 그래서 펑크가 났다고. 이래야 장사가 되나?"

"주둥아리 터지고 싶어서 함부로 입을 놀려?"

"자네 체격으로는 좀 무리야."

구석에 있던 사나이가 입을 열었다.

"으르렁대지 마, 아트. 이 친구 입장이 딱하니 좀 봐주지 그래. 자네도 장사를 해야 하잖아."

"고맙네." 나는 여전히 그를 보지 않고 말했다.

"좋아, 좋다고." 작업복의 사나이가 투덜댔다.

그는 권총을 집어넣고 불끈 쥔 주먹을 물어뜯으며 시무룩한 눈초리로 나를 노려보았다. 방 안의 페인트 냄새가 점점 메스꺼워졌다. 천장에 전등이 매달린 한쪽 구석에 대형 세단이 놓여 있고 범퍼 위에는 분무기가 걸려 있었다.

나는 그제야 작업대 옆에 있는 사나이를 쳐다보았다. 작은 키에 몸이 딱 벌어졌고 힘센 어깨를 가진 남자였다. 냉정하게 생긴 얼굴. 냉혹한 검은 눈. 그는 벨트가 달린 레인코트를 입고 있었다. 빗방울이 코트에 스며들었다. 머리에는 갈색 모자가 멋부리듯 비스듬하게 걸려 있었다. 그는 작업대에 몸을 기댄 채 흥미 없는 눈초리로 나를 바라보았다. 마치 한 조각의 찬 고기를 바라보듯이. 그의 눈에는 모든 사람이 고깃덩어리처럼 보일지 모른다.

그는 검은 눈을 아래위로 천천히 움직이고 나서 손가락을 하나씩 들어올려 전등에 비쳐보았다. 그는 담배를 입에 문 채 말했다.

"두 개나 펑크났다고? 난처하게 됐군. 못은 다 치운 줄 알았더니."

"커브를 돌다가 약간 미끄러졌어."

"이 고장엔 처음 왔다고 했던가?"

"지나가는 길이었어. 로스앤젤레스까지 얼마나 될까?"

"40마일이지. 날씨가 궂으니 더 지루하게 느껴질걸. 어디서 왔지?"

"산타 로사."

"먼 길을 왔군. 타호와 론파인을 지나왔나?"

"타호가 아니라 리노와 카슨 시티를 거쳐 왔지."

"그래도 먼걸." 그는 씩 웃었다.

"그래서는 안 되는 법이라도 있나?"

"아니, 그런 게 아니고 내가 이렇게 캐묻는 건 은행강도 사건이 있었기 때문이야. 잭을 갖고 가서 타이어를 빼와, 아트."

"난 바빠." 아트가 투덜댔다. "할 일이 태산 같단 말야. 페인트를 뿌려야 하거든. 그리고 보다시피 비가 이렇게 퍼붓고 있잖아."

"궂은 날씨에는 페인트칠은 안 하는 게 좋아. 그러니 잔말 말고 빨리 타이어나 고쳐서 껴놔."

"오른쪽 앞바퀴와 뒷바퀴야. 바쁘면 스페어를 쓰지 그래." 나는 말했다.

"잭을 두 개 갖고 가, 아트." 갈색의 사나이가 말했다.

"내 말 좀 들어봐." 아트가 발끈 화를 내며 말했다.

갈색의 사나이는 눈을 살짝 움직였다. 그는 부드러운 눈초리로 아트를 바라보더니 시선을 내리깔았다. 그는 한마디도 하지 않았다. 아트의 몸은 돌풍에 휩쓸린 것처럼 흔들렸다. 그는 구석으로 걸어가서 레인코트를 걸쳐 입고 방수모를 썼다. 그는 작은 잭을 집어들고 큰 잭을 문까지 굴려 보냈다.

그는 문을 열어젖혀 놓고 말없이 나가버렸다. 비가 안으로 휘몰아쳤다. 갈색의 사나이는 천천히 걸어가서 문을 닫고 돌아와 같은 자리에 엉덩이를 대고 앉았다. 이때라면 나는 그를 해치울 수 있었다. 우리는 단 둘이었고 그는 내가 누군지 모르고 있었다. 그는 나를 슬쩍 쳐다보고 나서 담배꽁초를 발로 문질러 껐다.

"한잔 마시는 게 좋을 것 같군." 그는 말했다. "옷이 축축하니 속도 적시는 게 공평하잖아."

그는 작업대 뒤에 있는 술병을 끌어당겨 술잔을 나란히 세웠다. 그는 술을 따르고 한 잔을 나한테 건네주었다.

나는 인형처럼 걸어가서 술잔을 받아 들었다. 비를 맞은 얼굴이 아직도 차갑게 느껴졌다. 사나이가 입을 열었다.

"저 아트란 친구 말이야. 뭇 기계공답게 지난주에 해치웠어야 할 일을 갖고 쩔쩔매고 있거든. 이번 여행은 사업관겐가?"

나는 술 냄새를 조심스럽게 맡았다. 틀림없는 술 냄새였다. 나는 그가 한 모금 마시는 것을 보고 따라 마셨다. 청산가리는 들어 있지 않았다. 나는 빈 술잔을 사나이 옆에 내려놓고 물러섰다.

"사업여행이라고 할 수 있지." 나는 말했다.

나는 범퍼에 분무기가 걸려 있는 세단 쪽으로 걸어갔다. 페인트칠은 반쯤 끝나고 있었다. 비가 지붕을 요란하게 때렸다. 아트는 비를 맞으며 욕을 퍼붓고 있겠지. 갈색의 사나이는 대형 세단을 쳐다보았다.

"동체만 약간 손보면 되지." 그르렁거리는 목소리가 술 탓인지 약간 부드럽게 들렸다. "하지만 주인은 돈이 많고 운전기사가 뭘 좀 바라고 있거든. 이게 장사 아니겠어?"

"그보다 오래된 일은 딱 하나밖에 없지." 나는 말했다.

입술이 바싹 타올랐다. 말하기도 귀찮아졌다. 나는 담배를 피워 물었다. 지루한 시간이 흘러갔다. 그와 나는 죽은 해리 존스를 사이에 두고 마주보고 있는 낯선 사람이다. 갈색의 사나이는 이 사실을 모르고 있을 뿐이다.

무거운 발소리가 나더니 문이 활짝 열렸다. 비가 불빛을 받고 은빛 철사처럼 반짝였다. 아트는 펑크난 흙 묻은 타이어 두 개를 굴리고 들어와서 문을 발로 차서 닫고 무섭게 나를 노려보았다. 타이어 한 개가 옆으로 넘어졌다.

"잭을 세울 만한 데다 차를 놔둬야지."

그는 이빨을 드러내며 으르렁거렸다.

갈색의 사나이는 껄껄 웃고 나서 5센트짜리 동전을 원통 모양으로 묶은 돈 뭉치를 꺼내들고 가볍게 던져 올렸다간 손바닥으로 받았다.

"불평 말고 빨리 갈아 껴."

"지금 고치고 있잖아."

"우는 소리 그만 하라는 거지."

"그래 알았어." 아트는 비옷과 방수모를 벗어던지고 타이어를 받침대 위에 올려놓더니 가장자리를 난폭하게 걷어 젖혔다. 그는 튜브를 꺼내 순식간에 구멍 난 자리를 때웠다. 그리고 얼굴을 찌푸린 채 내 옆을 지나 벽 쪽으로 걸어가서 공기 넣는 호스를 집어 들고 튜브 속에 바람을 잔뜩 넣은 다음 호스를 하얀 벽에 세웠다.

나는 캐니노의 손에서 뛰놀고 있는 동전 뭉치를 바라보며 서 있었다. 내 마음 한 구석에 도사리고 있던 긴장감은 어느덧 사라졌다. 나는 아트 쪽으로 시선을 돌렸다. 그는 튜브를 던져 올려 두 손으로 받았다. 그리고 미간을 잔뜩 찌푸리고 튜브를 훑어보고 나서 더러운 물이 담겨 있는 커다란 물통을 노려보며 무언가 입속말로 투덜거렸다.

두 사람의 호흡이 너무나 잘 맞았다. 그들은 아무런 눈짓도 주고받지 않았고 뜻이 담긴 몸짓도 보이지 않았다. 아트는 배가 불룩한 튜브를 높이 쳐들고 바라보았다. 그는 몸을 반쯤 돌리고 빠른 걸음으로 한 발짝 다가서더니 튜브를 내 얼굴에 뒤집어씌우고 어깨를 꽉 눌렀다.

그는 잽싸게 몸을 돌려서 뒤쪽에서 나를 엎어눌렀다. 그의 몸무게가 내 가슴을 압박했다. 양손은 겨드랑이에 달라붙었다. 손은 움직일 수 있었지만 호주머니에 든 권총까지 미치지는 않았다.

갈색의 사나이는 단숨에 내 앞으로 달려왔다. 그는 동전 뭉치를 꽉 움켜쥐고 무표정한 얼굴로 소리 없이 다가왔다.

나는 허리를 꾸부리고 혼신의 힘을 기울여 아트를 내던지려 했다.

동전을 쥔 주먹이 벌어진 내 손을 힘껏 후려 갈겼다. 순간적인 충격으로 눈에서 불이 번쩍 일어나면서 눈앞이 캄캄해졌다. 그는 또 한 번 주먹을 휘둘렀다. 머리는 아무런 감각도 느끼지 않았다. 별빛이 점점 밝아졌다. 고통과 하얀 섬광이 뒤범벅이 되어 밀어닥쳤다. 이윽고 모든 것이 암흑 속으로 잠겨들었다. 어둠 속에서 무언가 빨간 물체가 현미경에 비친 세균처럼 꿈틀거렸다. 그리고는 별빛도 빨간 세균도 자취를 감추고 오직 암흑과 공허, 그리고 씩씩거리는 바람 소리와 거목이 넘어지는 소리밖에 남지 않았다.

28

여자가 있는 것 같았다. 그녀는 전기스탠드 불빛을 정면으로 받고 앉아 있었다. 또 하나의 전등이 내 얼굴을 비추고 있었다. 나는 다시 눈을 감고 속눈썹 사이로 그녀를 바라보았다. 은빛 찬란한 머리칼이 마치 은으로 만든 과일 그릇처럼 반짝이고 있었다. 그녀는 흰 빛의 넓은 칼라가 달린 초록색 드레스를 입고 있었다. 반지르르하고 모난 핸드백이 그녀의 발 밑에 놓여 있었다. 그녀는 호박빛 액체가 든 글라스를 옆에 놓고 담배를 피우고 있었다.

나는 조심스럽게 머리를 움직였다. 골치가 띵했지만 생각한 것보다는 덜했다. 나는 오븐에 들어가기 전의 칠면조처럼 전신이 꽁꽁 묶여 있었다. 두 손은 뒷짐을 진 채 수갑이 채워졌고 손목과 발목을 한데 묶은 밧줄이 내가 누워 있는 소파를 지나 밑으로 처져 있었다. 나는 몸을 움직여 밧줄이 묶여 있는 장소를 확인했다.

"이것 봐." 나는 눈을 뜨고 말했다.

그녀는 먼 산을 보고 있던 시선을 돌렸다. 조그마하고 단단한 턱이 서서히 이쪽으로 움직였다. 눈은 산중의 호수처럼 파랗게 번뜩이고 있었다. 지붕을 때리는 빗소리가 가늘게 들렸다. 나하고 관계없는 딴 세계에 내리는 빗소리처럼 먼 곳에서 들렸다.

"기분이 좀 어때요?" 여자의 목소리는 부드러운 은빛 머리칼에 잘 어울리는 목소리였다. 그것은 인형의 집에 매달린 조그만 벨 소리처럼 흘러나왔다. 바보처럼 왜 이런 생각이 떠오를까.

"괜찮군." 나는 말했다. "턱 위에 주유소가 올라앉은 것 같은데."

"난초라도 심어 놓을 줄 알았어요, 말로 씨?"

"그저 수수한 소나무 관이면 족하지." 나는 말했다. "청동이나 은으로 만든 손잡이 따윈 달지 않아도 좋아. 그리고 재는 푸른 바다에 뿌리지 않았음 좋겠고. 난 차라리 구더기가 낫다고. 구더기도 암놈 수놈이 서로 붙어 다니거든."

"머리가 좀 이상하네요." 그녀는 나를 빤히 쳐다보았다.

"그 전등 딴 데로 옮길 수 없을까?"

그녀는 몸을 일으켜 소파 뒤로 돌아갔다. 불이 꺼졌다. 어두워지자 한결 기분이 나아졌다.

"난폭하게 굴진 않을 것 같군요." 그녀가 말했다. 키는 큰 편이었지만 전봇대처럼 솟아오르지는 않았고 날씬한 몸매에 알맞게 살이 붙어 있었다. 그녀는 다시 의자에 앉았다.

"그래 내 이름을 알고 있군."

"세상 모르게 자고 있었잖아요. 그들이 호주머니를 샅샅이 뒤졌어요. 댁을 미라로 만들지 않았을 뿐이죠. 그래 댁은 탐정이시군요."

"그들이 아는 건 그것밖에 없나?"

그녀는 묵묵히 담배만 피우고 앉아 있었다. 그녀는 담배를 쥔 손을 들어올렸다. 자그마하고 예쁜 손이었다. 요즘 여자들처럼 딱딱하게 모가 나 있지 않았다.

"지금 몇 시지?" 나는 물었다.

"10시 17분. 약속이 있나요?"

"그야 뭐. 여기가 아트 허크의 차고 옆인가?"

"그럼요."

"사나이들은 다 어딜 갔지? 무덤이라도 파고 있나?"

"밖에 나갔어요."

"여자 한 사람만 남기고 갔단 말인가?"

그녀는 천천히 고개를 돌리고 웃었다.

"댁은 위험한 사람 같진 않아요."

"난 부인이 포로로 갇혀 있는 줄 알았는데."

그녀는 이 말을 듣고도 놀라지 않았다. 놀라기는커녕 재미있어하는 눈치였다.

"왜 그렇게 생각했나요?"

"나는 부인이 누군지 알거든."

그녀의 푸른 눈이 날카롭게 번뜩였다. 그녀는 칼날 같은 무서운 눈초리로 나를 노려보았다. 입 언저리가 굳어져 있었지만 목소리는 변하지 않았다.

"그렇다면 댁의 입장이 난처하게 됐네요. 나는 사람을 죽이는 건 싫지만."

"에디 마스의 부인이 왜 그 모양이오?"

그녀는 이 말이 마음에 들지 않은 듯 날카롭게 나를 노려보았다. 나는 빙그레 웃었다.

"수갑을 풀어줄 수 없나? 물론 그렇게 하지 않는 게 부인에게 이로울 테지만. 우선 술이라도 좀 마시게 해주시지."

그녀는 술잔을 들고 다가섰다. 부질없는 희망처럼 거품이 일고 있었다. 그녀는 허리를 굽혀 술잔을 내 입에 갖다댔다. 새끼 사슴의 눈처럼 부드러운 숨결. 나는 술을 꿀꺽 들이마셨다. 그녀는 술잔을 올리고 내 턱에 흘러내리는 술을 바라보았다. 그녀는 다시 허리를 굽혔다. 온몸의 피가 흐르기 시작했다.

"얼굴이 방패 매트 같네요." 그녀가 말했다.

"그래도 내가 가진 건 그것밖에 없으니 좋게 봐줘. 어차피 오래 배기지 못할 거야."

그녀는 고개를 홱 돌려 바깥 동정에 귀를 기울였다. 잠깐 동안 그녀의 얼굴이 파랗게 질렸다. 내 귀에는 지붕을 때리는 빗소리밖에 들리지 않았다. 그녀는 방을 가로질러 허리를 약간 굽힌 채 마루를 보고 서 있었다.

"왜 여기까지 와서 위험한 짓을 하는 거예요?" 그녀가 나지막한 목소리로 말했다. "에디는 댁을 해칠 생각이 없었는데. 내가 여기 와서 숨어버리지 않았다면 경찰은 틀림없이 에디가 리건을 죽였을 거라고 생각하지 않겠어요?"

"그가 죽인 거지." 나는 말했다.

그녀는 앉은 자리에서 요동도 하지 않고 거친 숨만 내쉬고 있었다. 나는 방 안을 살펴보았다. 한쪽 벽에 문이 둘 있었는데, 하나는 반쯤 열려 있었다. 붉은 카펫, 푸른 커튼, 푸른 소나무가 밝게 그려진 벽지, 버스 좌석에 붙어 있는 광고를 보고 사온 듯한 가구들. 그녀는 조용히 입을 열었다.

"에디가 죽이지 않았어요. 난 몇 달 동안 러스티를 못 봤어요. 에디는 사람을 죽이지 않아요."

"부인은 그의 집을 나와서 혼자 살고 있었지. 부인이 살고 있던 집 사람들이 사진을 보고 리건을 알아보았거든."

"거짓말예요." 그녀는 쌀쌀하게 말했다.

나는 그레고리 부장이 혹시 그런 말을 했을까 하고 기억을 더듬었다. 골치가 띵해서 생각이 나지 않았다.

"그리고 이건 댁이 간섭할 문제가 아니잖아요."

"천만에, 난 돈을 받고 이 사건을 추적하고 있던 거라오."

"에디는 그런 위인이 아니에요."

"그럼 부인은 그 패들을 좋아하고 있군."

"사람들이 도박을 계속하는 한 그런 장소는 없어지지 않을 거예요."

"둔하다 보면 그런 생각도 나오지. 법을 어기는 버릇이 붙으면 철저하게 어기게 되는 걸 알아야 한다고. 부인은 에디가 그저 하나의

노름꾼이라고만 생각하고 있거든. 나는 그렇게 안 봐. 그는 외설
본, 공갈, 훔친 차 브로커, 살인 교사, 경관 매수 등 닥치는 대로
해치우고 있어. 고상한 노름꾼이란 말은 아예 안 하는 게 좋을걸.
난 노름꾼치고 고상한 사람 본 적이 없으니까."

"그는 살인자가 아니에요."

그녀는 코를 씰룩거렸다. 울화가 치미는 모양이었다.

"직접 죽이진 않지. 하지만 캐니노가 있거든. 캐니노는 오늘밤 사
람을 죽였어. 여자 한 사람을 살리겠다고 안간힘을 썼던 조그만 남
자였어. 난 현장을 직접 목격할 뻔했지."

그녀는 지쳐버린 듯 웃고 말았다.

"좋아, 믿지 않겠다면 안 믿어도 좋다고. 에디가 그렇게 좋은 친구
라면 캐니노가 없을 때 그와 단둘이서 얘기를 해보고 싶군. 아다시
피 캐니노는 너무 난폭한 짓을 하거든. 내 이빨을 부러뜨린 게 부
족해서 옆구리까지 걷어찼어."

그녀는 고개를 젖히고 깊은 생각에 잠겼다.

"은발은 유행이 지난 줄 알았는데."

"바보, 이건 가발이에요. 머리가 자랄 때까지 쓰고 있는 거라고
요."

그녀는 손을 들어올려서 가발을 홱 잡아당겼다. 머리가 소년처럼
짧게 깎여 있었다. 그녀는 가발을 도로 올려놓았다.

"누가 그런 짓을 했지?"

그녀는 놀란 표정을 지었다.

"내가 해달라고 했죠, 왜요?"

"그래, 왜 그랬어?"

"에디가 바라는 거라면 뭐든지 기꺼이 하겠다는 마음을 보여주고
싶었기 때문이죠. 그리고 나를 감시할 필요도 없었던 거예요. 난

그이를 배반할 순 없어요. 나는 그이를 사랑하고 있어요."

"맙소사." 나는 신음소리를 냈다. "그런데도 내가 이 방에 이렇게 있어야 하나?"

그녀는 손을 뒤집고 물끄러미 바라보았다. 그녀는 갑자기 방을 나가더니 식칼을 들고 와서 나를 묶은 밧줄을 자르기 시작했다.

"캐니노가 수갑 열쇠를 갖고 있어요. 그러니 수갑은 풀어줄 수 없어요."

그녀는 거친 숨을 내쉬면서 뒤로 물러났다. 그녀는 밧줄 매듭을 모조리 잘라놓았다.

"심장이 어떻게 생겼기에 이런 꼴을 하고서 함부로 농담을 지껄이는 거예요?"

"나는 에디를 살인자로 보지 않았는데."

그녀는 빠른 걸음으로 전기스탠드 옆에 돌아가서 손을 괴고 앉았다. 나는 발을 내디뎠다. 다리가 비틀거렸다. 왼쪽 뺨이 따갑게 저렸다. 나는 발걸음을 옮겼다. 걸을 수 있을 것 같다. 급할 땐 뛸 수도 있겠지.

"도망치란 뜻이군." 나는 말했다.

그녀는 머리를 들지 않고 고개를 끄덕였다.

"나하고 같이 도망가는 게 좋겠어. 살고 싶다면 말이야."

"우물거리지 말고 빨리 가요. 그 사람 언제 돌아올지 모르니깐요."

"담배 한 대 피게 해줘."

나는 그녀의 무릎이 닿을 만큼 바싹 붙어 섰다. 그녀는 벌떡 일어섰다. 우리의 눈이 맞닿았다.

"헬로, 은발 부인." 나는 조용히 말했다.

그녀는 뒷걸음질치며 의자를 돌아 테이블에 놓인 담뱃갑을 홱 낚아채더니 한 개비를 뽑아 내 입에 밀어 넣었다. 그녀는 떨리는 손으로

라이터를 켜서 불꽃을 담배에 갖다댔다. 나는 호수처럼 푸른 그녀의 눈을 쳐다보면서 연기를 빨아들였다. 그녀를 내 옆에 가까이 세워둔 채 나는 입을 열었다.

"해리 존스란 사나이가 이 집을 가르쳐 주었어. 새 새끼처럼 작은 사나이였어. 바를 드나들면서 경마에 거는 돈을 모으고 다녔지. 덤으로 정보까지 수집하고 있었어. 이 작은 새가 캐니노에 눈독을 들이게 됐거든. 그는 이래저래 부인의 거처를 알아내고 나한테 팔아 넘기려 했어. 내가 스턴우드 장군을 위해서 일하고 있는 사실을 알고 있었거든. 나는 정보를 얻고 캐니노는 새를 잡았지. 날개와 목을 축 늘어뜨리고 주둥이에서 피를 토하면서 죽어버렸어. 캐니노가 죽인 거야. 하지만 에디는 사람을 안 죽이는 거지? 그저 딴 사람을 시킬 뿐이지."

"나가요." 그녀는 꽥 소리를 질렀다. "빨리 떠나란 말예요."

그녀는 라이터를 힘껏 움켜잡았다. 주먹의 관절이 눈처럼 하얗게 드러났다.

"하지만 캐니노는 내가 알고 있으리라고는 꿈에도 생각 못할 거야. 그는 내가 무턱대고 남의 일에 간섭하고 있는 줄로만 생각할 거야."

그녀는 웃기 시작했다. 몸을 쥐어뜯는 듯한 웃음이었다. 놀람과 당황이 뒤섞인 웃음이었다.

"정말 우습군요." 그녀는 숨찬 목소리로 말했다. "생각할수록 우스워요. 왜냐고요? 난 그래도 그이를 사랑하고 있거든요. 여자란……." 그녀는 또 웃어댔다.

나는 귀를 기울였다. 골치가 쑤셨다. 들리는 건 여전히 빗소리뿐이었다.

"가자고." 나는 말했다. "빨리 가야 해."

그녀는 두 발짝 물러서서 정색을 하고 말했다.

"나가요! 리앨리토까지 걸어갈 수 있을 거예요. 그리고 입 다물고 있어요. 적어도 한두 시간만이라도."

"같이 가자니까. 총 가졌나, 부인?"

"안 가겠다고 했잖아요. 제발 빨리 가요."

나는 그녀 앞으로 한 발짝 다가섰다. 우리의 몸이 거의 맞붙었다.

"나를 도망치게 하고서 여기 남을 작정인가? 살인자가 돌아오면 뭐라고 말하겠어? 미안하게 됐다고 말할 작정인가? 사람 목숨을 파리 목숨만큼도 여기지 않는 사람한테 말야. 같이 떠나야 해."

"안 돼요."

"부인 남편이 리건을 죽였다면 어떻게 될까? 또는 에디 모르게 캐니노가 죽였다면? 생각을 해보시라고. 나를 놓아주고 얼마나 견딜 것 같아?"

"나는 캐니노가 무섭지 않아요. 나는 보스의 부인이니까 말예요."

"에디는 믿을 게 못돼. 캐니노는 식은 죽 먹듯 그를 해치울 수 있어. 새 새끼처럼 목을 비틀고 말 거란 말이야. 에디는 식은 죽같이 흐물흐물해. 부인 같은 여자가 이런 남자에 말려들면 앞길이 난감하다고."

"나가요!" 그녀는 침이라도 뱉듯이 쏘아붙였다.

"할 수 없군." 나는 여자 옆을 빠져나와 반쯤 열린 문을 열고 어두운 복도로 나왔다. 여자가 뒤따라 뛰어 나왔다. 그녀는 내 옆을 지나 현관문을 열고 밖을 내다보았다. 그녀가 나오라고 손짓했다.

"잘 가요." 그녀는 숨을 죽이고 속삭였다. "행운을 빌겠어요. 에디는 러스티를 죽이지 않았어요. 그는 어딘가에 살고 있을 거예요. 언젠가는 나타나겠죠."

나는 여자를 벽에 밀어붙였다. 그리고 입을 그녀의 얼굴에 들이대고 말했다.

"서둘 건 없어. 모두가 꾸며진 일이라고. 라디오 프로처럼 각본대로 연습한 거지. 서둘 필요는 없어. 키스해줘."

입에 부딪치는 그녀의 얼굴은 얼음처럼 차가웠다. 그녀는 두 손으로 내 머리를 끌어당겨 강하게 키스했다. 입술도 얼음 같았다.

내가 밖으로 나가자 문은 소리 없이 닫혔다. 빗방울이 현관 밑까지 날아들었다. 비는 그녀의 입술만큼 차지는 않았다.

29

차고 안은 캄캄했다. 나는 자갈을 깐 차도와 축축한 잔디밭을 건너갔다. 작은 시냇물처럼 길바닥을 흐르는 빗물이 멀리 떨어진 도랑으로 빨려들었다. 나는 모자가 없었다. 아마 차고 안에 떨어진 모양이다. 캐니노는 모자를 돌려주지 않았다. 아마 내가 그 모자를 영원히 쓰지 못하게 될 걸로 생각한 모양이었다. 그는 훔친 차와 아트를 안전한 장소에 내려놓고 빗길을 유유히 차를 몰고 돌아오고 있는지 모른다. 그녀는 에디 마스를 사랑했고 그를 보호하기 위해 몸을 감춘 것이다. 캐니노가 돌아오면 그녀는 마시지 않은 술잔을 스탠드 옆에 올려놓고 기다리고 있을 거고 나는 몸이 묶인 채 소파 위에 뒹굴고 있을 것이다. 그는 여자의 소지품을 차에 옮겨놓고 혹시 증거품이 남아 있을까 두려워서 집을 샅샅이 뒤질 것이다. 그는 여자를 차에서 기다리게 해놓고 들어올 것이다. 그녀는 총소리를 듣지 않을 것이다. 가까운 거리에서는 가죽으로 싼 곤봉이면 충분할 것이다. 그는 여자에게 나를 묶어둔 채 나왔으니 얼마 후면 밧줄을 풀고 달아날 거라고 말할 것이다. 그는 여자가 눈치채지 않을 거라고 생각할 것이다. 훌륭한 솜씨야, 캐니노 군.

레인코트의 앞자락이 열려 있었지만 나는 수갑을 차고 있었기 때문에 단추를 채울 수가 없었다. 비에 젖은 코트자락이 피곤에 지친 커다란 새가 날개치듯 다리에 감겼다. 나는 겨우 한길까지 나왔다. 라이트를 켠 차들이 빗물을 높이 튀기며 지나갔다. 찢어지는 듯한 타이어 소리는 순식간에 사라졌다. 내 차는 세워둔 곳에 웅크리고 앉아 있었다. 펑크 난 타이어를 갈아 끼운 걸 보니 급할 때 써먹을 모양이었다. 빈틈없는 친구들이다. 나는 차에 올라 몸을 비틀고 핸들 밑으로 기어들어가서 비밀 칸막이 뚜껑을 더듬었다. 나는 권총을 찾아 코트 밑에 쑤셔 박고 오던 길을 되돌아갔다. 세상은 좁고 답답하고 캄캄했다. 캐니노와 나만을 위한 세상이었다.

반쯤 돌아왔을 때 갑자기 뒤에서 헤드라이트가 비쳤다. 차는 맹렬한 속도로 한길을 돌아 골목길로 접어들었다. 나는 언덕 밑으로 굴러내려가 도랑에 납작하게 엎드려 물 냄새를 맡고 있었다. 차는 서지 않고 지나갔다. 나는 고개를 쳐들었다. 차는 자갈소리도 요란하게 차도를 달려 집 앞에 섰다. 시동이 꺼지고 라이트가 꺼졌다. 차문이 꽝 닫혔다. 현관문을 여닫는 소리는 들리지 않았지만 나무 사이로 불빛이 번져 나왔다. 커튼을 열었거나 홀의 전등을 켰을지 모른다.

나는 축축한 잔디밭을 가로질렀다. 차는 나와 집 사이에 있었다. 나는 왼팔이 뿌리 채 뽑혀 나오지 않을 만큼 힘껏 잡아당겨 권총을 오른쪽 옆구리에 갖다 붙였다. 텅 비어 있는 차는 어둡고 훈훈했다. 라디에이터의 물이 기분 좋게 쿨쿨거리고 있었다. 나는 창문을 들여다보았다. 키가 계기판에 꽂혀 있었다. 캐니노는 정말 자신만만했다. 나는 차를 돌아 자갈길을 조심스럽게 밟고 창밑까지 걸어가서 귀를 기울였다. 도랑에 떨어지는 큰 물방울 소리밖에 들리지 않았다.

나는 계속 듣고 있었다. 크게 떠드는 소리는 새나오지 않았다. 모든 것이 조용하게 점잔빼고 있었다. 남자가 그르렁거리는 목소리로 캐물으면 여자는 내가 귀찮게 굴지 않겠다고 약속했기 때문에 놓아주었다고 대답할 것이다. 내가 그를 못 믿는 것과 마찬가지로 그는 이 말을 믿지 않을 것이다. 그는 여자를 데리고 달려나올 것이다. 나는 그가 나타날 때까지 기다리고 있어야 했다.

하지만 무턱대고 기다릴 수가 없었다. 나는 총을 왼손에 옮겨 잡고 자갈을 한 줌 쥐고 창문을 향해 힘껏 내던졌다. 눈물겨운 노력이었다. 창을 때린 건 몇 되지 않았지만 벼락이 내리치는 효과가 있었다.

나는 차 쪽으로 뜀박질 쳐서 몸을 낮추었다. 집 안의 불이 꺼졌다. 그것뿐이었다. 나는 몸을 웅크리고 기다렸다. 그는 나오지 않았다. 그렇게 호락호락 넘어갈 캐니노가 아니지.

나는 몸을 일으켜 뒷걸음으로 차 안에 들어가서 키를 더듬어 잡았다. 스타트 단추는 계기판에 붙어 있었다. 나는 그것을 겨우 찾아내서 잡아당겼다. 아직도 훈훈한 모터는 곧 시동이 걸렸다. 나는 밖으로 빠져나와 뒷바퀴 옆에 몸을 웅크렸다.

온몸이 떨리기 시작했다. 하지만 캐니노는 모터 소리를 듣고 기분이 좋을 리가 없었다. 그는 이 차가 필요했다. 어두운 창문이 서서히 움직이기 시작했다. 유리에 비친 희미한 빛이 조금씩 움직였다. 창가에서 불꽃이 날았다. 세 발의 총성이 메아리쳤다. 쿠페의 앞 유리창이 깨지며 별무늬를 만들었다. 나는 고통스런 비명을 내질렀다. 비명은 피를 머금은 신음소리로 변하고 숨을 헐떡이며 잔잔해졌다. 내 마음에 드는 명연기였다. 캐니노도 이것이 무척 마음에 든 모양이다. 그의 웃음소리가 터져 나왔다.

사방이 고요했다. 들리는 것은 빗소리와 모터 소리밖에 없었다. 이윽고 집 문이 조심스럽게 열렸다. 어두운 밤에 한층 어두운 공간이 드러났다. 그 속에 사람의 모습이 어렴풋이 보였다. 목 언저리에 뭔가 하얀 물건이 달려 있었다. 그녀의 칼라였다. 그녀는 굳은 자세로 현관 앞에 나타났다. 은빛 가발이 보였다. 캐니노는 여자를 앞세우고 조심스럽게 걸어 나왔다. 살기등등한 것이 오히려 우스꽝스럽게 보였다.

그녀는 계단을 내려왔다. 하얀 얼굴이 몹시 긴장하고 있었다. 그녀는 차 쪽으로 걸어왔다. 내가 침을 뱉을까봐 무서워서 그녀를 앞장세우고 오는 모양이었다. 빗소리를 뚫고 그녀의 억양 없는 목소리가 들려왔다.

"아무것도 안 보여, 래시. 창에 김이 서려 있어."

그가 무언가 투덜대더니 여자의 몸이 앞으로 기울어졌다. 권총을 들이댄 모양이다. 그녀는 캄캄한 차 쪽으로 접근해왔다. 뒤따라오는 남자의 모습이 보였다. 모자 쓴 옆얼굴. 넓게 퍼진 양 어깨. 그녀는 갑자기 비명 소리를 내질렀다. 찢어지는 듯한 그녀의 비명 소리는 강한 레프트 혹처럼 내 귀를 때렸다.

"저기 있어. 운전석에 앉아 있어, 래시."

그는 감쪽같이 걸려들었다. 그는 여자를 난폭하게 밀어젖히고 달려와서 연거푸 세 발을 쏘았다. 유리 조각이 날았다. 총탄 하나가 날아와 옆에 있는 나무에 꽂혔다. 모터는 여전히 낮은 소리를 내고 있었다.

그는 허리를 굽혀 어둠 속에 웅크렸다. 불꽃이 사라지자 그의 얼굴은 부옇게 어둠 속에 잠겨들었다. 그가 쏜 총이 회전식 권총이라면 총탄은 남아 있지 않을 것이다. 하지만 집을 나오기 전에 총탄을 다시 채웠는지 모른다. 빈 총을 든 놈하고는 싸우는 재미가 없다.

"끝났어?" 나는 말했다.

그는 몸을 홱 돌렸다. 서부의 사나이처럼 상대방이 먼저 쏘게 할 수도 있었지만 나는 더 이상 기다릴 수 없었다. 내 손에 쥔 콜트권총이 네 번 연거푸 불을 뿜었다. 그의 손에서 총이 떨어져 나갔다. 그는 두 손으로 배를 움켜잡고 앞으로 넘어졌다. 그는 넘어진 채 몸을 움직이지 않았다.

그녀는 비를 맞으며 꼼짝 않고 서 있었다. 나는 캐니노 옆으로 다가가서 그의 총을 멀리 걷어찼다. 그리고 몸을 옆으로 구부리고 그 총을 집어 들었다. 여자가 내 옆에 서 있었다. 그녀는 혼잣말처럼 중얼거렸다.

"역시 돌아오셨군요."

"우린 만나게 돼 있었어. 각본대로 움직인 것뿐이지."

나는 미친 듯이 웃기 시작했다.

그녀는 허리를 굽혀 남자 호주머니에서 무언가 꺼내더니 일어섰다. 그녀는 쇠줄에 매달린 키를 들고 있었다.

"꼭 죽여야 했나요?" 그녀는 침통한 표정으로 내뱉었다.

나는 웃음을 그쳤다. 그녀는 내 뒤로 돌아가 수갑을 풀어주었다.

"딴 도리가 없었겠죠." 그녀는 부드럽게 말했다.

30

다음날 아침은 맑게 개어 있었다.

실종계의 그레고리 부장은 창 너머로 법원 건물을 묵묵히 내려다보았다. 건물은 비온 뒤의 산뜻한 모습을 드러내고 있었다. 그는 회전의자를 무겁게 돌려 파이프 담배를 엄지손가락으로 다지고 나서 싸늘한 눈초리를 나에게 돌렸다.

"그래 또 귀찮은 일에 말려들었군."

"벌써 얘길 들었군요."

"이봐요, 나는 하루 종일 여기 앉아서 멍청하게 먼 산만 쳐다보고 있는 것 같지만 내 귀엔 여러 가지 소식이 들어온다오. 캐니노를 쏜 건 상관없지만 그렇다고 살인계에서 훈장이라도 달아줄 것 같소?"

"요즘 살인 사건이 빈번히 일어나고 있는데 내 몫은 하나도 없었소."

"그 여자가 에디 마스의 부인이라고 누가 말했소?"

나는 그 동안의 경위를 말해주었다. 그는 열심히 듣고 나서 하품을 하더니 금니가 번쩍이는 입을 넓은 손바닥으로 툭툭 쳤다.

그가 말했다.

"내가 그 여자를 찾아냈어야 옳았다고 생각하겠죠?"

"그렇게 생각하는 게 당연하지 않을까요?"

"난 다 알고 있었는지도 몰라. 그리고 에디와 그의 마누라가 그런 짓을 하고도 무사하리라고 생각한다면 그대로 내버려두는 편이 현명한 처사라고 생각했는지도 모르지. 당신은 내가 그를 내버려두는 것은 무슨 사사로운 이유 때문이라고 생각할지도 몰라."

그는 큰 손을 내밀고 엄지손가락을 다른 손가락에 대고 비볐다.

"아니지요, 난 그렇게 생각하지 않습니다. 에디가 지난번에 우리 사이에 오갔던 얘기를 다 알고 있어도 난 그렇게 생각 안 해요."

그는 눈썹을 치켜 올렸다. 익숙하지 못해서 그런지 무척 어설픈 동작이었다. 이마에 퍼진 주름살이 사라지면서 하얀 선을 그리다가 점점 붉게 변했다.

"나는 경관이오, 그저 평범한 경관에 지나지 않소, 나는 정직해봤자 별 수 없는 세상에서 한 사나이에게 기대할 수 있는 정직함을 갖고 있다고 자부하고 있소, 그래서 내가 당신더러 오라고 한 거요, 믿어주오, 나는 경관으로서 법이 이기기를 바라오, 나는 에디 마스처럼 번지르르하게 차려입은 치들이 초범으로 신세를 망쳐버린 빈민굴 출신의 젊은 패들과 함께, 폴삼의 채석장에서 곱게 다듬은 손톱을 망쳐버리는 꼴을 보고 싶단 말이오, 하지만 이런 일이 일어나기는 이미 다 틀렸소, 이 고장뿐이 아니지, 크고 작고 할 것

없이 아무 데나 마찬가지지. 세상이 바뀌고 만걸."

나는 아무 말도 하지 않았다. 그는 고개를 젖혀 연거푸 연기를 뿜어내고는 파이프 주둥이를 바라보았다. 그리고 말을 이었다.

"그렇다고 나는 에디 마스가 리건을 죽였다고는 생각하지 않소. 죽일 만한 이유도 없었을 거고, 또 설사 이유가 있었다손치더라도 그는 죽이지 않았을 거요. 나는 그가 뭔가 내막을 알고 있을 거라고 생각했소. 그리고 모든 것이 백일하에 드러날 거라고. 마누라를 숨긴다는 건 유치한 일이지. 하지만 그는 유치한 짓이 아니라고 생각하는 모양이오. 난 어젯밤 그를 불러들였소. 검사의 조사를 받고 난 다음에 말이오. 그는 모든 사실을 인정했소. 캐니노는 믿을 만한 사람이기 때문에 부하로 고용했지만 그가 살인이 취미인건 미처 몰랐다지 뭐요. 해리 존스와 브로디하고는 안면이 없었고, 가이거는 물론 알고 있었지만 그가 무슨 장사를 하고 있었는지 전연 몰랐다더군. 이 얘기는 물론 다 들었을 테지만."

"그 얘기라면 들었죠."

"리앨리토 사건은 정말 깨끗이 잘 처리했소. 숨기지 않고 다 털어놨으니 말이오. 요즘 우리는 정체불명의 권총에서 발사된 총탄을 잘 보관해 두지요. 다시 한번 그 총을 썼다가는 끝장이 날 거요."

"내가 멋있게 한 모양이죠." 나는 그를 흘겨보며 말했다.

그는 재를 털고 파이프를 바라보며 생각에 잠겼다.

"여자는 어떻게 됐소?" 그가 고개를 들고 물었다.

"글쎄요. 우리는 와일드 씨, 군보안관, 그리고 살인계용으로 세 통의 조서를 만든 다음 경찰이 그녀를 석방했지요. 그후 나는 그 여자를 못 만났소. 만날 생각도 없고."

"괜찮은 여자라고 하던데. 더러운 음모를 꾸밀 여자는 아니라고 말이오."

"좋은 여자죠." 나는 말했다.

그레고리 부장은 한숨을 몰아쉬고 머리를 긁었다.

"한 가지만 말하겠소. 당신은 사람은 좋아 보이는데 행동이 좀 거친 것 같군. 진심으로 스턴우드 가족들을 돕고 싶으면 간섭하지 않는 게 좋을 것 같은데."

"나도 동감이오, 부장."

"기분은 어떻소?"

"최고지요. 간밤엔 한잠도 못 자고 여기저기 불려 다니면서 조사를 받았고, 그러기 전에는 흠뻑 젖은데다 녹초가 되도록 얻어맞고, 이만하면 최고의 건강상태죠."

"칙사 대접이라도 받을 줄 알았소?"

"그럴 리야 없지요."

나는 일어서서 빙긋 웃고 문 쪽으로 걸어갔다. 그는 갑자기 목청을 가다듬고 한 마디 쏘아붙였다.

"내가 헛소리를 한 건 아닐 테지? 아직도 리건을 찾을 수 있다고 생각할 텐가?"

나는 돌아서서 그의 눈을 빤히 쳐다보았다.

"천만에요. 나는 그를 찾을 수 없을 것 같소. 찾을 생각도 하지 않겠소. 됐습니까?"

그는 천천히 고개를 끄덕이고 어깨를 으쓱했다.

"내가 왜 이런 소리를 했는지 나도 모르겠소. 행운을 빌겠소, 말로씨. 가끔 들르시오."

"고맙소, 부장."

나는 시청 건물을 나와 주차장에 세워둔 차를 몰고 호바트 암스 아파트로 돌아왔다. 나는 상의를 벗어던지고 침대에 누워서 천장을 바라보며 바깥에서 들려오는 소음을 듣고 있었다. 천장에 비친 햇빛이 서서히 자리를 이동하고 있었다. 나는 잠을 청했지만 허사였다. 나는 몸을 일으켜 시간이야 어찌 됐건 술을 한 잔 들이켜고 다시 침대에 누웠다. 그래도 잠은 오지 않았다. 머리가 시계처럼 재깍거렸다. 나는 침대 가에 앉아 파이프에 담배를 채우며 큰소리로 뇌까렸다.

"저 자식이 뭔가 알고 있어."

담배맛이 쓰다. 나는 파이프를 팽개치고 다시 누웠다. 기억이 같은 자리를 맴돌았다. 몇 번이고 같은 짓을 하고 같은 장소에 가서 같은 사람을 만나 같은 말을 되풀이했다. 회를 거듭할수록 생소한 느낌이 든다. 나는 은발의 여자를 옆에 태우고 차를 몰고 빗속을 달리고 있었다. 우리는 입을 꼭 다물고 한마디도 하지 않았다. 로스앤젤레스에 도착했을 때 우리는 낯선 사람 같았다. 나는 철야 영업 중인 드러그 스토어 앞에 차를 세우고 버니 올스에게 전화를 걸어 내가 리앨리토에서 사람을 죽였고 현장을 목격한 에디 마스 부인을 데리고 와일드씨 집으로 가는 도중이라고 말했다. 나는 비가 씻어내린 조용한 거리를 따라 차를 몰고 라파예트 파크를 지나 와일드의 큰 목조건물 앞에 차를 세웠다. 현관 앞은 불빛이 환했다. 올스가 전화로 미리 연락한 모양이다. 와일드는 꽃무늬 가운을 입고 시가를 손가락 사이에 끼고 서재의 책상 앞에 앉아 있었다. 얼굴이 굳어 있고 입가에는 씁쓸한 미소가 떠올랐다. 올스의 모습이 보인다. 경관이라기보다는 경제학 교수같이 생긴 회색의 야윈 사나이의 모습도 보였다. 그들은 조용히 듣고 있었다. 은발의 여인은 깍지 낀 손을 무릎 위에 올려놓고 구석 자리에 앉아 있었다. 전화가 쉴 새 없이 오갔다. 살인계에서 온 두 사나이는 내가 마치 서커스 우리를 빠져나온 맹수인 것처럼 나를 쳐다보았다. 나는 살인계 형사 한 사람을 옆에 태우고 풀와이더 빌딩으로 차를 몰고 갔다. 해리 존스는 비틀어진 얼굴이 뻣뻣하게 굳어진 채 의자에 앉아 있었다. 방에서는 여전히 시큼한 냄새가 났다. 목 언저리에 붉은 강모가 난 젊은 검시 의사가 와 있었고 지문 채취관이 열심히 일을 하고 있었다. 나는 그에게 환기창의 걸쇠를 잊지 않도록 주의를 환기시켰다. 그는 캐니노의 엄지손가락 지문을 발견했다. 내 얘기를 뒷받침해줄 유일한 지문이었다.

나는 와일드의 집으로 돌아가서 비서가 타이프한 조서에 서명했다. 갑자기 문이 열리더니 에디 마스가 들어왔다. 그는 은발의 여자를 보고 활짝 웃으며 말했다.

"여보, 괜찮아?" 그녀는 그를 거들떠보지도 않았고 대답하지도 않았다. 그는 검은 양복과 트위드 외투를 입고 있었다. 외투자락에서 하얀 스카프가 보였다. 이윽고 모든 사람이 다 나가고 나는 와일드와 단둘이 남았다. 그는 노기 띤 목소리로 싸늘하게 말했다.

"이게 마지막이야, 말로. 다시 이런 짓을 했다가는 사자 우리 속에 집어던질 테야. 누가 울부짖건 난 상관하지 않을 테니깐."

나는 침대에 가로 누워 벽에 비친 햇살이 서서히 움직이는 것을 보며 이 장면을 되풀이해서 떠올렸다. 전화벨이 울렸다. 언제나 침착한 노리스의 목소리가 들렸다.

"말로 씨입니까? 사무실에 전화했더니 안 계셔서 부득이 이쪽으로 연락한 겁니다."

"밤새 돌아다녔지만 거긴 안 들렀어."

"아, 그러세요. 장군께서 좀 만나시겠다는데 사정이 어떤지요?"

"30분 후에 들르지. 장군은 좀 어떠신가?"

"침대에 누워 계십니다. 건강은 그저 그러십니다."

"곧 가서 만나 뵙지." 나는 수화기를 놓았다.

나는 면도를 하고 옷을 갈아입고 나가려다 문득 생각이 나서 되돌아와 카멘의 진주 손잡이 권총을 꺼내 호주머니에 넣었다. 햇빛이 너무 밝아서 현기증이 날 지경이었다. 20분 후 나는 스턴우드 저택 옆

문을 지나 안으로 차를 몰았다. 11시 15분이었다. 나무 사이의 새들이 미친 듯이 지저귀었다. 잔디밭은 아일랜드 깃발처럼 푸르고 집 전체가 마치 금방 생겨난 것처럼 신선했다. 나는 초인종을 눌렀다. 내가 이 집에 처음 찾아온 지 닷새가 지나갔다. 하지만 1년이 지난 것 같은 느낌이 들었다.

하녀가 문을 열고 나를 홀까지 안내한 다음 노리스가 곧 올 거라고 일러주고 사라졌다. 홀은 여전했다. 벽난로 위의 초상화는 까만 눈초리로 나를 노려보았고 스테인드글라스의 기사는 발가벗은 부인을 풀어주지 못한 채 쩔쩔매고 있었다. 노리스가 나타났다. 그도 전혀 변하지 않았다. 언제 보아도 초연한 푸른 눈. 불그스름한 살결이 건강해 보였고 몸놀림이 실제 나이보다 20년은 젊어 보였다. 세월의 흐름을 묵직하게 느끼는 건 바로 나였다.

우리는 타일을 깐 계단을 올라가서 비비안의 거실 반대쪽으로 걸어갔다. 발걸음을 옮길 때마다 집은 점점 더 넓어지고 조용해지는 것 같았다. 우리는 교회 정문처럼 크고 오래된 방문 앞에 섰다. 노리스는 문을 살짝 열고 방 안을 들여다보더니 옆으로 비켜섰다. 나는 카펫을 쭉 걸어 널따란 침대가 놓인 곳까지 갔다.

스턴우드 장군은 베개에 몸을 기대고 있었다. 핏기 없는 손은 시트 끝을 꽉 움켜잡고 있었다. 얼굴은 시체같이 창백한데 검은 눈만이 살아 움직였다.

"앉게나, 말로 군." 딱딱한 목소리는 피곤에 지쳐 있었다.

나는 의자를 끌어당겨 바싹 붙어 앉았다. 창문은 꼭 닫혀 있고 차양에 가린 방에는 햇살이 비치지 않았다. 노인의 체취가 희미하게 풍겼다.

장군은 한참 동안 말없이 나를 바라보았다. 그는 손을 살짝 포개고 힘없이 말했다.

"난 자네더러 내 사위를 찾아달라고 부탁한 적은 없는데, 말로군."

"부탁한 거나 다름없죠."

"부탁하지 않았네. 자네가 마음대로 한 거지. 난 엉뚱한 행동을 좋아하지 않네."

나는 입을 다물고 있었다.

"자네하곤 이미 계산이 끝났을 텐데." 장군은 싸늘하게 말했다. "돈이 문제가 아니네. 고의적으로 한 건 아닐지 모르나 자넨 약속을 어겼네."

장군은 말을 마치고 눈을 감았다.

"저를 만나자고 하신 건 그 때문인가요?"

장군은 무거운 눈을 천천히 떴다.

"내 말이 언짢게 들릴 테지."

나는 고개를 가로저었다.

"장군께서는 저에 대한 이점이 하나 있습니다. 전 그것을 빼앗고 싶지 않습니다. 장군께서 참고 견뎌야 할 일에 비하면 그건 대수롭지 않은 것이긴 합니다만. 장군께서 저한테 무슨 말을 해도 전 언짢게 생각할 수가 없습니다. 아무래도 돈은 돌려드려야 할 것 같군요. 그까짓 돈이라고 하실지 모르나 저에겐 문제가 다르니까요."

"그게 무슨 뜻이지?"

"만족스럽지 못한 일로 돈을 받을 수 없다는 뜻이지요. 그것뿐입니다."

"만족스럽지 못한 일을 종종 하나?"

"그런 일이 가끔 있지요. 이건 누구나 마찬가지가 아니겠습니까?"

"그레고리 부장은 왜 만났나?"

나는 몸을 기대고 한쪽 팔을 의자 등에 걸쳤다. 나는 노인의 표정을 살폈지만 아무것도 찾아낼 수 없었다. 나는 뭐라고 대답해야 좋을지 몰랐다.

"저는 장군께서 가이거의 계약서를 보여 주실 때 저를 시험해보려고 그렇게 하시는 줄 알았어요. 장군께서는 리건이 이번 협박 사건에 관련이 있지 않나 걱정하고 계신다는 것을 확신했어요. 그때까지만 해도 전 리건에 관해서는 아무것도 몰랐습니다. 그레고리 부장을 만나고 나서야 비로소 리건이 그런 사람이 아니라는 걸 알았지요."

"내 질문에 대한 대답이 아닌 것 같은데."

"그건 그렇습니다. 저는 육감으로 움직였다는 사실을 인정하기 싫었던가 봅니다. 제가 여기 오던 날 리건 부인이 저를 만나자고 했어요. 부인은 제가 부인 남편의 행방을 알아달라는 부탁을 받은 줄로 생각하고 있었어요. 부인은 그게 싫은 눈치였습니다. 하지만 부인 말로는 '그들'이 누군가의 차고에서 러스티의 차를 찾아냈다는 겁니다. '그들'이란 경찰밖에 있을 수 없거든요. 따라서 경찰이 이 문제를 알고 있다는 결론이 나오지요. 그렇다면 알아볼 곳은 경찰의 실종계밖에 없거든요."

"그래 자네가 그레고리 부장을 찾아가 나의 부탁을 받고 온 것처럼 행세했단 말이군."

"그렇습니다. 그가 이 사건을 담당하고 있음이 분명했으니까요."

노인은 눈을 감고 눈언저리를 바르르 떨었다.

"자넨 옳은 일을 했다고 생각하나?"

"그렇습니다. 전 그렇게 생각합니다."

노인은 다시 눈을 떴다. 그는 검은 눈초리를 매섭게 번뜩이며 말했다.

"난 이해 못하겠는데."

"이해 못하시겠지요. 그레고리 부장은 입이 무거운 사람입니다. 그렇지 않고서야 그 자리에서 하루도 못 배겨날 겁니다. 그는 늙은 여우처럼 시치미를 떼고 저를 속이려 들었어요. 저는 감쪽같이 속을 뻔했지요. 이런 일을 하다보면 허세를 부려야 할 때가 많아요. 제가 어떤 경관에게 무슨 말을 하면 그는 내 말을 믿지 않습니다. 그리고 그레고리 부장은 내가 무슨 말을 하건 귀담아 듣지도 않았어요. 전 유리 닦는 사람하곤 달라요. 시키는 일만 하고 물러설 수가 없거든요. 장군께서는 내가 어떤 방식으로 일을 하는지 모르십니다. 내게는 내 나름의 방식이 있어요. 나는 장군을 보호하기 위해서 최선을 다하고 때로는 규칙 위반도 불사하지만 모두가 장군을 위해서 하는 일입니다. 고객이 가장 중요하니까요. 물론 고객이 사기꾼이라면 별문제겠지요. 하지만 그가 사기꾼일 경우에도 저는 일을 그만두고 입을 열지 않습니다. 따지고 보면 장군께서는 저더러 그레고리 부장을 만나지 말라고 말씀하신 적은 없어요."

"노골적으로 얘기할 수야 없었지."

장군의 입에 희미한 미소가 떠올랐다.

"제가 그릇된 일을 했나요? 노리스는 가이거가 죽자 사건이 끝났다고 생각하는 것 같았어요. 저는 그렇게 생각 안 해요. 저는 셜록 홈즈도, 필로 반스도 아닙니다. 경찰이 샅샅이 뒤지고 난 장소에서 부러진 펜 같은 걸 집어 들고 사건의 실마리를 찾아내는 따위의 재간을 부릴 수 없거든요. 그런 식으로 사립탐정이 먹고 살 수 있다고 생각하면 경찰을 잘 모르고 있는 셈이지요. 경찰이 그렇게 바보일까요? 그들이 못 보고 지나가는 건 그따위 것들이 아닙니다. 찾고 싶은 물건이라면 금방 찾아내죠. 하지만 그들이 못 보고 지나가는 것은 가이거처럼 막연하고 걷잡을 수 없는 존재지요. 아리송한 직업을 갖고 위태로운 짓을 하고 다니지만 배후엔 굵직한 조직이 있고 암암리에 경찰의 보호까지 받고 있는 가이거 말입니다. 그가 왜 장군을 협박했을까요? 압력을 넣을 만한 근거가 있나 없나를 알아보기 위해서였죠. 근거가 있다면 돈을 지불할 거고, 없다면 무시해버릴 테니까요. 하지만 근거는 있었어요. 바로 리건이었죠. 장군은 리건이 겉보기와는 다른 사람이 아닐까 걱정하고 있으니까요."

장군이 무슨 말을 하려 했지만 나는 그를 가로막았다.

"그래도 장군께서는 돈 때문에 걱정한 건 아닙니다. 따님들 때문도 아니었고. 장군께서는 이미 따님들을 포기한 상태였으니까요. 장군께서는 바보가 되지 않겠다는 자존심이 있고 정말 리건을 좋아했기 때문입니다."

침묵이 흘렀다. 그는 조용히 말했다.

"자넨 너무 말이 많아. 아직도 수수께끼를 풀고 싶은가?"

"아닙니다. 전 그만뒀어요. 경찰이 그만두라고 하던데요. 제가 너무 난폭하대요. 그래서 돈을 돌려드리겠다는 겁니다. 제 생각으로는 사건이 끝나지 않았으니까요."

장군은 빙그레 웃었다.

"그만둘 필요는 없어. 러스티를 찾는 조건으로 천 달러 더 내놓겠네. 그가 꼭 돌아오기를 바라는 건 아니야. 그가 어디 있는지 몰라도 좋네. 사람이란 자기 인생을 살 권리가 있으니까. 나는 그가 내 딸을 버리고 도망갔다고 해서 그를 나무랄 생각은 없어. 그가 잘 있다는 소식만 들으면 족하네. 그로부터 직접 소식을 듣고 싶어. 그가 돈이 필요하다면 얼마든지 내놓겠네, 알겠지?"

"네, 알겠어요." 나는 말했다.

장군은 잠시 눈을 감고 있었다. 꼭 다문 입술은 핏기가 없었다. 기진맥진한 모양이다. 장군은 눈을 다시 뜨고 웃으려 했다.

"나는 감상에 사로잡힌 노인이야. 투지라곤 전혀 없어졌어. 난 그를 좋아했다고, 깨끗하게 보였거든. 아무튼 찾아주게, 말로 군. 찾아내기만 하라고."

"노력하겠습니다. 좀 쉬도록 하세요. 제가 너무 많이 지껄였나 보군요."

나는 일어서서 방을 가로질러 밖으로 나왔다. 내가 문을 열기도 전에 장군은 눈을 감고 있었다. 시트를 잡은 손에 기운이 전혀 없어 보였다. 나는 홀을 지나 아래층으로 내려왔다.

31

집사가 모자를 들고 나타났다. 나는 모자를 쓰고 물었다.

"장군의 건강 상태를 어떻게 생각하나?"

"보기보다는 약하지 않습니다."

"보이는 대로라면 오래 남지 않았네. 리건의 어디가 그렇게 좋을까?"

집사는 내 얼굴을 빤히 쳐다보았다.

"젊음이겠지요, 그리고 솔직한 눈."

"자네 눈처럼." 나는 말했다.

"외람된 말인지는 모르나 선생 눈도 솔직하군요."

"고맙네. 헌데 따님들은?"

집사는 예의바르게 어깨를 으쓱 올렸다.

"짐작은 했지." 나는 말했다.

그는 문을 열어주었다.

나는 계단에 서서 풀이 무성한 테라스와 손질이 잘된 나무, 그리고 정원 끝에 있는 철책을 바라보았다. 카멘이 두 손으로 머리를 받치고 홀로 쓸쓸하게 돌벤치에 앉아 있었다.

나는 테라스를 연결하는 벽돌 계단을 밟고 내려갔다. 나는 그녀가 내 발소리를 듣기 전에 가깝게 다가섰다. 카멘은 고양이처럼 뛰어올라 몸을 홱 돌렸다. 그녀는 연한 하늘색 바지를 입고 있었다. 카멘은 나를 바라보며 창백한 얼굴에 홍조를 띠었다. 눈은 슬레이트 빛이었다.

"혼자서 심심하겠군." 나는 말했다.

카멘은 천천히 수줍은 듯 미소 짓더니 고개를 끄덕였다. 그리고 나직이 속삭였다.

"화 안 나셨죠?"

"난 네가 화를 낼 줄 알았지."

카멘은 엄지손가락을 들어올리고 킬킬댔다.

"나 화나지 않았어요."

나는 킬킬거리는 그녀를 좋아할 수가 없었다. 나는 주위를 두리번거렸다. 30피트쯤 떨어진 곳에 표적이 나무에 걸려 있고, 그 위에는 화살이 몇 개 꽂혀 있었다. 그녀 옆 벤치 위에 서너 개의 화살이 뒹굴고 있었다.

"돈 많은 사람들이 겨우 이런 짓을 하고 놀아?"

그녀는 긴 속눈썹을 깜박이며 나를 쳐다보았다. 이 눈초리와 마주치면 나는 어디서나 땅바닥에 뒹굴게 되어 있다.

"이걸 던지면 재미있니?" 나는 물었다.

"그럼요."

"그 소리를 들으니 생각나는 게 있군."

나는 집쪽으로 시선을 돌렸다. 그리고 두어 걸음 걸어서 나무 뒤로 돌아가서 진주 손잡이 권총을 꺼냈다.

"네 총 갖고 왔어. 깨끗이 청소하고 총탄을 채워 두었지. 내 말 잘 들어. 익숙해지기까지는 사람을 쏴서는 안 돼. 알겠지?"

카멘의 얼굴이 새파랗게 질리고 엄지손가락이 밑으로 떨어졌다. 그녀는 내 얼굴과 권총을 번갈아 쳐다보았다. 눈에는 황홀한 빛이 떠올랐다.

"가르쳐 줘요, 쏘고 싶어요." 카멘은 불쑥 말했다.

"여기서? 여기선 못 쏘게 돼 있는데."

카멘은 내 옆으로 다가와서 내 손에서 총을 빼앗아 들고 개머리를 만지작거렸다. 그녀는 재빨리 권총을 바지 호주머니 속에 집어넣고 주위를 두리번거렸다.

"좋은 장소가 있어요." 카멘은 비밀을 털어놓듯이 속삭였다. "저기 내려가면 옛날 유전이 있어요." 그녀는 언덕 아래를 가리켰다. "가르쳐 줄래요?"

나는 연한 푸른색 눈을 바라보았다. 술병 주둥이를 보는 것 같았다.

"좋아. 하지만 적당한 장소를 찾아낼 때까지 권총은 나한테 맡겨 둬."

카멘은 방긋 웃고 입을 쭉 내밀었지만 혼자만 알고 있는 비밀을 간직한 채 권총을 나에게 넘겨주었다. 마치 자기 침실의 열쇠를 넘겨주듯이. 우리는 계단을 밟고 올라가서 내 차 있는 데까지 걸어갔다. 정원은 텅 비어 있었다. 햇빛은 급사장의 미소처럼 쌀쌀했다. 우리는 차에 올라 진입로를 따라 문을 빠져 나갔다.

"언니는 어디 있지?" 나는 물었다.

"아직 안 일어났어요." 카멘은 킬킬 웃었다.

나는 언덕길을 내려가서 라 블리 쪽으로 한참 가다가 남쪽으로 방향을 바꾸었다. 10분쯤 지나자 목적지가 나타났다.

"저기예요." 카멘은 창에 몸을 기대고 손으로 가리켰다.

좁고 더러운 길이었다. 산기슭의 목장으로 들어가는 듯한 작은 길이었다. 철책문이 활짝 열려 있었다. 길가에는 유칼리나무가 늘어섰고 길에는 바퀴 자국이 울퉁불퉁하다. 트럭이 지나간 자리였다. 햇살이 비치고 있었지만 길에는 먼지가 나지 않았다. 간밤에 많은 비가 내렸기 때문이다. 나는 트럭의 바퀴 자국을 따라 갔다. 시내의 교통 소음이 이상할 만큼 멀리서 들렸다. 마치 딴 세계에 들어온 것 같았다.

"여기가 모두 공원부지란 말이지?"

카멘은 고개를 살짝 끄덕이고 반짝이는 눈으로 나를 쳐다보았다.

"그럴 때도 됐지. 웅덩이의 기름 냄새 때문에 양 떼들이 중독을 일으킬 테니까. 좋은 장소란 게 바로 여긴가?"

"그래요, 어때요, 괜찮지요?"

"멋있군."

우리는 차를 세우고 내렸다. 나는 귀를 기울였다. 멀리서 들려오는 차량 소리가 벌떼처럼 윙윙거렸다. 사방이 교회 마당처럼 적적했다. 비가 내렸는데도 유칼리나무는 더럽게 보였다. 언제나 지저분한 나무였다. 부러진 가지가 웅덩이에 빠져 가죽이 빳빳한 나뭇잎이 물 위에 떠 있었다.

나는 웅덩이를 돌아 펌프 막사를 들여다보았다. 폐물이 잔뜩 쌓여 있었다. 바깥 벽에는 나무로 만든 큰 바퀴가 기대어 서 있었다. 사격 연습하기엔 적당한 장소 같았다.

나는 차 쪽으로 되돌아갔다. 카멘은 머리칼을 매만지며 서 있었다.

"총 줘요." 그녀는 손을 내밀었다.

나는 총을 꺼내어 카멘의 손에 쥐어 주었다. 그리고 허리를 굽혀 녹슨 깡통을 집어 들었다.

"조심해." 나는 말했다. "다섯 방이 다 들어 있어. 저기 있는 큰 나무바퀴 한가운데에 이 깡통을 올려놓을게. 보이지?"

카멘은 기쁜 표정을 짓고 고개를 끄덕였다.

"거리는 30피트야. 내가 돌아올 때까지 쏴서는 안 돼. 알겠지?"

"알았어요." 그녀는 킬킬 웃었다.

나는 웅덩이를 돌아가서 나무바퀴 한가운데 깡통을 올려놓았다. 좋은 표적이었다. 총알은 틀림없이 깡통을 빗나갈 테지만 바퀴는 맞힐 것이다.

나는 웅덩이를 돌아 카멘 쪽으로 다가갔다. 내가 10피트쯤 다가섰을 때 카멘은 하얀 이를 드러내고 총을 들어올리더니 씩씩거리기 시작했다.

나는 그 자리에 멈칫 섰다. 웅덩이에 괸 썩은 물 냄새가 코를 찔렀다.

"꼼짝 말고 거기 서 있어. 이 망할 자식."

총구가 내 가슴을 겨누고 있었다. 총을 움켜쥔 카멘의 손은 떨리지 않았다. 씩씩거리는 소리가 점점 커졌다. 얼굴은 씻어낸 뼈처럼 하얗다. 나이가 들고 타락한 동물. 하지만 귀여운 동물은 아니다.

나는 껄껄 웃으며 카멘 쪽으로 걷기 시작했다. 방아쇠에 걸린 카멘의 손가락 끝이 하얗게 드러났다. 내가 6피트 거리까지 접근했을 때 카멘은 쏘기 시작했다.

총성은 무언가를 후려치는 소리를 내며 헛되게 메아리쳤다. 총구에서 연기는 나오지 않았다. 나는 그 자리에 서서 빙긋 웃었다.

카멘은 다시 두 번 연거푸 쏘았다. 빗나갈 수 없는 거리였다. 그녀는 다섯 발 중에서 네 발을 쏜 것이다. 나는 여자 쪽으로 돌진했다.

마지막 한 발을 얼굴에 정통으로 맞을 수가 없어서 나는 몸을 옆으로 피했다. 카멘은 아랑곳없이 태연하게 방아쇠를 당겼다. 뜨거운 화약냄새가 났다. 나는 몸을 일으켜 세우며 말했다.

"후유. 귀엽게 구는구면."

총을 쥔 그녀의 손이 후들후들 떨리기 시작했다. 총이 땅에 떨어졌다. 입도 떨리기 시작했다. 고개가 옆으로 꺾이고 입가에는 거품이 일고 있었다. 카멘은 가는 신음소리를 내더니 까무러치고 말았다.

나는 그녀를 부둥켜안았다. 기절해 있었다. 나는 두 손으로 카멘의 입을 억지로 열고 손수건을 밀어 넣었다. 나는 카멘을 안아 차에 태웠다. 그리고 땅에 떨어진 권총을 호주머니에 넣고 운전석에 올랐다. 나는 차를 돌려 울퉁불퉁한 길을 벗어나서 언덕길을 올라 스턴우드 저택으로 향했다.

카멘은 좌석에 축 늘어진 채 꼼짝도 하지 않았다. 진입로를 반쯤 올라갔을 때 그녀의 몸이 움직였다. 갑자기 카멘의 눈이 크게 벌어졌다.

"어떻게 됐어요?" 카멘은 숨을 헐떡이며 물었다.

"어떻게 되긴, 아무것도 아냐. 왜 그러지?"

"아, 이젠 알겠어요." 카멘은 킬킬거렸다. "몸이 흠뻑 젖어버렸어요."

"누구든 젖기 마련이지."

카멘은 갑자기 현기증이 나는 눈초리로 나를 쳐다보더니 신음소리를 내기 시작했다.

32

부드러운 눈매를 한 말상의 하녀가 상아빛 커튼이 드리워진 부인의 거실로 나를 안내했다. 매력과 유혹이 가득 찬 영화배우의 침실, 방은 비어 있었다. 하녀는 소리 없이 문을 닫고 나갔다. 긴 소파 옆에 아침상이 차려져 있었다. 은식기가 반짝거렸다. 커피 잔 속에 담배꽁초가 들어 있었다. 나는 자리에 앉아 기다렸다.

얼마나 기다렸을까. 비비안이 문을 열고 들어왔다. 그녀는 하얀 모피로 가장자리를 장식한 실내복을 입고 있었다. 비비안은 사뿐한 발걸음으로 내 옆을 지나 소파 끝에 앉았다.

"댁은 결국 한 마리의 야수에 지나지 않군요." 비비안은 내 얼굴을 빤히 쳐다보고 조용히 말했다. "피도 눈물도 없는 한 마리의 야수. 어젯밤에 사람을 죽였죠? 어디서 들었느냐고 따지지 마세요. 난 다 알아요. 그리고 나서 오늘은 여기 와서 내 동생을 까무러치게 만들다니."

나는 입을 다물고 있었다. 비비안은 불안하게 몸을 움직이기 시작했다. 그녀는 벽에 붙여놓은 의자 쪽으로 걸어가서 하얀 쿠션에 머리를 기대고 입에서 뿜어낸 담배 연기가 천장 쪽으로 사라지는 것을 물끄러미 바라보았다. 이윽고 비비안은 시선을 돌려 싸늘한 눈초리로 나를 노려보았다.

"난 댁을 이해할 수가 없군요." 그녀가 말했다. "그저께 밤 우리집 식구 중의 한 사람이 제정신이었다는 게 얼마나 다행한 일인지 몰라요. 내 과거에 밀주꾼이 하나 있었다는 것만으로 충분해요. 왜 말을 안 하는 거예요?"

"동생은 어떻소?"

"그 애는 괜찮아요. 지금 자고 있어요. 금방 잠이 들거든요. 동생한테 무슨 짓을 했죠?"

"무슨 짓을 하긴요. 어젯밤 장군을 만나고 나오는데 동생이 벤치에 앉아 있더군요. 표적에 화살을 던지고 있었죠. 돌려줄 물건도 있고 해서 동생을 만났어요. 오웬 테일러한테서 받은 권총 말이오. 브로디가 죽던 날 카멘 양은 그 권총을 들고 브로디 집에 나타났어요. 결국 나는 그 권총을 빼앗지 않을 수 없었지요. 부인은 아마 처음 듣는 얘기일 겁니다."

비비안은 검은 눈을 휘둥그렇게 뜨고 나를 쳐다보았다. 이번에는 그녀가 입을 다물 차례였다.

"카멘 양은 총을 돌려받고 매우 기뻐했어요. 좋은 장소가 있으니 총 쏘는 법을 가르쳐 달라고 졸라대더군요. 양이 안내한 장소는 언덕 아래 있는 옛날 유전이었소. 거긴 텅 비어 있었어요. 녹슨 쇠붙이, 묵은 나무, 기름 찌꺼기가 떠 있는 웅덩이. 등골이 오싹해질 만큼 기분 나쁜 장소였소. 그래서 카멘 양은 머리가 홱 돌아버린 건지도 모르죠. 부인도 아마 가보셨겠죠?"

"그래요, 가보았어요." 비비안은 숨을 죽이고 나직이 말했다.

"내가 나무 바퀴 위에 깡통을 올려놓자 카멘 양은 발작을 일으키고 말았소."

"그 애는 가끔 발작을 일으키지요. 나를 만나자고 한 건 그 말을 하기 위해서였나요?"

"에디 마스가 무슨 약점을 갖고 있는지 아직도 얘기 못하겠소?"

"약점은 무슨 약점이에요? 그 소린 이제 진저리가 나요."

"캐니노란 사람 혹시 아나요?"

비비안은 미간을 모으고 생각에 잠겼다.

"어디서 들은 이름 같은데."

"에디 마스의 하수인이지요. 어떤 부인의 도움이 없었다면 나는 지금쯤 시체 안치소에 있을 겁니다."

"여자들이란……." 비비안은 입을 열다 말고 얼굴이 하얗게 질렸다. "난 농담을 못하겠어요."

"이건 농담이 아니오, 부인. 모두가 다 관련이 있는 얘깁니다. 가이거와 협박, 브로디와 나체 사진, 에디 마스와 룰렛. 캐니노와 은발 여자. 다 관련이 있죠."

"무슨 소린지 잘 모르겠네요."

"부인이 모를 까닭이 없지요. 가이거는 부인 동생을 감언이설로 꾀어서 계약서를 얻어낸 다음 장군을 협박했죠. 에디 마스가 배후 조종을 하고 있었고, 장군은 돈을 지불하는 대신 나를 불렀어요. 겁을 집어먹을 이유가 하나도 없었기 때문이었소. 에디가 궁금하게 여긴 것도 바로 그 점이었소. 에디는 이미 부인의 약점을 쥐고 있었고 가능하면 장군의 약점까지 캐내려고 했거든요. 그렇게만 되면 한꺼번에 많은 돈을 우려낼 수 있으니까. 여의치 않으면 부인이 재산을 상속할 때까지 기다릴 속셈이었죠. 그때까진 부인이 룰렛 판에서 잃은 돈이나 긁어모으면 되는 거고. 가이거를 쏜 사람은 오웬 테일러였소. 그는 부인의 바보 같은 동생에 홀딱 빠져 있었고 가이거가 그녀를 데리고 노는 꼴이 마음에 들지 않았거든요. 하지만 에디는 그쯤 큰 문제가 아니었어요. 그는 가이거나 브로디 따위가 짐작도 못할 엄청난 음모를 꾸미고 있었소. 아마 부인과 캐니노는 알고 있었을 테지만. 부인 남편이 실종되자 에디는 자기 마누라를 리앨리토에 숨겨놓고 캐니노를 시켜 그녀를 감시하게 했던 겁니다. 리건이 자기 마누라와 도망친 것처럼 보이게 하기 위해서였죠. 에디는 리건의 차를 모나 마스가 살고 있던 집 차고에 넣어두는 연극까지 벌였어요. 에디가 부인 남편을 죽였거나 혹은 사람을 시켜 죽였거나 아무튼 그 혐의를 벗어나려는 시도치곤 좀 유치했지요. 한편 따지고 보면 그것이 그렇게 바보 같은 짓만은 아닌 것도 같고요. 그는 다른 동기가 있었으니까. 그는 거금을 노리고 있었거든. 그는 리건이 사라진 장소와 이유를 알고 있었고 여기에 경찰이 개입하는 걸 바라지 않았소. 그래서 경찰이 만족할 만한 미끼를 하나 던져준 거지요. 내 말이 지루한가요?"

"정말 지루하군요." 비비안은 기운 없이 말했다. "지루해 죽을 지경이에요."

"미안하오. 난 그저 잘난 체하고 돌아다니는 사람이 아니오. 부인

부친께선 내가 리건을 찾는 조건으로 천 달러를 제공했소. 나에겐 엄청난 돈이지만 난 자신이 없소."

비비안의 입이 딱 벌어졌다. 숨소리가 갑자기 거칠어졌다.

"담배 한 대 줘요." 목 언저리의 혈관이 경련을 일으켰다. "왜 못 찾아요?"

나는 담배를 힘껏 빨아들여 연기를 뿜어내고는 손에 쥔 담배를 두 번 다시 거들떠보지 않았다.

"경찰의 실종계에서도 손을 못 쓰고 있소. 쉬운 일이 아니거든. 그들이 못하는 일을 내가 해낼 수 있을 것 같소?"

"그래요?" 비비안은 마음이 놓이는 모양이었다.

"경찰은 그가 자의로 사라진 줄 알고 있어요. 에디 마스가 죽었다고는 생각하지 않고 있거든요."

"죽인다는 말이 왜 나와요?"

"그 얘긴 이제부터요."

순간 비비안의 얼굴이 볼품없이 구겨졌다. 그녀의 자제력이 눈에 띄게 무너져 내렸다. 비비안은 비명을 내지르려다 꾹 참았다. 스턴우드의 혈통은 그녀의 검은 눈과 무절제한 행동보다 훨씬 큰 힘을 간직하고 있었다.

나는 비비안의 손에서 담배를 집어 들고 재떨이에 넣고 비벼 껐다. 그리고 호주머니에서 카멘의 권총을 꺼내 그녀의 하얀 무릎 위에 조심스럽게 올려놓았다. 비비안은 움직이지 않았다. 그녀는 시선을 조금씩 내리깔더니 무릎에 놓인 권총을 물끄러미 바라보았다.

"그 총은 안전해요. 다섯 발이 다 비어 있소. 부인 동생이 다 쏴버렸지. 나를 겨냥하고 말이오."

비비안의 목 혈관이 심하게 펄떡였다. 그녀는 입을 열려다 말고 침을 꿀꺽 삼켰다.

"불과 5, 6피트 거리에서 말이오, 동생 참 귀엽지요? 공포라서 안 됐지만." 나는 씩 웃었다. "기회만 있으면 무슨 짓을 할 거라는 건 대충 짐작하고 있었지."

비비안은 겨우 정신을 차리고 말했다.

"댁은 정말 지독한 사람이군요, 몸서리가 쳐질만큼 지독한 사람이에요."

"그렇소, 부인은 언니로서 어떻게 할 작정이오?"

"그걸 어떻게 증명해요?"

"뭘 어떻게 증명한다는 겁니까?"

"동생이 총 쏜 거 말예요, 동생하고 단 둘이서 거기 가 있었다고 했잖아요, 그 말을 누가 믿어요?"

"아, 그 문제 말이오? 난 그걸 문제삼겠다는 게 아니라 그 전에 일어났던 일을 생각하고 있어요, 총 속에 실탄이 들어 있었을 때 말이오."

비비안의 눈이 새까맣게 변했다. 암흑보다 더 검고 텅 비어 있었다.

"나는 리건이 실종된 날을 상상해봤소, 늦은 오후, 그는 카멘에게 총 쏘는 법을 가르쳐 주려고 그녀를 유전터로 데리고 갔소, 리건은 빈 깡통을 세워놓고 카멘 옆에 서서 구경하고 있었지. 하지만 그녀는 깡통을 쏘지 않았소, 그녀는 총부리를 돌려 리건을 쏴버렸소, 오늘 내가 당한 것처럼. 이유는 마찬가지였거든."

비비안은 불안하게 몸을 움직였다. 무릎 위에 있던 권총이 방바닥에 떨어졌다. 그녀는 나를 뚫어지게 응시한 채 고뇌에 찬 목소리로 쥐어짜듯이 말했다.

"오, 하느님! 그 애가, 그 애가, 왜?"

"왜 총을 쏜 건지 꼭 얘기해야 되겠소?"

"그래요, 난 듣고 싶어요."

"그저께 밤 내가 집에 돌아가 보니 그녀가 와 있더군요. 관리인을 속이고 들어갔던 겁니다. 그녀는 발가벗고 내 침대에 누워 있었소. 난 그녀를 쫓아내버렸지요. 아마 리건도 그렇게 했을 겁니다. 그래서 그녀가 앙심을 품게 된 거지요."

비비안은 입술을 빨아당겨 핥으려 했지만 잘 되지 않았다. 겁먹은 아이 같았다. 뺨의 주름이 날카로운 선을 그렸다. 그녀는 철사로 만든 것 같은 빳빳한 손을 들어올려 칼라의 하얀 모피를 꽉 움켜잡았다. 그녀는 꼼짝 않고 나를 노려보고 있었다.

"돈이군요. 바라는 건 결국 돈이군요."

"얼마나 내겠소?" 나는 애써 비꼬지 않으려 했다.

"1만 5천 달러면 어때요?"

나는 고개를 끄덕였다.

"그 정도면 되겠죠. 공정가격이니까. 리건이 죽을 때 갖고 있던 액수군요. 부인이 에디 마스에게 상의하러 갔을 때 캐니노가 시체 처리 비용으로 받은 액수이기도 하고. 하지만 그 정도야 에디에게는 푼돈에 지나지 않거든. 언젠가는 부인한테서 큰 돈을 우려낼 테니까."

"이 망할 자식."

"그래 그래. 난 무척 영리한 놈이라고요. 감정이나 체면 따윈 옛날에 팽개쳐버렸소. 수단 방법을 가리지 않고 돈을 긁어모으지. 난 너무 욕심이 많아서 일당 25달러에다 경비를 합친 돈을 받고 일을 하지. 그나마 휘발유와 위스키 값에 다 날려버리고. 그리고 생각할 게 있으면 딴 사람의 폐를 끼치지 않고 혼자 생각하고. 경찰과 에디 마스 같은 사람의 미움을 무릅쓰고 총탄 사이를 피해 다니면서 펀치를 얻어맞고는 고맙다고 인사를 하지요. 부인에게 어려운 문제가 생기면 날 기억해 주시오, 명함을 남기고 갈 테니까. 나는 일당 25달러의 보수를 받고 맥없이 죽어가는 한 노인의 혈관 속에 흐르는 한 줄기 자존심을 보호하기 위해서 일을 한 거요. 노인의 피는 깨끗하오. 나는 장군의 두 따님이 좀 거칠기는 하지만 색골이나 살인자는 아닐 거라고 생각했소. 이래서 난 망할 놈 소리를 듣게 된 거지. 그래도 좋아. 그 소리는 부인 동생을 포함해서 뭇사람들한테서 들어온 말이니까. 그녀는 내가 냉정하게 구니까 더 지독한 욕을 퍼부었소.

장군이 오늘 500달러 주더군요. 달라는 소리도 안 했는데. 리건을 찾아내면 천 달러 더 주겠다고 약속했소. 이젠 부인이 1만 5천 달러 주겠다고요? 이러다간 나는 벼락부자가 되겠소. 그 돈만 있으면 집도 살 수 있고, 새 차도 살 수 있고, 옷도 서너 벌 맞춰 입을 수 있을 것 같군요. 어디 그뿐인가요? 마음놓고 휴가도 즐길 수 있지 않겠어요. 얼마나 멋있는 일이오. 하지만 돈은 왜 내놓겠다는 거요? 난 개자식이 돼버릴까, 아니면 요전날 밤 차 속에서 술에 만취된 채 세상 모르게 자고 있던 사람처럼 신사가 돼 버릴까?"

비비안은 돌부처처럼 말이 없었다.

"좋소." 나는 무겁게 말했다. "동생을 딴 데로 데리고 가겠소? 멀리 떨어진 곳으로. 그녀를 다룰 줄 아는 사람이 있는 곳으로 데리고 가라고요. 칼이니 권총이니 술 따윈 아예 접근할 수 없는 곳으로 데리고 가야 해요. 잘하면 동생의 병이 나을 수도 있는 문제니까요."

비비안은 몸을 일으켜 창가로 걸어가서 어둠에 잠긴 언덕을 바라보았다. 그녀는 두 손을 늘어뜨린 채 움직이지 않고 서 있었다. 그리고 몽유병자처럼 걸어와서 숨을 가다듬고 씹어뱉듯이 말했다.

"그는 웅덩이 속에 있어요. 내가 했어요. 댁이 말한 대로예요. 난 에디 마스를 찾아갔지요. 동생이 집에 돌아오더니 어린애처럼 고백했어요. 경찰이 알면 모든 게 끝장이라고 생각했어요. 자랑삼아 다 털어놓고 말았을 테니까. 아버지한테 알릴 수도 없었어요. 아버지가 알면 당장 경찰을 불러 샅샅이 얘기하셨을 거예요. 그리고 밤사이에 돌아가셨을 거예요. 러스티는 나쁜 사람이 아니었어요. 나는 그이를 사랑하고 있진 않았지만 그이는 좋은 사람이었어요. 하지만 아버지한텐 절대로 얘기할 수 없었던 거예요."

"그래서 동생이 멋대로 돌아다니면서 또 문제를 일으키고 말았군요."

"나는 시간이 해결해 줄 거라고 생각했어요. 그게 잘못이었나 봐요. 나는 에디 마스한테 쥐어짜일 각오는 돼 있었어요. 도움을 청할 사람이라곤 그 사람밖에 없었으니까. 괴로울 때면 술을 들이켜곤 했어요. 밤낮을 가리지 않고 마셨지요. 마구 들이켠 거예요."

"동생을 빨리 데리고 가도록 해요. 빠르면 빠를수록 좋을 거요."

비비안은 등을 돌린 채 조용히 말했다.

"댁은 어떡하고요?"

"그건 염려할 것 없소. 나는 여길 나가버리면 그만이니까. 사흘 동안의 여유를 주겠소. 그때까지 동생을 데리고 가지 않으면 난 경찰에 알리겠소. 이건 진담이오."

그녀는 갑자기 몸을 돌려 정면으로 나를 바라보았다.

"정말 뭐라고 인사를 해야 좋을지 모르겠어요."

"동생을 데리고 가겠다고 약속하겠소?"

"약속하겠어요. 하지만 에디가……."

"에디는 잊어버려요. 내가 가서 만나보겠소. 나한테 맡겨두라니까요."

"댁을 죽일지도 몰라요."

"제일 날쌘 놈도 나를 해치지 못했소. 딴 놈들이 어떻게 나오나 두고 봐야지. 노리스는 이 일을 알고 있소?"

"노리스는 절대로 입 밖에 내지 않을 거예요."

"알고 있을 줄 알았지."

나는 여자 곁을 떠나 밖으로 나와서 타일 계단을 따라 홀까지 내려왔다. 집을 나오는 도중에 아무도 만나지 않았다. 나는 모자를 찾아 들고 밖으로 나왔다. 눈부신 햇살에 비친 정원은 유령의 집처럼 으스스했다. 숲 속에 숨은 조그만 눈들이 흉악한 눈초리를 번뜩이며 나를 감시하고 있는 것 같았다. 햇살마저 기괴한 빛을 발산하고 있었다. 나는 차에 올라 언덕 길을 내려갔다.

죽고 나서 어디에 묻힌들 상관할 것 없다. 더러운 웅덩이 속이건 언덕 위의 대리석 탑 속이건 상관없다. 거대한 잠 속에 빠져들어간 너. 그런 치사한 생각은 잊어버리라고. 기름이건 물이건 너에겐 공기나 바람 같은 거야. 어떻게 죽었건 어디에 넘겨졌건 상관 말고 거대한 잠 속에 빠져들면 되는 거야. 치사한 건 나라고. 썩은 기름 웅덩이 속에서 잠들고 있는 러스티 리건보다 더 치사한 존재란 말이야. 하지만 노인까지 더럽게 물들일 수야 없지. 그는 커다란 침대에 조용히 누워 핏기 없는 손을 포개고 기다리고 있겠지. 가냘픈 심장의 고동 소리를 들으며 사라져가는 한 줄기의 희망을 간직한 채. 하지만 그것마저 얼마 남지 않았어. 그도 역시 러스티 리건처럼 거대한 잠 속에 잠기고 말겠지.

나는 시내에 들어오는 길에 바에 들러서 더블 위스키를 두어 잔 연거푸 들이켰다. 아무 소용이 없었다. 은발의 여인 생각만 나게 할 뿐이었다. 그녀를 만나는 일도 다시는 없겠지만.

탐정놀이
렉스 스타우트

탐정놀이

벤 젠슨은 우리를 방문했던 바로 그날 총에 맞아 숨졌다.

그는 출판인이자 정치인이었는데, 내가 보기에는 머저리였다. 나는 루트 대위가 군 내부의 기밀정보를 그에게 팔려 했을 때, 자기가 다칠 염려 없이 그 정보를 이용할 방법을 찾을 수만 있었다면 주저없이 그것을 샀을 것이라고 확신했다. 그러나 벤 젠슨은 안전한 쪽을 택해 착한 소년처럼 '니어로 울프'에게 협력했다. 약 2개월 전의 일이었다.

어느 화요일 이른 아침이었다. 벤 젠슨이 전화를 걸어와 울프를 만나고 싶다고 했다. 내가 울프는 여느 때처럼 11시까지는 난을 돌볼 것이라고 말했더니, 벤 젠슨은 좀 초조한 어조로 11시 정각에 찾아오겠다고 했다. 그는 정확히 약속 시간 5분 전에 도착했다.

나는 체격이 큰 그를 사무실로 안내해 붉은 가죽 의자에 앉도록 권했다. 벤 젠슨은 의자에 앉자마자 나에게 물었다.

"어디서 만난 적이 있는 것 같은데, 굿윈 소령이시죠?"

"예, 그렇소만."

"그런데 군복을 안 입으셨군요."

"방금 눈여겨보니 당신은 이발을 할 때가 된 것 같군요. 당신 나이에 그렇게 흰 머리가 많으면 머리를 짧게 깎는 게 더 나아 보이거든요. 그래야 풍채도 듬직해 보이고. 자, 이런 사사로운 얘기를 더 해야겠소?"

내가 벤 젠슨에게 핀잔을 준 순간, 홀에서 울프의 개인용 엘리베이터 문이 쨍그렁! 하고 열리는 소리가 났다. 이어 울프가 들어와서 젠슨과 인사를 나눈 뒤, 책상 뒤 의자에 105킬로그램 정도나 되는 육중한 몸을 털썩 내려놓았다.

"선생님께 보여드릴 게 있어서 찾아왔습죠. 오늘 아침 우편으로 이런 게 날아왔습니다."

벤 젠슨은 일어서서 호주머니에서 봉투 하나를 꺼내 울프에게 건넸다. 울프는 봉투를 힐끗 보고 그 안에서 종이 한 장을 꺼내 읽어본 다음 나에게 다시 건네 주었다. 봉투는 벤 젠슨 앞으로 온 것으로 그의 이름이 잉크로 깔끔하게 쓰여져 있었다. 내용물은 가위나 날카로운 칼로 네 귀퉁이를 모두 잘라낸 종이였다. 거기에는 큼직하게 인쇄된 검은 글자로 다음과 같이 쓰여져 있었다.

너는 곧 죽을 것이다!
그리고 나는 네가 죽는 모습을 지켜볼 것이다.

울프는 나직하게 물었다. "그래서요?"

그때 내가 끼어들어 말했다. "난 이것이 어디서 나온 건지 말해줄 수 있습니다. 물론 돈도 안 받고 말입니다."

젠슨은 대뜸 나를 향해 돌아섰다.

"그래, 누가 보냈는지 안단 말입니까?"

"아닙니다, 아니에요. 그런 건 돈을 받아야 알려드리죠. 이건 〈새

벽의 만남〉이라는 영화 광고에서 오려낸 겁니다. 세기의 명화죠. 나는 지난 주 그 영화 광고를 〈아메리칸 매거진〉에서 봤어요. 아마 모든 잡지에 다 그 광고가 났을 겁니다. 만약에 말입니다……."

울프는 내 말을 가로막고 또다시 초조해하고 있는 젠슨을 향해 뇌까렸다. "그래서요?"

"앞으로 어쩌면 좋겠습니까?" 젠슨이 물었다.

"글쎄요, 나로선 알 수 없는걸요. 그래 누가 보냈는지 짐작되는 게 있습니까?"

"아뇨, 전혀 짐작이 가지 않습니다." 젠슨은 약이 오른 목소리로 말했다. "제기랄, 기분이 좋지 않아요. 이름을 밝히지 않는 어떤 미친 놈한테서 온 시시껄렁한 협박이 아니에요. 내용을 보세요. 아주 직선적으로 용건을 밝혔잖아요. 어떤 자가 분명 나를 죽이려 하고 있습니다. 그런데 나는 그가 누군지도, 왜 언제 어떻게 나를 죽이려는지도 모르고 있어요. 아마 그놈을 추적해 잡는다는 건 불가능할 겁니다. 하지만 나는 보호받고 싶습니다. 선생님께 돈을 지불하고 보호받고 싶은 겁니다."

나는 손으로 입을 가리고 하품을 했다. 나는 아무 일도 일어나지 않을 것이라고 생각했다. 사건도 되지 않고 돈벌이도 되지 않을 게 분명하니, 조금도 신날 일이 아니었다. 나는 뉴욕시 웨스트 35번 스트리트의 니어로 울프의 집에서 그의 탐정활동을 돕는 수석 조수로서 그를 도와주고, 때로는 닥달하고 뒷받침도 하고, 또 때로는 그의 화를 돋구면서 지금까지 여러 해째 일해오고 있다.

나이에 상관없이 각계각층으로부터 적어도 50명에 이르는 처치곤란한 사람들이 찾아와 이런 식으로 하소연하는 것을 나는 자주 보아왔다. 그럴 때마다 울프는 대수롭지 않다는 듯, '만약에 어떤 자가 당신을 꼭 죽이려고 마음먹고 행동에 옮긴다면 그는 반드시 그 일을 해낼 것'이라고 말하곤 했었다.

가끔 울프는 예금 잔고가 바닥날 지경이 되면 다른 탐정사무소에 비해 두 배가 되는 사례비를 받고 케이서, 더킨, 팬저 또는 킴스 같은 보디가드들을 제공하기도 했다. 그러나 지금은 그런 보디가드들이 전쟁터에서 일본군과 싸우고 있기 때문에 고객에게 붙여줄 보디가드가 없었다. 뿐만 아니라 우리는 지금 어느 고객으로부터 받은 1만 달러짜리 수표를 은행에 예치해 놓은 여유있는 상태였다.

젠슨은 울프에게 거절당하자 매우 의기소침해졌다. 울프는 그에게 혹시 경찰에 가서 이야기하면 경찰이 관심을 가질지도 모른다고 말해주었다. 그리고 그가 살아 있는 동안 일당 60달러로 24시간 경호를 담당해주는 믿을 만한 탐정사무소들의 리스트를 줄 수도 있다고 덧붙였다. 그러자 젠슨은 자기가 원하는 것은 그런 것이 아니고 울프의 머리라고 말했다. 울프는 그저 얼굴을 찌푸린 채 머리를 흔들 뿐이었다. 그러자 젠슨은 굿윈, 곧 나라도 좋다고 말하는 것이었다. 울프는 굿윈 소령이 미 육군 장교임을 상기시켰다.

"그런데 군복을 입지 않았잖습니까." 젠슨은 투덜거리듯 말했다.

울프는 참을성있게 타일렀다. "특수임무를 띠고 일하는 군 정보장교들은 자유가 있는 법이죠. 굿윈 소령의 특수임무는 육군이 나에게 맡긴 여러 가지 일을 돕는 겁니다. 나는 그 일에 대해서는 돈은 받지 않습니다. 지금 나는 내 개인 일을 할 시간도 별로 없는 형편입니다. 젠슨 씨, 당신은 당분간 외출할 때는 적당히 조심하는 게 좋을 것 같습니다. 가령 봉투를 붙일 때 혀로 핥아서 붙이는 일 같은 짓을 삼가란 말입니다. 봉투의 고무풀 띠를 잘 살펴보도록 하세요. 봉투의 고무풀을 치명적인 독이 든 점액으로 바꿔놓는 일보다 쉬운 일도 없거든요. 그리고 언제 어디서든 문을 열 때는 옆에 서서 문을 약간 연 뒤 활짝 밀거나 잡아당기고 나서 문지방을 넘도록 해야 합니다. 말하자면 그런 요령으로 행동하란 말입니다."

"알아요, 알았어요." 젠슨은 투덜거렸다.

울프는 고개를 끄덕였다. "그래요, 그럴 수밖엔 없죠. 그러나 당신을 죽이겠다는 자가 거짓말쟁이가 아니라면 스스로 자신의 행동반경을 크게 좁혔다는 사실을 명심해야 합니다. 그는 당신이 죽는 것을 자기 눈으로 지켜보겠다고 했거든요. 그러니까 그는 살인의 방법이나 기술면에서 큰 한계를 감수해야 할거요. 남자인지 여자인지 모르겠지만 당신이 죽을 때 그 장소에 있겠다는 뜻이니까요. 그러니 모든 행동에 신중을 기하고 경계를 게을리하지 말라고 충고해 드리고 싶군요. 머리를 쓰십시오. 하지만 내 머리를 빌릴 생각은 마십시오. 절대 공포에 떨 필요는 없습니다……. 아치, 지금까지 나를 죽이겠다고 협박한 건수가 얼마나 되지?"

나는 천연덕스럽게 대꾸했다.

"글쎄, 아마 스물두 건쯤 될 겁니다."

"뭐라고?" 울프는 내게 소리를 질렀다. "아마 백 번은 될 거야. 젠슨 씨, 그런데도 나는 아직 죽지 않았어요."

젠슨은 그의 편지와 봉투를 호주머니에 집어넣고 방을 나섰다. 그는 우리를 찾아와서, 침을 발라 봉투를 봉하거나, 문을 열 때 조심하라는 충고를 받은 것 외에는 별다른 소득이 없었다. 나는 그에게 미안한 생각이 들었다. 그래서 나는 일부러 그를 문앞까지 배웅하며, 몸조심하라고 인사를 하고는 혹시 탐정사무소를 이용할 생각이 있다면 '콘월 앤 메이어 사무소'가 가장 좋은 보디가드 요원들을 확보하고 있다는 것을 가르쳐주는 친절까지 베풀었다.

그러고 난 다음 나는 사무실로 들어가 울프의 책상 앞에 서서 어깨를 뒤로 젖히고 가슴을 폈다. 내가 그런 자세를 취한 것은, 내가 그에게 들려줄 새로운 소식이 있으며 새소식을 말할 때는 가급적 육군 장교 같이 보이는 편이 낫다고 생각했기 때문이었다.

"저는 목요일 아침 9시에 워싱턴에서 카펜터 장군을 만나기로 되어 있습니다." 내가 말문을 열었다.

울프는 눈썹을 1밀리미터 정도 치켜 올리고 말했다.

"어, 그래?"

"그렇습니다. 그 약속은 제가 요구해서 이루어진 것입니다. 저는 바다여행을 하고 싶거든요, 일본인이 어떻게 생겼나 보고 싶기도 하고, 그리고 별 위험이 없다면 일본인 하나쯤을 붙잡아 놈을 좀 꼬집어주고 몇 마디 말도 해주고 싶습니다. 일본인을 만났을 때 호되게 꾸짖어줄 말까지도 준비해 놓았는데 그것을 써먹고 싶습니다."

"터무니없는 생각이야." 울프는 침착하게 말했다. "자네 세 번이나 해외로 전출시켜 달라고 했지만 받아들여지지 않았잖나."

"네, 압니다." 나는 계속 가슴을 편 채로 대답했다. "그러나 내 요구를 기각시킨 것은 대령들과 늙다리 파이프 장군이었죠. 카펜터 장군은 내 요구를 이해할 겁니다. 나는 선생님이 대단한 탐정이자 뉴욕에서 난을 가장 잘 기르는 분이며, 또 음식과 맥주를 먹고 마시는 데는 당할 사람이 없는 천재라고 생각합니다. 그렇지만 나는 이곳에서 백년이나——백년은 아니지만 어쨌든 여러 해 동안——일해 왔습니다. 전쟁을 나처럼 이런 식으로 치르다니 말이 됩니까? 나는 카펜터 장군을 만나 담판을 지을 작정입니다. 물론 장군은 선생님한테 전화를 걸 것입니다. 그러니 나는 선생님의 애국심과 자비심에 호소하고 혹시 한결 더 훌륭한 본능이 있으시다면 그것에도 호소하고 또 일본인들에 대한 선생님의 증오심에도 호소하는 바입니다. 선생님이 만약 카펜터 장군에게 제가 없으면 일을 해나갈 수 없다고 말씀하실 경우,

차후로 저는 선생님이 드실 게요리에 뼛조각들을 집어넣고 맥주에 설탕을 타버릴 테니까 알아서 하십시오."

울프는 나를 노려보았다. 자기 맥주에 설탕을 쳐넣겠다는 말에 그는 어안이 벙벙해진 것 같았다.

이상은 화요일에 일어난 일들이다. 다음날 아침, 그러니까 수요일에 신문들은 제1면에 벤 젠슨이 살해되었다고 보도했다. 나는 부엌에서 여느 때처럼 프리츠와 아침식사를 하면서 〈타임스〉지에 난 기사를 반쯤 읽고 있었는데, 그때 초인종 소리가 났다. 내가 나가 보니 우리의 오랜 벗인 강력반의 크레이머 경감이 문간에 서 있었다.

니어로 울프는 그를 보더니 대뜸 말했다.

"관심도 없고 관계도 없고 호기심도 없소."

울프의 몰골은 장관이었다. 아침식사 상을 손에 받친 채 침대머리에 기대고 식사를 하는 모습은 과연 볼 만한 것이었다. 매일 아침 8시에 주방장 프리츠로 하여금 식사를 이층 자기 방으로 가져오게 하는 것이 그의 습관이었다. 그때 시간은 8시 15분이었다. 이미 복숭아와 크림, 대부분의 베이컨, 그리고 계란의 3분의 2가 식도를 통해 내려간 뒤였고, 커피와 초록색 토마토 잼은 더 말할 나위가 없었다. 검은 비단 침대 덮개는 치워져 있었고, 노란 무명 시트와 노란 파자마의 경계선이 어디인지는 자세히 들여다봐야 알 수 있었다. 울프의 그런 모습을 볼 수 있는 사람은 나와 프리츠 외에는 거의 없었다.

그러나 그는 크레이머 경감만은 특별히 예외로 취급해주고 있었다. 크레이머는 울프가 아침 9시부터 11시까지는 난 식물원에 들어가 난초 가꾸는 일을 하느라고 만나볼 수 없다는 사실을 알고 있었다.

"과거 약 12년 동안 당신은 나에게 대략 천만 번쯤의 거짓말을 했소."

크레이머는 별 감정이 섞이지 않은, 유난히 딱딱거리는 목소리로 말했다. 그의 말은 불붙지 않은 시거를 씹을 때에나 끊어지곤 했다. 그의 모습을 보니 밤새 일한 모습 그대로였다. 신경질적이고 피로해 보였지만 그래도 여전히 자제력을 잃지 않고 있었다. 그러나 그의 머리칼만은 완전히 헝클어져 가르마가 어디 있었는지 전혀 그 흔적조차 찾아볼 수 없을 정도였다.

아침식사를 할 때만큼은 별로 화내는 일이 없는 울프는 크레이머 경감의 그러한 모욕적인 말도 못 들은 체하며 토스트에 잼을 발라 커피와 함께 꿀꺽꿀꺽 삼켰다.

크레이머는 말했다.

"그래, 그 사람은 살해되기 12시간 전인 어제 아침 당신을 찾아왔었소. 당신은 그 사실을 부인하진 않겠지요?"

"그래, 맞소. 나는 그에게 무엇 때문에 왔느냐고 물었소." 울프가 의외로 정중하게 대답했다. "그는 협박장을 받았기 때문이라고 하면서 내 머리를 사겠다고 하더군요. 내가 그 사람을 위해 일하는 것을 거절하자 그는 가버렸소. 그것뿐이오."

"왜 그를 거부했소? 그 사람이 당신에게 무슨 해를 끼쳤기에?"

"아무 해도 끼친 게 없었소." 울프는 커피를 따르며 말했다. "난 그런 일은 하지 않습니다. 누군가로부터 살해 위협을 받은 사람은 전혀 위험하지 않은 사람이거나, 굉장히 심각한 위험에 처해 있기 때문에 도와줄래야 도와줄 길이 없거든요. 내가 전에 젠슨 씨와 관련을 가졌던 것은, 루트라는 육군 장교가 정치적 목적으로 군 내부의 비밀을 그에게 팔려고 시도했을 때였소. 그때 우리는 함께 필요한 증거를 캐냈고, 루트 대위는 군법회의에 회부되었소. 젠슨 씨는 그때 내가 그 사건을 다루는 것을 보고 감명을 받았다고 하더군요. 그가 내게 도움을 청하러 온 것은 그 때문이었던 것 같아요."

"그래, 그 사람은 루트 대위와 관련이 있는 사람으로부터 협박을 받고 있다고 생각하던가요?"

"아니, 루트에 대해선 언급이 없었소. 누가 자기를 죽이려 하는지 전혀 모르겠다고 하더군요."

크레이머는 콧방귀를 뀌면서 말했다. "그는 팀 콘월에게도 같은 말을 했다 합니다. 콘월은 사건이 너무 위험해서 당신이 자기한테 넘긴 거라고 생각하고 있어요. 물론 콘월은 지금 화가 잔뜩 나 있지요. 가장 훌륭한 부하를 잃었거든."

"그 자가 콘월의 가장 훌륭한 부하라……"

울프는 그저 별것 아닌 듯 말했다.

"콘월은 그렇다고 하더군요." 크레이머는 계속 말했다. "그런데 그도 죽은 겁니다. '도일'이라는 친구였는데, 이 분야에 20년이나 있었고 경력도 좋은 사람이었지요. 우리가 지금까지 조사한 바로는 그 사람 뭐 크게 잘못한 점도 없습니다. 젠슨은 어제 정오께 콘월 앤 메이어 탐정사무소로 갔고 콘월은 도일을 그의 보디가드로 붙여주었던 것뿐입니다.

우리는 그 사람들의 행적을 모두 추적해 보았는데 특별한 점을 발견하지 못했습니다. 저녁에 도일은 미드타운의 한 클럽에서 열리는 회의에 동행했지요. 그들은 11시 20분에 클럽을 떠나 지하철이나 버스를 타고 곧바로 매디슨 애버뉴 근처 73번 스트리트에 있는 젠슨의 아파트로 갔던 것 같아요. 그들이 젠슨의 아파트 입구 보도에서 시체로 발견된 것은 11시 45분이었습니다. 두 사람 다 38구경에 맞았는데 도일은 뒤에서, 젠슨은 정면에서 가슴에 관통상을 입고 죽었지요. 우리는 총알들을 찾아냈지만 그 밖에는 아무 증거도 없었습니다."

울프는 약간 빈정대는 투로 말했다.

"그래 그가 콘월의 가장 우수한 부하였다 이건가요?"

"제발 그런 식으로 비꼬지 맙시다." 크레이머는 울프의 빈정대는 말이 못마땅하다는 듯 말했다. "그는 등을 맞았소. 사건 현장에서 열 발자국만 가면 살해자가 숨어 있었을 수도 있는 좁은 골목길이 있어요. 아니면 달리는 차에서 총을 쏘았을 가능성도 있고, 길 건너편에서 저격했을지도 모르지. 우리는 총소리를 들은 사람을 찾으려 했지만 찾지 못했소. 수위는 마침 지하실에서 보일러에 불을 붙이고 있었다더군요. 그 아파트도 딴 데와 마찬가지로 일손이 부족하다 했어요. 엘리베이터 기사는 그 아파트에 사는 사람과 함께 10층에 올라가는 중이었기 때문에, 피해자들의 시체는 영화구경을 하고 돌아오던 두 여자가 발견했지요. 사건은 아마 그 여자들이 지나가기 불과 1분 전에 일어났을 것으로 추정됩니다. 두 여자는 버스를 타고 오다 바로 길모퉁이의 매디슨 애버뉴에서 내렸다고 하더군요."

울프는 침대에서 몸을 일으켰다. 그는 침대 옆 탁자 위의 시계를 쳐다보았다. 8시 35분이었다.

"그래, 알겠소." 크레이머가 투덜투덜 말을 계속했다. "당신이 옷을 입어야 하고 또 위층에 올라가 원예 작업을 해야 한다는걸……. 엘리베이터를 타고 올라가던 사람은 의사였다더군요. 피해자들의 시체를 발견한 두 여자는 7번 애버뉴에 사는 모델들인데 젠슨에 대해서는 전혀 들어본 적도 없다고 했습니다. 엘리베이터 기사는 그 아파트에서 20년이나 일하면서 아무한테도 원한을 산 일이 없는 사람이고, 어떻든 젠슨은 팁을 넉넉하게 주는 사람이었기 때문에 아파트의 고용인들에게 인기가 있었다는거요. 수위는 2주일 전에 채용됐는데 사람 구하기가 힘들어 할 수 없이 채용한 멍청이라더군요. 그자는 아직까지 입주자들의 이름도 전혀 모른답니다.

이것 말고 우리가 아는 것은, 뉴욕시에는 인구가 많고 밤이나 낮이나 유동인구가 끊임없이 오간다는 사실뿐입니다. 내가 당신을 찾아온 것은 이렇다 할 단서가 없기 때문이오. 그러니 제발 무엇이든 아는 게 있으면 가르쳐 달란 말입니다. 당신은 내가 무엇이 필요한지 잘 알지 않소?"

"크레이머." 노란 파자마를 걸친, 꼬끼리같은 덩치가 일어서며 말했다. "되풀이하지만 나는 이 사건에 관심도 없고, 관련되지도 않았고, 호기심도 없습니다."

울프는 이어 화장실로 걸어 들어갔다. 크레이머는 화가 머리끝까지 난 채 방을 나갔다.

내가 다시 사무실로 가 보니 아침에 배달된 우편물이 잔뜩 쌓여 있었다. 우편물 더미를 대충 살펴본 결과 특별한 것은 없었다. 그러던 중 봉투 한 개를 뜯어 보니 그 안에서 이상한 것이 하나 나왔다.

나는 그것을 물끄러미 내려다보았다. 나는 봉투를 다시 주워 자세히 들여다보았다. 나는 혼잣말을 하는 일이 별로 없었다. 그런데 "아니, 이게 뭐야!" 하고 나도 모르게 주변에 들릴 정도로 큰소리를 내질렀다.

마음이 급해진 나는 나머지 편지들은 나중에 보기로 하고, 지붕 꼭대기에 있는 난 식물원까지 3개 층의 계단을 단숨에 뛰어 올라갔다. 줄줄이 늘어선 보온용 플라스크들로부터 꽃송이로 덮여 있는 카틀레야 잡종 양란을 키우는 세 개의 다른 화원을 지나, 꽃을 화분에 옮겨 심는 방에 가니 울프가 있었다.

울프는 원예사인 '테오도어 호스트맨'과 함께 막 도착한 물이끼가 담긴 궤짝을 살펴보고 있었다.

"무슨 일이지?" 울프는 별로 달갑지 않은 표정으로 물었다. 대체로 내가 울프를 그 꼭대기까지 찾아갈 때는 나 자신이 잘 알아서 판단을 내린 뒤 꼭 필요한 경우에만 그를 만날 자격이 주어졌기 때문이다.

"여기까지 올라와서 선생님을 방해해 죄송합니다." 나는 조심스럽게 말했다. "오늘 아침 배달된 우편물들 가운데서 선생님의 관심을 끌 만한 것이 있어 가지고 왔습니다."

이렇게 말하면서 나는 그 우편물을 벤치 위에 반듯이 놓았다. 울프의 이름과 주소를 인쇄체 글씨로 또박또박 쓴 그 봉투 속에는 가위나 날카로운 칼로 오려낸 것이 분명한 종이가 한장 들어 있었는데 그 종이에는 다음과 같은 글이 검게 인쇄돼 있었다.

너는 곧 죽을 것이다!
그리고 나는 네가 죽는 모습을 지켜볼 것이다.

"우연의 일치 치고는 묘하지요?" 나는 미소를 지으며 말했다.

울프는 별로 당황하는 빛을 보이지 않으며 말했다. "여느 때처럼 11시에 내려가 우편물을 볼 테니까 그런 줄 알게."

그것은 역시 울프다운 대범한 태도였다. 이렇게 당사자인 울프가 무관심한 태도를 보이는 바람에 나는 그 우편물을 말없이 집어들고 사무실로 내려와 다른 일을 하기 시작했다.

울프가 내려온 것은 11시 정각이었다. 내려오자 그는 평상시에 하던 일들을 하기 시작했다. 프리츠가 맥주를 가져오자 그는 맥주로 속을 씻어내린 다음, 의자에 등을 기대고 앉아 눈을 지그시 감고는 나에게 말했다.

"물론 자네는 워싱턴에 가는 것을 연기하겠지?"

나는 솔직하게 놀라는 표정을 지었다. "아닙니다, 연기할 수 없습니다. 육군 중장과 약속을 했는걸요. 그건 그렇고, 왜 그러시죠?"

이어 나는 그의 책상 위에 놓인 그 봉투와 협박장을 가리켰다.

"저 거지 같은 협박장 때문입니까? 저걸 가지고 공포에 떨 필요는 없습니다. 저는 선생님이 위험에 처한 것으로 보지 않습니다. 살인을 계획하는 놈이 고작 광고에서 그따위 문구나 오려내 보내다니

······."

"그래, 워싱턴에 기어코 가겠다 이건가?"

"예, 그렇습니다. 약속을 했으니까요, 물론 카펜터 장군에게 전화를 걸어 선생님이 정체불명의 사람으로부터 받은 그 협박장 때문에 약간 심기가······."

"그래 언제 떠나겠나?"

"6시 차를 예약해 놓았습니다."

"알았네. 그럼 갔다 오게나. 그리고 자네 메모철을 가져오게."

울프는 몸을 앞으로 숙이고 맥주를 따라 마신 다음 다시 의자에 기대 앉았다.

"내 자네의 경솔한 행동에 대해 한마디 하겠네. 어제 젠슨이 와서 협박장을 보였을 때 우리는 그것을 보낸 자에 대한 아무런 단서도 없었지. 그것은 어떤 겁많은 자가 그에게 소화불량이라도 일으켜 보려고 한 짓일 수도 있어 보였지.

그러나 우리는 더 이상 그러한 무지의 혜택을 받지 못하게 되어 버렸네. 살인범은 자신의 기지에 못지않게 결단성을 지닌 자로서, 비단 젠슨 씨를 죽였을 뿐 아니라 도일 씨까지 죽였단 말일세. 도일 씨로 말하자면 그 자가 알지도 못하는 사람일 뿐 아니라 같이 나타나리라 기대하지도 않았던 사람이었는데 말이야. 그 자는 냉혈한인데다 잔인하며, 빠르게 결단을 내려 행동하는 자기중심적인 인간으로 생각되네."

"네, 그렇습니다. 저도 선생님의 견해에 동의합니다. 선생님이 만약 침실로 돌아가서 제가 워싱턴에서 돌아올 때까지 프리츠 외에는 아무도 들여놓지 않는다면, 저는 아무에게도 이 얘기를 하지 않을 겁니다. 여하튼 선생님은 휴식이 필요합니다. 그리고 절대로 봉투를 직접 뜯는 일은 없도록 조심하십시오."

"집어치워." 울프는 나에게 삿대질을 하며 말했다. "그것은 자네한테 온 게 아니야. 자네는 대상 인물에 들어 있지도 않아."

"예, 그렇겠지요."

"그리고 그자는 위험한 인물로 주의가 필요하단 말이야."

"예, 동감입니다."

울프는 눈을 감았다. "됐어, 필요한 대목을 적도록 하지…… 만약 이자가 나까지도 기어코 죽이려 드는 놈이라면 필경 루트 대위 사건 때문에 그러는 걸거야. 나는 다른 일로 젠슨과 관련된 적은 없었으니까. 그러니까 루트 대위가 어디서 무엇을 하고 있는지 알아보게."

"그는 군법회의에서 3년형을 언도받았는데요."

"그래, 나도 알아. 그자가 아직도 형무소에 있는지 확인해야지. 또 그 왜 젊은 여자 있잖아, 루트의 약혼녀 말이야. 그때 한바탕 소동을 일으켰던 여자, 그 여자의 이름은 '제인 기어'였지."

울프는 잠시 눈을 반쯤 감고 말을 이었다. "자네는 용모가 그럴듯한 여자를 지체없이 찾아내는 재주가 있는 모양이던데, 그래 최근에 그 여자 본 적이 있나?"

나는 즉시 대답했다. "예, 그저 어디서 잠깐 만나 몇 마디 나누고는 아는 사이가 됐죠. 그 여자에게 연락할 수는 있겠지만 제가 의심스러운 것은……."

"당장 연락해 봐. 내 그 여자를 좀 만나보고 싶어. 그런데 내가 이렇게 자네를 붙들고 있어서 미안하네. 자네 기차를 타러 가야지…… 또한 크레이머 경감에게 이 사실을 알리고 그에게 루트 대위의 신원과 그의 친척들, 가까운 친지들을 좀 조사해 달라고 해. 자기 약혼자의 명예를 더럽혔다 해서 복수심을 불태우고 있을 기어 양만 빼놓고, 그 여자에 대해서는 내가 알아볼 테니까. 만약 루트 대위가 아직도 형무소에 있다면 파이프 장군하고 얘기해서 그를 여기 데려오게 해. 내 그 친구하고 얘기 좀 하고 싶으니까. 그리고 어제 젠슨 씨가 받은 협박장은 어디 있지? 콘월 씨와 크레이머 씨에게 물어 보게. 우리에게 협박장을 보낸 놈은 딴 놈이 아니고 똑같은 놈일 가능성이 많아."

나는 머리를 좌우로 저으며 대답했다. "아닙니다, 선생님. 이 협박장은 오른쪽 꼭대기 글자 가까이에서 종이가 잘려 있습니다."

"나도 그것은 보았네. 어쨌든지 빨리 물어보란 말일세. 집 안 문마다 달린 사슬 빗장들이 제대로 달려 있는지 다 살펴보고, 자네 방의 야간 비상용 종도 한번 시험해 보게. 프리츠는 오늘 저녁 자네 방에서 자게 하겠네. 그리고 나는 프리츠와 테오도어에게도 말해놓겠네. 이 모든 일은 전화로 쉽사리 할 수 있는데 기어 양의 일만은 전화로 되지 않아. 그러니 자네가 맡아 처리해주게. 자네 워싱턴에서 언제 돌아오겠나?"

"제 약속은 아침 9시니까 정오에 떠나는 기차를 타고 돌아올 수 있을 겁니다. 그러면 여긴 5시경이면 도착할 겁니다." 이어 나는 진지한 말투로 덧붙였다. "제가 만약 카펜터 장군에게 얘기해서 해외에 나가게 되는 경우에는 이 협박장 문제가 해결될 때까지 연기하기로 하겠습니다."

"나 때문에 서둘러 돌아올 생각은 말게. 또 자네 계획을 변경하지도 말고, 어차피 자네는 월급을 정부에서 타니까."

울프의 말투는 담담하고 날카롭고 냉정했다. 그리고 즉시 본업무로 돌아가 말했다.

"파이프 장군에게 전화를 걸게. 우선 루트 대위에 대해 알아봐야겠어."

제인 기어 양 전화번호를 찾아내는 일만 빼놓고는 모든 일이 순조롭게 진행되었다. 기어 양의 일만 아니었다면 나는 6시 기차를 타고 가서 몇 시간의 여유를 가질 수도 있었을 것이다. 파이프 장군은 30분 후에 전화를 걸어와 루트가 메릴랜드주 형무소에 아직도 갇혀 있는데 울프가 면담할 수 있도록 지체없이 뉴욕으로 호송할 것이라고 말했다.

콘월은 젠슨이 받은 협박장을 크레이머 경감에게 넘겨 주었다고 했다. 크레이머에게 물어 보았더니, 크레이머는 그렇다고 시인하고 자기가 그것을 가지고 있다고 밝혔다. 내가 사정을 설명하자 그는 거친 목소리로 껄껄거리면서 "그래 울프는 여전히 관심도 없고 관련도 없고 호기심도 없다 이거군요" 하고 빈정거렸다. 나는 그의 반응으로 보아 크레이머가 곧 울프를 찾아올 것이며 이 방문을 울프가 달가워하지 않으리라는 것을 쉽게 짐작할 수 있었다.

제인 기어를 찾는 일은 순조롭지 못했다. 나는 정오 조금 전에 그 여자가 일하는 광고회사에 전화를 걸었다. 그녀가 어떤 회사의 제품을 위한 광고문안 작성을 위해 물건을 보러 롱아일랜드에 갔다는 말을 들었다. 오후 4시가 지나 드디어 통화가 되었는데 그녀는 내게 매우 도도하게 대했다.

아마 하루에 다섯 번이나 전화를 걸고 애타게 자기를 찾는 것을 보고는, 내가 숨가쁠 정도로 원초적인 흥분에 빠진 것으로 여겼던 모양이었다. 제인 기어는 우선 칵테일을 한잔 사주지 않으면 니어로 울프의 아파트에 올 수 없다고 말했다. 그래서 나는 스토크 클럽에서 5시가 조금 지나서 그녀를 만났다.

기어 양은 하루 종일 일하고 왔는데도 언뜻 보기에는 낮잠을 한숨 자고 온 사람같이 생기발랄했다.

제인 기어는 갈색 눈으로 나를 뚫어지게 쳐다보며 말했다.

"어디 당신 오른손 집게손가락을 좀 볼까요."

내가 집게손가락을 그녀의 코 밑에 내밀자 그녀는 자기 오른손 집게손가락으로 부드럽게 내 손가락을 비벼보고는 말했다. "손가락에 못이 박혔을 줄 알았어요. 다섯 시간 동안 나한데 다섯 번이나 전화 다이얼을 돌렸으니까 말이에요."

기어 양은 이어 빨대에 입술을 갖다대기 위해 머리를 숙인 뒤 톰콜린스를 마셨다. 머리카락이 한 갈래 내려와 눈과 뺨을 덮었다. 나는 아까 내밀었던 손가락을 내밀어 그 머리카락을 걷어 올려주었다. 나는 그녀에게 말했다.

"내가 이런 당돌한 짓을 하는 것은 당신의 그 멋있는 육체를 아무 거치적거리는 것 없이 감상하고 싶어서였소. 그리고 당신 얼굴이 파래지는 것도 보고 싶고."

"당신이 가까이 있어서 황홀해져서 말이죠?"

"아니, 당신이 그런 말 할 줄 알았지. 정정하겠소. 어쨌건 지금은 당신 매력에 끌릴 때가 아니오. 나는 6시 기차를 꼭 타야만 하니 말이오."

"이번에는 내가 전화한 게 아니라 당신이 전화했잖아요?"

"좋아요." 나는 술을 한 모금 마셨다. "당신은 전화로, 당신이 니어로 울프를 싫어하고 있으며, 또 무엇 때문인지 알기 전에는 그 사람을 만나지 않을 것이고, 설사 그 이유를 알게 되더라도 그에게 가지 않을 것이라고 말하지 않았소? 자, 이제 그 이유를 설명해 주겠소. 그는 당신이 직접 자기를 죽이려는지 아니면 젠슨과 도일을 죽인 자들을 계속 이용할 것인지 당신에게 물으려는 거요."

"기가 막혀!" 기어 양은 내 얼굴을 한번 훑어본 다음 말했다. "당신 그 농담 집어치우지 못하겠어요? 말도 안되는 소리는 더이상 하지 말아요."

나는 머리를 저었다. "보통 때라면 당신도 알다시피 당신과 이런 농담을 하겠지만, 나는 기차 시간을 모조리 놓치고 싶진 않아요. 울프가 젠슨이 당한 것과 똑같은 방식으로 생명의 위협을 받고 있어요. 그러니까 젠슨의 피살이 루트 대위에게 한 일에 대한 복수라고 판단하는 것이 당연합니다. 그리고 당신이 루트 대위가 올가미를 썼을 때 한 발언이나 태도로 보아 울프로서는 당신이 요즘 무슨 일을 하고 있는지 알고 싶어하는 게 당연하지요."

"그래, 니어로 울프는 정말 내가 그런 짓을 했다고 생각한단 말이에요?"

"아니, 그렇다고 말하지는 않았소. 다만 그가 이 사건에 관해 당신과 이야기해 보고 싶어한다고 말한 것뿐이오."

기어 양은 화가 나서 눈이 불꽃처럼 빛났다. 어조도 훨씬 날카로워졌다. "하는 짓이 아주 유치하군요. 그리고 경찰까지도. 그래 울프가 나하고 이야기를 끝내면 나를 경찰서에 넘기기로 되어 있나요?"

"아니, 제발 좀 진정해요."

기어 양은 신기하게도 내가 자기 말을 가로막아도 순순히 잠자코 있었다. "내가 언제 당신 뒤에서 당신 행동을 살피고 다니는 것 보았소? 그랬다면 언제 그랬는지 말해 봐요. 내 사정을 얘기했잖소. 경찰이 우리에게 상의하러 왔지만 우리는 당신 이름은 들먹이지도 않았다구. 그러나 경찰은 루트 쪽을 의심하고 있으니까 우리가 아니라도 경찰이 당신에게 조만간 접근하게 될지도 몰라요. 그러니 울프와 미리 만나, 당신은 파리 하나 죽일 수 없는 사람이라는 걸 납득시키는 게 좋을 거라는 말이오."

"어떻게든 나를 만나야겠다, 이거죠?" 기어 양은 경멸하는 말투였다. "그 사람이 나를 만나 '당신 살인한 적이 있소?' 하고 물을 때 내가 웃으면서 '그런 일 없어요'라고 말하면 그가 나에게 사과하면서 난초화분이라도 하나 준다, 이건가요?"

"아니오, 그런 말이 아니오. 그 사람은 천재요. 그는 '낚시할 때 미끼는 직접 끼웁니까?' 하는 식의 질문을 하곤 하지요. 그러면 상대방은 자기도 모르게 자신을 드러내게 되거든요."

"그것 참 희한한 말이군요." 그녀의 눈빛이 갑자기 변했다. "그런데 정말 그럴까요?"

"그래 어떻소? 우리 둘이 한번 부딪쳐 보잔 말이오."

"그래요." 기어 양의 눈빛이 더욱 빛났다. "혹시 이게 당신이 지금까지 해온 일의 절정은 아니겠죠? 수천 명의 처녀와 여자들에게 배급표를 나눠줘야 할 사람이 나를 위해 이토록 많은 시간을 소비하다니? 결국 이런 유치한 계획에 나를 끌어들이려고……."

"그따위 소리 말아요." 나는 그녀의 말을 가로챘다. "그렇지 않으면, 나도 당신을 의심하기 시작할 거요. 어째서 내가 당신을 위해 지금까지 시간을 할애했는지 잘 알면서 왜 그래요? 나는 오늘 만나서 외모와 색깔 그리고 촉감과 여러 가지 향수에 대한 나 자신의 감정적 반응을 실험하는 데 당신이 협조해 준 것을 고맙게 생각할 뿐이오."

"하, 그래요?" 그녀는 일어섰다. 그녀의 눈빛은 부드러워지지 않았고 어조도 전혀 누그러지지 않았다. "그래, 난 니어로 울프를 만나러 가겠어요. 나 자신을 니어로 울프에게 보여줄 기회를 기꺼이 받아들이기로 하죠. 그럼 나 혼자 갈까요? 아니면 당신이 나를 데리고 가는건가요?"

나는 그녀를 데리고 가기로 했다. 나는 술값을 지불하고는 그녀를 데리고 밖으로 나가 택시를 탔다.

그러나 기어 양은 울프를 보지 못했다.

문을 잠그면 꼭 쇠사슬 빗장도 걸라는 명령이 있었기 때문에 나는 열쇠를 가지고도 문을 열 수가 없었다. 그래서 초인종을 눌러서 프리츠를 불러야만 했다.

초인종을 누르고 계단을 올라가는데 육군 장교 하나가 우리 틈에 끼어 아파트 안으로 들어가려고 했다. 그는, 국방성이 용모 단정하고 멋있게 생겨야만 싸움도 잘한다는 인상을 주려 할 때 동원하는 모델 만큼이나 잘생긴 외모를 지니고 있었다. 나는 그 장교가 미남이라는 것을 인정했다. 그리고 첫눈에 그런 인상을 받았음을 시인한다. 하지만 그는 무엇엔가 정신이 팔려 딴 데는 신경쓸 여유가 없는 것 같아 보였다.

그런데도 그는 제인 기어를 슬쩍 훔쳐볼 기회만큼은 놓치지 않았다. 그 순간 문이 활짝 열렸고, 나는 프리츠에게 물었다.

"오, 고마워. 울프 선생은 사무실에 계신가?"

"아니오, 이층 방에 계십니다."

프리츠가 그 군인을 보고 뭐라고 물으려 하길래 내가 나섰다.

"괜찮아, 내가 처리할게."

프리츠가 안으로 들어가자, 나는 위엄있는 태도로 문간을 가로막고는 그 잘생긴 군인에게 물었다.

"예, 소령. 무슨 일이시죠? 여기는 니어로 울프 선생 댁인데요."

"예, 알고 있습니다." 그는 자기 자신에게 완벽할 정도로 들어맞는 바리톤의 목소리를 갖고 있었다. "나는 그 분을 뵙고 싶습니다. 내 이름은 '에밀 젠슨'입니다. 어제 저녁 살해당한 벤 젠슨 씨의 아들입니다."

"아, 그렇습니까?" 그는 벤 젠슨과 별로 닮은 점이 없었다. 하지만 그런 것은 자연의 섭리이니까 내가 간여할 일은 아니었다. "울프 선생은 선약이 있습니다. 용무가 무엇인지 저에게 먼저 말씀해주시면 좋겠는데요."

"저는 그분과 상의하고 싶은 게 있습니다. 괜찮다면 그분을 직접 만나 말씀드리고 싶습니다." 그는 분위기를 부드럽게 하기 위해 미소를 띠었다.

'아마 심리전과에서 일하는 모양이로군' 하고 나는 생각했다.

"내 알아봐 드리죠, 들어오세요."

내가 제인 기어가 들어오도록 비켜 주었더니 그가 그 뒤를 따라 들어왔다. 나는 사슬 빗장을 건 다음 그들을 사무실로 안내했다. 그리고 두 사람에게 앉으라고 권한 뒤 내 책상에서 울프의 방으로 통하는 인터폰을 눌렀다.

"예, 여보세요?" 울프의 목소리가 들려왔다.

"아치입니다. 기어 양이 왔습니다. 그리고 에밀 젠슨 소령이 금방 도착했습니다. 젠슨 소령은 벤 젠슨의 아들로서 선생님과 상의할 일이 있어서 왔는데, 용건은 만나서 말씀드리겠다고 합니다."

"두 사람에게 미안하다고 전해 주게. 난 지금 바빠서 아무도 만날 수 없다고 말일세."

"그렇다면 바쁜 일은 언제쯤 끝이 나죠?"

"무한정 바쁠 걸세. 금주에는 아무도 만날 수 없네."

"그렇지만, 왜? 기억나지 않으세요?"

"아치! 두말 말고 미안하다는 말만 전해 주게."

울프는 이렇게 말하고 인터폰을 끊어버렸다.

그래서 나는 하는 수 없이 시키는 대로 했다. 두 사람은 기분이 좋지 않았다. 만약 젠슨 소령만 없었더라면 제인 기어가 얼마나 펄펄 뛰었을지 모를 일이었다. 그러나 낯모르는 제3자가 있었기 때문에 그녀는 별로 큰 소동을 피우지 않았다. 젠슨 소령은 화를 내지는 않았으나, 울프를 꼭 만나야겠다는 의지는 대단했다. 그와 장시간 실랑이를 벌이고 있는 동안 나는 젠슨과 제인 기어 양이 서로 동정하는 눈초리를 주고받기 시작하는 것을 눈치챌 수 있었다.

나는 두 사람이 의기투합하게 되면 사태가 좀 쉽게 풀릴지도 모른다는 생각을 했다. 다시 말해 내가 화제를 돌리면 그들이 빨리 떠나지 않을까 하는 생각을 하게 되었다. 그래서 나는 약간 힘을 주어 두 사람을 소개했다.

"기어 양, 이분은 젠슨 소령이오."

그러자 젠슨은 벌떡 자리에서 일어나더니, 인사라는 것을 어떻게 해야 하는지 시범이라도 보이려는 듯 기어에게 상체를 숙이면서 말했다.

"안녕하십니까? 적어도 오늘 저녁에는 우리 모두 희망이 없는 것 같군요. 저는 택시를 잡아 돌아갈 작정인데, 혹시 제가 목적지까지 모셔다 드릴 수 있으면 영광이겠습니다."

그래서 그들은 같이 출발하게 되었다.

걸어 내려가기가 수월치 않은 계단을 걸어 내려가면서 젠슨 소령은 슬쩍 자기 팔을 내밀었다. 그러자 기어 양은 몸의 균형을 잡기 위해 그의 팔목을 살그머니 잡는 것이었다.

기어 양이 남자에게 쉽사리 매달리는 여자가 아니라는 점을 감안할 때, 그것은 놀라운 사태의 진전이라 할 수 있었다. 뭐 그까짓 것쯤이야, 나도 육군 소령인데. 나는 대수롭지 않다는 듯 어깨를 으쓱한 다음 문을 닫았다. 그리고 울프의 방으로 가서 노크를 하고 안으로 들어갔다.

울프는 화장실 입구에서 한쪽 손에 구식 면도칼을 들고 나를 향해 서서 무뚝뚝하게 물었다.

"지금 몇 시지?"

"6시 반이오."

"기차는 몇 시에 있지?"

"7시요. 그런데 그까짓것 그만두죠, 뭐. 보아하니 할 일이 많을 것 같은데, 다음 주로 연기하겠습니다."

"아냐. 이미 결정했으니 7시 차를 타지 그래."

나는 그의 마음을 떠보기 위해 이렇게 말했다. "저의 워싱턴 방문 동기는 개인적인 것입니다. 내일 아침 카펜터 장군과 앉아서 얘기하고 있는 중에 선생님이 돌아가셨다거나 다쳤다는 소식이 들리게 되면 그분은 저를 나무랄 것 아닙니까? 그렇게 되면 저는 영영…… 그러니까 순전히 개인적 이유 때문에……."

"쓸데없는 소리!" 울프는 버럭 소리를 질렀다. "그 기차 놓치겠다! 나는 절대로 죽지 않을 테니 걱정 마! 빨리 이 방에서 꺼져!"

나는 방을 나왔다.

전쟁이 끝나면 나는 의회로 진출해 군 장성들에 관련된 법을 만들 작정이었다. 나는 군 장성들에게 소의 발바닥 기름을 잔뜩 바른 뒤 끌어내어 총살해야 한다고 생각하고 있었다. 그러나 그날 아침에 만난 카펜터 장군의 경우, 만약 내가 마음대로 할 수 있었더라면 과연 소 발바닥 기름까지 썼을지는 의문이었다.

나는 일개 소령이었다. 그래서 나는 그의 앞에 앉아서 '예, 장군님' 만 되풀이해야 했다. 그는 나에게, 자기가 나에게 면담을 허락한 것은 어디까지나 내가 중요한 일을 논의하고 싶은 것으로 생각했기 때문이라고 말했다. 그는 내가 평소에는 아무런 소식도 전하지 않는다고 힐책했다. 꾸지람이 끝나자, 그는 이왕 워싱턴에 온 김에 참모들과 기결 및 미결 사건들에 관해 협의한 다음 즉시 디키 대령에게 결과를 보고하라고 명령했다.

나는 그 당시 내 기분으로 미루어 과연 내가 참모들에게 좋은 인상을 주었을지 의심스러웠다. 그들은 나와 협의한답시고 나를 목요일 내내 그리고 금요일 대부분의 시간을 붙들어놓고 있었다.

나는 울프에게 전화를 걸어 그들이 나를 붙잡고 있어서 쉽게 출발하지 못한다고 말했다. 나는 그 사람들에게 뉴욕시 35번 스트리트의 긴박한 사정을 설명함으로써 곧바로 뉴욕으로 돌아갈 허가를 받을 수 있을지도 모른다. 그러나 그럴 경우 머리에 철모를 쓴 자들이 니어로 울프는 머리가 형편없기 때문에 내가 곁에서 돌봐주지 않으면 숨도 제대로 쉬지 못한다고 수군거릴까봐 그럴 수도 없었다. 그랬더라면 울프는 아마 나를 그냥 내버려두지 않았을 것이다.

어쨌건 나는 비행기라도 타고 가버릴까 생각하고 있었는데, 마침 목요일 저녁 늦게 〈스타〉지에 나온 광고가 문득 눈에 띄었다. 그날 나는 뉴욕의 신문들을 보고 젠슨 사건이 어떻게 돌아가고 있는지를 알고 싶었지만 너무 바빠 그럴 겨를이 없었다. 내가 그 광고를 본 것은 호텔 방안에 혼자 있을 때였다. 그 광고는 각별히 주목을 끄는 위치에 나 있었다.

구함, 남자 1명

체중 약 105킬로그램, 키 177.5센티미터, 나이 45~55세, 안색 보통, 허리 48인치 이하, 거동이 자연스럽고 정상적일 것. 임시직임. 위험 부담이 있음. 하루 100달러. 이력서와 함께 사진을 보낼 것. 스타 신문 사서함 292호로 연락 바람.

나는 이 광고를 네 번이나 읽었다. 그리고 그것을 2분 동안이나 못마땅한 듯이 들여다보았다. 이어 수화기를 들어 뉴욕으로 전화를 신청했다. 전화가 나오자 프리츠 브레너가 대답했다. 그는 울프가 무사하다고 나를 안심시켰다.

내가 만약 니어로 울프를 죽일 준비를 한다면, 하루 100달러를 주고 임시로 고용한 울프의 대리역을 어떻게 이용할 수 있을까 하고 나는 궁리해 보았다. 두 가지 생각이 떠올랐지만 별로 만족스러운 것은 못되었다. 그리고 베개를 머리에 받치면서 생각해낸 것은 더 현실성이 없는 것이었다. 그래서 나는 신경의 전원을 끄고 근육의 움직임도 중지시켰다.

이튿날 아침 나는 협의를 끝낸 뒤 기차를 타고 뉴욕으로 향했다.

오전 11시가 되기 조금 전에 35번 스트리트에 있는 울프의 집에 도착했다. 나는 여느 때처럼 대문 초인종을 세 번 눌렀다. 잠시 후 발자국 소리가 나더니 프리츠가 커튼을 걷고서 유리창으로 나를 내다보았다. 그는 괜찮다는 듯이 문을 열어주었다.

나는, 울프의 사무실로 들어가는 문이 열려 있으며 방안에서 불빛이 비쳐나오는 것을 보고는 울프가 사무실에 있으려니 생각했다. 그래서 나는 급하게 집안으로 걸어들어갔다.

"도저히 알 수 없는 것이 있는데?" 나는 이렇게 중얼거리면서 걸어 들어가다 멈춰섰다. 울프의 의자, 여하한 경우에도 다른 사람이 앉는 법이 없는 그 울프의 의자가 책상 앞쪽에 놓여 있었고 그 의자에 거대한 몸집, 울프만한 몸집의 사람이 앉아 있었다. 그러나 그는 분명히 울프는 아니었다. 다시 말해, 그 거대한 뚱뚱보는 울프가 아니었다. 나는 이전에 한번도 그를 본 적이 없었다.

문을 닫아걸기 위해 뒤처졌던 프리츠가 무슨 말을 하면서 나를 쫓아왔다. 그 의자에 앉은 자는 움직이지도 않고 말도 하지 않고 그저 곁눈질로 나를 흘겨볼 뿐이었다. 프리츠는 나에게 울프는 이층 자기 방에 있다고 귀띔했다.

의자에 앉은 사람은 까마귀가 우는 듯한 쉰 목소리로 말했다.

"당신이 굿윈인게로구먼. 아치, 그래 여행은 잘 다녀왔소?"

나는 그를 노려보았다. 한편으로는 차라리 다시 국방부로 돌아갔으면 하는 생각이 들었고, 다른 한편으로는 '좀더 일찍 돌아올걸' 하는 생각도 들었다.

그 낯선 자가 말했다. "프리츠, 하이볼 한잔 더 가져다주게."

프리츠는 "네" 하고 공손히 대답했다.

그 자는 다시 나에게 "아치, 여행은 잘 다녀왔소?" 하고 물었다.

나는 더 이상 참을 수가 없었다.

나는 아무 대꾸도 없이 이층으로 뛰어올라가 울프의 방문을 두드렸다. 그리고 "아치입니다" 하고 소리쳤다. 들어오라는 울프의 목소리가 들렸다.

울프는 의자에 앉아 불을 켠 채 책을 읽고 있었다. 그는 정장을 하고 있었으며, 겉보기에 그가 돌았음을 나타내는 징표는 전혀 찾아볼 수 없었다. 나는 울프가 계속 의자에 앉아 빈둥거리며 불이나 쬐게 하고 싶지 않았다. 나는 일부러 아무 일도 없는 것 같이 말했다.

"지금 돌아왔습니다. 혹시 졸리시면 나중에 얘기하기로 하죠."

"난 졸리지 않은데." 그는 손가락 하나를 책갈피 사이에 끼고 책을 덮었다. "그래, 해외로 가게 됐나?"

"제가 못 가게 된 것을 잘 알면서 그러세요?" 나는 자리에 앉았다. "어쨌든 이번 출장건은 제가 군에서 제대한 뒤 얘기하기로 하지요. 선생님 이하 모두들 아직 살아 있는 것을 보니 안심이군요. 워싱턴은 아주 흥미롭더군요. 모두들 긴장하고 있어요."

"그렇겠지. 아래층 사무실에 들러 봤나?"

"예, 들러 봤죠. 그래, 〈스타〉지의 그 광고는 선생님이 내신 거로군요. 그 사람에겐 돈을 어떻게 지불하지요? 매일 현금으로 지불하나요? 혹시 소득세와 사회보장세 공제액은 계산에 넣으셨나요? 나는 그에게 보고할 뻔했죠. 선생님인 줄 알았거든요. 그 친구가 프리츠에게 하이볼을 가져오라고 할 때까지 몰랐어요. 선생님이 하이볼을 싫어한다는 걸 알기 때문이죠. 세금 공제 얘기가 나왔으니 말이지, 선생님 따님이 유고에서 찾아왔을 때가 생각납니다."

"아치, 입닥쳐!"

울프는 책을 내려놓고 여느 때와 같이 끙끙거리며 의자를 돌렸다. 평정을 되찾자 그가 다시 입을 열었다.

"자네 책상 서랍 속에 그 친구에 관한 자세한 내용이 적힌 쪽지가 있을 걸세. 그는 건축사로 일하다가 은퇴한 사람인데 형편없는 얼간이로 꼭 돼지처럼 행동해. 이름은 'H.H. 해켓'이라 하지. 돈도 떨어져 빈털터리지. 광고를 보고 온 사람들 중에서 내가 그 친구를 택한 것은, 생김새나 몸집으로 보아 가장 적합한 데다 하루 100달러쯤으로 생명의 위험을 무릅쓸 정도로 미련해 보였기 때문이야."

"그 해켓이라는 친구가 만약 나를 자꾸 '아치'라고 부르면 가만두지 ……."

"이봐." 울프는 손가락을 내 코 앞에 갖다대고 흔들었다. "자네는 내가 그런 친구를 내 의자에 앉혀놓은 것이 보기 좋아서 그런 줄 아나? 그 친구는 내일 또는 그 다음날이면 죽을지도 모르는 사람이란 말이야. 그 친구한테도 그렇게 내가 말해 주었어. 오늘 오후 그 친구는 택시로 딧슨 씨 집으로 난초 구경을 하러 갔다가 난초 화분 두 개를 들고 으스대며 돌아오더군. 내일 오후에는 자네가 그 친구를 태우고 어디라도 좀 갔다 오고, 저녁에도 한번 같이 나갔다 오도록 하게. 그가 내 외출복을 입고 내 모자를 쓰고 가벼운 오버를 입은 다음 내 단장을 짚고 다니면, 자네 외에는 누구나 다 나인 줄 알고 속을 거야."

"예, 알겠습니다. 그렇지만 선생님은 왜 집안에만 계시지 못합니까? 제발 좀 집에 계세요. 집에 찾아오는 사람들에게만 신경쓰면 되잖아요. 그러면……."

"그러면 어떻다는 건가?"

"그러면 젠슨을 죽인 자가 잡힐 것 아닙니까."

울프는 콧방귀를 뀌며 나를 노려보았다. "누구한테? 크레이머 씨한테? 그래, 자네는 크레이머 씨가 무슨 짓을 하고 다니는 줄 아나? 웃기는 이야기야. 벤 젠슨의 아들인 젠슨 소령이 닷새 전 유럽에서 돌아와 보니 자기 아버지가 자기 어머니를 상대로 이혼소송한 것을 알고 아버지와 말다툼을 했다는 거야. 아버지와 아들이 말다툼하는 것은 흔히 있는 일이잖아? 그런데 크레이머는 지금 형사 수백 명을 풀어 젠슨 소령이 자기 아버지를 죽인 증거를 수집하고 있다는 거지. 도대체 바보 천치라도 그런 짓은 안할 거야! 젠슨 소령이 무슨 동기로 나를 죽이려 하겠나?"

"아뇨, 잠깐만요." 나는 눈을 부릅뜨고 말했다. "그럴 가능성이 없다고 간단히 단정하지는 마십시오. 혹시 젠슨 소령이 선생님에게도 자기 아버지에게 보낸 것과 같은 협박장을 보내면 선생님이 지금 보이는 것과 같은 반응을 보일 것이라 생각했을 가능성도 있지 않습니까?"

울프는 고개를 흔들며 말했다. "그가 그랬을 리는 없지. 병신이 아닌 다음에야. 그는 나한테 그런 협박장을 보내는 것만으로는 충분치 않고 실제로 협박을 행동에 옮겨야 한다는 것쯤은 알고 있을 거야. 그런데 그는 나를 죽이지 않았거든. 나는 그 사람이 나를 죽일 의사가 없는 것으로 보네. 파이프 장군이 내 부탁으로 그의 경력을 조사해 보았지. 크레이머 씨는 자기 시간을 낭비하고 있을 뿐 아니라 부하들의 에너지와 뉴욕 시민들의 돈까지 낭비하고 있는 거야. 나는 지금 불구자가 되다시피 했지. 내가 쓰던 사람들, 내가 믿는 사람들이 다 전쟁터로 가버렸으니 말일세. 자네는 나를 내버려둔 채 항상 자기 생각만 하며 동분서주하고 있고 복수하려고 혈안이 된 미치광이가 호시탐탐 나를 죽일 기회만 노리고 있는데 나는 이렇게 방안에 갇혀 있단 말이야."

울프는 확실히 나한테 불만을 털어놓고 있었다. 그러나 나는 울프가 그와 같이 외로워하는 낭만적인 정신상태에 있을 때 말대꾸를 했다가 한번 혼난 경험이 있기 때문에 아무 대꾸도 하지 않았다.

다만 "루트 대위는 어떻게 됐습니까? 군당국에서 그를 데려왔던가요?" 하고 물었다.

"그래, 그는 여기 왔었지. 그 사람하고 이야기를 나누었네. 그는 형무소에 한 달 이상이나 있었다더군. 그는 이 사건이 자기나 자기와 관련된 사람들 짓이 아닐 거라고 하더군. 그는 기어 양이 6주 동안 혹은 그 이상 자기에게 연락한 일이 없다고 말하더군. 그의 어머니는 오하이오주 댄포드에서 교사 노릇을 하고 있다지. 이는 크레이머가 확인해 주었어. 어머니는 아직도 거기서 교사 노릇을 하고 있다더군. 이전에 댄포드에서 주유소를 경영하던 그의 아버지는 10년 전 부인과 아들을 버리고 나갔는데, 지금은 오클라호마의 한 군수공장에서 일하고 있대. 부인과 아들은 아버지에 대해서는 말도 하기 싫어한다는 거야. 루트 대위에게는 형도 누이도 없어. 루트 대위에 의하면 지구상에는 자기를 위해 복수하고자 모험할 사람은, 더욱이 자기를 위해 사람을 여럿이나 죽이려 들 사람은 아무도 없다는 거야."

"아마 그의 말이 사실일지도 모르죠."

"그래, 도대체 말도 안돼. 젠슨 씨와 나 사이에는 그 밖에 아무런 관계도 없었으니까. 파이프 장군에게는 루트를 뉴욕에 잠시 잡아두고, 형무소에 루트가 남겨두고 온 물건들이 있으면 그것들을 한번 뒤져 보게 하라고 부탁해 놓았지."

"혹시 어떤 구상이 떠오르시게 되면……."

"그런 것은 없어. 자네가 생각하는 따위의 구상 말이야. 나는 본능에 따라 행동할 뿐이지. 지금 이 경우, 나는 유일한 방법으로 반응을 보이고 있을 뿐이야. 젠슨 씨와 도일 씨를 죽인 자는 무모할 정도로 대담한 인간이야. 그는 아마 자기 계획을 계속 밀고 나가고 싶은 유혹을 느끼겠지……."

나는 내 방으로 갔다. 비상벨은 내 침대 바로 밑에 장치되어 있었다. 습관적으로 나는 잠자리에 들 때 비상벨의 스위치를 반드시 틀어 놓았다. 만약 어떤 자가 울프의 방 3미터 이내에 접근해 오면 즉시 그 비상벨이 울리게 되어 있었다. 그 비상벨은 몇 년 전 울프가 어떤 자의 칼에 찔린 사건이 일어난 뒤 장치되었다. 그 이래 가끔 시험해 보기 위해 울렸을 때 외에는 한번도 울린 적이 없었다. 내 생각으로는 앞으로도 울리는 일은 없을 것 같다. 그러나 나는 매일 밤 그것을 꼭 틀어놓고 잤다. 왜냐하면 혹시 안 틀어 놓았다가 울프가 밤중에 자기 방 근처를 왔다갔다 했는데도 비상벨이 울리지 않기라도 하는 날이면 야단법석이 날 것이기 때문이었다.

그런데 그날 저녁에는 낯선 사람이 집안에 있는지라 나는 그 비상벨이 있다는 사실이 믿음직스러웠다.

아침이 되자 사람들은 각자 자기 방에서 식사를 했다. 아침식사 후 나는 난 식물원으로 가서 울프와 한 시간을 같이 보냈다. 우리는 자세한 얘기를 나누었다.

제인 기어는 이제 귀찮은 존재가 되고 있었다. 물론 나는 그제서야 울프 씨가 왜 수요일 저녁에 기어 양을 만나보기를 거절했는지도 이해되었다. 울프는 내가 기어 양을 데리러 간 동안에 자기와 비슷하게 생긴 사람을 채용하기로 이미 작전을 세웠던 것이다. 따라서 그는 기어 양이 진짜 니어로 울프를 보기를 원치 않았다. 만약 기어 양이 진짜 니어로 울프를 보고 그의 얼굴을 알게 된다면, 가짜 니어로 울프를 금세 알아보고 죽이려 들지 않을 것이기 때문이었다.

그런데 기어 양은 그동안 여러 번 전화를 걸어 울프를 만나겠다고 고집했다는 것이다. 그리고 금요일 아침에는 집까지 찾아와 쇠사슬 빗장이 꽂힌 채 열려 있는 약 7.5센티미터 정도의 틈을 통해 5분 동안 프리츠와 말다툼까지 벌였다고 했다. 울프는 그런 일이 있었던 것을 알려주면서 기어 양에게 한번 속임수를 써 보겠다고 했다. 그것은, 그녀에게 전화를 걸어 그날 저녁 6시에 그녀를 집에 오게 한 다음, 해켓을 만나게 한다는 것이었다. 해켓에게는 면담에 대해 자기가 따로 지시를 내린다고 했다.

나는 미심쩍은 표정을 지었다.

울프가 말했다. "그러면 그 여자에게 해켓을 죽일 기회를 주게 되는 거야."

나는 항의조로 말했다. "나는 바로 옆에 있다가 그 여자에게 사격을 그만 중지하라고 하란 말이죠?"

"나는 그게 별로 가능성 있을 것으로 생각지는 않지만, 그럴 경우 어쨌든 나는 그 여자를 보고 또 그 여자의 목소리를 들을 수 있을 거야. 나는 구멍으로 안을 들여다보고 있을 테니까."

어쨌든 그럴듯한 발상임에 틀림없었다. 울프는 아래층 홀 부엌 쪽에 있는 후미진 골방에서 벽에 난 구멍을 통해 사무실 안을 들여다보고 있겠다는 뜻이었다. 그 구멍은 부엌 쪽에서 볼 때만 투명한, 사무실 벽에 걸린 그림으로 은폐돼 있었다. 울프는 평소에도 그 구멍을 한번 써먹고 싶어서 좀이 쑤셨던 것이다.

젠슨 소령은 딱 한번 전화를 해 왔다는데 울프가 바쁘다고 하자 기어 양만큼 끈질기게 굴지는 않을 모양이었다.

내가 아래층 사무실로 내려갔을 때 해켓은 울프의 의자에 앉아 쿠키를 먹으면서 책상 위에 부스러기를 잔뜩 흘리고 있었다.

내 책상 위의 전화로 나는 제인 기어의 사무실에 전화를 걸었다. 나는 제인 기어의 목소리가 들리자 "나, 아치요" 하고 말했다.

"아치 누구란 말입니까?" 그녀는 퉁명스럽게 물었다.

"오, 그러지 말아요. 우리가 당신에게 경찰을 보낸 것도 아니잖소? 그렇지 않아요? 니어로 울프가 당신을 보고 싶다는데."

"그래요? 그사람답지 않네요."

"그 양반 달라졌지. 엘사 맥스웰의 사진을 보여주면서 그게 당신이라고 그랬더니 그 양반, 당신을 데리러 나를 보내지는 않겠다는 거야."

"나도 당신이 앞으로 여기 오지 못하게 할 거예요."

"좋아요, 6시에 여기로 와요. 맞이하는 사람이 있을 테니까. 오늘 오후 6시에, 알겠죠?"

제인 기어는 알겠다고 대답했다.

나는 이어 다른 전화 두 통을 걸고 그 밖의 잡일들을 처리하기 시작했다. 그러나 나는 해켓이 쿠키를 바삭바삭 씹는 소리 때문에 자꾸 신경이 날카로워졌다. 드디어 나는 울프의 의자에 앉은 자에게 "그거 무슨 쿠키요?" 하고 물었다.

"생강과자요."

가랑가랑한 쉰 소리가 본래 해켓의 목소리인 듯했다.

"나는 우리 집에 그런 게 있는 줄은 몰랐는데."

"없었어요. 그래서 프리츠에게 부탁했죠. 하지만 그는 생강과자가 어떻게 생긴 것인지도 모르더군요. 그래서 내가 9번 애버뉴까지 걸어가서 사 가지고 왔죠."

"언제요, 오늘아침에요?"

"조금 전에 말이오."

나는 책상 위의 전화로 돌아앉아 인터폰을 눌러 난 식물원의 울프에게 말했다.

"해켓 씨가 지금 선생님 책상에 앉아 생강과자를 먹고 있는데 조금 전에 9번 애버뉴에 나가서 산 것이랍니다. 이 사람 그런 식으로 자기 마음대로 집안을 들락날락한다면 무엇 때문에 100달러씩이나 주는 겁니까?"

울프는 맞는 말이라고 했다. 그래서 나는 해켓을 보고 말했다. 당신은 이제부터 울프나 내가 지시하지 않는 한 이 집을 마음대로 나가서는 안 된다고. 그는 별로 어려워하는 것 같지도 않았다.

그는 말했다. "뭐 그러죠. 그것이 조건이라면 나는 그것을 따르지요. 그러나 흥정에는 서로 의무가 있는 것 아닙니까? 나는 매일 100달러씩 선불받는 조건으로 왔는데 오늘 일당은 아직 못 받았단 말씀입니다. 정확히 100달러 내세요."

나는 공금 지갑에서 100달러짜리 5장을 꺼내 그에게 건네주었다. 그는 돈을 깨끗이 접어 허리춤에 찬 지갑에 넣은 다음 말했다.

"솔직히 말해서 이것은 별 힘도 들이지 않으면서 버는 돈치고는 많은 편이죠. 물론 나도 갑자기 예기치 않은 때 이 돈의 값어치를 하게 될지 모르지만."

이렇게 말한 그는 내 쪽으로 슬쩍 몸을 구부리고 말을 이었다. "하지만 아치, 내 당신한테만 특별히 이야기하겠는데, 아무 일도 일어나지 않을 거라고 나는 생각해요. 나는 본래가 낙천적인 성격이니까."

"그래요. 나도 동감이오."

나는 내 책상 오른쪽 가운데 서랍을 열고 가죽 권총집을 꺼내 어깨에 찼다. 그리고 내 권총을 꺼냈다. 나머지 두 자루는 울프의 것이었다. 서랍 속에는 탄창이 세 개밖에 없었다. 그래서 나는 탄약실이 나오도록 서랍을 더 열어 총알을 꺼내 탄창에 끼웠다.

권총을 가죽 권총집에 넣으면서 해켓을 힐끗 쳐다보았더니 그의 표정이 달라져 있었다. 두 입술이 단단히 닫혀 있었고 두 눈은 놀라서 경계하는 빛이 역력했다.

"지금까지는 그런 생각을 해본 일이 없었는데 말입니다." 해켓이 말했다. 그는 목소리까지 변해 있었다. "울프 씨라는 분은 보통 사람이 아닌 것 같아요. 당신은 그분의 부하이고, 나는 어떤 자가 나를 울프 씨로 오인하여 쏠지도 모른다는 가정 아래 이 일을 하고 있구요. 나는 사정이 그렇다는 울프 씨의 말만 믿고 이 일을 하고 있어요. 그런데 현실이 만약 그보다 더 복잡하고 또 당신이 직접 나를 쏠 계획이라면, 그건 공평하지 못합니다."

나는 그제서야 그가 보는 앞에서 만일의 사태에 대비해 권총을 차지는 말았어야 했음을 깨달았다. 나는 큰 실수를 한 데 대해 미안하게 생각하면서 공감한다는 의미로 그에게 활짝 웃어 보였다. 진짜 총과 탄창들을 보자, 그가 놀라서 몸이 굳어지는 것은 당연한 노릇이었다.

"이것 봐요." 나는 진지한 말투로 그에게 말했다. "조금 전에 당신은 아무 일도 일어나지 않을 것으로 생각한다고 말하지 않았소? 당신 말이 맞을 거요. 나도 그렇게 생각하니까. 그러나 혹시 어떤 자가 서툰 행동을 하려고 할 경우."

나는 내 총이 있는 팔 밑을 툭툭 치며 말을 이었다.

"두 가지 목적을 위해 이 총을 준비한 거요. 첫째 당신이 다치지 않게 하기 위해서고, 둘째 만약 당신이 다치게 되면 그자에게 더 큰 상처를 입히기 위해서요."

내가 이렇게 말하자 그는 다시 흡족한 표정이 되었다. 그의 눈에서 긴장하는 빛이 가셨다. 그러나 생강과자를 다시 먹지는 않았다. 적어도 그 정도는 내가 성공을 거둔 것이었다.

솔직히 말해서 그날 오후 그 친구를 차에 태우고 한참 돌아다니고 나서 5시 반쯤 집으로 돌아왔을 때, 나는 그가 생강과자를 먹거나 나에게 '아치'라고 부르는 따위의 버릇없는 일들에 대해 좀더 신경을 써야겠다는 생각을 하게 되었다. 그날 꽤 오랜 시간 나들이를 하면서 우리는 메트로폴리탄 미술관과 식물원 그리고 서너 군데 큰 상점에 들렀다. 물론 그 친구는 여느 때의 울프처럼 차 뒷좌석에 앉아 있었다. 백미러를 통해 보니 울프가 차 안에 앉은 것보다도 더 의젓해 보였다.

우리가 차를 세웠을 때 해켓이 차에서 내려 보도를 걸어가는 모습도 역시 의젓했다. 그는 빨리 걷지도 않았고, 사람들을 피하거나 밀치거나 떨쳐버리려 하지도 않았으며, 그저 태연히 걸었다. 울프의 모자를 쓰고, 울프의 코트를 입고, 울프의 단장을 짚고 가는 그를 보면서 나마저도 진짜 울프로 오인할 정도였다. 나는 해켓을 이용하는 그 공작이 울프가 그때까지 꾸민 일들 가운데 가장 큰 실패작이라고 생각하고 있었지만, 해켓이 울프와 너무나 닮은 사실만은 인정하지 않을 수 없었다.

집에 돌아온 뒤 나는 해켓을 사무실에 데려다 놓고, 울프가 큰 테이블 가에 앉아 맥주를 마시고 있는 부엌으로 들어갔다.

나는 보고했다. "그들은 '팔리세이드' 절벽 위에서 그를 향해 곡사포를 쏘았지만 맞지 않았습니다. 그 친구는 '러스터맨스' 백화점 회전문에 걸려 왼쪽 팔꿈치에 약간의 찰과상을 입었지만 그밖에 다친 데는 없습니다."

울프는 쓸데없는 소리 말라는 듯이 으르렁거렸다.

"그래, 그는 어떻게 행동하던가?"

"괜찮았습니다."

울프는 재차 신음소리를 냈다.

"날이 어두워지면 더욱 뚜렷한 성과를 얻을 수 있을걸세. 내 아까 점심 때 지시한 것을 다시 되풀이하겠네. 기어 양과의 인터뷰에 자네가 적극적인 역할을 해야 하네. 그러나 자제력을 발휘해야 해. 만일 자네가 쓸데없는 생각을 한다든지 하면 해켓 씨에게 어떤 결과를 초래할지 알 수 없게 된단 말이야. 자네도 알다시피, 그 사람에 대한 지시는 정확하고 구체적이지만 그가 지시를 제대로 따를지 의심스럽단 말이야. 그리고 기어 양이 큰 소리로 이야기하도록 하게. 그래야 내가 들을 수 있으니까. 그 여자를 자네한테서 제일 멀리, 내 책상 귀퉁이에 앉히도록 해. 그래야만 내가 그 여자를 잘 관찰할 수 있을 테니까."

"예, 알았습니다."

그러나 몇 가지 사정으로 말미암아 나는 울프의 그 명령을 이행할 수가 없었다. 그때는 벌써 6시가 다 되어가고 있었다.

몇 분 뒤 문간에서 초인종이 울리자, 나는 사무실 안을 들여다보고 해켓이 책상에 발을 올려놓지 않았는가를 확인한 다음 복도를 지나 문을 열었다. 기어 양은 거대한 뉴욕 시의 거리를 감히 혼자 다닐 수는 없었던 모양이다. 젠슨 소령이 그녀와 함께 왔다.

"아니 한꺼번에 두 사람이 행차하셨군." 나는 쾌활하게 말했다.

젠슨이 인사를 했다.

"젠슨 소령은 얼떨결에 따라온 거예요. 우리는 함께 칵테일을 마시고 있었거든요."

제인 기어가 나서서 말했다. 그녀는 나를 위아래로 훑어보고는 "자, 이제 들어가도 되죠?" 하고 말했다. 그러고 보니 내가 문간을 가로막고 서 있었던 것이다.

물론 나는 젠슨에게 의자가 부족하니 당신은 밖에 나가 산책이라도 하다가 오시오 하고 말할 수도 있었을 것이다. 그러나 두 사람 중 어느 쪽이든 해켓이 바로 니어로 울프라고 생각하게 만듦으로써 무슨 일이 성취될 것이라면, 나는 그 실험을 위해 제인 기어보다는 젠슨이 더 적합할 것이라는 생각이 들었다. 반면, 해켓은 오로지 제인 기어와의 면담만 준비하고 있었으므로 두 사람이 한꺼번에 그와 대면케

되면 모든 것이 탄로날지도 모르는 일이었다. 그러나 어쨌든 나로서는 혼자서 그런 모험을 할 수는 없었다. 나는 본부의 지시를 구하기로 했다. 나는 그들을 문간방으로 안내하여 기다리라고 한 다음 울프와 상의해야겠다고 생각했다.

"그럼 들어와도 되고 말고, 자, 들어들 오세요."

나는 두 사람을 문간방에 데리고 가 앉혀놓고 복도로 나가려다가 낭패스러운 사실을 발견했다. 문간방에서 사무실로 통하는 문이 열려 있었던 것이다. 그것은 내가 부주의했던 탓이지만, 애초에 나는 그까짓것쯤 열려 있어도 별 복잡한 문제는 생기지 않으리라 생각했다. 그런데 그들이 복도를 건너가게 되면 사무실에 앉아 있는 해켓을 빤히 볼 수 있게 된 것이다. 그러나 그 친구는 거기 앉아 있으라고 데려다 놓은 것이니 이미 나로서는 어쩔 도리가 없었다. 그래서 나는 그대로 복도 끝의 후미진 골방으로 갔다. 울프는 거기 자리잡고 앉아 구멍을 통해 들여다볼 채비를 마치고 있었다. 나는 그에게 목소리를 낮추어 말했다.

"그 여자가 젠슨 소령과 함께 왔습니다. 나는 그 사람들을 문간방에 데려다 놓았습니다. 그런데 사무실로 통하는 문이 열려 있어서 말이죠, 어떻게 하죠?"

울프는 나를 보고 으르렁댔다. 그는 낮게 말했다.

"제기랄. 사무실을 통해 문간방으로 가면서 그 문을 닫아. 젠슨 소령에게는 내가 기어 양과 단둘이 이야기하고 싶어하니까 기다리라고 해. 복도를 통해 그 여자를 사무실로 데리고 들어가란 말이야. 그리고 자네는……."

그 순간 누군가 총을 쏘았다.

적어도 그것은 총소리 같이 들렸다. 그리고 그 소리는 집 밖에서 난 것이 아니었다. 집안의 벽과 공기가 울렸다. 그 소리가 아주 가까이서 난 것을 감안할 때 혹시 내가 총을 쏜 것이었을 수도 있었다. 그러나 나는 분명 쏘지 않았다. 나는 움직였다. 발걸음을 세 차례 크게 뛰다시피 옮겨 나는 사무실로 통하는 문에 닿았다.

사무실에는 해켓이 놀란 얼굴로 아무 말 없이 앉아 있었다. 나는 문간방으로 달려가 보았다. 젠슨과 제인은 둘 다 일어서 있었다. 제인은 오른쪽을, 젠슨은 왼쪽을 향하고 있었는데, 그들 역시 놀란 얼굴로 말없이 서로 상대방을 바라보고 있었다. 그들의 손에는 아무 것도 들려 있지 않았다. 제인만이 핸드백을 들고 있었다. 화약 냄새만 나지 않았더라면 해켓이 그 생강과자를 먹도록 내버려 두었을 것이다. 하지만 나는 총이 발사된 뒤의 냄새를 알고 있었다.

나는 젠슨에게 짧게 물었다. "어떻게 된 거요?"

"당신이야말로 어떻게 된 거요?" 젠슨은 눈을 나에게 돌리며 되물었다. "도대체 누가 쏜 거요?"

"당신이 쏜 거요?"

"아니오, 당신이 쏜 것 아니오?"

나는 제인에게 돌아섰다. "당신이?"

"뭐, 뭐라고? 이 천치 같은!" 제인은 떨리는 목소리를 참느라 말을 더듬었다. "내가 무엇 때문에 총을 쏜단 말이에요!"

"당신이 손에 쥐고 있는 그것 좀 봅시다." 젠슨이 나에게 말했다.

나는 내 손에 권총이 들려 있는 것을 보고 깜짝 놀랐다. 그 방으로 가면서 무의식중에 권총집에서 뽑아든 모양이었다.

"이건 아니오." 나는 총구를 그의 코 밑에 갖다댔다. "그래, 냄새가 납니까?"

그는 킁킁 냄새를 맡아 보더니 "아닌걸" 했다.

"그러나 총은 확실히 이 집 안에서 발사됐어요. 냄새가 나죠?"

내가 말했다.

"물론이죠, 냄새가 나는 것 같소."

"좋소, 그럼 저쪽 울프 씨한테 가서 얘기해 봅시다."

나는 권총으로 사무실 문을 가리키면서 말했다.

제인은 미리 짠 계략에 걸렸느니 어쩌니 하며 투덜거렸다. 나는 사무실로 그들을 안내했다.

"이분이 니어로 울프 선생입니다, 앉으세요들."

나는 최대한의 기지를 동원해 연기를 했다. 그리고 아무리 두리번거려도 진짜 울프가 없는 것을 알고 일이 잘 되어가고 있다고 생각했다. 나는 혹시라도 총과 총알이 발견되면 젠슨과 기어 양을 어떻게 처리해야 할지를 결정해야 했다.

제인은 여전히 항의하듯 투덜대고 있었는데 젠슨이 갑자기 "울프 선생의 머리에 피가 나고 있어요" 하고 소리쳤다.

나는 해킷을 힐끗 보았다. 그는 책상 뒤에서 손으로 책상을 짚고 서서 우리 셋을 물끄러미 바라보았다. 그의 목 쪽으로 피가 똑똑 떨어지고 있었다.

나는 숨을 들이마시며 "프리츠" 하고 큰 소리로 불렀다.

프리츠는 금세 나타났다. 아마 홀에서 기다리고 있었던 것 같다. 그가 들어서자 나는 그에게 내 총을 건네주고, 누구든 호주머니에서 손수건을 꺼내려는 사람에게는 총을 쏘라고 명령했다.

"그 지시는 위험합니다." 젠슨이 날카로운 소리로 말했다. "만약에 그가……."

"그 사람은 괜찮아."

"내 몸을 한번 수색해 주시기 바랍니다."

젠슨은 천장을 향해 두 손을 올리며 말했다.

"그래, 당연히 그럴 겁니다." 나는 그에게 걸어가 그의 목에서 무룸까지 철저히 수색한 뒤 그에게 자리에 가 앉으라고 말했다. 그 다음 제인을 향해 돌아섰다. 제인은 나에게 아주 언짢은 표정을 지어보였다.

나는 말했다. "당신이 몸수색을 거부하고 서툰 동작을 하다가 프리츠가 총을 쏘아도 날 원망하지는 말아요."

제인은 그래도 나를 노려보았다. 나는 그녀에게 접근해 몸수색을 했으나 젠슨만큼 철저하게 하지는 않았다. 나는 그녀의 핸드백을 들여다보고 돌려주었다. 그리고 울프의 책상을 돌아가 해킷을 살펴보았다. 젠슨이 그에게서 피가 난다고 말한 뒤, 그는 손으로 얼굴을 만진 다음 큰 턱을 쭉 내밀고는 손가락에 묻은 피를 들여다보고 있었다.

"내 머리?" 그는 신음소리를 냈다. "내 머리에 맞았다고?"

그의 그러한 행동은 용감한 사람이라는 울프의 명성과는 걸맞지 않는 것이었다.

나는 그를 잠깐 살펴본 다음 또렷한 어조로 말했다. "아닙니다, 선생님. 귀 바깥 부분 위쪽에 살짝 상처가 났을 뿐입니다."

"그럼 난 안 다친 게 확실하지?"

나는 그 순간 그를 죽여버리고 싶은 생각이 났다. 하지만 내 옆에 총을 들고 서 있는 프리츠에게 쓸데없는 동작은 하지 못하도록 감시하라고 일렀다. 그리고 해킷을 데리고 저쪽 구석의 화장실로 들어가 문을 닫았다. 나는 거울 앞에 가서 그의 귀를 보여준 뒤 요오드팅크를 약간 바르고 반창고를 붙여주었다. 그리고 그에게 마음이 가라앉을 때까지 그 안에 있다가 사무실로 나오되 점잖게 행동하라고 말했다. 또 말은 내가 할 테니 쓸데없는 말은 삼가라고 덧붙였다.

사무실로 다시 돌아오니 제인이 나에게 쏘아부쳤다.

"당신, 그 사람도 몸수색했어요?"

나는 그녀를 무시해버리고 울프의 책상을 돌아 의자 뒤를 살펴보았다. 의자의 머리받침은 갈색 가죽으로 씌워져 있었다. 그 꼭대기에서 약 24센티미터, 그리고 그 옆 모서리에서 약 30센티미터 정도 되는 곳, 그러니까 해켓이 앉아 있으면 왼쪽 귀가 있어야 할 곳에 구멍이 하나 나 있었다. 의자 뒤를 살펴보았더니 거기에도 또 하나의 구멍이 나 있었다. 나는 의자 뒤의 벽을 살폈다. 그곳에도 구멍이 하나 나서 벽이 뻥 뚫려 있었다.

나는 내 책상의 맨아래 서랍에서 스크루드라이버와 망치를 꺼내 그 벽에 난 구멍을 더 크게 뚫었다. 조금 뚫고 들어가니까 무엇인지 짤깍 닿는 것이 있었다. 나는 주머니칼을 끄집어내 그것을 후벼 파냈다. 나는 드디어 그것을 파내 엄지손가락과 집게손가락으로 쥐고 돌아섰다. 바로 그때 해켓이 화장실에서 나왔다.

"총알이오." 나는 사람들에게 알려주려는 듯이 말했다. "38구경입니다. 울프 선생의 귀를 스치고 그의 의자를 뚫고 나가 벽에 박혔습니다."

제인은 놀라움을 표시했다. 젠슨은 자리에 그대로 앉아 눈을 가늘게 뜨고 나를 바라보았다. 해켓은 몸을 덜덜 떨었다. 젠슨이 입을 열어 냉정한 목소리로 말했다.

"아마 울프가 스스로 총을 쏘았을 가능성이 있습니다."

"그래요?" 나는 젠슨을 응시했다. "울프 선생은 얼굴에 화약 자국이 있는지 당신에게 보여줄 용의가 있습니다."

"그 양반은 그것을 화장실에서 씻어냈잖아요."

제인이 톡 쏘아댔다.

"화약 자국은 그렇게 쉽게 씻어지지 않아요." 나는 젠슨을 향해 말했다. "내 확대경을 빌려드릴 테니 의자까지도 검사해 보세요."

젠슨은 내 말대로 했다. 그는 고개를 끄떡이며 일어섰다. 나는 울프의 책상에서 큰 확대경을 하나 꺼내 그에게 주었다. 그는 우선 의자의 총구멍 근처를 자세히 살폈다. 이어 해켓에게 다가가 그의 얼굴과 귀 근처를 살폈다.

해켓은 입을 꾹 다물고 앞만 바라보고 서 있었다. 젠슨은 나에게 확대경을 도로 주고 자리에 가 앉았다.

나는 그에게 물었다.

"그래, 울프 선생이 자기 귀를 자기 손으로 쏘았다고 봅니까?"

"아니오." 그는 인정했다. "혹시 총을 무엇으로 싸가지고 쏘았다면 모를까."

"그래 맞아요." 나는 그의 말을 가로막으며 말했다. "그 양반이 총을 손수건으로 감은 다음 팔을 내밀어 총을 잡고 자기 귓불을 겨냥하고 방아쇠를 잡아당겼다는 말이지요? 그래 당신도 한번 그렇게 해 보는 것이 어떻소? 총알이 당신 귓불 앞 부분을 뚫고 나가도록 말입니다."

젠슨은 여전히 나를 응시하며 말했다.

"나는 다만 사태를 객관적으로 파악해 보려 했을 뿐입니다. 하지만 내 생각에 약간의 무리가 있는 것 같습니다."

"내 생각으로는 무슨 일이 일어났느냐 하면……."

해켓이 입을 열자 나는 그의 말을 가로챘다.

"죄송합니다. 그러나 총알도 증거는 되겠지만 총을 찾을 수 있다면 더 좋은 증거가 될 겁니다. 우리도 객관적으로 상황을 파악해야겠습니다. 혹시 문간방에서 총을 발견할 수 있을지도 모릅니다."

나는 이렇게 말하고 해켓에게 같이 가자는 뜻으로 그의 팔꿈치를 잡고 걷기 시작했다.

"프리츠, 저 사람들 꼼짝 말고 가만히 있게 해."

"나도." 젠슨이 일어서면서 말했다. "두 분과 같이 가고 싶습니다. 괜찮겠습니까?"

"쓸데없는 소리 마시오!" 나는 젠슨에게 돌아서며 대꾸했다. 그리고 한 옥타브쯤 높인 목소리로 말했다. "이봐요, 자리에 가만히 앉아 있으란 말이오. 보자보자 하니까! 이게 누구의 집인데 총알이 막 날아다니는 건지, 원."

젠슨은 그래도 무슨 말을 중얼거렸다. 제인도 뭐라고 지껄여댔다. 그러나 나는 그들을 무시하고 해켓을 앞세우고 문간방으로 들어가, 방음장치가 된 문을 닫았다.

"내가 보기엔 말입니다." 해켓이 조심스럽게 말했다. "저 사람들 중 하나가 여기 열려 있는 문을 통해 내 눈에 띄지 않고 나에게 총을 쏘기는 불가능할 것 같은데요."

"당신은 아까도 화장실에서 똑같은 소리를 했죠. 당신은 또 총소리가 들렸을 때 당신이 눈을 뜨고 있었는지 감고 있었는지, 또 어디를 보고 있었는지도 기억나지 않는다고 하지 않았소?"

나는 이렇게 말하고 내 얼굴을 그의 얼굴 가까이 들이댄 다음 말했다.

"이것 봐요, 만약 내가 당신을 쏘았다고 생각한다든지 또는 울프 선생이 당신을 쏘았다고 생각한다면 당신의 그 잔망스러운 머리를 굴리는 꼴밖에 안되니 잠자코 있어요. 가능성은 오직 한가지뿐이오. 총알이 날아온 각도와 당신 귀를 스쳐 의자 뒤를 뚫고 나간 것을 볼 때, 총알은 앞쪽에서 날아왔어야 해요. 저 문에서 이 방으로 날아 온 것이 확실하단 말이오. 그외에 복도 쪽의 문이나 다른 곳에서 날아왔을 리가 없어요. 왜냐하면 총알이 커브를 그리며 날아오도록 된 권총은 없으니까. 자, 그러니 당신은 가만히 앉아 잠자코 있으란 말이오."

해켓은 뭐라고 중얼거리더니 시키는 대로 앉았다. 나는 이어 여러 가지 가능성을 생각해 보았다. 나는, 총이 그 방에서 발사됐다면 그

총이 아직 그 방 어디엔가에 있거나 바깥으로 던져졌을 것이라는 가정을 내렸다. 바깥으로 가져갔을 가능성은 없을 것으로 생각되었다. 총이 발사된 지 5초 후에 내가 그 방에 가 보았을 때 두 사람은 서로 쳐다보며 서 있었기 때문이었다. 모든 창문이 닫혀 있었을 뿐 아니라 블라인드까지 쳐져 있었으므로 밖으로 내던져졌을 가능성도 희박했다. 그러니까 첫번째 경우가 유일하게 가능한 경우였다.

나는 방 구석구석을 뒤지기 시작했다. 그러나 나에게는 내가 아무리 철저히 뒤져도 총은 나오지 않을 것이라는 이상한 예감이 들었다. 나는 그 까닭을 이해할 수 없었다.

그러나 어쨌든 그것이 예감이었다면 그날은 예감으로서는 재수없는 날이었다. 왜냐하면 창문과 창문 사이에 놓인 테이블 위의 꽃병이 눈에 띄길래 그 꽃병을 들여다보았더니 무엇인가 흰 물체가 있었는데, 내가 거기 손을 넣자 손에 총이 잡혔기 때문이었다. 나는 방아쇠 틀을 붙잡고 그것을 들어올렸다. 냄새를 맡아보니 아직 화약 냄새가 나는 것이 총알이 발사된 지 얼마 안 되었음이 분명했다. 손을 대보니 총열은 이미 차가웠다. 그것은 낡은 그랜빌 38구경으로 완전히 녹슬어 버리다시피 한 것이었다.

내가 꽃병을 들여다보았을 때 보인 하얀 물건은, 남자들이 보통 가지고 다니는 무명 손수건으로 한가운데에 구멍이 뚫려 있었고 그리로 권총 손잡이가 튀어나와 있었다. 조심스레 탄창을 열었더니, 안에는 총알 다섯 개에 탄피 하나가 들어 있었다. 내 옆에서 해켓이 뭐라고 중얼거리려는 것을 나는 퉁명스럽게 제지했다.

"그래, 이 총은 총알이 발사된 지 얼마 안되는데 내 것도 아니고 울프의 것도 아니야. 혹시 당신 것 아니요? 아니라고? 알았어요. 당신 셔츠 그냥 계속 입고 있어요. 사무실로 돌아갑시다. 당신의 방해를 받지 않고 나 혼자 궁리할 것이 있소. 혹시라도 나를 도와

주려고 하지는 마시오. 만약에 이 사건이 제대로 해결되면 당신은 보너스로 100달러를 더 받게 될 테니, 알겠소?"

그러자 웬걸, 그는 "200달러 줘야 해요. 난 총에 맞아 죽기 일보 직전까지 가지 않았습니까" 하는 것이었다.

나는 두 번째 100달러는 울프 선생하고 얘기해서 받아야 할 것이라고 말하면서 그를 앞세워 사무실로 들어갔다. 해켓은 제인 기어가 앉은 자리를 돌아, 조금 전 자기가 총에 맞아 죽을 뻔했던 자리로 가서 앉았다. 나는 내 의자에 앉아 바깥쪽을 바라보았다.

젠슨이 날카롭게 물었다. "당신 가지고 있는 게 뭡니까?"

"이건 말이죠." 나는 흔쾌히 대답했다. "오래된 권총으로 조금전에 발사된 그랜빌 38구경입니다."

나는 내 책상 위에 그 권총을 내려놓았다.

"프리츠, 내 권총을 돌려 주게."

프리츠가 내 권총을 가져와 나는 손에 그것을 들고 말했다.

"고맙네. 이 또 하나의 권총은 저 방 테이블 위의 꽃병 속에서 손수건에 싸여져 있었던 것이야. 권총 속에서 다섯 발의 총알과 한 개의 탄피를 발견했네. 이 권총은 이 집안에서는 처음 보는 거야. 여태까지 본 일이 없는 물건이지. 이것은 우리에게 닥친 위험한 상황을 해결하는 열쇠가 될 것 같네."

제인 기어가 드디어 폭발했다. 그녀는 나를 형편없이 못된 인간이라고 욕을 퍼붓기 시작했다. 이어 자기는 변호사를 원하며 당장 변호사한테 가겠다고 말했다. 제인은 또 해켓에게도 갖은 욕설을 다 퍼부었다. 그러면서 이건 역사상 가장 더러운 계략이라고 말했다.

"이제 알겠어! 당신은 루트 대위도 이런 식으로 함정에 빠뜨렸지? 나는 괜히 어리석게도 저 스컹크 같은 굿윈의 감언이설에 속아 당신을 그대로 놓아뒀지만 이번만은 그렇게 호락호락 내버려두지 않을 걸.”

제인은 해킷에게 소리쳤다.

그러자 해킷이 제인 기어에게 말대꾸를 하려 했다. 그의 목소리가 자꾸만 커지더니 그녀가 잠깐 숨을 몰아쉬자 기어코 그는 한바탕 고함을 쏟아놓았다.

“뭐라고, 용서할 수 없다고? 여기 와서 나를 죽이려 했으면서! 넌 나를 죽일 뻔했어! 그러고도 루트 대위니 뭐니 하면서 나에게 욕을 퍼붓다니. 난 루트 대위라고는 들어본 일도 없단 말이야!”

해킷은 진짜 화가 나서 고래고래 소리를 질렀다. 그는 필경 자기가 니어로 울프 대역을 하고 있다는 것을 잊었든지, 아니면 자기가 진짜 니어로 울프라고 착각을 일으켰든지 둘 중의 하나였다. 그는 말을 이었다. “이봐, 젊은 계집아, 내 말을 들어. 네가 정 그러면…….”

제인 기어는 발딱 일어서서 문쪽으로 걸어가기 시작했다. 나는 즉시 일어서서 그녀를 따라갔는데, 그녀는 방을 반쯤 가로질러 가더니 갑자기 멈춰 섰다. 문간에 스스로 작동하는 거대한 물체가 턱 가로막고 섰기 때문이었다. 제인은 눈이 휘둥그레져서 더 이상 움직이지 못하고 뒤로 몇 발자국 물러섰다.

그 거대한 물체는 앞으로 전진하다가 멈춰 서서는 입을 열었다.

“안녕하시오, 내가 바로 니어로 울프요.”

그의 연기는 훌륭했다. 따라서 그 영향은 대단했다. 아무도 입을 열지 못했다. 거인이 다시 몇 발자국 걸어 들어오자 제인 기어는 다시 뒤로 물러섰다.

울프는 자기 책상 귀퉁이에 가서 서더니 손가락으로 해킷에게 신호했다.

“선생, 다른 자리에 가 앉으시지.”

해킷은 슬그머니 물러서더니 붉은 가죽 의자 쪽으로 갔다.

울프는 자기 의자 뒤에 난 구멍과 이어 뒷벽에 난 구멍을 들여다보더니 신음소리를 냈다. 그리고 자리에 앉았다.

"이건 별볼 일 없는 광대놀이로군." 젠슨이 소리쳤다.

제인은 "난 가겠어" 하고 문을 향해 걸어가기 시작했다. 그러나 그녀가 그러리라고 예상하고 있었던 나는 두 걸음 앞으로 나가 그 여자의 팔을 붙들고 꽉 쥐었다. 그리고 그녀가 반항하면 한번 비틀어줄 준비를 했다.

그러자 젠슨이 두 주먹을 쥐고 벌떡 일어섰다. 분명 지난 48시간 사이에 그는 다른 사나이가 제인에게 손을 대면 아드레날린이 솟구쳐 나올 정도로 그녀와 가까워진 모양이었다.

"그만들 둬." 울프는 호령했다. 방안의 모든 사람들은 일단의 조각품으로 변했다. "기어 양, 당신은 내가 하는 말을 들은 다음, 그래도 가고 싶거든 가도 좋소. 젠슨 씨, 앉으시오. 아치, 자네는 자네 책상으로 가 앉게. 그리고 언제든지 총을 사용할 준비를 갖추도록. 저 사람들 중 하나는 살인자니까."

"그건 거짓말이오." 젠슨은 가쁘게 숨을 몰아쉬었다. "당신은 도대체 누구요?"

"나는 이미 나 자신을 소개했습니다, 선생. 저기 저분은 내가 임시로 고용한 사람이오. 나는 내 생명이 위협을 받게 되자, 저 사람에게 내 역할을 대신하도록 채용한 거요."

제인은 "뚱뚱한 겁쟁이 같으니" 하고는 울프를 향해 침을 뱉었다.

울프는 머리를 저었다.

"아니올시다, 기어 양. 겁쟁이가 아니라는 것은 전혀 대단한 일이 아닙니다. 그래요, 나는 내가 겁쟁이라는 것을 받아들이겠소이다. 나는 비겁함 때문이 아니라 자부심 때문에, 나를 죽이려 할 정도로 그 대담하고 꾀많은 사람을 나만이 잡을 수 있다고 생각한 거죠.

그래서 그를 잡기 위해서라도 내가 살아 있어야 겠다고 결심한 겁니다."

울프는 갑자기 나를 향했다.

"아치, 크레이머 경감에게 전화를 걸게."

제인과 젠슨은 무슨 말을 하려고 둘 다 벌떡 일어섰다.

울프는 그들을 제지했다. "떠들지들 마시오. 곧 두 분이 경찰을 택하든지 나를 택하든지 선택하게 해줄 테니. 그러나 우선 크레이머 씨의 도움이 필요할 겁니다."

이어 그는 해켓을 보고 말했다. "당신, 이 소동에서 빠져나가고 싶거든 이층에 당신 방이 있으니……."

"아닙니다. 나도 여기 있겠습니다." 해켓이 선언했다. "나도 죽을 뻔했으니 이 사건에 관심이 있습니다."

"저, 크레이머가 나왔습니다." 나는 울프에게 전화를 돌려주었다.

울프는 자기 수화기를 들어올렸다. "안녕하십니까? 아니오, 아니에요. 부탁할 게 하나 있소. 지금 당장 사람을 보내준다면 권총 한 자루와 총알 하나를 보내 드리지요. 부탁할 것은 첫째, 권총에서 지문을 채취해 사본을 보내 주시오. 둘째, 권총 소유자가 누구인가를 가능하다면 알아봐 주시오. 셋째, 권총을 한번 쏘아보고 그 총알을 내가 보내는 총알과 젠슨 씨 및 도일 씨를 쏘아죽인 총알들과 비교해 주시오. 그리고 나에게 결과를 좀 알려 주시오. 부탁은 이게 전부요. 아닙니다, 아니에요. 제발 그러지 마시오! 만약 당신이 직접 오면 문간에서 주머니만 건네주게 하고 들여놓지도 않을 테니까. 난 바빠요."

울프가 전화를 끊자 나는 "크레이머에게 손수건도 주어야 하나요?" 하고 물었다.

"어디 보세."

나는 손수건 뚫어진 데로 권총 손잡이가 비쭉 나와 있는 것을 그대로 그에게 건네주었다. 울프는 그 손수건에 세탁소의 표시나 그 밖의 아무런 표시도 없으며 그것이 거의 아무 포목점에서나 살 수 있는 것이라는 점을 깨닫고는 쓴웃음을 지었다.

　"이 손수건은 우리가 갖고 있기로 하지."

　젠슨이 물었다. "아니 손수건은 무엇에 쓴 겁니까?"

　울프는 두 눈을 스르르 감았다. 그는, 젠슨이 아무 죄도 없어서 그러는 것인지 아니면 자기 죄를 감추기 위해 그러는 것인지를 결정하기 위해 젠슨의 표정과 말소리 그리고 그의 정신적 위도와 경도를 재보고 있는 것이 분명했다. 울프는 남의 속을 측량할 때는 언제나 그런 식으로 눈을 지그시 감는 버릇이 있었다. 잠시 후 그의 눈은 다시 반쯤 열렸다.

　울프는 말했다.

　"만약에 어떤 자가 방금 총을 쏘았다면, 그리고 손을 씻을 기회가 없었다면 그자의 손을 검사해 보면 금방 명백한 증거가 드러나는 법이죠. 아마 당신도 그것은 알고 있을 겁니다. 당신들 중 한 사람, 총을 쏜 사람은 알고 있을 거요. 그래서 손수건으로 손을 보호한 겁니다. 현미경으로 보면 손수건에는 많은 화약가루와 그 밖의 자국이 남아 있을 겁니다. 손수건이 남자용이라는 건 별 도움이 안 됩니다. 젠슨 소령은 물론 남자 손수건을 가지고 있겠지만 기어 양의 경우에는 그것을 사거나 빌릴 수도 있을 테니까."

　"당신은 조금 전에 무슨 말을 하겠다고 했잖아요." 기어 양이 쏘아붙였다. 그녀와 젠슨은 다시 제자리로 돌아가 앉았다. "그런데 아직 아무 말도 하지 않았어요. 그래 당신은 총이 발사되었을 때 어디 있었나요?"

　"휴." 울프는 한숨을 쉬었다. "프리츠, 이 총과 총알을 휴지로 잘 싸서 상자 안에 넣었다가 경찰에서 가지러 오면 주도록 하게. 그 전에 우선 맥주 좀 가져오게. 맥주 마시고 싶은 사람 또 없소?"

그러나 이런 긴박한 상황에서 맥주를 원하는 사람은 아무도 없었다.

"좋아요, 기어 양. 이 집안 사람들이 교묘한 요술을 부렸다고 생각하거나 생각하는 척하는 것은 부질없는 일입니다. 총이 발사된 순간 나는 이 방 내부가 보이고 또 이 방에서 이야기하는 소리가 들리는 장소에 있었습니다."

울프의 시선이 젠슨에게로 갔다가 다시 제인 기어한테로 돌아갔다.

"당신네들 둘 중의 하나는 잘못을 저지르기 쉽습니다. 그래서 나는 가능하다면 잘못을 미리 방지하고 싶어요. 나는 아직, 총이 발사됐을 때 당신들이 어디 있었으며 무엇을 하고 있었느냐고 묻지 않았습니다. 그러나 나는 그것을 묻기 전에 이것을 지적하고 싶어요. 즉 지금까지 알려진 정보만 가지고도 총알이 문간방으로 들어가는 저 문에서 왔고 저 문은 그때 열려 있었다는 사실 말입니다. 해켓 씨가 총을 쏘지 않았다는 것은 확실해요. 젠슨 씨도 그것은 인정했죠. 브레너씨는 부엌에 있었소. 그러니 나는 당신들 중 한 사람에게 경고하고 싶어요. 이상의 사실들은 살인 재판에서 배심원들을 만족시키기에 충분하다는 사실을 말입니다.

그런데 당신들이 총이 발사된 순간 같이 있었으며, 그것도 서로 마주볼 정도로 가까이 있었다고 주장하면 어떻게 될까요? 당신들이 그렇게 주장한다면 실제로 총을 쏜 쪽에게는 유리한 주장이 되겠지만 다른 한쪽에게는 결국 큰 화근이 될 것입니다. 왜냐하면 진실이 밝혀질 경우 그 사람도 같이 공모하지 않았느냐 하는 의심을 받게 될 것이기 때문이죠. 두 사람이 서로 안 지 얼마나 됐지요?"

제인은 이로 지그시 아랫입술을 깨물고 있었다. 그러다가 그녀는 아랫입술을 풀고는 말했다. "그저께 여기서 만났습니다."

"그래요? 그게 사실입니까, 젠슨 씨?"

"예, 사실입니다."

울프의 눈썹이 위로 올라갔다. "애정이 값비싼 희생을 감수할 정도로 그 기간이 길었다고 볼 수는 없겠군요. 애정의 불꽃이 유난히 뜨겁지 않은 한 살인을 공모하기에 충분할 정도는 아니라는 말이지요. 기어 양, 나는 우리가 여기서 원하는 것은 오직 진실뿐이라는 것을 당신이 이해해 주길 바라오. 총이 발사되었을 때 당신은 어디 있었고, 무엇을 하고 있었죠?"

"나는 피아노 옆에 서 있었어요. 핸드백을 피아노 위에 올려놓고 여는 중이었죠."

"어느 쪽을 향해 서 있었나요?"

"창문 쪽이오."

"젠슨 씨를 쳐다보고 있었나요?"

"그 순간에는 쳐다보지 않고 있었어요."

"고맙소."

울프의 눈이 젠슨 쪽으로 옮겨졌다.

"젠슨 씨는 어디에 있었나요?"

"나는 복도로 통하는 문간에 서서 안쪽을 바라보면서, 굿윈이 어디로 갔을까 몹시 궁금히 여기고 있었죠. 어떤 특별한 이유 때문은 아니었지만, 그 순간 나는 기어 양을 쳐다보지 않고 있었습니다."

울프는 프리츠가 갖다놓은 맥주를 따랐다.

"자, 그럼 우리 여기서 한 가지 결정해야 할 것이 있습니다."

울프는 두 사람을 응시하며 말을 이었다.

"기어 양, 당신은 변호사에게 가겠다고 말했죠. 가고 싶으면 얼마든지 가도 됩니다. 그러나 지금 당장은 두 분 중 어느 분도 여기서 걸어나가 마음대로 돌아다니거나 활동하도록 허용할 수 없어요. 특히 그 총알이 나를 겨냥했던 것이기 때문에 나로선 절대 그렇게 할 수 없어요. 또 한편 우리는 크레이머 씨로부터 보고를 받기 전까지는 문제의 해결을 위해 잘난 척하고 손을 쓸 수가 없는 처지입니다. 그러니 약간 시간이 흘러야 합니다."

울프는 깊은 숨을 내쉬었다.

"아치, 저분들을 문간방으로 모시고 가서 내가 부를 때까지 함께 있어 주게. 초인종이 울리면 프리츠가 나갈걸세."

기다림은 두 시간이나 계속되어 몹시 지루했다.

9시가 되기 조금 전에 초인종이 울리고 프리츠가 들어오자, 나는 단조로운 대기 상태가 깨어진 것이 퍽이나 반가웠다.

프리츠가 말했다.

"아치, 울프 선생이 사무실로 오라는군요. 크레이머 경감이 스테빈스 경사와 같이 와 있어요. 나에게 대신 여기 있으랍니다."

문간방의 분위기도 유쾌한 것은 아니었지만 사무실의 분위기는 험악할 정도였다. 울프를 힐끗 쳐다보기만 해도 그가 참을 수 없는 분노를 느끼고 있다는 것을 알 수 있었다. 그는 집게손가락으로 책상 위에 동그라미를 연신 그리며 치밀어 오르는 분노를 억누르고 있었다. 해켓은 사무실 안에 없었다. 펄리 스테빈스 경사는 벽에 기대어 엄숙한 표정을 짓고 서 있었다. 크레이머 경감은 붉은 가죽 의자에 앉아 있었다. 그의 얼굴은 그 가죽 의자만큼이나 붉어 보였다.

울프는 책상 위에 있는 종이를 손으로 두드렸다.

"아치, 이것좀 보게."

나는 다가가 그 종이를 들여다보았다. 그것은 수색영장이었다. 아니, 이게 웬일인가! 나는 크레이머가 아직 살아 있고 울프도 무사한 것이 놀랍게 여겨졌다.

크레이머는 으르렁대며 분을 참느라 씩씩거리고 있었다.

"울프, 난 당신이 아까 한 소리를 안 들은 것으로 하겠소. 그건 말도 안되는 소리요. 당신은 나를 여러 번 골탕 먹였소. 당신이 보낸 그 총에서 발사된 총알은 젠슨과 도일을 쏘아죽인 총알들과 똑같은 것이었소. 당신이 보내준 바로 그 총이 그들을 살해하는 데 사용된 총이 맞소. 그러니까 당신은 범인을 감춰두고 있는 거요. 내가 바보같이 와서 빌어야만 내놓았지. 나는 지금까지 당신에게 신물이 날 정도로 빌었소."

크레이머는 일어서며 말했다. "우리는 이 집을 수색하겠소."

"당신이 만약 이 집을 뒤지면 젠슨 씨와 도일 씨를 죽인 범인은 절대 못 잡을걸."

크레이머는 다시 의자에 주저앉으며 "못 잡는다고?" 하고 반문했다.

"못 잡고말고."

"당신이 방해한다 이 말이지?"

"무슨 소리." 울프는 지겹다는 듯 말했다. "이제는 나보고 사법 처리의 방해는 죄가 된다고 정식으로 경고할 작정이오? 나는 범인이 잡히지 않을 거라고는 말하지 않았소. 당신이 범인을 잡지 못할 거라고 말했을 뿐이오. 왜냐하면 내가 벌써 잡았으니까 말이오."

크레이머가 말했다. "웃기는 소리 그만하시오!"

"아니, 난 사실을 말하는 거요. 그 권총과 총알에 관한 당신의 보고로 문제가 해결이 된 거요. 그러나 문제가 약간 복잡하다는 것을 시인하겠소. 당신에게 정식으로 경고하는 바이지만, 당신은 이 문제를 절대로 해결할 수 없소. 내가 해결해야지."

울프는 이렇게 말하고 수색영장을 책상 끝으로 밀어버렸다.

"그러니 이것은 찢어버리라구."

크레이머는 머리를 흔들었다.

"울프, 당신은 내가 당신이라는 사람을 잘 안다는 것을 잊지 않았겠지? 내가 당신을 모르는 줄 아시오? 그렇지만 나는 이 영장을 집행하기 전에 담판을 지을 용의도 있소."

"천만에." 울프는 다시 속삭이는 소리로 말했다. "나는 강압에 굴복할 사람이 아니오. 필요하다면 지방 검찰청의 스키너 검사를 직접 상대할 용의도 있소. 자, 이것을 찢어버리든지 아니면 집행하든지 하란 말이오."

스키너 운운한 것은 크레이머에게는 치사한 협박이었다. 왜냐하면 크레이머는 스키너 검사를 우리의 민주주의적 정부체제에 생겨난 흠집이라 생각하고 있는 사람이기 때문이었다. 크레이머는 영장을 한번 보고, 울프를 바라보고, 이어 나를 바라본 뒤, 다시 영장을 들여다보았다. 이어 영장을 집어들더니 찢어버렸다.

"그래 총의 주인은 찾을 수 있을 것 같소?" 울프가 물었다.

"아니오, 추적이 불가능하오. 번호가 지워져 없단 말이오. 1910년경의 것인데, 새겨진 글자 중에서 그 이상 알 수 있는 것은 아무 것도 없소. 더러운 때밖에는 아무 것도 없소."

울프는 고개를 끄덕였다. "당연하지. 깨끗이 씻고 장갑을 끼고 하는 것보다 한결 간단하니까…… 살인자는 이 집 안에 있단 말이오."

"나도 그렇게 의심은 하고 있었소. 그래 그자는 당신의 고객이오?"

"문제가 복잡해진 주된 이유는 말이오." 울프는 그의 독특한 그르렁거리는 소리로 말했다. "저 문간방에 남자 하나와 여자 하나가 있는데 그중 하나가 살인자라고 가정할 때 어느 쪽이냐 하는 것이지요."

크레이머는 비웃는 표정으로 말했다. "당신은 아까 가정한다는 말은 쓰지 않았소, 당신은 범인을 잡았다고 했잖소?"

"그래 맞아요, 범인은 남자인지 여자인지 모르지만 저 방 안에 갇힌 상태에 있소, 당신이 숱한 형사들을 동원해 파헤치기 전에—— 아마 그 방법밖엔 없는 것 같이 보이는데——그 동안 어떤 일이 일어났었는지 얘기해 주겠소, 우선, 나는 그 협박 편지를 받았을 때나와 비슷하게 생긴 사람을 하나 채용했소,"

펄리 스테빈스는 두 사람이 하는 말을 받아 적느라고 혓바닥 끝을 물어뜯을 뻔했다.

마침내 울프는 말을 끝마쳤다. 크레이머는 계속 찌푸린 얼굴로 앉아 있었다.

울프는 다시 그르렁거리는 소리로 말했다. "자, 내가 이야기하고 싶은 것은 이것이 전부요, 나는 우리가 현재 확보한 증거로 이 집안에 있는 용의자 문제를 해결할 수 있을지 의문이오, 당신은 부하들을 동원하시오,"

크레이머는 투덜거리듯 말했다.

"당신이 또 양념을 얼마나 쳤는지 알았으면 좋겠소,"

"양념이라고는 하나도 치지 않았소, 나는 이 사건에 대해 단지 한 가지 관심밖엔 없어요, 나에게 수사를 의뢰한 고객도 없소, 나는 지금까지 감춘 것도 없고 보탠 것도 없소,"

"그랬을 수도 있겠지요," 크레이머는 돌연 몸을 꼿꼿이 세웠다. "좋소, 그럼 당신의 진술을 바탕으로 일을 추진해보기로 하지요, 우선 그 사람들에게 약간 질문을 해 보았으면 좋겠소,"

"그럴 줄 알았소," 울프는 가만히 앉아서 남이 질문하는 것을 고분고분 듣고 있을 사람이 아니었다. "물론 당신은 공적인 지위에 있기 때문에 불리한 점이 있을 거요, 어느 쪽을 먼저 심문하겠소?"

크레이머는 자리에서 일어섰다. "둘 중의 어느 한 사람하고 이야기하기 전에 우선 그 방을 한번 보고 싶소. 물건들이 어떻게 배치되어 있는지, 특히 그 꽃병이 어디 있는지를 보고 싶소."

제인은 피아노 의자에 앉아 있고 젠슨은 소파에 앉아 있었다. 우리가 들어서자 자리에서 일어섰다. 프리츠는 창가에 서 있었다.

울프가 말했다. "이 분은 크레이머 경감입니다, 기어 양."

기어 양은 꼼짝도 하지 않았다.

울프가 또 말했다. "젠슨 씨, 크레이머 경감과는 구면이신 것 같은데……"

"네, 구면입니다." 젠슨은 오랫동안 말을 하지 않아서인지 쉰목소리로 답했다. 그는 목을 가다듬었다. "그러고 보니 경찰을 부르지 않기로 한 합의도 그냥 지나가는 말이었군요."

젠슨은 분통을 터뜨리는 것 같았다.

"그런 합의는 없었지요. 나는 크레이머 씨를 사건에서 무한정 제쳐 놓을 수는 없을 거라고 생각했소. 나를 향해, 아니 해킷 씨를 향해 쏜 총알은 저 꽃병 속에 있던 권총에서 발사된 것이었지요."

울프는 꽃병을 가리켰다. "그리고 당신 아버지와 도일 씨를 쏘아죽인 총알도 그 권총에서 발사되었고, 그러니까 수사 범위는 좁아질 수밖에 없지요."

"나는 변호사요." 제인 기어가 울프의 말을 가로막고 냉정하게 말하기 시작했다. 그 목소리는 내가 그때까지 들어본 그녀의 목소리와는 전혀 다른 생소한 것이었다. "상의할 권리를 주장하는 바입니다."

"조금만 기다리세요." 크레이머는 달래는 듯한 말투로 말했다. "우리 서로 말로 해결지어 봅시다. 그 전에 이 방을 좀 살펴보도록 하겠소."

크레이머는 방안의 물건들을 자세히 살펴보기 시작했다. 스테빈스 경사도 방안을 이곳저곳 살피고 돌아다녔다. 그들은 여러 각도에서 거리를 재보기도 하고 물건들이 놓인 위치도 살펴보았다.

이어 그들은 이러한 의문을 제기했다. 총알이 의자와 의자 뒤 벽에 구멍이 나도록 발사되려면 이 방의 어느 위치에서 총을 쏘아야 했을까? 그들은 이 문제를 해결하느라 머리를 맞대고 있었다.

그때 울프가 프리츠를 향하여 물었다.

"쿠션 하나는 어디로 간 거지?"

프리츠는 깜짝 놀랐다. "쿠션 하나라니요?"

"저 소파에 비로드 쿠션이 6개 있었잖아. 그런데 지금은 5개뿐이니 말야. 자네가 치웠나?"

"아닙니다." 프리츠는 소파를 바라보며 쿠션을 세었다. "그렇군요, 어떻게 된 일인지 알 수 없는데요, 어제까지만 해도 다 여기 있었는데요."

"자네, 확신하나?"

"예, 물론입니다. 확신합니다."

"그럼, 찾아봐. 아치, 자네도 같이 찾아보게."

내 느낌으로는, 소파 쿠션을 찾기에는 어색한 때인 것 같았다. 하지만 별로 할 일도 없고 해서 나는 시키는 대로 하기로 했다.

나는 마침내 울프에게 말했다.

"이 방 안에는 없습니다. 여기엔 없어요."

그는 나에게 중얼거리듯 말했다. "그런 것 같군."

나는 울프의 얼굴을 살펴보았다. 그의 얼굴에는 내가 익히 아는 표정이 어려 있었다. 그것은 흥분한 표정은 아니었다. 비록 나에겐 언제나 흥분을 자아내는 그런 표정이었지만, 그는 목을 꼿꼿이 세웠다. 흡사 두뇌 활동을 방해받지 않기 위해 머리가 움직이는 것을 방지하려는 듯이 그의 눈은 반쯤 감겨 있었으며 아무것도 쳐다보지 않았다. 그는 입술을 움직이다가 삐죽 내밀었다가는 들이민 다음 다시 내밀곤

했다.

울프는 갑자기 홱 돌아서며 말했다.

"크레이머 씨! 스테빈스 씨를 여기 남겨두어 젠슨 씨와 기어 양과 함께 있도록 합시다. 당신도 여기 있으려면 있고, 같이 가고 싶으면 따라오고, 프리츠와 아치는 나를 따라와."

울프는 사무실을 향해 걸어갔다. 울프의 어투를 나만큼이나 잘 아는 크레이머는 아무 말없이 우리를 쫓아왔다.

울프는 자기 의자에 앉고 나서야 말했다. "나는 그 쿠션이 집 안에 있는지 알아야겠어. 지하실부터 모든 곳을 샅샅이 뒤져 봐, 남쪽 방만 빼놓고. 그 방에는 지금 해켓 씨가 누워 있으니까. 우선 이 방부터 시작하지."

크레이머가 큰 소리로 물었다.

"도대체 무슨 짓을 하고 있는 거요?"

"해답이 나오면 설명해 주겠소. 나는 여기 앉아서 일을 해야겠소. 그러니 방해하지 말도록." 울프가 말했다.

울프는 의자에 기대고 앉아 눈을 감았다. 그의 입술이 다시 움직이기 시작했다. 크레이머도 의자에 푹 기대고 앉아 다리를 꼬았다. 그리고 시거를 하나 꺼내 이 사이에 물었다.

내가 사무실 안을 뒤지기 시작한 지 30분쯤 지났을 때, 울프의 신음소리가 들렸다. 나는 그쪽을 돌아보다가 사다리를 쓰러뜨릴 뻔했다. 울프는 부지런히 움직이고 있었다. 그는 자기 책상 옆 한귀퉁이에 있는 쓰레기통을 집어들어 그 안을 살피더니 머리를 흔들었다. 위에서부터 첫째 서랍과 둘째 서랍을 뒤졌으나 분명 자기가 찾는 것을 찾지 못한 것 같았다. 이어 울프는 맨 아래에 있는, 보통 서랍 두 개를 합친 것만큼이나 큰 서랍을 열어 한껏 잡아당겼다. 그는 그 안을 들여다보다가 더 자세히 들여다보기 위해 고개를 수그렸다. 그리고 서랍을 다시 집어넣은 다음 "찾았다, 찾았어" 하고 소리쳤다.

울프의 외침 속에는 자기만족과 기쁨이 담겨 있었다.

우리는 모두 눈이 휘둥그레져서 그를 보았다.

울프는 나를 쳐다보고 말했다.

"아치, 거기서 빨리 내려오도록 하게. 내려오다 사다리에서 떨어지지 않도록 조심하고. 그리고 자네 책상 서랍을 뒤져서 내 총 중 발사된 것이 있는지 한번 조사해보게."

나는 사다리에서 내려와 책상으로 가서 서랍을 열었다. 첫 번째로 집어든 총은 발사된 흔적이 없었다. 나는 두 번째 총을 들어올려 냄새를 맡아 보았다.

"예, 이놈이 발사됐군요. 탄알이 6개 있었는데 지금은 5개밖에 없는데요. 쿠션 수와 같아요. 탄피도 여기 있습니다."

"치! 고약한 놈 같으니라구! 기어 양하고 젠슨 씨에게 그동안 어떤 일이 일어났는지 알고 싶으면 이리 들어오라고 하게. 아니면 집에 돌아가든지. 하여간 아무 데나 가고 싶은 데로 가라고 해. 그들은 이제 필요없으니까. 스테빈스 형사를 데리고 이층에 가 해킷 씨를 데리고 오게. 조심해야 돼. 그 친구 몸을 조심해서 수색해봐. 놈은 아주 위험하니까."

제인과 젠슨은 사무실에 와서 나머지 사람들과 합류하는 것에 대해 제비뽑기로 결정하기로 했다. 그들이 제비뽑기를 하면서 취한 포즈는 가관이었다. 두 사람은 서로 상대방을 향해 선 상태에서, 젠슨은 오른손을 제인의 왼쪽 어깨에 올려놓고 제인은 오른손을, 아니 손가락만을 젠슨의 왼쪽 팔에 얹었다.

나는 그들이 사무실을 찾아오도록 먼저 방을 나와버렸다. 그리고 펄리 스테빈스에게 우리가 할 일을 설명하고 함께 이층으로 올라갔다.

우리가 해켓을 끌고 사무실로 돌아온 것은 약 10분 후였다. 해켓의 몸을 수색하려 했을 때 나는 생전 처음 겪는 완강한 저항에 부딪쳤다. 우리는 그를 꼼짝 못하게 만들어 사무실로 데려왔다. 완력을 사용해야만 했다.

그 자를 사무실로 데리고 와서 나는 말했다.

"이 친구 오기 싫어 하던데요."

그 순간 울프가 보인 반응에 눈에 띄는 것이 있었다. 나는 울프가 범인을 잡고 그렇게 고소해하는 것을 그때까지 본 적이 없었다. 그는 해켓을 자세히 연구할 가치가 있는 진기한 물건이라도 되는 듯 호기심에 찬 눈으로 살폈다.

"펄리 스테빈스의 생각으로는 전에 본 적이 있는 놈인 듯싶다는데요." 내가 말했다.

펄리는 예절바른 경관답게 자기 상관을 향해 말했다. "경감님, 분명히 어디선가 보기는 본 놈인데 지금 잘 생각이 나지 않는군요."

그러자 울프가 말했다. "아마 제복을 입으면 알아볼 수 있을 거요. 그때는 제복을 입고 있었을지도 모르지."

"제복이라고요?" 펄리가 소리쳤다. "군대 제복 말입니까?"

울프는 고개를 흔들고 말했다. "크레이머 씨가 수요일 아침에 그러는데, 젠슨 씨와 도일 씨가 살해됐을 때 현장 부근에 있던 그 아파트의 바보같이 생긴 뚱뚱보 수위는 2주일 전에 새로 고용되어 입주자들의 이름도 모르는 자였다고 하더군. 또 그 자는 두 사람이 총에 맞아 죽었을 때 지하실에서 보일러에 불을 붙이고 있었다고 주장했다지. 그러니까 지금 전화 한 통이면 그 뚱뚱보가 아직 수위로 일하고 있는지 금방 알 수 있을 거요."

"아니야, 그 자는 거기 없소." 크레이머가 큰 소리로 말했다. "그 친구는 수요일 오후, 사람이 살해된 곳에서 일하기 싫다면서 그만두고 가버렸답니다. 나는 그 자를 본 적이 없고 내 부하 몇 사람이 보았어요."

"그래요." 펄리는 해켓의 얼굴을 자세히 뜯어보며 말했다. "그래 맞아, 이자가 그 수위예요."

"이 친구는 말이야." 울프가 말했다. "바보와 천재의 소질이 묘하게 조화를 이룬 자란 말이야. 이 친구는 나와 젠슨 씨를 죽이기로 결심하고 뉴욕에 온 자야. 그런데 해켓 씨, 당신 어지러워 보이는데, 내가 하는 말 들리나?"

해켓은 아무 말도 하지 않았다.

"당신, 듣고 있으리라 생각하네." 울프는 계속했다. "당신은 아마 이 말에 관심이 있을 거야. 나는 군 정보국에 메릴랜드주 형무소에 있는 루트 대위의 소지품들을 좀 조사해 달라고 부탁했었지. 그리고 몇 분 전 정보국에 전화를 해서 알아보았어. 루트 대위는 자기 아버지와 서신 연락이 전혀 없었고 여러 해째 소식이 끊겼다고 말했었는데, 그게 거짓말이라는 것이 입증됐네. 그의 소지품에는 자기 아버지한테서 받은 편지가 여러 통 있었고 그게 모두 지난 2개월 동안에 보내온 것들이었어. 그 편지들을 보면 루트 대위의 아버지──그의 이름은 토머스 루트지──는 자기 아들을 천하에 잘난 놈이라고 자랑스럽게 생각하고 있었던 게 분명해. 마치 광신자처럼 말이야."

울프는 해켓에게 삿대질을 해댔다. "아마 당신은 내 말이 옳은지 옳지 않은지 알 수 있을 거라 생각하는데."

"하루만." 해켓은 쉰 목소리로 으르렁거렸다. "하루만 더 있었으면 되는 건데." 그의 두 손은 부들부들 떨렸다.

울프는 고개를 끄덕였다. "그래, 나도 알아. 하루만 더 있었으면, 오늘 오후 당신의 그 얄팍한 수작 덕택에 기어 양이나 젠슨 씨에게 혐의가 집중된 가운데 나를 죽이고 도망칠 수 있었을 거란 말이지."

젠슨이 벌떡 일어서서 말했다.

"선생님, 그 알팍한 수작에 대해 설명해 주시겠습니까?"

"설명해 드리지, 젠슨 씨." 울프는 의자에 한층 더 편안하게 고쳐 앉았다. "우선 화요일 저녁 사건부터 얘기합시다."

울프는 눈을 해켓에게 고정시켰다. "그 솜씨는 정말 걸작이었지. 당신은 우선 젠슨 씨부터 죽이기로 했어. 나한테는 재수좋은 일이었 지만. 그래서 아파트에서 일하는 사람들이 모자라는 것을 틈타 별 어 려움없이 그 아파트 수위로 취직했지. 수위가 된 이상 지나가는 사람 이나 보는 사람이 없는 때만 기다리면 됐어. 기회는 당신이 협박 편 지를 보낸 다음날 왔지. 그런데 뜻밖에도 젠슨 씨에게 보디가드로 채 용된 사람이 걸리적거렸단 말이야.

젠슨 씨와 그가 채용한 보디가드는 그날 저녁 둘이서 같이 아파트 에 도착했을 때, 제복을 입은 수위를 의심하지는 않았을 거야. 젠슨 씨는 아마 당신을 보고 고개를 끄덕이고 말까지 걸었을지도 모르지. 그때 주위에는 아무도 없고 엘리베이터 기사는 사람을 태우고 막 위 로 올라간 참이라, 절호의 기회였을 거야. 그래서 당신은 무슨 헝겊 같은 것으로 권총을 싼 다음 도일 씨의 등을 쏘았지. 이어 젠슨 씨가 확 돌아서자 정면으로 그의 가슴을 쏘았어. 그리고는 계단을 뛰어내 려가 뜨거운 물을 끓이는 보일러에 불을 붙이는 척했단 말씀이야. 아 마 불을 지피면서 제일 먼저 불 속에 처넣은 것은 그 헝겊이었겠지."

울프는 눈을 움직이면서 물었다. "크레이머 씨, 지금까지의 내 추 측에 어디 그럴싸하지 않은 데라도 있소?"

"대체로 빈틈없는 것 같이 들리는데." 크레이머가 대답했다.

"그럼 됐소. 해켓——아니 루트라 해야겠군——은 그날의 살인죄 로 기소돼야 할 테지. 자기 귀에 조그만 상처를 낸 것을 가지고 이 친구를 전기의자에 앉힐 수는 없을 테니까 말이야."

울프는 이어 시선을 나에게로 옮겼다.

"아치, 이 친구 호주머니에서 무슨 도구를 발견한 것이 없나?"

"뭐 소년단원들이 가지고 다니는 것 같은 물건들뿐이던데요." 내가 말했다. "가위가 달린 칼하고 송곳 하나와 손톱 다듬는 줄이 나왔어요."

"그것들은 경찰에게 넘겨주고, 혹시 핏자국이 있는지 조사해보라고 하지. 그런 것은 크레이머 씨의 장기이니까."

"농담은 그만 하시지." 크레이머는 툴툴거리며 말했다. "내 그것들을 가지고 화요일 밤 사건과 함께 수사를 시작하기로 하겠소."

울프는 깊은 숨을 한번 내쉬고 말했다.

"허허, 당신은 가장 흥미있는 대목을 지나치려 하는군요. 해켓 씨가 어떻게 해서 내가 낸 광고를 보고 왔느냐 하는 문제 말이오. 이 친구는 광고를 보고 내가 구하는 사람의 생김새가 나와 비슷하다는 것을 알고 내가 그 광고주라는 판단을 내린 뒤 나에게 접근했는데, 과연 그 정도로 머리가 좋은 사람일까? 아니면 단순히 돈이 없어서 광고에서 제시된 돈 액수에 눈이 팔려서 왔을까?

사실 나는 이 친구가 그 광고를 내가 의도한 바로 그 기회로, 다시 말해 니어로 울프를 죽일 절호의 기회로 보았다고 생각합니다. 또 내가 그 광고를 낸 것은, 어둠 속을 향해 총을 쏘듯 덮어놓고 횡재수를 바라고 했던 것은 아니었지요. 나는 우리가 굉장히 위험하고 대담하며 또 머리좋은 놈한테 걸려들었다는 것을 확신하고 있었으니까.

그래 아치, 자네가 기어 양을 만나러 나간 사이에 창문으로 밖을 내다보고 있자니 이 친구가 지나가는 것이 보이더군. 이 친구는 그 후 세 시간 동안 세 번씩이나 우리 집 근처를 배회했어. 그때 사자는 우선 우리 안에 가두어두는 것이 훨씬 안전하다는 생각이 들더군. 그래서 나는, 이전에도 살인을 시도하면서 위험을 전적으로 무시했던 이자를 유인하기 위해서는 광고를 내는 것이 좋겠다고 결심했던 거야.

어쨌건 이자는 내 광고를 보고 취업을 신청했던 것인데 나로부터 연락을 받자, 물론 옳지 잘됐구나 했을 테고 또 내가 자기를 고용하기로 하자 더욱 신이 났을 테지.

한데 이 루트 씨는 여기에 온 뒤 곧 나를 어떻게 죽일 것인지 계획을 꾸미고, 계획을 꾸몄다간 바꾸고 수정하곤 하면서 일이 자기 뜻대로 될 것 같으니까 기분이 굉장히 좋았던 거야. 그리고 총을 쏠 때 손에 화약 냄새가 묻지 않도록 손수건을 쓰는 것도 분명히 그때 생각해 낸 것이고.

오늘 아침 그는 기어 양이 오후 6시에 나를 찾아 오기로 되어 있으며 그때 자기가 나를 대신하여 면담할 것을 알았지. 그는 점심을 먹은 뒤 혼자 여기 있는 동안 저 소파에서 쿠션을 하나 가져와서 그 쿠션으로 권총을 싸고는, 총알이 이 의자 뒤를 통해서 저 벽을 뚫고 들어가도록 쏘았던 거야. 그리고 그는 쿠션을 이 책상 오른쪽 서랍 깊숙이 쑤셔넣고 총은 자기 호주머니에 넣었던 거지."

"그러나 구멍이 발견되면 총알도 발견될 텐데?"

크레이머가 중얼거리듯 말했다.

"난 이미 이 친구가 형편없는 바보라고 했잖소?" 울프는 성마르게 말을 계속했다. "어쨌든 이 친구는 아치가 자기와 같이 오후 내내 밖에 나가 돌아다니리라는 것과 나는 내 방에 있으리라는 것을 알고 있었지. 나는 그 전에 내가 절대 이 의자에 앉지 않을 것이라고 암시했었거든. 저녁 6시가 되자 기어 양이 도착했는데 뜻밖에도 젠슨 씨를 대동하고 왔단 말이야. 두 사람은 문간방으로 안내되었으며 그 문은 열린 채로 있었지. 그 순간 루트 씨의 머리는 재빨리 돌아갔고 몸도 그에 따라 움직인 거지. 그는 아치의 책상에 가서 내 권총 하나를 가지고 이 의자로 돌아와 아까 쿠션을 넣어두었던 서랍을 열고는 총을 한 방 쏜 다음 거기에 총을 떨어뜨리고 서랍을 닫은 거야."

울프는 한숨을 내쉬고 말을 계속했다.

"그러자 아치가 뛰어들어와 루트 씨를 한 번 바라본 다음 문간방으로 갔지. 루트 씨는 그 기회를 이용해 두 가지 일을 했어. 내 총을 재빨리 아치의 책상에 갖다놓았고, 손칼, 아니 송곳을 이용해 자기 귀 한 구석을 찔러 피를 냈지. 그럼으로써 이 친구는 자기에게 한결 유리하게 상황을 꾸민 거야. 그런데 상황을 더욱 좋게 꾸밀 수 있는 기회가 또 한번 왔지. 그것은 아치가 그를 데리고 화장실로 갔을 때였어. 아마 그렇지 않아도 기회는 왔을 것이지만, 그것은 아주 완벽한 기회였지. 그는 화장실에서 곧장 문간방으로 가 손수건으로 싼 권총을 꽃병에 넣고 화장실로 다시 돌아갔다가 잠시 후 이 방에서 다른 사람들과 합류한 거란 말야.

내가 만약 그 쿠션이 없어진 것을 발견하지 못했더라면 이상한 낌새를 발견하지 못했을지도 몰라. 이 책상은 이렇게 마루 위에 그대로 놓여 있으니 아래 서랍을 열어 보지 않는 한 거기에다 대고 총을 쏘았던 자리가 보일 리는 없을 테니까. 그리고 아치가 자기 책상 속에 있던 내 총 하나가 발사되었다는 것을 발견할 가능성은 거의 없었으니까. 또 발견한댔자 무슨 소용이 있었겠나? 루트 씨는 지문을 남기지 않고 총을 쏠 줄 아는 사람이야. 총에 지문을 남기지 않는 방법은 간단하잖아?"

크레이머는 천천히 고개를 끄덕였다. "그래, 그럴 듯합니다. 당신의 설명을 받아들이기로 하겠소. 헌데 당신은 자신이 입증하지 못할 사실들을 상당히 많이 주장하고 있음을 인정해야 합니다."

"나는 입증할 필요가 없어요. 또 당신도 마찬가지야. 내가 말한 대로 루트 씨는 젠슨 씨와 도일 씨를 살해한 죄로 재판을 받게 될 테니까. 여기 우리 집에서 한 이상한 짓으로 재판을 받지는 않을 것이기 때문이지요."

크레이머는 자리에서 일어섰다. "루트 씨, 함께 가시지."

다시 사무실로 돌아온 울프는 쟁반 위에 맥주 세 병을 놓고, 총알 구멍이 하나 생겼지만 쉽게 손질할 수 있는 의자에 푹 기대앉았다. 그것은 아주 평화로운 모습이었다.

이어 울프는 나에게 속삭이듯 말했다. "내일 아침, 비스카르디 양에게 그 개사철쑥에 관해 전화거는 것 잊지 말라고 나에게 얘기해주게."

"예, 알았습니다." 나는 자리에 앉아 말했다. "어떻습니까? 저는 정상적으로 잽싸게 움직일 수 있는 100킬로그램 정도 나가는 식인 호랑이를 한 마리 사와야겠습니다. 그놈을 저 캐비닛 뒤에 놓아두었다가 선생님이 이 방에 들어왔을 때 그놈이 뒤에서 확 달려들도록 말입니다."

울프는 나의 이런 농담에 전혀 개의치 않았다. 푹신푹신한 의자에 앉아서 기분이 썩 좋은 모양이었다. 아마 그는 내가 한 말을 듣지도 못한 것 같았다.

상류층 부패와 타락에 들이댄 메스

《거대한 잠》은 챈들러(Raymond Chandler, 1888~1959)가 1939년에 발표한 처녀 장편이며 사립 탐정 '필립 말로'가 처음으로 등장하는 기념할 만한 명작이다. 이 작품이 나오기까지 챈들러는 중·단편에서 카모디, 달머스, 마르반, 맬로리 같은 탐정을 활약시키고 있었는데 이후로는 필립 말로로 통일시켰다.

샌프란시스코에서 5마일쯤 떨어진 작은 마을 산타로자에서 태어나 대학을 졸업하고, 보험회사 및 검사국 조사원을 거쳐 사립 탐정이 된 말로, 사무실도 그렇지만 이따금 잠만 자러 들어가는 독신자 아파트도 초라하기 그지없다. 그러나 아무리 가난해도 자긍심 하나만큼은 하늘을 찌르는 남자. 그 남자다운 정의감과 부드럽고 섬세한 감정을 겸비하고 있으니 세상 여자들이 그를 가만 내버려둘 리가 없다.

《거대한 잠》에서도 색정광이나 다를 바 없는 '카멘 스턴우드'가 쉴 새없이 그에게 도발하지만, 말로는 이 작품에서 상류사회의 퇴폐적인 유혹과 대조되는 금욕적인 남자로 그려지고 있다. 여성의 유혹을 한 사코 거부하는 말로에게서 동성애적인 경향을 끌어내는 마이클 메이슨 같은 평론가도 있었지만, 사실 그의 결벽증은 지나치리만큼 부자연스러워 보이기도 한다.

챈들러도 말로처럼 로맨틱한 사내가 이 세상에서 사립 탐정으로 존재하리라고는 애초부터 생각지 않았다. 그는 자신이 창조해낸 이 남자를 이렇게 평가했다.

"그는 공상에서 태어난 산물입니다. 그는 내가 그곳에 세워두었기 때문에 하는 수 없이 잘못된 장소에서 살아가는 것뿐이지요. 현실 사회에서 말로 같은 인간은 아마 사립 탐정은 고사하고 대학 학생 감독도 되기 어려울 것입니다."

그러나 그는 '살인이 리얼리틱하게 그려지는 세계는 별로 향기로운 세계가 아니다……. 자신의 소설은 어디까지나 로맨스를 중시하고 비정한 자신의 주인공들은 그 로맨스를 지키는 기사와 같다. 따라서 주인공들은 완전한 인간이어야 하며 그 세계에서 절대 일인자가 되어야 한다'고 밝힌 바 있다.

그러므로 말로는 폭력과 퇴폐로 얼룩진 어지러운 세상을 혈혈단신 뛰어다닌다. 그는 눈썹 하나 까딱하지 않고 적진으로 잠입한다. 일당백의, 또는 일기당천(一騎當千)의 용사인 셈이다. 그의 비정한 성격의 일면이 잘 드러나있는 대표작 《굿바이 마이 러브》에서는 사랑하는 악녀를 향해 총알을 난사할 정도다.

필립 말로의 매력은, 그가 물론 터프하고 핸섬한, 용기있는 사나이라는 점에도 있겠지만 무엇보다 그의 고독한 의식 밑바닥에 자리한 정의감이라 할 수 있다.

석유로 백만장자가 된 가이 스턴우드 장군의 집은 유정(油井)이 있던 들판 언덕 위에 있다. 사립 탐정 필립 말로가 장군을 방문하는 데서부터 《거대한 잠》은 시작된다.

지금 병석에서 죽어가고 있는 스턴우드 장군에게는 비비안과 카멘이라는 두 딸이 있는데 모두 지독한 말괄량이에 도덕관념이라고는 '고양이 눈물' 만큼도 찾아볼 수 없다. 게다가 비비안은 도박광에 알코올 중독자고 카멘은 바람둥이면서 마약 중독자이다.

스턴우드 장군은 가이거라는 자의 협박장을 말로에게 보인다. 카멘의 차용증서를 첨부한 이 협박장은 스턴우드 장군에게 1000달러를 요구하고 있으며 만약 이에 응하지 않으면 장군의 명예가 손상될 거라고 협박한다.

장군은 행방불명이 된 사위 '라스티 리건'이라는 사나이를 못내 아쉬워하고 있다. 리건은 비비안의 세 번째 남편이며 본래 주류 밀매업자였는데 장인에게 단 한마디 말도 없이 어느 날 갑자기 행방을 감추었고, 그때 그의 수중에는 현금 1만 달러가 있었다.

필립 말로의 모험은 가이거라는 '희귀본 및 호화본' 업자를 추적하는 데서 시작된다. 그러나 가이거는 사실 외설본 업자였다. 말로가 그를 추적했을 때 갑자기 플래시가 터지면서 총성이 들리고 쫓고 있던 가이거는 이미 죽어 있고, 카멘은 마약에 취해 쓰러져 있다.

이튿날 말로를 장군에게 소개한 지방검사국 수사과장 버니 올스는 말로에게 스턴우드 장군 댁의 차가 해안에서 발견되었고, 그 안에서 운전사이자 카멘의 보이프렌드인 오웬 테일러가 죽어 있다고 말한다.

이후 말로는 조 브로디를 추적한다. 왜냐하면 조 브로디는 카멘의 나체 사진의 원판을 돌려주는 대가로 5000달러를 요구했기 때문이다. 말로는 브로디를 찾아간다. 뒤이어 카멘이 나타나 권총을 내밀고 사진을 내놓으라고 브로디를 위협한다. 말로는 카멘에게서 권총을 빼앗고, 브로디에게서 카멘의 사진을 되돌려 받는다. 그러나 브로디는 가이거의 점원 란그렌에게 살해된다. 사실 가이거를 죽인 자는 오웬 테일러이며, 오웬을 죽인 자는 바로 조 브로디였던 것이다.

이리하여 카멘을 갈취하던 가이거와 브로디는 처치된다. 다음은 장군의 사위 러스티 리건을 찾아 말로는 수사에 나선다.

말로는 비비안과 더불어 도박장 '사이프러스 클럽'의 주인인 애디 마스를 찾아간다. 리건은 애디 마스의 아내 모나와 함께 종적을 감추었다는 소문이 돌고 있기 때문이었다. 그러나 그것은 애디 마스가 리건을 죽였다는 누명을 피하기 위해 일부러 모나를 숨겨놓은 것에 지나지 않았다.

모나의 거처로 찾아간 말로는 모나를 지키고 있던 캐니노에게 죽지 않을 정도로 얻어맞는다. 그러나 말로는 머리까지 깎고 감금되어 있던 모나의 도움으로 캐니노를 쏘아죽인다. 러스티 리건의 행방은 여전히 묘연할 뿐이다.

말로는 거의 죽어가는 스턴우드 장군을 다시 만난다. 그는 장군에게 자기가 셜록 홈즈나 번스 같은 명탐정은 아니라고 선언한다. 그러나 도리어 장군으로부터 이번에는 정식으로 러스티 리건의 행방을 조사해달라는 의뢰를 받는다.

장군 댁을 나오다가 말로는 카멘을 만나 그녀에게 총을 돌려준다. 카멘은 권총연습을 하겠다면서 말로를 데리고 전에 유정이었던 들판으로 나간다. 여기서 카멘은 말로를 쏜다. 그러나 말로는 실탄 대신 공포탄을 채워놓았던 것이다. 이때 말로는 러스티 리건을 쏘아죽인 장본인이 카멘이라고 확신한다. 바람둥이인 카멘은 형부를 유혹하다 거절당하자 그를 쏘아 죽여버렸던 것이다. 이 사실을 알게 된 비비안은 그 뒤처리를 애디 마스에게 부탁한다. 그리고 비비안은 그에게 갈취를 당해온 것이다.

말로는 애디 마스와 대결하기로 결심한다. 여기서 '죽은 뒤면 어디

묻히든 자네에겐 무슨 상관있으랴…… 자네는 이미 죽은 몸, 거대한 잠을 자고 있겠지. 이제 잠시 후면 장군도 자네처럼 깊은 잠을 자게 될 거야'라는 말을 남긴다.

드디어 필립 말로가 숨은 진실을 찾아낸 것이다!

발표 당시부터 커다란 반향을 불러일으켰던 《거대한 잠》, 상류계급에 만연해 있던 부패와 퇴폐를 날카롭게 파헤친 챈들러의 시선은 지금 다시 읽어보아도 전혀 손색 없는 수작임에 분명하다.

〈탐정놀이〉를 쓴 렉스 스타우트(Rex Stout, 1886~1975)는 미국 인디애나 주 노블스빌에서 학교 교사를 지내는 퀘이커 교도의 아들로 태어났다. 그는 4세 때 이미 성경을 두 번이나 읽고, 10세 때까지 1,000권 이상의 고전을 읽었으며 13세 무렵에는 전 미국의 철자 콩크루에서 우승할 정도로 조숙한 천재로 성장했다.

스타우트는 극장 안내원, 해군 하사관의 경력을 쌓고 나서 창작 활동을 시작했다. 그는 1934년 〈독사(毒蛇)〉로 미스터리소설계에 등장하여 1975년 〈니어로 울프 최후의 사건〉을 유작으로 남길 때까지 눈부신 창작 활동을 했다. 거의 40편에 이르는 그의 장·단편들은 미국의 현대 미스터리소설 장르의 기반을 이루고 있다.

〈탐정놀이〉는 출판인이자 정치인인 벤 젠슨의 죽음을 둘러싸고 체중 105킬로그램의 탐정 니어로 울프가 자신을 닮은 거구 뚱보 'H.H 해킷'이라는 은퇴한 건축사를 채용해 절묘한 미스터리극을 벌이는 빼어난 수작이다.